DANAE PENN

SANG ET POUSSIERE

Titre original: A Mystery of Blood and Dust
Traduit de l'anglais par David Manson
Maquette de couverture par J D Smith

Editeur : Nichol Press
ISBN : 979-10-97586-06-5 (paperback)}
979-10-97586-07-2 (ebook)

DANAE PENN

SANG ET POUSSIERE

UNE ENQUETE DE
BELINA LANSAC

NICHOL PRESS

Carte de Condom 1483

1. Chapelle Sainte-Eulalie
2. Léproserie
3. Geôle de la cathédrale
4. Écuries de la cathédrale
5. Échoppe de la cathédrale
6. Résidence des employés de la cathédrale
7. Cour de justice
8. Maison de Messire Benasse
9. Écuries Senclar
10. Manoir Senclar
11. Fort Cadéot
12. Taverne du Serpent
13. Auberge du Cheval Blanc
14. Hospice Pradau
15. Halle du marché
16. Cathédrale et cimetière
17. Manoir Lussan
18. Manoir Prelet
19. Écuries Prelet
20. Maison de Quiteira

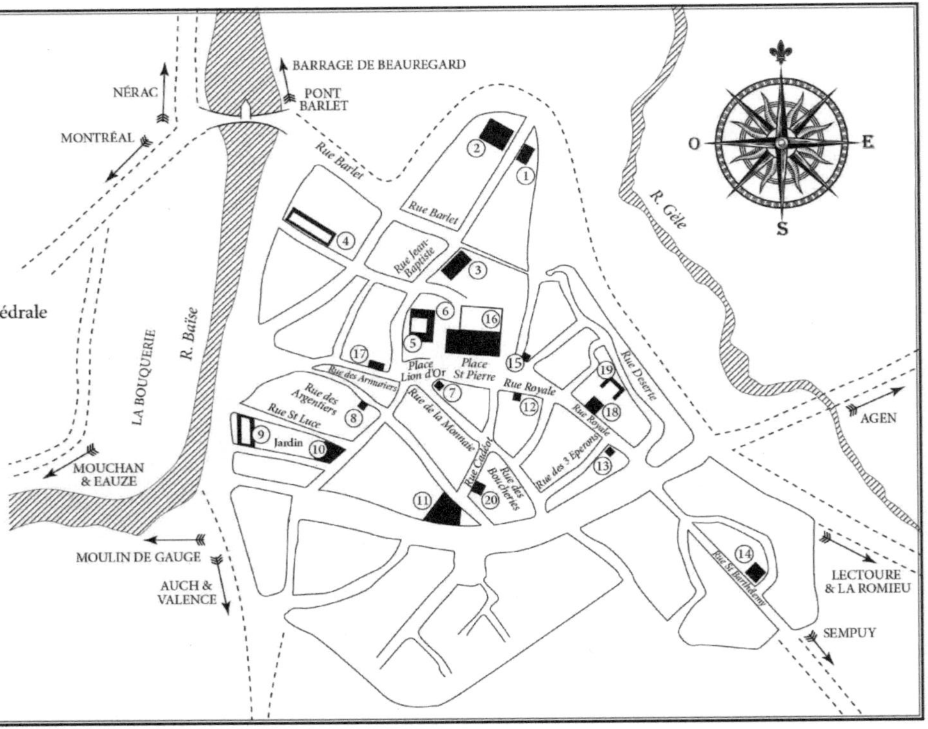

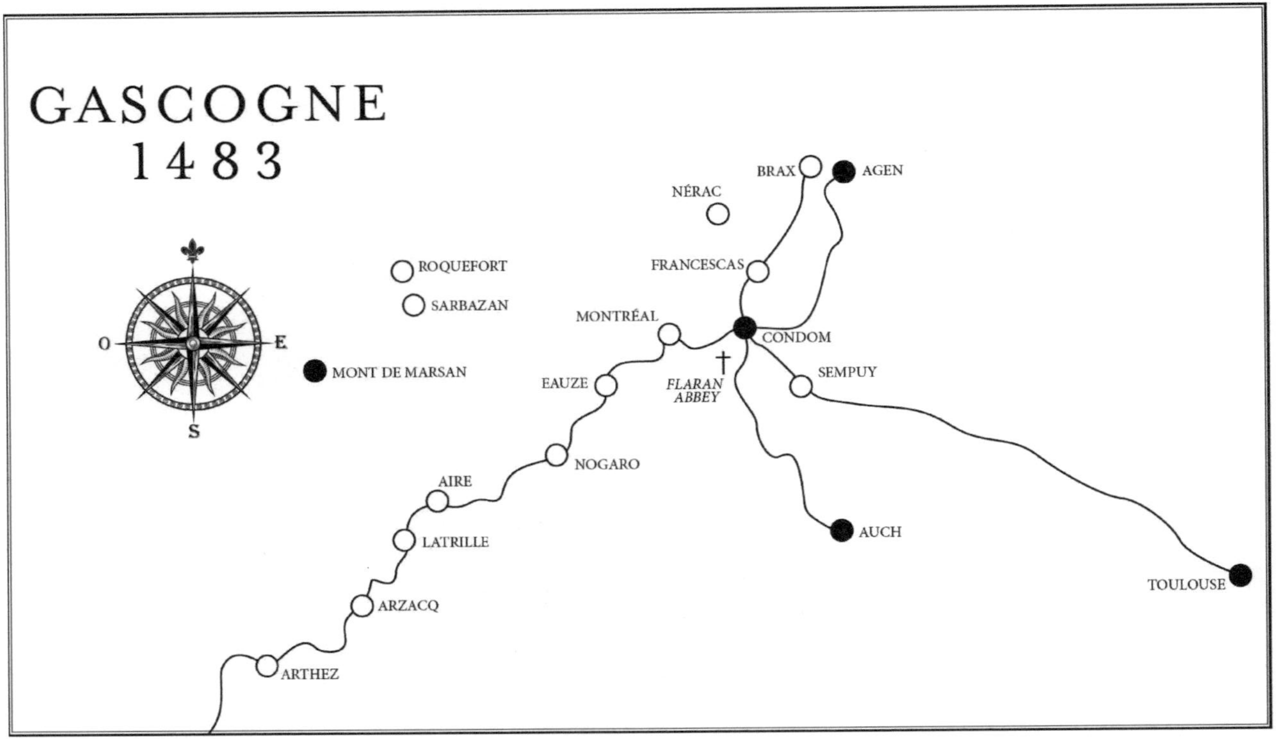
GASCOGNE
1483
O
E
S
ROQUEFORT
SARBAZAN
MONT DE MARSAN
NÉRAC
BRAX
AGEN
FRANCESCAS
MONTRÉAL
CONDOM
FLARAN
ABBEY
EAUZE
SEMPUY
NOGARO
AIRE
LATRILLE
ARZACQ
ARTHEZ
AUCH
TOULOUSE

GLOSSAIRE

abbesse – gardienne des bains publics (et des maisons closes)

adischatz – bonjour (gascon)

adiu – au revoir (gascon)

Ave Maria – Je vous salue Marie / prière adressée à la Sainte Vierge

argue ardente – eau-de-vie (appelé aujourd'hui armagnac)

bourret – vin blanc nouveau

cantigas – cantiques / hymnes (espagnol)

Capitoul (Toulouse) – magistrat municipal

chalemie – instrument à vent à anche double, proche du hautbois

Consul (Condom) – conseiller municipal

conversos – Juifs convertis au christianisme (espagnol)

Credo – profession de foi (servant de mesure de temps)

crestian, crestiane (f), *crestias* (pl) – à l'origine, des croisés revenus de Terre Sainte que l'ion craignait lépreux du fait de leurs maladies de peau ; artisans appréciés mais victimes de discrimination, surtout aux XVIe et XVIIe siècles, également appelés « cagots »

étuves – bains publics, servant parfois de maisons closes

hamin – plat juif composé de légumes, d'œufs, de viande et d'épices

hypocras – vin sucré et épicé

mercès – merci (gascon)

molieròta – femme ou fille de meunier (gascon)

Pair – Père / Papa (gascon)

Paternoster – Notre Père, prière chrétienne (servant de mesure de temps)

tio – oui (gascon)

Ultreia ! – cri d'encouragement des pèlerins de Saint-Jacques : « Allons plus loin ! » (latin)

vastringue – rabot à deux mains

CHAPITRE UN

Lundi 9 septembre 1483

De sa main, Belina pressa la jambe de Guillaume afin de le réfréner. Il continua pourtant d'invectiver le frère de son épouse, Jordi, frappant du poing sur la table en faisant vaciller son tranchoir. Catalina s'en empara et le jeta en direction des chats. Géraud voulut saisir son gobelet, mais il le renversa de sa main bandée et répandit du cidre sur la table.

« Je suis désolé, murmura-t-il.

—Ce n'est rien, c'est à cause de ta blessure au bras », répondit son frère en essuyant le liquide.

La jeune femme assise à côté de Géraud le ceignit de son bras et lui chuchota quelque chose qui le fit sourire. Les autres se demandèrent ce qu'elle avait bien pu lui dire. Personne n'avait encore réussi à échanger le moindre mot avec la nouvelle arrivante. Ils attendaient que Géraud leur explique qui elle était et où ils s'étaient rencontrés.

Le couple était arrivé au moulin deux jours plus tôt. Jordi avait dû aider Géraud à descendre de cheval tandis que la jeune femme mettait pied à terre d'une mule. Elle décrocha de sa selle deux sacoches qu'elle porta à l'intérieur, laissant dans son sillage une traînée de poussière. Catalina voyait une étrangère salir consciemment la demeure familiale; ce fut la première chose qui fit qu'elle eut du mal à voir sa présence d'un bon œil. S'en suivraient beaucoup d'autres.

La discussion houleuse entre Guillaume et Jordi, au sujet de l'Inquisition espagnole, se poursuivit, les deux hommes s'accusant l'un l'autre d'ignorance. Belina observait les chats se disputer les restes du tranchoir de son époux, pendant que son cousin Christau se resservait du délicieux poulet au fenouil de Catalina.

Nul ne se rendit compte que l'on avait ouvert la porte, jusqu'à ce qu'une main se pose sur l'épaule de Guillaume.

« Messire Guillaume, dit son palefrenier, il vous faut vous rendre sur-le-champ à la chapelle Sainte-Eulalie.

—Pourquoi ça ? rétorqua Guillaume d'un air renfrogné. Antoni, je t'ai déjà dit de ne pas me déranger lorsque je suis en famille.

—C'est une affaire urgente, Messire Guillaume. Un meurtre a été commis, du sang s'est répandu partout sur le sol.

—Qui donc se battrait dans une chapelle ? » Guillaume se leva de table et s'étira.

« Je l'ignore. Ils ont envoyé un vigile pour vous trouver et cela lui a pris une éternité. Il était hors d'haleine lorsqu'il a réussi à me retrouver à votre place. »

Belina se demanda si Antoni ne venait pas directement de sa taverne favorite plutôt qu'aux écuries de la cathédrale. Elle garda ses réflexions pour elle. Mieux valait ne pas irriter Guillaume ; il était déjà d'humeur périlleuse.

« Antoni , appela Géraud, élevant la voix, pourrais-tu jeter un œil à ma jument ? Elle m'a porté sur son dos des centaines de lieues à travers l'Espagne et les Pyrénées, elle est éreintée. »

Mais Antoni avait déjà quitté la demeure et aidait Guillaume à monter en selle.

« Ne t'inquiète pas, Géraud, répondit Christau, qui s'essuyait les mains sur la nappe, sous les regards noirs que lui jetait Catalina. Je vais demander à Sansas de s'occuper de ta jument, de soigner ses escarres et se charger du reste. Il est palefrenier et il saura très bien y veiller. »

Guillaume et Antoni entrèrent en silence dans le bourg de Condom et se rendirent à la résidence des employés de la cathédrale. Guillaume descendit de son cheval et gravit à la hâte les marches qui menaient à son logis. Il portait à son retour sa sacoche d'enquêteur. Il avait décoléré et fait le vide dans son esprit, ses sens mis en éveil, prêt à enquêter sur ce qui s'était produit dans la chapelle et quelles en étaient les raisons.

Ils descendirent la rue Jean-Baptiste, passèrent la léproserie et gagnèrent la chapelle. La monture d'Antoni se fraya un chemin parmi les badauds attroupés autour de la porte. Guillaume le suivait, scrutant les visages dans la foule dans l'espoir d'y déceler le moindre signe indice. Il supposa que certains d'entre eux devaient être des *crestias* de la léproserie, mais il y avait également des pèlerins à la porte de la chapelle, qui réclamaient au vigile le droit d'entrer.

Guillaume descendit de cheval et joua des épaules pour s'ouvrir le passage. Il confia ses rênes à Antoni, qui était resté en selle. « Scrute bien alentour et souviens-toi de ce que tu vois, et surtout de qui. »

Antoni porta la main à son couvre-chef, indiquant qu'il avait compris. La foule recula de quelques pas pour éviter les sabots des deux chevaux.

Cela faisait de nombreux mois que Guillaume n'avait pas pénétré à l'intérieur de la chapelle Sainte-Eulalie. Elle se trouvait en dehors des quartiers de Condom qu'il fréquentait habituellement. Lorsqu'il se rendait à la messe, ce qui arrivait rarement, il allait à la cathédrale avec Belina et leurs amis.

Il fouilla chaque recoin de la scène de crime du regard, s'attendant à voir le sang dont Antoni avait fait mention. Mais il ne distingua qu'un autel, le sol poussiéreux, les murs dont la peinture s'écaillait, deux grands coffres et un autre plus petit dans le coin le plus sombre.

Il se rendit à l'autre extrémité de la chapelle, contempla la poussière dont l'autel était recouvert, puis ouvrit la porte menant à la sacristie. C'est alors qu'il vit le sang sur le sol : une chasuble et le corps d'une jeune femme, qui gisait sur le dos, en étaient recouverts. Des insectes bourdonnaient autour du sang qui s'écoulait de sa gorge béante et maculait les nombreux bijoux qui ornaient son cou.

Guillaume s'agenouilla près du corps en veillant à préserver sa tenue des flaques de sang. Il nota que des mouches pondaient leurs œufs dans la bouche, le nez et les yeux ouverts de la victime. Ce répugnant spectacle lui indiqua que le décès s'était produit ce matin-là. Il examina les paupières, puis la main gauche. La main droite tenait encore une aiguille et du fil. La peau de la jeune femme était diaphane, ses lèvres et ses ongles blêmes. Ses mains étaient bleuies et ses yeux aplanis.

Il se leva et lança un regard noir à l'homme qui se tenait près de la fenêtre. « Écartez-vous de la fenêtre, j'ai besoin de plus de lumière !

—Je n'ai pas d'ordres à recevoir d'un jeune homme.

—Oh, que si ! rétorqua Guillaume, dont la mauvaise humeur avait refait surface. C'est moi qui suis le responsable, ici. Qui êtes-vous et que faites-vous là ?

—Je suis *Messire* Chezelle, répondit l'homme en insistant sur son honorifique. Le dentateur de Dame Senclar.

—Les mortes n'ont nul besoin qu'on leur arrache les dents. Je vous le demande à nouveau : que faites-vous dans cette chapelle ?

—Dame Senclar m'a prié de garder à l'œil ce jeune homme ci-présent, dit-il en indiquant d'un geste le prisonnier, qu'un vigile maintenait plaqué contre le mur.

—Pourquoi Dame Senclar s'intéresse-t-elle donc à lui ?

—Car elle désapprouve très fortement de lui.

—Pour quelles raisons ? répéta Guillaume en se dirigeant vers le vigile et son prisonnier.

—Il a eu l'audace de faire la cour à Dame Viola, fille du consul Lussan. » Chezelle pointa du doigt le cadavre.

Guillaume se mordilla la lèvre. Ainsi, la jeune femme décédée était Viola Lussan. Il se demanda pourquoi elle s'était trouvée dans une si petite chapelle, près de la léproserie. Et pourquoi, avant qu'elle ne perde la vie, était-elle en plein travail de couture.

« Comment Dame Édith connait elle l'identité du meurtrier ? » Guillaume dévisagea le prisonnier, qui le fixa du regard en retour, sans la moindre expression.

« Elle est absolument certaine que cet homme est un meurtrier.

—Pourquoi ?

—Comment cela, pourquoi ? » Chezelle tira le prisonnier de côté. « Il travaillait au manoir du consul Lussan, où il façonnait des meubles pour les noces de Viola.

—Quand devaient-elles avoir lieu ? voulut savoir Guillaume.

—Avant Noël. À la Saint-Martin, peut-être. Cela dépend de la dot, je suppose.

—Le consul Lussan est un homme fortuné, fit remarquer Guillaume. Qui aurait été l'heureux élu ?

—Il n'est plus si heureux, désormais. Comme vous le voyez, la donzelle est morte. »

Bien qu'habitué à la présence de cadavres, Guillaume se retourna et ne put réprimer un frisson. Il se souvint que Belina lui parlait de temps à autre de Viola Lussan, qu'elle avait côtoyée à l'école. Ce qui signifiait que la défunte était âgée de vingt-deux ans seulement.

Il se remit à interroger Chezelle. « Je vous ai demandé qui Dame Viola allait épouser.

—C'est un secret qui m'appartient.

—Ne soyez pas sot. Il ne peut y avoir de secrets en ces circonstances. » Guillaume se tourna vers le vigile. « Sortez le jeune homme de la sacristie. Et ne le laissez pas prendre la fuite.

—Il semble trop docile pour cela, messire.

—Je vous l'accorde, mais il pourrait ruser dans le but de prendre la fuite. »

Le vigile resserra sa prise sur son prisonnier et le poussa vers la porte menant à la chapelle, tandis que Chezelle se mit à fouiller parmi les chasubles que renfermait le grand coffre adossé au mur.

« Ôtez vos mains de ces habits sacrés ! » Guillaume tira le dentateur par le bras. « Sortez. Votre place n'est pas ici et vous le savez très bien.

—Et où donc se trouve ma place, jeune homme ?

—Auprès de Dame Édith et de ses dents, que vous arrachez sans nul doute comme si elle fût une jument. » Guillaume poussa l'homme à travers l'embrasure de la porte, retira la clé du côté de la sacristie et la verrouilla derrière lui.

« Vous paierez vos mauvaises manières, déclara Chezelle.

—Cela m'étonnerait. Sortez de cette chapelle avant que je n'ordonne au vigile de vous en expulser de force. »

Guillaume pensa à Belina et à combien elle détestait la famille Senclar. Peut-être avait-elle raison de les abhorrer à ce point et peut-être avait-il tort de railler le mépris qu'elle ressentait à leur égard.

Il revint au moment présent et mena Chezelle hors de la chapelle. Il pouvait retourner auprès de Dame Édith comme un chiot obéissant si cela lui chantait, mais il lui fallait quitter la scène du crime sur-le-champ.

Le vigile et le prisonnier emboîtèrent le pas à l'arracheur de dents et Guillaume verrouilla la porte derrière lui, plaçant la clé longue et lourde dans la bourse qu'il portait à la ceinture. Il attendit que Chezelle soit monté dans une calèche et ait pris la direction du bourg, puis il ordonna aux deux vigiles d'emmener le prisonnier à la geôle de la cathédrale, qui ne se trouvait pas loin.

« Nous enfermons d'habitude les prisonniers dans la geôle du sénéchal, Messire Lansac.

—Je le sais. Mais celui-ci a été retrouvé à l'intérieur d'un édifice religieux et doit donc être détenu à la geôle de la cathédrale. »

Les vigiles n'émirent aucune objection ; la geôle de la cathédrale était plus proche. Ils se mirent en route avec leur prisonnier docile, suivis de Guillaume et Antoni, à cheval . Antoni décrivit à Guillaume les pèlerins qu'il avait vus et les instruments de musique qu'ils avaient avec eux. « Ils portaient tous le même écusson sur leurs couvre-chefs, Messire Guillaume ; une coquille de Compostelle en émail, sise sur une ciselure en étain représentant quatre personnes. »

Guillaume observait le prisonnier : il regardait droit devant lui à l'approche de la léproserie. Une foule de gens se massaient près des maisonnettes sur sa droite. Ces gens étaient occupés à leur propre procession et se dirigeaient vers le petit cimetière de lépreux, où ils portaient un enfant mort dont le linceul était un sac de toile. Guillaume tenta d'ignorer le chant funèbre et les pleurs affligeants d'une jeune femme.

« Il y a des funérailles chaque semaine, messire, déclara le vigile qui marchait devant Guillaume. C'est une foule malsaine.

—Ils seraient peut-être en meilleure santé s'ils avaient de quoi manger, fit remarquer Guillaume.

—C'est la lèpre, voilà ce que c'est. Et nous l'aurons nous aussi si ce prisonnier est un lépreux. »

Guillaume lui rappela de maintenir sa prise sur le prisonnier, mais examina le visage du jeune homme pour y déceler des signes caractéristiques de la maladie. Il n'en aperçut aucun.

Une fois arrivés à la porte massive de la geôle de la cathédrale, ils saluèrent les gardes.

« Que voilà, Messire Lansac ? Un voleur d'habits de pèlerins ?

—Pas cette fois. Bien pire. Un meurtrier, peut-être. »

L'un des gardes prit en main le prisonnier et lui ôta la sacoche qu'il portait en bandoulière. Guillaume le somma de placer l'homme dans la cellule la plus sûre et de mettre la sacoche sous clé dans le coffre de la salle de garde. Il descendit de selle et pria Antoni de ramener les chevaux aux écuries.

Le garde fit passer le prisonnier devant lui et ils descendirent les escaliers qui menaient au donjon. Il demanda à Guillaume de prendre la lanterne qui se trouvait au bas des marches et ils avancèrent lentement jusqu'au bout du passage poussiéreux. Des rats détalèrent devant eux et des toiles d'araignée frôlèrent le visage de Guillaume. Ce dernier se couvrit le nez et la bouche de sa main libre car l'odeur empirait à mesure qu'ils avançaient.

Le garde s'arrêta soudain et Guillaume faillit lâcher la lanterne. « Je vais le mettre ici. » Il fit tourner une clé dans un verrou de fer massif et poussa le prisonnier à l'intérieur.

« Je vais l'interroger sans attendre, déclara Guillaume, je reviendrai ensuite à la salle de garde pour y signer le registre. Puis-je garder la lanterne, je vous prie ?

—S'il le faut, mais il sera alors plus difficile pour moi de m'en retourner par le passage.

—Dans ce cas, attendez ici pendant que je mène mon premier interrogatoire », proposa Guillaume.

Le garde prit un air évasif. Dans l'ombre, des rats filaient de ci de là. « Il n'a pas l'air bien dangereux, finit-il par affirmer. Je vous laisse, je m'en retourne à la salle de garde. » Il confia sa clé à Guillaume en lui disant de verrouiller la porte du cachot derrière lui.

Guillaume mit la clé dans la bourse à sa ceinture et écouta les bruits de pas du garde qui s'éloignaient. Il saisit ensuite la lanterne et la tint près du visage du prisonnier. Sa première impression fut d'y déceler une grande tristesse. Le regard de l'homme était vide, rivé au-dessus de l'épaule de Guillaume, sa bouche tombante tandis que perlait une larme de son œil gauche. Il était néanmoins rasé de près et soigneusement vêtu.

« Comment vous appelez-vous ?

—Josep, messire.

—Où résidez-vous ? »

Le prisonnier secoua la tête et la larme tomba sur le sol crasseux.

« Répondez-moi. Vivez-vous à la léproserie ?

—Oui. C'est pour cela que je me rends parfois à la chapelle.

—Êtes-vous un *crestian* ? »

L'homme hocha la tête. « Oui.

—Avez-vous tué la jeune dame ? »

Le *crestian* se détourna de lui et laissa échapper un sanglot.

Guillaume l'attrapa par l'épaule. « Répondez-moi, Josep. »

L'homme secoua la tête et continua de sangloter.

Guillaume abandonna, déverrouilla la porte, se hâta de la franchir et la verrouilla. Il avança prudemment jusqu'au bas de l'escalier. Cet homme était-il un meurtrier ? Sa peine était-elle feinte ou sincère ?

Il gravit les marches et baissa la tête en passant le pas de la porte basse menant à la salle de garde. Il rendit la clé du cachot et dit : « Tout ce que j'ai pu découvrir, c'est que son nom est Josep et qu'il vit à la léproserie, non loin d'ici. »

Le chef des gardes se raidit et inspira vivement. « Un lépreux ? Vous nous amenez un homme de la léproserie ? » Il poussa du bout des doigts le registre de la geôle en direction de Guillaume, à bout de bras, et Guillaume y nota les informations relatives au prisonnier.

« Un chrétien, pourtant, comme vous et moi. Qui semble fort malheureux. Traitez-le avec ménagement, je ne souhaite pas qu'il nous meure sur les bras.

—Il se pourrait qu'il fasse semblant, Messire Lansac.

—Cela se pourrait bien, en effet, mais quelque chose me dit que sa peine est réelle. Ne lui donnez rien dont il pourrait se servir pour mettre fin à ses propres jours. Gardez sa sacoche en sécurité dans votre coffre. Je reviendrai demain pour l'interroger convenablement. »

Il signa le registre et sortit au soleil et à l'air frais.

CHAPITRE DEUX

Guillaume remonta la rue Jean-Baptiste en direction de la cathédrale. Perdu dans ses pensées, il heurta une mule qui tournait dans la rue Barlet. « Regardez donc où vous allez, grogna le muletier. Vous autres citadins paresseux passez vos journées à rêvasser. » Il battit la croupe de sa mule de son aiguillon et lâcha un juron.

Guillaume ne prêta aucune attention à lui. Il venait de se souvenir qu'il avait laissé sa sacoche d'enquêteur dans la sacristie. Lui fallait-il rebrousser chemin pour aller la chercher, ou se rendre au manoir du consul Lussan pour lui apprendre la mort de sa fille ? Il opta pour la seconde solution et poursuivit son chemin jusqu'à la porte de la résidence des employés de la cathédrale.

Il entendit un cri tandis qu'il traversait la cour. Son voisin anglais, Sir John Keyham, lui faisait signe de venir le rejoindre à table. Bien que très pressé, Guillaume ne souhaitait pas contrarier son voisin invalide. Il s'approcha pour le saluer.

Sir John fit signe à son serviteur Alain de verser un verre d'*hypocras* pour Guillaume.

« Merci. J'en ai bien besoin. » Guillaume avala le liquide d'un trait, plutôt que de le boire à petites gorgées.

Sir John traça en l'air un point d'interrogation de sa main gauche.

« Je viens de la chapelle Sainte-Eulalie, où un meurtre affreux s'est produit. J'en suis troublé. »

Sir John traça à nouveau un point d'interrogation.

« Une amie d'école de Belina. Viola Lussan, égorgée. Du sang partout. » Guillaume tendit son verre afin qu'Alain lui serve encore à boire. « Je ne comprends pas pourquoi elle se trouvait là. La léproserie est toute proche et il semblerait que le meurtrier soit un *crestian.* » Il but son *hypocras* mais déclina qu'on lui remplisse à nouveau son verre.

« Qu'est-ce qui vous fait penser cela, Messire Guillaume ? » s'enquit Alain.

Guillaume lui conta comment il avait trouvé l'arracheur de dents à l'intérieur de la chapelle, ainsi qu'un jeune homme plaqué contre le mur de la sacristie par un vigile. Il posa son verre et leur dit qu'il devait aller se changer, puis se rendre au manoir Lussan pour apprendre au consul la funeste nouvelle de la mort de sa fille.

Il gravit les marches jusqu'à son logis et ôta les vêtements salis à la geôle et la chapelle. Il remarqua plusieurs taches de sang et jura. Belina lui faisait toujours des remontrances lorsqu'il souillait ses habits du sang de cadavres. C'était difficile à nettoyer, disait-elle. Il se lava à la hâte et mit son pourpoint et sa culotte du dimanche, puis caressa leur chatte et s'assura que cette dernière ne sorte pas lorsqu'il repartit.

Il se rendit à la place Lion d'Or, tourna à droite dans la rue des Armuriers et frappa à la porte du manoir Lussan.

« Oui, messire ? lui demanda un portier vêtu de la livrée de la famille Lussan.

—Je dois m'entretenir avec le consul Lussan de toute urgence, je vous prie.

—Il ne se trouve pas céans, messire.

—Il ne s'agit pas d'une visite de courtoisie, rétorqua Guillaume sèchement. J'ai des nouvelles importantes à lui apprendre qui ne peuvent souffrir aucun retard. »

Le portier lui dit d'entrer et d'attendre pendant qu'il allait chercher l'intendant. Guillaume examina les tableaux et tapisseries dont les murs de la somptueuse pièce étaient ornés.

Il y avait de grandes chaises plutôt que des tabourets, ainsi qu'une large et lumineuse table sur laquelle était posé un plat en argent ; comme il seyait à la demeure d'un riche consul.

L'intendant fit irruption dans le vestibule, flanqué de trois petits chiens qui sautèrent avec excitation sur Guillaume. « Qui êtes-vous et pourquoi demandez-vous à voir le consul ? » voulut-il savoir.

Guillaume lui expliqua qu'il était l'enquêteur de l'évêque et qu'il avait un message important et urgent à transmettre au consul.

L'intendant hésita, fronçant les sourcils. « Le consul n'est pas là aujourd'hui. Il s'est rendu à un banquet de fiançailles au manoir Prelet.

—Un banquet de fiançailles ?

—Oui. C'est en tout cas ce que l'on nous a dit.

—Qui sont les heureux fiancés ? demanda Guillaume.

—Dame Viola et le fils du consul Prelet. »

Guillaume en eut le souffle coupé. L'intendant le fixa du regard.

« Combien de temps cela fait-il qu'ils sont partis ? s'enquit Guillaume.

—La réponse est compliquée. Le consul et son épouse sont partis à la mi-matinée, mais la femme de chambre de Dame Viola a affirmé que sa maîtresse avait un souci avec sa robe et qu'elle quitterait le manoir dès qu'elle le pourrait.

—Et quand donc est-elle partie ? demanda Guillaume.

—Elle n'est pas partie du tout. » L'intendant laissa échapper un soupir. « Le consul Prelet a envoyé ici l'assistant de son intendant pour venir la chercher mais Mounette, la femme de chambre de Dame Viola, a expliqué qu'il y avait toujours un souci avec la robe.

—Quel était ce souci ?

—Je l'ignore. Je ne fais que vous répéter ce que m'a dit Mounette.

—Comment un banquet de fiançailles peut-il avoir lieu en l'absence de la fiancée ? s'étonna Guillaume.

—Je suppose que le banquet n'a pas eu lieu. » L'intendant se dirigea vers la porte et la referma. « Le consul Lussan lui-même est revenu ici de fort mauvaise humeur et a insisté pour voir Dame Viola dans sa chambre.

—Je comprends sa colère, fit remarquer Guillaume, mais il n'est assurément pas convenable qu'il entre dans la chambre de sa fille ?

—Assurément pas. Mounette a refusé de le laisser y entrer. Après de nombreux éclats de voix, il est finalement reparti seul au manoir Prelet.

—Eh bien, cela signifie que je dois m'y rendre pour voir le consul Lussan, déclara Guillaume. Merci pour ces informations. »

Il quitta subitement le manoir, ne laissant pas à l'intendant le loisir de lui demander pourquoi il avait souhaité s'entretenir avec le consul en premier lieu. Il traversa à la hâte la place Lion d'Or, passa la cathédrale, mais dans la rue Royale son passage fut obstrué par une foule de gens et de chevaux. Il se faufila entre un groupe d'enfants et une mule qui tirait un chariot. Ignorant les cris alentour, il s'avança jusqu'aux portes fort imposantes du manoir Prelet.

Guillaume connaissait heureusement le portier, Bernard Baylac, qui avait travaillé à la cathédrale. « Heureux de te revoir, Bernard. Tu es précisément l'homme qu'il me faut. Je dois m'entretenir d'urgence avec le consul Lussan. Je me suis rendu à son manoir, mais son intendant m'a appris que son maître se trouvait ici.

—En effet, Messire Lansac, et il est d'humeur furieuse. Je vous aurai prévenu. » Il gratifia Guillaume d'un sourire, le fit entrer dans le manoir et informa un serviteur du fait que l'enquêteur de l'évêque devait s'entretenir avec le consul Lussan.

Guillaume fut mené à travers une pièce splendide, jusqu'à une grande salle à manger. Le serviteur se rendit auprès d'un homme bedonnant aux cheveux gris et au visage très empourpré. « Messire consul, l'enquêteur de l'évêque est venu s'entretenir avec vous, lui dit-il en indiquant Guillaume d'un geste de la main.

—Je n'ai pas le temps de recevoir d'enquêteurs de l'évêque. Ma fille est la seule personne que je souhaite voir céans, comme tu le sais très bien. » Il agita le bras en direction de Guillaume. « Dis à cet homme de s'en aller sur-le-champ. »

Le serviteur se tourna vers Guillaume. « Souhaitez-vous partir, Messire Lansac ?

—Je ne le peux tant que je n'aurai pas parlé au consul Lussan. Nous pouvons le faire ici, devant tout le monde, ou en tête-à-tête, mais je dois m'entretenir avec lui. »

Guillaume s'approcha du consul, mais s'arrêta avant d'être à portée de main. L'homme était d'humeur noire et il se demanda quelle serait la meilleure façon de lui apprendre la terrible nouvelle concernant sa fille.

Une dame âgée au cou orné de nombreux bijoux gratifia Guillaume d'un regard courroucé. « Qui êtes-vous ? Que voulez-vous ? »

Guillaume fit la révérence et s'approcha d'elle. « Je suis l'enquêteur de l'évêque et …–

—Je le sais déjà, l'interrompit-elle sèchement.

—J'ai un message important à transmettre au consul Lussan. » Guillaume se demanda si la dame au port altier qu'il avait devant lui était l'épouse du consul Prelet, ou celle du consul Lussan, ou quelqu'un d'autre. Il n'avait pas sa place dans le monde fermé des consuls de Condom et de leurs familles.

« Souhaitez-vous en faire part ici devant nous, ou au consul en privé ?

—C'est à lui d'en décider, madame.

—Cela concerne-t-il sa fille ? L'évêque est-il au fait de la raison de son absence ?

—Il ne la connaît pas encore, mais je sais pourquoi elle n'est pas ici et où elle se trouve à présent. »

Toutes les personnes présentes s'exclamèrent à l'unisson. « Où donc ? Dites-le-nous ! »

Guillaume n'avait pas la moindre idée de ce qu'il devait faire. Il avait répété ce qu'il allait dire au consul Lussan sur le chemin de la rue Royale, mais il ne s'était pas attendu à avoir devant lui une assemblée aussi nombreuse.

Le consul Lussan se leva. « Répondez immédiatement, misérable !

—Ici, ou en privé ?

—Ici, bien entendu, imbécile. » Le consul s'approcha de Guillaume. « La prochaine fois que je verrai l'évêque, j'exigerai qu'il mette fin à votre emploi. »

Guillaume se garda de répondre. L'évêque de Condom passait si peu de temps au siège de son évêché que la menace n'avait que peu de poids.

« C'est avec une grande tristesse que je dois vous apprendre que Dame Viola est morte. C'est pour cela qu'elle n'est pas ici. »

L'atmosphère changea brutalement et la carrure du consul sembla s'amoindrir sous les yeux de Guillaume. L'une des dames tira le tissu de son aumônière, essuya ses larmes et se moucha.

Guillaume les contempla tour à tour en se disant qu'il aurait aimé savoir qui ils étaient. L'homme le plus âgé, vêtu d'habits magnifiquement coupés et portant une grande bague au doigt, réagit le premier. « Pourquoi les serviteurs du consul Lussan ne nous en ont-ils pas informés ? »

Guillaume lui répondit que les serviteurs n'étaient pas encore au fait de la mort de Dame Viola.

Cette surprenante déclaration les réduisit tous au silence quelques secondes, jusqu'à ce qu'ils reprennent leurs esprits et se mettent à l'interroger.

Guillaume attendit qu'ils se soient calmés et qu'ils aient cessé de lui crier dessus et les uns sur les autres. Il leur expliqua de manière aussi délicate que possible que Dame Viola avait été retrouvée le matin même par Messire Chezelle, dentateur de Dame Senclar, à la sacristie de la chapelle Sainte-Eulalie.

Sa gorge avait été tranchée. Il n'avait pas encore découvert pour quelle raison elle s'était trouvée là, qui l'avait tuée, ni ce que Chezelle faisait là.

« Portait-elle sa robe de fiançailles ? » demanda l'une des dames que consolaient les gens près d'elle. Guillaume se demanda s'il s'agissait de Dame Lussan, la mère de Viola.

« Non, elle portait des vêtements ordinaires, répondit-il.

—Était-elle parée de bijoux ?

—Oui.

—Comment s'est-elle rendue à la chapelle ? Je ne comprends pas. »

Guillaume hocha la tête. « Je ne le comprends pas non plus, mais je vais le découvrir. Je viens seulement de débuter mon enquête sur son décès.

—Qu'avez-vous découvert ?

—Ce que je vous ai dit, rien de plus. Je souhaitais en informer le consul Lussan et son épouse avant de commencer mon enquête.

—Bien entendu. Nous vous remercions de votre considération. »

Guillaume voulut voir qui avait proféré ces paroles. Le ton était calme, courtois, raisonnable. Il tourna son regard vers l'arrière de la pièce, d'où la voix s'était élevée, et vit un jeune homme assis sur un tabouret, en train de lire un document. À côté de lui se trouvait une jeune femme qui tentait d'attirer son attention, penchée pour voir le document de telle façon que sa poitrine semblait sur le point d'émerger de sa robe décolletée. L'effet était quelque peu diminué par les menues proportions de ladite poitrine, apparemment trop petite pour attirer l'attention du jeune homme, ou du moins Guillaume le supposa.

« Répondez-moi, exigea le consul Lussan d'un ton sec. »

Guillaume détourna le regard du jeune couple. « Mes excuses, consul, je n'ai pas entendu votre question.

—Êtes-vous sourd, comme Viola ?

—J'ignorais qu'elle était sourde, consul.

—Pas complètement, juste assez pour ne pas se rendre compte de l'irruption inattendue d'autrui dans sa chambre », affirma le consul Lussan.

Il y eut quelques commentaires à voix basse au sujet de la surdité de Viola et deux des dames se remirent à sangloter.

Guillaume décida de reprendre la conversation en main. « Il me faudra le moment venu interroger chacun d'entre vous au sujet de Dame Viola, afin de pouvoir me faire une idée de la vie qu'elle menait, des ennemis qu'elle pouvait avoir et ainsi de suite. Mais je souhaiterais avant toute chose interroger votre intendant, consul Prelet.

—Pourquoi donc ?

—Parce que cela fait partie de ma méthode de travail. L'évêque exige qu'il en soit ainsi », répondit Guillaume sans ciller.

Le consul se leva péniblement, nota Guillaume, et se dirigea lentement vers la porte en s'appuyant sur une canne au pommeau d'argent. « Suivez-moi, jeune homme. »

Un serviteur fut chargé de mener l'enquêteur de l'évêque auprès de l'intendant.

Guillaume suivit le serviteur jusqu'au bureau de l'intendant, où il apprit à ce dernier que Dame Viola Lussan était décédée. Il lui exigea ensuitela liste de tous les convives. L'intendant se leva sans inviter Guillaume à s'asseoir, indiquant par là que sa réponse serait brève.

Il égrena les noms des personnes présentes au banquet de fiançailles : le consul Prelet, son épouse et son fils, Messire Charles ; le consul Lussan et son épouse, venus sans leur fille ; le consul Senclar accompagné de sa mère et de son épouse ; les consuls Courial, Volpato, Gaudé, Ardit, Toupié et leurs épouses ; Messire Galerne et son épouse, Dame Pauline, qui était la fille aînée du consul Prelet ; le notaire Corloni et son épouse, le fils aîné du notaire et son épouse, ainsi que la fille aînée du notaire. L'intendant dressa la liste sur un ton monocorde, s'attendant nul doute à ce que Guillaume oublie la plupart des noms. La fille cadette du consul Prelet et son époux résidaient à Auch et n'avaient pas été en mesure de se rendre à Condom pour le banquet. Il en était de même pour le fils cadet, qui était prêtre à Auch.

Guillaume déplora de ne pas avoir avec lui de tablettes de cire sur lesquelles il aurait pu inscrire la liste de tous les noms. Il fit un effort de concentration pour tâcher de les mémoriser. La plupart d'entre eux lui étaient familiers, y compris celui du notaire Corloni. Belina affirmait qu'il s'agissait d'un avocat corrompu de Montréal, qui avait falsifié le testament de son père afin de permettre à sa belle-mère de prendre possession des biens et des terres dont Belina et son frère Jordi auraient dû hériter. Et Géraud également, se souvint Guillaume, maintenant que le frère soldat de Belina était rentré d'Espagne.

« Je comprends pourquoi les consuls et leurs épouses étaient invités, fit remarquer Guillaume à l'intendant, mais pourquoi le notaire Corloni et sa famille étaient-ils présents ?

—Je l'ignore.

—S'agit-il du notaire du consul Prelet ?

—Je ne le sais pas non plus. »

Guillaume vira de bord et demanda quand avait-on chargé l'intendant d'organiser le banquet de fiançailles.

« Il y a plusieurs semaines, au moins. Peu après que l'état de santé du consul empire.

—Son boitement ? » s'enquit Guillaume. L'intendant garda le silence. L'horloge posée sur sa table sonna. « Quand le mariage était-il prévu ? finit par demander Guillaume.

—Noël, ou même la Saint-Martin. Le consul tenait absolument à ce qu'il n'ait pas lieu plus tard que cela.

—Pour des raisons de santé ?

—Je ne puis répondre à de telles questions. » L'intendant se dirigea vers la porte et l'ouvrit afin que Guillaume s'en aille, sommant l'un des serviteurs de raccompagner l'enquêteur de l'évêque.

Guillaume suivit le serviteur d'un pas lent, prenant le temps d'admirer le décor somptueux du manoir.

Bernard Baylac lui adressa un large sourire lorsqu'il le vit arriver, l'unique sourire adressé à Guillaume depuis le moulin Moulié. Non, pas même là-bas, se dit-il. L'atmosphère y avait été glaciale, entre sa dispute avec le frère de Belina, Jordi, au sujet de l'Inquisition espagnole et l'antipathie évidente dont Catalina faisait montre envers la mystérieuse jeune femme qui accompagnait Géraud.

« Bernard, j'ai besoin de ton aide, dit Guillaume en s'appuyant contre le mur de la petite pièce qu'occupait le portier.

—Bien entendu. Je ferai tout mon possible pour vous venir en aide, Messire Guillaume.

—Pourrais-tu me dire quand chacune des personnes est arrivée pour le banquet et de qui il s'agissait ? Et as-tu une tablette de cire à me prêter, je te prie ? Je te la ramènerai dès que j'aurai transcrit les informations.

—Laissez-moi réfléchir un instant. » Le portier se gratta le crâne et ajusta son couvre-chef. Il tendit à Guillaume une tablette de cire fort usée et se gratta à nouveau la tête. « Les deux premiers sont arrivés très tôt. Le notaire Corloni et sa femme. Mais ils n'avaient pas de route à faire ; ils habitent le manoir voisin.

—Je croyais qu'ils résidaient à Montréal, s'étonna Guillaume.

—En principe, oui, mais le notaire et sa famille logent souvent à côté. Le manoir appartient à la veuve Créon, la sœur du notaire, mais elle passe la plupart de son temps à Bordeaux.

—Et combien de membres de sa famille sont venus avec le notaire ?

—Son fils aîné et son épouse, ainsi que sa fille aînée, répondit Bernard, mais ils sont arrivés bien plus tard, après la venue de Dame Pauline, la fille aînée du consul Prelet, et de son époux. Ils habitent plus loin sur la rue Royale.

—Peut-être le notaire avait-il des documents à montrer au consul, suggéra Guillaume.

—C'est possible. Il avait des papiers avec lui.

—Qui d'autre est arrivé ?

—Plusieurs consuls et leurs épouses, tous ensemble, comme s'ils s'étaient retrouvés avant de venir. » Il marqua une pause et se gratta à nouveau le crâne. « Ils bavardaient et riaient jusqu'à ce qu'ils me voient en train de les observer.

—Le consul Senclar se trouvait-il parmi eux ?

—Non. Il n'est pas très apprécié, paraît-il. Les autres disent de lui qu'il est paresseux et que si sa mère ne lui avait pas acheté le titre, il ne serait pas consul.

—Vraiment ? » Guillaume s'efforça de paraître surpris, au cas où d'autres serviteurs de la maison Prelet se trouvaient à portée de voix. « Est-il venu seul ?

—Non. Il avait avec lui sa mère minuscule et son épouse à la forte poitrine. » Bernard Baylac traça en l'air le buste opulent de Jeanne Senclar de ses mains, haussant les sourcils à l'intention de Guillaume.

Le geste rappela à Guillaume la jeune femme à la poitrine menue qu'il avait vue dans la salle à manger. « Il y avait une jeune femme parmi les consuls et leurs épouses. Elle ne ressemble pas du tout à Jeanne Senclar, à ce niveau-là. Guère plus que des piqûres d'abeilles. »

Bernard éclata de rire. « Ce doit être Dame Ana Corloni, la fille du notaire. Elle loge souvent au manoir voisin.

—Elle tentait d'attirer l'attention d'un jeune homme, dit Guillaume. Qui était-ce ? Ce n'était pas le consul Senclar.

—C'était le fils du consul Prelet, Messire Charles, le futur marié. Il est arrivé ici la semaine dernière, cela faisait des mois que je ne l'avais pas vu. Il a quitté Condom pour se rendre à Toulouse il y a dix ans, mais lorsqu'il faisait ses études à Toulouse, il passait ses vacances ici. Il se faufilait dans le manoir d'à côté et y passait la nuit entière avec Ana Corloni. Elle était bien trop jeune pour se comporter ainsi, à vrai dire. Elle n'avait que quinze ans.

—Les parents de Charles le savaient-ils ?

—J'en doute. Je pense qu'ils auraient trouvé à y redire.

—Charles Prelet avait-il rencontré Dame Viola, avant ce jour ? voulut savoir Guillaume.

—Je n'en ai aucune idée. Il passe la plupart de ses journées ici à monter à cheval, seul la plupart du temps. J'ignore où il se rend – et pourquoi.

—Peut-être rencontrait-il Dame Viola, suggéra Guillaume. Peut-être souhaitaient-ils faire connaissance. Ce qui aurait été une sage initiative.

—Il n'était pas vêtu pour batifoler, si c'est là ce que vous voulez dire, répondit Bernard. Il était apparemment en sale état lorsqu'il est revenu de sa promenade à cheval ce matin. Il s'est rendu directement aux écuries, bien entendu, et non ici.

—Comment sais-tu qu'il s'est promené à cheval ce matin, alors ?

—Je reviens à peine des écuries. » Il adressa un sourire à Guillaume. « Les gars étaient très mécontents car il leur a jeté ses habits poussiéreux en disant qu'il était pressé à cause du banquet.

—On dirait qu'il n'était pas si enthousiaste à l'idée du banquet, ou même peut-être du mariage, fit remarquer Guillaume.

—Qui sait ? Les consuls se marient pour l'argent, paraît-il. C'est certainement le cas du consul Prelet. Son épouse possède une grande fortune.

—Est-ce la dame dont le cou était orné de nombreux bijoux ? » s'enquit Guillaume.

Bernard lui fournit une réponse détaillée au sujet de Dame Prelet qui couvrait ses origines, sa fortune, son apparence, son comportement et son état de santé. « C'est une dame plus respectable que l'épouse du consul Lussan, qui est d'Agen et n'est pas à sa place ici. Elle aussi porte de nombreux bijoux, mais ses goûts sont plus modernes. »

Guillaume lui demanda si le consul Lussan et son épouse étaient arrivés au même moment que le groupe de consuls, ou en compagnie du consul Senclar.

« Ils sont arrivés peu après le notaire. Ils avaient l'air très courroucés. Ils traversaient la rue Royale à cheval en se disputant. Je le voyais d'ici.

—As-tu entendu leur querelle ?

—Oh, non. Lorsqu'ils se sont présentés ici, ils m'ont déclaré que leur fille arriverait plus tard, en compagnie de leur intendant. Quelque chose n'allait pas avec sa robe et elle ne souhaitait pas retarder ses parents, qui devaient apporter des documents importants et le cadeau de fiançailles.

—Ont-ils laissé leurs chevaux à l'entrée principale ?

—Oui, un des garçons les a emmenés aux écuries. » Il marqua une pause. « C'est cela qui est étrange. Je viens d'apprendre alors que j'étais aux écuries que le consul Lussan est sorti du manoir peu après son arrivée et qu'il leur a demandé de seller son cheval. Il est reparti à vive allure.

—Peut-être est-il retourné à son manoir chercher un document qu'il avait oublié, dit Guillaume.

—J'ignore où il s'est rendu. Mais il est revenu tout recouvert de poussière, comme l'avait été Messire Charles Prelet. »

Guillaume voulut savoir qui était parti le premier, qui était revenu le premier, et si quelqu'un d'autre était sorti à cheval.

Il fallut un certain temps pour mettre en ordre toutes les informations que Bernard lui fournit. Mais il apprit que Charles Prelet était sorti tôt et que le consul Lussan était reparti peu après son arrivée, à la mi-matinée, par la rue Royale. Il était revenu avant Messire Charles et était entré au manoir. Peu après, l'assistant de l'intendant avait fait seller un cheval et s'était rendu à la rue des Armuriers pour aller y chercher Dame Viola : il était cependant revenu sans elle. Après cela, le consul Lussan, furieux, s'était rendu aux écuries, avait ordonné que sa monture soit à nouveau sellée et déclaré qu'il se rendait rue des Armuriers. Il avait pesté contre l'assistant de l'intendant et sa stupidité. Il s'était montré très désagréable et les employés des écuries Prelet le méprisaient.

Le récit de Bernard fut interrompu par le notaire Corloni,

qui sortait par la porte. « Ne critiquez pas vos supérieurs, portier. »

Le notaire grassouillet et sa famille descendirent en silence les marches qui menaient à la rue, puis gravirent celles du manoir voisin. On aurait dit qu'ils avaient tous les cinq avalé du vinaigre.

Guillaume fit une remarque au sujet de leurs expressions aigries. Il s'assit sur un tabouret, plaça la tablette de cire de Bernard sur son genou et se mit à écrire tout ce qu'il avait entendu. Les pensées se bousculaient dans son esprit. Il présumait que le *crestian* avait tué Viola, mais était-il seul lorsqu'il avait commis l'acte ? Qui avait procuré l'arme ? Quel était le rôle de Chezelle dans tout cela ? Il était arracheur de dents et devait posséder des outils tranchants. Mais le *crestian* devait être charpentier, car tous les *crestias* étaient charpentiers, et il devait lui aussi posséder des outils aiguisés.

CHAPITRE TROIS

Cinq coups sonnèrent à l'horloge de la cathédrale. Guillaume se rappela qu'il lui fallait retourner à la chapelle. Il devait faire emmener le corps à la salle des cadavres de la cathédrale et examiner la scène du crime à la sacristie. Il remercia Bernard et lui dit qu'il lui rapporterait la tablette de cire dès qu'il aurait copié les noms sur l'une des siennes.

La rue Royale était encore bondée de gens et d'animaux. Il se fraya un chemin à travers la foule en saisissant fermement la tablette. Il fit irruption dans la salle de garde de la cathédrale au beau milieu d'une partie de dés et annonça qu'il souhaitait que deux d'entre eux l'accompagnent à la chapelle Sainte-Eulalie, munis d'un brancard.

« Est-ce que quelqu'un est malade ? demanda l'un des gardes.

—Non, quelqu'un est mort, répondit Guillaume, et je dois ramener au plus vite le corps dans la salle des cadavres.

—La chapelle est-elle verrouillée ? » Guillaume hocha la tête et tapota la bourse à sa ceinture. « Pourquoi tant de hâte, alors ? » Le garde se retourna vers sa partie de dés.

« Parce que le corps a la gorge tranchée, voilà pourquoi, rétorqua Guillaume sèchement. Dépêchez-vous d'aller chercher le brancard. Vos dés attendront.

—Oui, Messire Guillaume. »

On ordonna aux deux plus jeunes gardes d'aller trouver

le brancard et d'accompagner l'enquêteur à la chapelle. Les autres se remirent à jouer.

Guillaume les mena le long de la rue qui menait à la chapelle Sainte-Eulalie. Il déverrouilla la porte et traversa la chapelle en direction de la sacristie.

« Où se trouve le corps ? demandèrent les gardes au même moment.

—Là-dedans. Préparez-vous à voir beaucoup de sang. » Guillaume sortit de sa bourse la clé de la sacristie et ouvrit la porte. Comme il s'y attendait, une odeur nauséabonde le fit déglutir et lui donna la nausée. Des mouches grouillaient sur le cadavre et bourdonnaient autour de la tête et dans la plaie. Le plus jeune des deux gardes vomit, ce qui n'arrangeait pas l'odeur.

Guillaume montra aux gardes où placer le brancard et ils soulevèrent à trois le corps, avant de le poser dessus et de l'y attacher avec des cordes. Ils cherchèrent un morceau de toile de taille suffisante pour recouvrir l'ensemble du cadavre. L'un des gardes ramassa une nappe d'autel qui se trouvait dans le coffre ouvert, contre le mur.

« Je ne vois rien d'autre, Messire Guillaume.

—Peu importe. Emmener le corps à la salle des cadavres est bien plus important qu'une nappe d'autel dans une chapelle fréquentée par des *crestias*. »

Le garde sursauta comme si une guêpe l'avait piqué. « Des *crestias* ? Je ne veux pas attraper la lèpre. » Il se tourna en direction de la porte.

« Ne sois pas idiot. Tu n'attraperas pas la lèpre. Cela fait au moins deux cents ans qu'il n'y a pas eu de lépreux en Gascogne.

—Pourquoi les *crestias* doivent-ils vivre hors de la ville, alors ?

—Parce que les gens comme toi les craignent. » Guillaume regretta d'avoir proféré ces paroles méprisantes, mais il était trop tard pour retirer ce qu'il avait dit. Il étendit la nappe sur le corps de Viola.

« Avez-vous une autre corde ? » Ils secouèrent la tête. « Il nous faut trouver quelque chose ici, dans ce cas. » Il fouilla le coffre, mais n'y trouva que de vieux tissus de diverses tailles.

« Il y a un cordon ici, autour du rideau », déclara l'aîné des deux gardes. Il le détacha et tira le rideau. « Il y a un escalier, messire. »

Guillaume contempla les marches en bois qui s'enfonçaient dans les ténèbres. « Il mène sans doute à une crypte. J'y jetterai un œil plus tard. » Il prit le cordon et attacha la nappe d'autel aussi fermement que possible, tandis que le cadet des gardes se retournait et vomissait à nouveau.

Ils sortirent le brancard et traversèrent la chapelle pendant que Guillaume verrouillait la porte de la sacristie, puis émergèrent au soleil par la porte de la chapelle. Le teint verdâtre du jeune garde s'estompa tandis qu'ils respiraient à nouveau tous trois de l'air frais.

Ils remontèrent la rue Jean-Baptiste en direction de la salle des cadavres de la cathédrale, suivis par une foule de *crestias*.

« Qui est mort, messire ? demanda l'un d'eux à Guillaume.

—Je ne le sais pas encore, mentit-il.

—Toutes sortes de gens fréquentent cette chapelle, messire. Les *crestias* ne sont pas les seuls. Nous nous en tenons à l'écart la plupart du temps, sauf pour la messe, et même là nous n'entrons pas dans la chapelle. Ils nous donnent l'hostie au bout d'une longue cuiller de bois. »

Guillaume avait eu ouï-dire de cette pratique, mais il ne l'avait jamais vue de ses yeux. Il avait été élevé à Bordeaux, une grande ville, et avait vécu en Angleterre, près de Southampton, alors qu'il n'était encore qu'un enfant en bas âge. Il était à moitié anglais, mais Belina était la seule personne à Condom qui le savait. Elle avait expliqué à toutes ses connaissances que beaucoup de gens à Bordeaux étaient grands et avaient le teint clair, comme Guillaume, car la ville avait appartenu aux Anglais jusqu'à quarante ans auparavant. Belina n'avait jamais voyagé aussi loin que Bordeaux et elle ne souhaitait pas le faire. Guillaume et elle se querellaient souvent à ce sujet.

Les gardes arrivèrent à la salle des cadavres et détachèrent le corps, avant de le poser sur des roches plates prévues à cet effet. Guillaume ôta les vêtements avec grande précaution puis les plia. Il retira ensuite tous les bijoux que Dame Viola portait autour du cou et des poignets. Il les plaça dans sa bourse, malgré le sang qui les souillait. Il se signa, ramassa les vêtements de Viola, les enroula dans la cotte et referma la porte derrière lui.

Les gardes se tenaient près de la porte qui menait au cimetière des moines. Guillaume sortit quatre pièces de sa bourse, leur en donna deux chacun et les remercia d'avoir accompli cette tâche désagréable. « Lorsque vous aurez remis le brancard à sa place, allez boire un coup et ne pensez plus à tout cela. » Il se détourna d'eux et demanda le registre de la salle des cadavres.

Il signa le registre et informa le clerc du fait que le corps était celui de Dame Viola Lussan, de la rue des Armuriers à Condom. Il lui ordonna de ne révéler l'identité du cadavre à personne.

« Pourquoi donc, Messire Guillaume ?

—Parce qu'elle a été assassinée. On lui a tranché la gorge. Je ne sais pas encore avec certitude qui est responsable du crime, mais je crois que nous avons trouvé le meurtrier et que nous l'avons enfermé dans la geôle de la cathédrale.

—Pourquoi ne pas l'avoir emmené à la geôle du sénéchal ?

—Parce qu'elle a été retrouvée à la chapelle Sainte-Eulalie. »

Le clerc laissa échapper un cri de surprise et se signa. « Un meurtre dans un lieu saint. C'est affreux.

—En effet, en convint Guillaume. J'y retourne séance tenante pour découvrir quand elle a été tuée et par quel moyen.

—Une lame aiguisée, je suppose, proféra le clerc. C'est sans doute l'un de ces horribles *crestias* qui en est l'auteur. »

Guillaume se garda de lui dire que le prisonnier était un *crestian*. Il se saisit des vêtements de Viola et retourna à pied à la chapelle, refermant la porte à clé derrière lui. Il chercha des bougies car il commençait à faire sombre. Il prit celles qui étaient posées sur l'autel et les alluma avec le silex en métal qui se trouvait à côté. Il déverrouilla ensuite la porte de la sacristie et la referma à clé derrière lui.

L'odeur était devenue pestilentielle, mais au moins le cadavre n'était plus présent. Il plaça les vêtements de Viola près de la porte et fouilla minutieusement la pièce.

Elle devait être en train de broder la chasuble verte ; lorsqu'il avait examiné le corps de dame Viola, elle avait en main une aiguille et du fil vert. De la chasuble, posée à côté, pendait du fil. Il la ramassa et vit qu'un objet en bois se trouvait sous l'habit.

Guillaume prit deux tissus dans le coffre ouvert et les enroula autour de ses mains. Il saisit l'objet et le scruta à la lumière de la fenêtre. Il faisait environ douze pouces de long, avec deux manches en bois aux extrémités et une lame entre les deux. Ce n'était certainement pas un objet que l'on aurait trouvé d'ordinaire dans une sacristie. La lame était souillée. Guillaume la renifla avec précaution. Comme il s'en était douté, elle sentait le sang. Il posa l'objet sur la pile de vêtements de Viola.

Il sortit une tablette de cire de sa sacoche d'enquêteur, ainsi que son meilleur stylet, et les plaça sur la table à côté d'un crucifix poussiéreux. Il inscrivit tout ce qu'il avait observé jusqu'à présent, en commençant par son examen du cadavre et son estimation de l'heure de la mort, passant ensuite à la chasuble et à l'arme présumée. Il sortit une deuxième tablette et traça le plan de la pièce, indiquant l'endroit où le corps de Viola avait été trouvé, gisant sur son dos face à la fenêtre.

Il marqua une pause, laissant son croquis inachevé. Lorsqu'il était arrivé avec son palefrenier plus tôt dans l'après-midi, aucune des deux portes n'avait été verrouillée et les clés étaient du côté intérieur. Viola devait donc se sentir en sécurité si elle faisait face à la rue plutôt qu'à la porte. Peut-être espérait-elle apercevoir quelqu'un qui passait devant la fenêtre. Elle aurait évidemment entendu quelqu'un entrer dans la chapelle, puis dans la sacristie. Mais il se souvint alors que le consul Lussan avait affirmé que sa fille était sourde. Cela voulait dire que le meurtrier aurait pu pénétrer dans la sacristie l'arme à la main et attaquer Viola par derrière, tranchant sa gorge.

Guillaume frissonna. Il commençait à faire trop sombre pour continuer à enquêter. Il éteignit les deux bougies, ramassa l'arme et le plaça soigneusement au cœur de l'amas de vêtements.

Il jeta un coup d'œil en direction du rideau et de l'escalier qui descendait vers la crypte, mais décida de remettre cela à un autre jour. Il avait déjà assez à faire ainsi – plus qu'assez. Il verrouilla la sacristie et la chapelle derrière lui et retourna à la résidence des employés de la cathédrale. Il se demanda si des pèlerins et des *crestias* avaient vu des gens entrer dans la chapelle, tôt ce matin-là. Il ne fallait pas qu'il oublie de demander à Antoni ce qu'il avait découvert d'autre lorsqu'il attendait avec les chevaux devant la chapelle. Il n'avait pour l'instant mentionné qu'un groupe de pèlerins qui étaient musiciens. Guillaume se souvenait cependant qu'il y avait d'autres gens attroupés autour de la porte de la chapelle lorsqu'il était arrivé du moulin. Antoni était généralement source de conseil fiable, pour peu qu'il soit de bonne humeur. Pour sa part, Guillaume regrettait la sienne, qui avait été mauvaise, pendant le trajet qu'ils avaient fait ensemble du moulin à la chapelle.

Il était trop tard pour qu'il y ait encore des pèlerins dans la rue, mais les *crestias* l'observèrent tandis qu'il passait leur léproserie. La porte de la geôle de la cathédrale était fermée et il se demanda dans quel état le présumé meurtrier se trouvait dans sa cellule au donjon. Encore en train de pleurnicher, peut-être. Guillaume l'imagina recroquevillé sur une natte à même le sol terreux, à sangloter. Ou bien sa peine était-elle feinte ? Peut-être le *crestian* ne faisait-il que dissimuler sa culpabilité.

Lorsqu'il gagna son logis, Belina était en train de faire frire des œufs et seule Minette l'accueillit avec sa joie coutumière, en se frottant contre ses jambes poussiéreuses et en éternuant. Elle arpenta la pièce en dodelinant la queue.

Guillaume emmena sa sacoche d'enquêteur et les vêtements de Viola dans la pièce où il travaillait. Il espérait que Belina n'allait pas lui faire de remontrances parce qu'il était rentré tard. Il se dit qu'il aurait sans doute dû trouver quelqu'un pour lui faire parvenir un message alors qu'elle se trouvait encore à l'échoppe. Il prit un air contrit et attendit qu'elle fasse glisser les œufs sur le tranchoir.

« Où étais-tu ? Pourquoi rentres-tu si tard ? » Elle posa la poêle dans l'évier et versa de l'eau dessus.

« J'étais à la chapelle Sainte-Eulalie, à la geôle de la cathédrale, au manoir Lussan dans la rue des Armuriers, au manoir Prelet dans la rue Royale, puis à nouveau à la chapelle Sainte-Eulalie. » Il l'embrassa et caressa ses cheveux. « Un endroit très poussiéreux. C'est pour ça que Minette a éternué à l'instant. Tu ne l'as pas entendue ?

—Non, je ne l'ai pas entendue. Ne vois-tu pas que je fais à manger ? »

Il l'embrassa à nouveau. « Pourquoi faire à manger alors que nous avons eu un repas si copieux au moulin ? Catalina fait vraiment très bien la cuisine – ce qui compense son tempérament, je suppose. »

Belina versa du cidre dans un gobelet qu'elle posa sur la table, ainsi que le tranchoir contenant les œufs. Guillaume prit les tabourets dans le coin de la pièce et s'assit face à la fenêtre et à la cour qu'éclairait la lune. Belina coupa en deux le tranchoir et ils mangèrent leurs œufs. Guillaume saisit le gobelet et but tout le cidre d'une traite.

« Pourquoi as-tu si soif ? » Elle prit le gobelet et le remplit à nouveau de cidre.

« En partie à cause de la poussière dans la chapelle, je suppose. » Il lui laissa un peu de cidre cette fois, mais elle reposa le gobelet et le fixa du regard.

« Et en partie quoi d'autre ?

—Comme je viens de te le dire, je suis allé à– »

Elle saisit vivement le gobelet. « Pourquoi ne me dis-tu pas ce que tu as fait ?

—C'est ce que j'essaie de faire, mais tu m'interromps sans cesse.

—Poursuis donc ton récit, alors. »

Guillaume lui raconta son après-midi bien rempli, évitant tout détail concernant le cadavre ensanglanté dans la sacristie, et relata l'interrogatoire des consuls au manoir Prelet, ainsi que sa brève visite au manoir Lussan.

« Pourquoi le manoir Lussan ? »

Guillaume s'attendait à cette question et il donna à Belina sa réponse soigneusement préparée. « La personne qui a trouvé le corps dans la chapelle m'a dit qu'il s'agissait de Dame Viola Lussan. »

Belina le dévisagea, stupéfaite, puis se signa.

Guillaume poursuivit. « Tu es allée à l'école avec elle, je crois. » Il prit la main de Belina dans la sienne.

« Oui. » Une larme tomba sur ses genoux. « Mais je l'ai peu vue ces dernières années.

—Elle ne se rendait jamais à l'échoppe ? demanda-t-il en essuyant les larmes de son épouse de son autre main.

—Je ne crois pas, murmura Belina.

—Quelle sorte de personne était-ce ?

—Elle était douce et aimable. » Elle fit une pause et renifla. Guillaume lui tendit son mouchoir et elle se moucha. « Elle venait d'une famille bien plus éminente que la mienne, bien entendu, mais elle ne le montrait jamais. Elle faisait preuve de gentillesse envers tous. Contrairement à cette garce vile et maigre d'Ana Corloni. »

Guillaume attendait, attentivement qu'émergent d'autres souvenirs, en serrant la main de sa femme dans les siennes.

« Elle semblait toujours un peu triste, dit Belina. Comme si elle manquait de confiance en elle, malgré ses parents riches et importants.

—Peut-être ses parents étaient-ils la cause de son manque de confiance en elle, suggéra Guillaume.

—Je l'ignore. »

Il essaya à nouveau. « Était-elle bien vêtue ? »

Belina ferma les yeux et réfléchit. « Oui, bien entendu, elle était mieux vêtue que moi, avec mes habits maculés de farine.

—Avait-elle des frères et sœurs ?

—Un seul. Il se prénommait Mathurin, je crois, comme son père.

—Se prénommait ? Est-il décédé ?

—Il y a quatre ans, environ. De la peste. » Belina se moucha à nouveau. « Mais ils n'étaient pas très proches.

—Est-ce qu'elle travaillait bien à l'école ?

—Oui.

—Dans quels domaines était-elle particulièrement douée ? »

Belina réfléchit un long moment en faisant la grimace. « Le dessin et la peinture. Elle était très douée pour ça.

—Autre chose ?

—Je ne me souviens de rien d'autre.

—Avait-elle beaucoup d'amis ?

—Je ne me souviens pas. Je suis désolée, Guillaume, mais je l'ai perdue de vue. Les amitiés d'école ne durent pas toujours.

—Est-ce qu'elle s'entendait bien avec les garçons comme Jordi et Christau ? »

Pendant plusieurs minutes, Belina, émue, ne dit mot, fronçant les sourcils et reniflant. « Elle aimait venir sur notre bateau.

—Son père ne possédait-il pas de bateau ?

—Il en possédait sans doute plusieurs, mais ils devaient servir à transporter des marchandises ou d'autres choses pour ses propriétés. Attends, ça me revient. Son père avait de nombreuses terres et beaucoup d'hommes travaillaient ses champs et ses vignes.

—Lorsque vous étiez à l'école ensemble, est-elle tombée amoureuse ? »

Belina secoua la tête. « Elle était trop triste et repliée sur elle-même pour cela. De toute manière, elle était vouée à épouser le fils d'un consul, comme elles le sont toutes. »

Guillaume l'embrassa. « Il vaut mieux épouser un enquêteur de l'évêque. »

Belina sourit malgré ses larmes. « Il est étrange qu'elle n'avait pas encore été mariée.

—Oui, elle avait attendu quelques années, mais ses fiançailles devaient avoir lieu aujourd'hui.

—Comment le sais-tu ?

—C'est pour cette raison que j'ai dû me rendre au manoir Prelet, expliqua Guillaume, pour apprendre la nouvelle au consul Prelet et à une dizaine d'autres personnes qui s'y trouvaient. » Il marqua une pause. « Une vingtaine, plutôt, je suppose, y compris le fils qui vit à Toulouse et qui était venu à Condom pour son banquet de fiançailles.

—*Son* banquet de fiançailles ?

—Oui, Charles Prelet et Viola Lussan allaient être fiancés, répondit Guillaume.

—Se connaissaient-ils ?

—J'espérais que tu pourrais me l'apprendre, Belina. »

Elle secoua la tête et lui dit qu'elle n'avait pas eu de nouvelles de Viola depuis des années. Elle se leva, mit le gobelet et les restes du tranchoir dans l'évier et se lava les mains. Guillaume se leva lui aussi et passa son bras autour des épaules de Belina lorsqu'elle se mit à sangloter.

Elle pleura pendant près d'une heure ; ils étaient alors au lit et il tentait toujours de la consoler.

CHAPITRE QUATRE

Mardi

Tôt, le matin suivant, Guillaume prit sa sacoche d'interrogatoire et descendit la rue qui passait devant le palais de l'évêque. Des jardiniers œuvraient dès l'aube à embellir les rosiers. Il s'arrêta un instant pour les observer et respirer l'air frais et la senteur des fleurs. Un plaisir de courte durée avant de passer un long moment sous terre, dans la geôle de la cathédrale, où il allait interroger le meurtrier.

Le garde et Guillaume descendirent les marches irrégulières qui menaient au donjon et traversèrent le passage en direction de la cellule du *crestian*. Les autres prisonniers le dévisagèrent en grommelant. Il s'efforça de se souvenir lequel des criminels avait volé de l'argent dans la boîte à aumônes de la cathédrale, lequel avait frappé le trésorier Rocca l'année dernière et lequel avait mis feu aux meules de blé prêtes à être livrées à l'ancien entrepôt de Rocca. Mais il n'y avait pas assez de lumière pour distinguer leurs traits et l'odeur d'urine était ignoble.

Le garde déverrouilla la porte de la cellule du *crestian* et fit un pas de côté pour laisser entrer Guillaume. Ce dernier fut surpris et soulagé de constater que l'odeur était moins nauséabonde que celle qui émanait des trois autres cellules.

Le prisonnier était assis sur une natte posée sur le sol

terreux, adossé au pan du mur le moins souillé. Lorsqu'il vit Guillaume, il se leva lentement et garda le regard rivé sur le sol. Guillaume se résigna à un long interrogatoire du présumé meurtrier. Il sortit une tablette et un stylet de sa sacoche et s'adressa au prisonnier.

« Josep est-il votre seul nom ?

—Non. Mon autre nom est Sarbazan.

—Et vous vivez à la léproserie ?

—Oui.

—Quel est votre métier ?

—Charpentier, messire. »

Guillaume s'était attendu à cette réponse. Les seuls métiers que les *crestias* étaient autorisés à pratiquer étaient ceux du bois, afin qu'ils ne contaminent personne. « Quelle sorte de charpenterie ? La construction ? L'échafaudage de toits ? Les chars à bœufs ? Les fûts de vin ?

—Rien de tout cela, messire. » Il leva enfin les yeux sur Guillaume.

« Quelle sorte de charpenterie pratiquez-vous, alors ?

—Je façonne des meubles, messire. »

Guillaume l'inscrivit sur sa tablette. « Quel type de meubles ?

—Ce que l'on me demande de façonner, messire.

—Un lit, un buffet, un coffre, un tabouret ? » insista Guillaume.

Le *crestian* ne répondit pas.

« Répondez-moi. »

Il secoua la tête. À la surprise de Guillaume, une larme perla le long du visage crasseux du prisonnier. « Toutes sortes de choses, messire », marmonna-t-il.

Guillaume pensa à l'objet en bois trouvé à côté du cadavre et se demanda s'il s'agissait d'un ustensile de charpentier. « Combien d'outils possédez-vous ? »

Le *crestian* ouvrit les bras. « Les gardes ont pris ma sacoche lorsqu'on m'a emmené ici. Elle contenait mes outils. J'espère qu'ils y sont toujours.

—Je m'en assurerai auprès d'eux, répondit Guillaume. À quelle heure êtes-vous arrivé à la chapelle ?

—Deux heures après l'aube, je crois, messire. Deux heures au moins.

—Pourquoi vous êtes-vous rendu à la chapelle ? »

Le *crestian* ne dit mot et baissa à nouveau les yeux.

« Aviez-vous une tâche à accomplir à la chapelle ? »

Toujours rien. Le *crestian* fit peser son poids sur l'autre jambe.

« Répondez-moi ! exigea Guillaume d'un ton brusque.

—Non, messire. » Le *crestian* hésita, son regard toujours rivé au sol. « Non, messire, répéta-t-il. J'avais déjà travaillé environ deux heures ce matin-là.

—Où ça ?

—Au manoir de la veuve Créon, dans la rue Royale.

—Qu'y faisiez-vous ?

—Je réparais un coffret.

—Qui l'avait endommagé et pourquoi l'était-il ?

—Je l'ignore. On m'a dit que le notaire avait ordonné qu'on le répare afin qu'il puisse l'offrir à quelqu'un ce matin-là. La tâche était complexe et il m'a fallu du temps pour la mener à bien.

—Où travailliez-vous samedi ? voulut savoir Guillaume.

—Au même endroit, j'y ouvrageais un coffre à linge. J'avais presque terminé le châssis et j'ôtais les imperfections des rebords extérieurs à l'aide de mon vastringue. »

Guillaume lui demanda de décrire la vastringue.

« Il fait environ douze pouces de long, avec deux manches en bois et une lame plate vissée entre les deux. Je pousse la lame devant moi. Par exemple, lorsque je lisse le bord d'un meuble, je le fais ainsi. » Il saisit un objet imaginaire et le poussa très lentement devant lui.

« Vous le poussez toujours devant vous ? s'enquit Guillaume.

—Oui, messire.

—Vous est-il arrivé de laisser votre sacoche à outils sans surveillance ?

—Parfois, mais seulement pour me rendre aux latrines.

« Quelqu'un vous observait-il pendant que vous travailliez ? demanda Guillaume.

—Pas vraiment.

—Que voulez-vous dire ? Quelqu'un vous observait-il ou non ?

—Je me concentre sur ma tâche, messire, répondit le *crestian*. Je ne remarque pas toujours si je suis seul ou si l'on m'observe. »

Ce fut la première et la dernière déclaration directe que fit le *crestian*. Le reste ne fut que marmonnements ou chuchotements. Guillaume l'interrogea sans relâche pendant de longues minutes, mais n'apprit rien de plus. Le prisonnier affirma son innocence à maintes reprises, sans toutefois convaincre Guillaume.

Le visage du *crestian* était dénué de toute expression, hormis ses yeux. À chaque fois que Guillaume mentionnait la victime et sa gorge tranchée, ils s'emplissaient de larmes.

Le *crestian* finit par tourner le dos à Guillaume et se réfugia face au mur le plus éloigné de sa cellule sale et humide.

Guillaume prit la clé de sa ceinture, déverrouilla la porte et la verrouilla à nouveau derrière lui une fois qu'il fut dans le passage. Il retourna à la salle de garde et rendit la clé. Il marcha ensuite jusqu'à la résidence des employés, perdu dans ses pensées. Que faisait Viola Lussan dans une petite chapelle près de la léproserie, alors que sa place à ce moment-là était au cœur d'une cérémonie de fiançailles ? L'outil de charpentier qu'il avait trouvé sous la chasuble correspondait à la description qu'avait faite le *crestian* de son vastringue, dont il s'était servi samedi dernier, mais il semblait que le meurtrier avait attaqué la victime par derrière, alors que cette dernière était assise face à la fenêtre de la sacristie. Tout cela ne rimait à rien – du moins, pas encore.

Il traversa la cour de la résidence des employés de la cathédrale et monta les marches qui menaient à son logis. Il était toujours perdu dans ses pensées lorsqu'il heurta son voisin de palier, le chef de chœur. « Toutes mes excuses, frère Charles, dit-il.

—Ce n'est rien, Guillaume. J'imagine que vous êtes en train de résoudre l'une de vos enquêtes.

—Je suis loin de la résoudre. Je viens à peine de la commencer. » Guillaume déverrouilla sa porte.

Le frère Charles le gratifia d'un sourire. « Votre épouse et vous la résoudrez bien assez tôt, tout comme vous avez réussi à faire la lumière sur le meurtre précédent. » Il marqua une pause. « J'espère qu'il ne s'agit pas d'un meurtre, cette fois.

—Hélas si, et du sang partout. » Guillaume coupa court à la conversation en disant *adiu* au frère Charles et en refermant la porte derrière lui. Il ajouta deux tablettes à sa sacoche d'enquêteur et repartit de chez lui à la hâte.

Il se rendit à la place Lion d'Or, puis descendit la rue des Armuriers jusqu'au manoir Lussan. Le consul Lussan était connu pour posséder de nombreuses terres, ainsi que d'autres propriétés de valeur. Guillaume se demanda vaguement quelle aurait été la dot de Viola. Charles Prelet et son père avaient-ils été privés d'argent ou de domaine foncier – ou des deux – suite à sa mort ? Il lui fallait le découvrir, mais de manière discrète.

Guillaume expliqua au portier qu'il devait s'entretenir avec l'intendant.

« Il se trouve dans le vestibule, avec Messire Chezelle. »

Malédiction, se dit Guillaume. L'arracheur de dents de Dame Édith Senclar avait le don de se trouver au mauvais endroit au mauvais moment. Il n'avait rien à faire ici.

Le portier mena Guillaume dans le vestibule et annonça : « Messire Lansac souhaite vous voir. »

L'intendant vint à la rencontre de Guillaume, accompagné de trois petits chiens qui étaient tous en train d'aboyer. « Pourquoi ne nous avez-vous pas appris l'horrible nouvelle de la mort de Dame Viola lorsque vous étiez ici hier ?

—Il était essentiel que j'en informe ses parents les premiers, mais ils n'étaient pas présents céans. »

Chezelle s'avança vers lui en exhibant sa remarquable dentition. « J'ai informé l'intendant du meurtre, ainsi que de l'identité du meurtrier. J'ose espérer qu'il est écroué à la geôle du sénéchal. »

Guillaume n'offrit pas de réponse. Il préférait que Chezelle en sache le moins possible. Il se tourna vers l'intendant et demanda qu'on le mène à la chambre à coucher de Dame Viola, afin qu'il puisse s'y entretenir avec sa femme de chambre.

Chezelle tenta de les suivre, mais l'intendant somma le portier de raccompagner l'arracheur de dents jusqu'à la porte.

Ils traversèrent une vaste pièce et l'intendant indiqua un buffet. « Le *crestian* œuvrait sur ce meuble, dont il lissait certaines parties et sur lequel il a gravé l'initiale de Dame Viola. » Il pointa du doigt le « V » qui se trouvait au centre du panneau dorsal du buffet.

« Quelle est l'autre initiale ? voulut savoir Guillaume.

—Un « C » comme Charles, le fils de Messire Prelet. Cela n'a pas plu au *crestian* de le graver.

—Pourquoi donc ? Un « C » ne doit assurément pas être difficile à graver, pourtant ?

—La tâche était très difficile pour un homme si éperdument épris de Dame Viola.

—Ces sentiments étaient-ils réciproques ? » demanda Guillaume à voix basse. Il se demanda combien de serviteurs se trouvaient à proximité, à écouter leur conversation.

« Nous autres domestiques étions de cet avis, mais cela aurait bien entendu pu être de la gentillesse ou de la politesse de la part de Dame Viola. C'est une jeune dame très aimable.

—Elle l'était, vous voulez dire », fit remarquer Guillaume.

L'intendant se détourna de lui et mena Guillaume en direction de l'escalier. Ce dernier empoigna son sac de tablettes et suivit l'intendant. Ils gravirent les marches, puis empruntèrent un long passage et arrivèrent à un autre escalier, presque dissimulé par un rideau vert.

« Est-ce l'escalier de service ? demanda-t-il.

—Non… oui, je veux dire. » L'intendant ouvrit la porte qui se trouvait sur sa gauche et Guillaume pénétra dans une chambre à coucher.

Il passa plusieurs minutes à étudier la pièce, afin de se faire une idée de la personne qu'avait été Dame Viola. Les rideaux rouges qui drapaient le pourtour du lit avaient été relevés et noués, laissant paraître un couvre-lit couleur crème sur lequel était posée une robe de soie blanche. Un fichu vert pâle élégant était posé sur l'oreiller et une paire de chaussures en satin placées à côté d'un coffret à bijoux vide, sur un tissu blanc immaculé de l'autre côté de la robe.

Sur la gauche de Guillaume, un grand coffre ouvert occupait un coin de la pièce. Il jeta un œil à l'intérieur et y vit une pile de vêtements ordinaires.

« C'est de ma faute, messire. »

Guillaume tourna son regard en direction de la voix. Une femme âgée était assise sur un tabouret dans un coin de la pièce, la tête entre les mains.

« C'est de ma faute, répéta-t-elle en sanglotant. Je voulais voir s'il manquait quelque chose.

—Qu'est-ce qui aurait pu manquer ? s'enquit Guillaume.

—Je ne sais pas. Je ne sais pas. » La femme se leva et se rendit à la porte.

Guillaume lui saisit délicatement le bras. « Restez là, je vous prie. Je dois vous poser quelques questions. »

Elle se tourna vers l'intendant.

« J'imagine que de nombreuses tâches vous attendent, messire intendant, dit Guillaume. Je ne voudrais pas vous retenir ici. »

L'intendant saisit l'allusion, tira une courte révérence à l'intention de Guillaume et referma derrière lui la porte de la chambre.

Guillaume mena la femme de chambre au tabouret dans le coin, puis alla s'en chercher un et s'assit près d'elle. Il posa délicatement sa main sur son bras. « Je suis vraiment désolé que vous ayez dû apprendre le décès de Dame Viola de quelqu'un d'autre que moi. » Il lui prit la main avant qu'elle ne puisse s'en couvrir le visage. « J'espérais vous apprendre cette mauvaise nouvelle avec ménagement. Au lieu de cela, vous avez dû l'entendre de cet affreux arracheur de dents à la solde de Dame Senclar. »

Elle hocha la tête. Guillaume poursuivit, toujours à voix basse au cas où d'autres se tenaient dehors pour les écouter. « Cela faisait-il longtemps que vous étiez au service de Dame Viola ?

—Depuis qu'elle était toute petite, répondit la femme de chambre en reniflant. Elle était toujours si douce et aimable.

—Je suppose qu'elle ressemblait à sa mère, à cet égard, commenta Guillaume.

—Pas du tout. Certainement pas. Sa mère est une vieille sorcière égoïste. »

Guillaume ne fut pas surpris de l'entendre. Dame Lussan n'avait pas bonne réputation à Condom et son commentaire avait eu pour but de chercher à connaître l'avis de la femme de chambre. Il attendit qu'elle poursuive.

« La mère de Dame Viola ne se soucie que d'elle-même, de ses vêtements, de son apparence, de ses bijoux. Des bijoux par-dessus tout. Elle n'a de cesse que le consul lui en achète davantage.

—Mais le consul est riche. Il peut se le permettre, fit remarquer Guillaume.

—Il a perdu de l'argent l'année dernière, paraît-il, répondit la femme de chambre. Des achats de terres mal avisés, mais je n'en sais pas plus.

—Peut-être le consul n'a-t-il pas dit à sa femme qu'il avait perdu de l'argent, suggéra Guillaume.

—Il aurait bien trop peur de le lui dire.

—Êtes-vous tous du même avis à ce sujet ? voulut savoir Guillaume.

—Oui.

—Vous auriez donc tous pris le parti de Dame Viola contre celui de sa mère ? demanda Guillaume.

—Oh, oui. Assurément. » La femme de chambre renifla. Guillaume lui tendit son mouchoir et lui demanda comment elle s'appelait.

« Mounette. » Elle s'essuya les yeux avec le mouchoir de Guillaume. « Nous sommes tous de l'avis que Dame Lussan ne témoigne pas envers Dame Viola de l'affection dont devrait témoigner une mère.

—Mais son époux et elle ont arrangé un mariage avantageux pour Dame Viola, fit remarquer Guillaume.

—Cela dépend de ce que vous voulez dire par 'avantageux' », répondit la femme de chambre. Elle se lança dans un long récit alambiqué au sujet de la manière dont Dame Lussan avait insisté pour que sa fille soit bien mariée, afin que la réputation de sa famille à Condom soit maintenue en état, et que son statut au sein de sa propre famille à Agen soit également à son tour rehaussé, ce qui expliquait la rigueur qu'avait mise Dame Lussan dans la recherche d'un époux digne de ce nom pour sa fille.

Guillaume la laissa continuer sa tirade au sujet de l'importance de la famille. Il se demandait cependant pourquoi Viola n'avait pas porté la magnifique robe qui était posée sur son lit, même si le prétexte qu'elle avait fourni à ses parents avait été qu'il lui fallait la raccommoder. Était-ce juste un prétexte pour se soustraire au banquet de fiançailles ? Un prétexte désespéré, sans aucun doute, mais qui avait fonctionné. Ses parents avaient quitté le manoir avant elle. Peut-être avaient-ils des affaires à traiter avec le consul Prelet dont leur fille ne savait rien. Guillaume se fit la réflexion qu'il était bien heureux que le mariage qui l'unissait à Belina était un mariage d'amour, qui n'avait pas subi l'influence de parents calculateurs.

« Nous aimions bien le *crestian* de Dame Viola, déclara la femme de chambre, ce qui replongea Guillaume dans son enquête.

—Pourquoi donc ?

—C'était un artisan très habile. Il lui souriait beaucoup. Il ne la quittait pas des yeux. Ils étaient très épris l'un de l'autre.

—J'ai entendu dire que les enfants de la noblesse n'ont pas le luxe de choisir ceux qu'ils épousent », fit remarquer Guillaume.

La réponse fut prompte et directe, comme il s'y attendait. « Les Lussan ne font pas partie de la noblesse. Il est consul et le père de Dame Lussan est consul à Agen. Cela ne fait pas d'eux des nobles.

—Mais ce serait assez pour qu'ils aient *l'ambition* de faire partie de la noblesse », dit Guillaume.

Elle secoua la tête, délogeant son fichu. « Le consul Lussan a pour seule ambition une vie tranquille. C'est son épouse qui a le goût des occasions importantes dont elle est le centre d'attention.

—Elle aurait du mal à prendre la place de Dame Édith Senclar à Condom », commenta Guillaume. Il sourit en réalisant qu'il s'agissait là d'une remarque qu'aurait faite Belina. Sa chère et tendre détestait depuis toujours Édith Senclar. Il n'avait toujours pas découvert la raison de cette inimitié, mais il s'était toujours demandé si cela avait quelque chose à voir avec la belle-mère de Belina.

La femme de chambre était en train de lui relater l'opinion qu'avait tout le monde au sujet de Dame Viola et à quel point elle était douée pour l'art. Guillaume se rendit compte qu'il avait sans doute raté des informations importantes. Il sortit trois tablettes de cire de sa sacoche et dessina un plan de la pièce sur la première, le lit et ce qui se trouvait dessus sur la seconde et le coffre ouvert contenant des vêtements ordinaires sur la troisième. Ensuite, il se leva et inspecta ces vêtements : ils semblaient poussiéreux, au niveau de l'ourlet surtout. Le sol de la chambre à coucher était pourtant propre. Il renifla l'un des ourlets et éternua, ce qui fit voler un petit nuage de poussière.

La femme de chambre voulut prendre la cotte et la remettre dans le coffre, mais il l'en empêcha.

« J'en ai besoin pour mon enquête. » Il la plaça dans sa sacoche. « Dame Viola porte-t-elle cette cotte lorsqu'elle peint ? demanda-t-il.

—Non, messire. Elle peint dans la pièce du dessus, où elle garde une bure.

—Montrez-moi cette pièce, je vous prie. »

Guillaume ouvrit sèchement la porte de la chambre et quatre serviteurs détalèrent le long du passage. Mounette tira l'un des rideaux verts et fit signe à Guillaume de monter l'escalier en bois.

Il se retrouva dans une grande pièce dotée d'une large fenêtre. Sur un chevalet se trouvait le croquis d'un arbre à moitié terminé. Pinceaux et peintures étaient soigneusement empilés non loin, avec à côté d'eux sur le sol un plateau de garance, un fusain et les feuilles d'un arbre de Judée. Une bure maculée de taches de peinture était pendue à un crochet près de la porte.

Il fit un pas en arrière et faillit trébucher sur un seau en bois rempli d'eau. D'eau très sale, nota Guillaume, avec surprise. Il trempa le pouce dedans et examina la poussière ;elle était de la même couleur que celle qui recouvrait les vêtements du coffre de la chambre à coucher. Il se mordilla la lèvre et fronça les sourcils.

« Quand Dame Viola est-elle venue dans cette pièce pour la dernière fois ? demanda-t-il à Mounette.

—Dimanche, je crois. » Elle prit le seau et le plaça avec précaution près de la fenêtre tandis que Guillaume traçait un croquis de la pièce sur une autre tablette de cire.

Il parcourut à nouveau la pièce du regard, ramassa sa sacoche et ouvrit la porte. Il n'y avait pas de serviteurs en train d'écouter derrière, cette fois.

Au bas de l'escalier, il vit qu'une autre volée de marches descendait dans l'obscurité.

« Où mène cet escalier ? voulut-il savoir.

—Nulle part de très intéressant. Juste les quartiers des serviteurs.

—Est-ce là que vous dormez ?

—Non, messire. Je dors ici, à côté de la chambre de Dame Viola. » Elle ouvrit une porte et Guillaume vit un matelas et un tabouret engoncés dans une pièce minuscule.

« Je crois que je vais descendre cet escalier, déclara-t-il. Y-a-t-il une lampe ou une bougie ?

—Non, messire. »

Guillaume posa sa sacoche remplie de ses tablettes et chercha de quoi s'éclairer.

« Il n'y a pas de lampe. Personne ne se sert de cet escalier », l'informa Mounette.

Guillaume huma le rideau en haut des marches. Il avait une odeur comparable aux vêtements poussiéreux de Viola rangés dans le coffre.

« Êtes-vous certaine que personne n'emprunte cet escalier ? »

Mounette hocha la tête, mais ses yeux fuirent son regard. Il ramassa sa sacoche et elle prit la direction de l'entrée du manoir. Mais il ne la suivit pas. Au lieu de cela, il retourna dans la chambre de Viola et se mit à chercher une lanterne.

Il mit longtemps à dénicher l'endroit où la lanterne aurait dû se trouver. Il trouva à sa place trois bougies, un fer à briquet et un silex, un tissu noirci et poussiéreux et des chaussons. Guillaume s'en saisit et Mounette, qui était revenue dans la chambre, se mit à pleurer. Il examina les chaussons. L'extérieur était propre, mais il y avait de la poussière à l'intérieur. Il les mit dans sa sacoche tandis que Mounette sanglotait, appuyée contre le mur.

Il décida de la laisser à sa peine et d'explorer l'escalier obscur, prenant avec lui les trois bougies et le grand bougeoir qui se trouvait à côté du lit. Il alluma une des bougies avec le fer à briquet et le silex. Porter à la fois le bougeoir et sa sacoche bien remplie n'était pas commode. Il descendit l'escalier lentement, pas à pas, en s'appuyant sur le mur de pierre de sa main gauche.

Au fur et à mesure qu'il avançait, les marches devenaient

plus larges et n'étaient plus en bois mais en pierre. Une odeur nauséabonde, sans doute faite d'excréments de rats flottait dans le passage. Il y avait cependant plus d'air que dans les sous-sols de la résidence des employés de la cathédrale mais Guillaume était déjà impatient de regagner la sortie. Allait-il trouver un tunnel qui mènerait à la rivière ? Il savait que de nombreux manoirs à Condom étaient dotés de tels passages.

L'escalier prit fin et il leva la bougie pour regarder autour de lui. À sa gauche, un tunnel descendait en pente sèche, probablement vers la rivière. Droit devant lui, un autre tunnel s'engageait à plat. Sur sa droite se trouvaient quelques tonneaux.

Il se baissa pour examiner le sol du tunnel plat et y vit des traces de pas qui s'éloignaient de sa position. Son pied était plus long et plus large que les traces de pas dans la poussière. Celles-ci étaient environ de même taille et de même forme que les pieds de Belina.

Guillaume avança avec précaution, en prenant garde de ne pas effacer les traces de pas. Il parcouru le long tunnel jusqu'à ce qu'il atteigne un escalier raide aux marches en bois, au sommet duquel on distinguait une faible lueur.

Les marches furent difficiles à négocier et il faillit faire tomber le bougeoir. Il n'y avait pas de parois sur les côtés et la sacoche se balançait de manière périlleuse. Il lui fallut une grande concentration pour atteindre l'ouverture au sommet de l'escalier.

Il écarta un rideau et laissa échapper un cri, surpris. Il se tenait dans la sacristie de la chapelle Sainte-Eulalie, avec devant lui le désordre et les taches de sang qu'il avait vus le jour précédent.

Il se souvint avoir vu ces marches en bois du sommet. Il avait supposé alors qu'elles menaient à une crypte. Il comptait l'inspecter en temps et en heure, afin d'y trouver peut-être des indices qui indiqueraient où le *crestian* s'était dissimulé avant d'attaquer Viola.

Il réalisa maintenant qu'il n'y avait pas de crypte et que

Viola avait emprunté le tunnel plein de poussière pour se rendre à la sacristie. Mais pourquoi ?

Guillaume contempla la sacristie, imaginant à nouveau dans son le corps de Viola et les mouches qui se repaissaient du sang qui coulait de sa gorge. Puis il revint à l'instant présent et observa une souris courir le long du bord du mur le plus éloigné, avant de disparaître derrière le rideau. Il alluma la lanterne avec le fer à briquet et le silex qui se trouvaient près des bougies et se demanda s'il devait retourner sur ses pas, à travers le tunnel et l'escalier qui menaient au manoir Lussan, ou rentrer chez lui de la chapelle. Il se rendit à la fenêtre et scruta attentivement les clés qui pendaient à sa ceinture ; mais il lui fut difficile dans la pénombre de distinguer la grande clé de son logis, celle encore plus grande de la porte de la cour des plusieurs autres longues clés. Les clés de plus petite taille, qui ouvraient les divers coffres qu'il avait placés dans la trésorerie de la cathédrale, rendaient la tâche plus difficile.

Il détacha le jeu de clés de la lanière en cuir à sa ceinture et étudia chacune des clés, tour à tour. Elles étaient semblables et Guillaume présumait qu'elles avaient toutes été façonnées par le serrurier de la cathédrale. Il renifla chacune d'entre elles ; deux fois à cause il éternua du fait de la poussière qui se trouvait dessus. Il plaça la plus poussiéreuse des deux dans le verrou de la porte menant à la chapelle et la fit tourner délicatement. Mais la porte demeura verrouillée. Il essaya la seconde clé poussiéreuse et après quelques efforts, celle-ci fonctionna.

Guillaume tira le rideau, afin de dissimuler les marches menant au tunnel, jeta un dernier coup d'œil à la sacristie, s'efforçant de sortir de son esprit l'image du cadavre de Viola, puis il se rendit dans la pièce principale de la chapelle, sans oublier de verrouiller la porte derrière lui. Les effluves putrides de la mort étaient moins écœurants que dans la sacristie, mais le mélange de mort, de crasse et d'humidité le fit déglutir lorsqu'il atteignit la porte principale.Il reprit son souffle et se pencha pour la déverrouiller avec l'autre clé poussiéreuse.

Il dut tirer sur la porte pour l'ouvrir et eut bien du mal à la fermer derrière lui. Il la verrouilla, rattacha le jeu de clés à sa ceinture, profita de quelques grands bols d'air et se mit en route en direction de la résidence des employés de la cathédrale.

CHAPITRE CINQ

Quiteira était déjà à l'échoppe lorsque Belina y arriva. Elle était en train de placer des plateaux sur le présentoir, soufflant bruyamment pour dépoussiérer les dessous d'un grand plateau sur lequel se trouvaient des statues de métal et des clés de Saint-Pierre. Belina alla chercher des fioles d'aygue ardente dans l'arrière-pièce et les posa au bord du présentoir, suffisamment loinpour qu'elles soient hors d'atteinte de pèlerins qui passeraient par là et auraient l'idée d'en voler une.

« Comment s'est passé ton dîner, hier ? » lui demanda Quiteira en s'essuyant le front.

Belina laissa échapper un soupir et sortit un autre plateau de babioles.

« Eh bien, qu'y a-t-il ? » insista Quiteira.

Belina lui fit le récit du repas en famille au moulin Moulié : la colère de Catalina, l'inquiétude apparente de Jordi, les blessures douloureuses de Géraud et la jeune fille qui le réconfortait.

« Fille ? s'enquit Quiteira.

—Je suis certaine qu'elle n'a pas plus de seize ans, répondit Belina.

—Pourquoi ne pas le lui demander ?

—Parce qu'elle parle à peine trois mots de gascon.

—Parle-lui français, alors.

—Peine perdue, dit Belina. Elle n'en parle pas un de français.

—Mais que parle-t-elle, alors ? » Quiteira posa un autre plateau de babioles sur le présentoir.

—Géraud dit qu'elle parle espagnol, de temps à autre.

—Et le reste du temps ?

—Géraud dit que sa langue maternelle est l'arabe et qu'il a appris à le parler. »

Quiteira réarrangea deux des plateaux. « Et c'est pour cela qu'elle vit avec lui ? Pour enseigner l'arabe à Géraud ? » Elle eut un sourire méprisant.

Belina prit la défense de son frère. « Elle s'occupe de lui. Et il apprécie beaucoup cela.

—Comment a-t-il été blessé ?

—Au combat, durant le siège de Lucena.

—Où est-ce ?

—Près de Grenade.

—Où est-ce ? »

Belina la toisa d'un air stupéfait. « Tu dois bien le savoir, Quiteira ? Grenade se trouve dans le sud de l'Espagne. Le roi d'Aragon tente de s'en emparer.

—Est-ce plus grand que Condom ? »

Pour la première fois depuis deux jours, Belina éclata de rire.

« Ne te moque pas de moi », s'écria Quiteira, oubliant momentanément qu'il y avait peut-être des clients potentiels non loin.

Un pèlerin agita son bâton en direction de Quiteira. « Il est dit que c'est la plus grande ville d'Espagne, affirma-t-il. Il est dit que tous ses habitants sont vêtus de soie. Il est dit que les Maures ont découvert le moyen de faire couler l'eau en amont.

—Je ne vous crois pas, rétorqua Quiteira. Si tout le monde est vêtu de soie, pourquoi portez-vous cette étoffe grossière ?

—Femme stupide. » Le pèlerin brandit à nouveau son bâton. « Je suis pèlerin, pas soldat ni marchand. Je ne suis jamais allé à Grenade.

—Alors que savez-vous de ce qu'on y trouve ? demanda Quiteira.

—Parce que j'écoute ce que disent les voyageurs. » Il tourna les talons et s'éloigna en direction de la cathédrale.

« Idiote, pesta Belina contre Quiteira. Tu nous as perdu un client.

—Un seul client de perdu, Dame-jamais-présente, répondit-elle du tac au tac. Tu perds bien plus de clients que moi.

—C'est faux. » Belina se rendit dans l'arrière-pièce pour se calmer. Elle devait réfléchir au meilleur prétexte qui lui permettrait de s'absenter ; Belina cherchait à venir en aide à Jordi et Catalina pour qu'ils puissent prendre en charge le coût supplémentaire qu'occasionnait le fait de s'occuper de deux personnes, d'un cheval et d'une mule. Géraud avait apparemment épuisé tout son butin au cours du long et lent périple à travers l'Espagne et les Pyrénées.

Elle ajusta son fichu en s'approchant de Quiteira et attendit qu'elle emballe une petite statue de Saint-Jacques pour un client avant de placer l'argent reçu dans la cassette de l'échoppe. Belina prit les pièces dans la cassette et les tendit à Quiteira en souriant. Elle lui dit qu'il s'agissait d'un présent pour compenser son absence, car elle devait se rendre sur-le-champ à l'hospice Pradau.

Quiteira se saisit des pièces et les mit dans la bourse en cuir qui pendait à sa ceinture. « Merci. Combien de temps comptes-tu t'absenter ?

—Je ne le sais pas encore. Peut-être une bonne partie de la matinée.

—Il faudra plus d'argent pour me persuader, dans ce cas.

—J'ai dit peut-être, mais je ne promets rien », répondit Belina en sortant dans la rue.

Des gens, des mules, des chiens et des cochons affluaient dans la rue Jean-Baptiste. Belina souleva sa jupe et se fraya un chemin parmi cette foule bigarrée, ne quittant pas des yeux les pavés et les saletés qui les recouvraient. La femme qui marchait devant elle portait un panier contenant un canard, qui ne cessait d'émettre une fiente à l'odeur nauséabonde qui tombait dans la rue. En essayant de dépasser la femme au canard, Belina faillit se retrouver la cible d'un flot d'urine, issu d'un pot de chambre déversé d'une fenêtre.

Elle arriva à l'hospice Pradau d'humeur acariâtre et demanda à voir le frère Pierre.

« Restez là, Dame Moulié, lui dit le portier de l'hospice. Je vais devoir aller le trouver. »

Belina s'assit à l'ombre d'un mûrier près du bureau du recteur et répéta la requête qu'elle allait faire au frère Pierre pendant qu'elle attendait. Elle comptait faire appel à son sens de la charité, puis lui rappeler la manière dont elle avait résolu l'affaire du pèlerin empoisonné, le mercredi précédent.

Elle caressa entre-temps son chien et présenta à ce dernier le petit discours qu'elle répétait. Il la contempla d'un air perplexe, tête penchée sur le côté.

L'animal finit enfin par se lever et accueillir son maître. Le frère Pierre avait avec lui plusieurs parchemins, qu'il s'efforçait de maintenir hors de portée du chien. « *Adischatz*, Dame Belina, la salua-t-il en posant les parchemins sur son bureau. J'espère que vous ne m'apportez pas de message difficile, car comme vous le voyez, je suis très occupé ce matin.

—*Adischatz*, frère Pierre, répondit Belina. Je suis venue vous demander de l'aide pour mes frères, Jordi et Géraud.

—J'ai entendu que le jeune Géraud était rentré d'Espagne, commenta le frère Pierre en déroulant l'un des parchemins.

—Oui, il y a trois jours de cela, mais il est mal en point, frère Pierre. Il a été blessé en combattant les infidèles près de Grenade.

—J'en ai eu ouï-dire, mais comme vous le savez, cet hospice ne s'occupe pas des soldats. Il vous faudra obtenir de l'aide de l'hospice Cardinal Teste. » Il marqua une pause et contempla le parchemin déroulé. « De toute manière, il est plus proche du moulin que celui-ci. » Il déroula un autre parchemin et l'examina à la lumière fournie par l'embrasure de la porte.

« Je crois qu'il vaut mieux que Géraud ne soit pas transporté où que ce soit, frère Pierre, insista Belina.

—Dans ce cas, il faudra que l'hospice Cardinal Teste envoie l'un de leurs assistants médecins s'occuper de ses blessures.

—Sa gamine le fait déjà, déclara Belina.

—Sa quoi ? » Le frère Pierre fit tomber le parchemin au sol et se baissa pour le ramasser.

« Il a ramené avec lui une jeune fille maure, répondit Belina, regrettant d'avoir révélé l'existence de Wasila.

—Alors il faudra qu'il détermine quelles sont ses priorités, dit le frère Pierre d'un ton sec en déroulant un autre parchemin.

—*Ma* priorité, frère Pierre, n'est pas mon frère Géraud, ni sa gamine maure. » Belina s'agenouilla et plaqua ses mains l'une contre l'autre, comme si elle priait. « Ma priorité est de donner – ou de prêter – de l'argent à mon frère Jordi et à son épouse qui travaille si dur, Catalina. » Elle mit l'accent sur « épouse ».

« Je le supposais déjà, Dame Belina, mais j'ai une question très importante à résoudre avant la fin de la journée. Je regrette, mais je n'ai pas de temps à consacrer à autre chose. » Il marqua une pause. « Pas même pour vous. » Il aida Belina à se lever. « *Adiu*, Belina, et transmettez mes amitiés les plus sincères à Guillaume. »

Il s'assit à son bureau et déroula le dernier parchemin, qu'il étudia à travers ses bésicles.

Belina quitta la pièce en proie à l'abattement. Elle regagna lentement le centre du bourg, passant la cathédrale et les pèlerins qui en émergeaient après avoir vu les reliques de la Croix et de la Sainte Couronne. Elle traversa la place Lion d'Or, prit la rue des Argentiers et atteignit la demeure de son ancien employeur, Messire Benasse.

Elle souleva le lourd heurtoir en cuivre et le frappa contre la porte cloutée. Tandis qu'elle attendait qu'on la laisse entrer, elle répéta sa requête à l'orfèvre : Jordi et Catalina étaient déjà à court d'argent à cause des récoltes gâtées et des quantités réduites de blé pour leur moulin. La taxe que Rocca leur avait imposée était beaucoup trop élevée. S'ils s'étaient réjouis de sa mort la semaine précédente, ils restaient aujourd'hui dans l'attente de l'après ; qui sera le nouveau précepteur, combien demandera-t-il…. Catalina attendait son troisième enfant et leurs dépenses allaient croître. En sus de tout cela, son frère cadet Géraud était revenu sans crier gare de la guerre contre les Maures. Il était blessé et nul d'entre eux ne savait comment s'occuper de lui au mieux.

L'esprit occupé par ces problèmes importants, Belina n'entendit pas les verrous que l'on tirait de l'autre côté de la porte.

« *Adischatz,* Belina. »

—*Adischatz,* messire. Je suis vraiment désolée de vous importuner, mais j'ai une requête importante à vous soumettre. »

L'orfèvre lui répondit par un sourire, lui fit signe d'entrer et verrouilla à nouveau la lourde porte derrière elle. Ils montèrent l'escalier, s'éloignant du délicieux fumet de *hamín* qui émanait de la cuisine et passèrent dans la pièce principale. Un couple, qu'elle ne connaissait pas, était en train de jouer aux échecs.

Belina s'approcha pour observer la partie, mais l'homme replaça son cavalier et se leva. « Je vous en prie, messire, n'interrompez pas votre partie pour moi, lui dit-elle. Je suis venue adresser une requête à Messire Benasse et je ne resterai pas longtemps.

—Ma chère Belina, intervint l'orfèvre, je vais chercher du vin à la cave ; profitez de la partie pendant mon absence. Elle arrive à un point très intéressant. » Il s'engouffra dans l'escalier.

La femme pointa du doigt l'échiquier et traça en l'air un point d'interrogation. Belina opina du chef.

Dame Benasse entra dans la pièce avec un bol contenant des graines de chanvre sucrées. « *Adischatz*, Belina. Allez-vous jouer aux échecs avec notre invité, le docteur Benj ?

—Je ne me le permettrais pas, Dame Benasse. Je suis venue demander de l'aide à votre époux.

—Il sera bientôt de retour. Il est descendu chercher du vin à la cave. » Elle adressa un sourire à Belina, posa sa main sur son bras et s'adressa aux joueurs d'échecs : « Dame Belina Moulié joue très bien aux échecs, c'est son époux qui lui a enseigné. Ils jouent souvent l'un contre l'autre. »

Messire Benasse revint dans la pièce avec une carafe de vin et des gobelets. Il les posa sur une table et dit quelque chose dans une langue que Belina ne comprenait pas.

Le couple d'inconnus se pointèrent du doigt l'un l'autre en souriant.

« Belina, dit Messire Benasse en la rapprochant de l'échiquier, dites-moi si les blancs battent les noirs, ou vice-versa. Mes amis refusent de me le dire. »

Belina étudia l'échiquier, évaluant l'état de la partie et comptant le nombre de pièces qui avaient été prises de part et d'autre et alignées sur le côté. Elle se mordilla la lèvre, se demandant s'il serait convenable pour elle d'affirmer que la femme inconnue se trouvait en meilleure posture. Elle se décida et indiqua la femme.

« Excellent, Belina. » Ils éclatèrent tous de rire et Messire Benasse versa le vin.

Belina se demanda qui était ce couple. L'homme avait des cheveux noirs bouclés et plutôt longs. Il était plus jeune que Messire Benasse, mais ses traits étaient assez semblables. Ils avaient tous deux le nez saillant. La chevelure de la femme était dissimulée par son fichu. Elle avait elle aussi un nez assez saillant et Belina se dit qu'ils étaient peut-être juifs.

« Vos invités sont-ils vos cousins ? demanda-t-elle à Dame Benasse.

—Non, c'est encore mieux. Ce sont de très bons amis, de Tolède, dans le cœur de l'Espagne. Ils sont arrivés il y a quelques jours après un voyage très éprouvant.Malheureusement, la plupart de leurs bagages ont été volés en Navarre.

—C'est épouvantable pour eux », commenta Belina. Elle relata l'arrivée de Géraud au moulin trois jours auparavant et expliqua qu'il était un soldat blessé.

« Je l'ignorais, Belina, dit Messire Benasse. Quel médecin s'occupe de votre frère ?

—Aucun, et c'est bien ce qui m'inquiète. » Belina préféra ne pas aborder la question de l'argent pour le moment.

« Pourquoi ne pas faire appel à un barbier chirurgien ? suggéra Dame Benasse. Ils savent soigner les blessures.

—On soigne déjà la plupart de ses blessures. La compagne de Géraud s'en charge. Elle semble très compétente et pondérée.

—Elle ?

—Oui, Dame Benasse. La compagne de Géraud est une jeune femme. Une très jeune femme, à vrai dire. Je ne comprends pas ce qu'elle dit la plupart du temps, car elle parle espagnol et non le gascon ou le français. Mais de temps à autre Géraud communique avec elle dans une autre langue.

—De quelle langue s'agit-il ?

—L'arabe, d'après Géraud. Il affirme avoir trouvé Wasila – c'est le nom de la jeune femme, apparemment – au siège de Lucena. J'ai cru comprendre qu'il a dû payer une somme importante à un sergent suisse pour qu'il la lui cède. » Elle marqua une pause. « J'aurais préféré qu'il ne l'acquière pas ainsi. Géraud possède trop peu d'argent. »

Il y eut un silence gêné. Messire Benasse remplit les gobelets et pendant que son épouse retournait à la cuisine, il s'adressa au couple dans une langue que Belina ne comprenait pas, faisant de temps à autre un geste en sa direction lorsqu'il mentionnant le nom de Géraud. Elle garda le regard rivé sur l'échiquier afin de dissimuler son embarras et déplaça le cavalier noir à l'endroit où elle supposait que l'homme avait voulu le faire.

Ce dernier lui indiqua le tabouret en souriant, l'invitant à prendre sa place devant l'échiquier.

« Oh, non, protesta Belina avec un pas de recul. Je ne me le permettrais pas. Poursuivez votre partie, je vous en prie. »

L'homme la contempla un instant, avant de dire quelque chose à Messire Benasse.

« Ma chère Belina, je suis désolé que mes invités et vous

ne parliez pas la même langue, mais si vous leur parlez gascon posément, ils comprendront une bonne partie de ce que vous leur dites.

—Parce qu'ils vivent en Espagne, à Tolède ?

—Oui. Ils parlent espagnol, mais aussi l'hébreu, la langue qu'ils parlent avec mon épouse et moi, et l'arabe car c'est une langue couramment usitée à Tolède.

—Ils pourraient donc communiquer avec Wasila et en apprendre plus à son sujet, suggéra Belina.

—Il est bien plus important, je pense, que le docteur Benj et moi vous accompagnions au moulin et ramenions votre frère ici afin que l'on puisse s'occuper de lui convenablement et soigner ses blessures.

—Merci beaucoup, mais je ne crois pas que Géraud accepterait de laisser Wasila seule avec Catalina.

—Que vient faire Catalina là-dedans ?

—Elle déteste Wasila.

—Tant pis. Dites-lui de rester maîtresse d'elle-même et de ne pas se laisser aller à son tempérament. »

Belina expliqua que c'était loin d'être aisé, maintenant que Catalina était à nouveau enceinte. Elle profita de cette occasion pour orienter la conversation vers Jordi et les raisons pour lesquelles il avait besoin d'argent.

« Pourquoi ne m'en avez-vous pas touché mot avant, Belina ? voulut savoir l'orfèvre.

—J'étais réticente à le faire. Et ensuite la partie d'échecs a retenu mon intérêt.

—De combien Jordi a-t-il besoin ?

—Je l'ignore. Je ne lui ai pas demandé. »

Messire Benasse se dirigea vers une cassette posée sur une table près de l'âtre et farfouilla un instant à l'intérieur. Il revint avec une bourse et dit à Belina de l'attacher immédiatement à sa ceinture. « Je vais dire à mon palefrenier de préparer ma calèche afin que vous, le docteur Benj et moi-même puissions nous rendre au moulin et ramener Géraud dedans. Il n'y aura pas la place pour Géraud et vous au retour, nous vous laisserons donc au moulin et vous pourrez donner l'argent à Jordi. »

Belina protesta en disant que si Géraud ne demeurait plus au moulin, Jordi aurait besoin moins pressant de cet argent.

« Non, ma chère Belina, Jordi en a certainement besoin. Vous venez de me le dire. » Il descendit l'escalier pour se rendre à son écurie.

CHAPITRE SIX

Belina n'était encore jamais montée dans une calèche. Elle espérait ne pas avoir la nausée à cause des balancements du véhicule. À chaque fois qu'elle s'était déplacée dans le chariot du moulin, ça ne s'était pas bien passé. Le docteur Benj l'aida à monter et s'assit à côté d'elle, tandis que Messire Benasse ordonnait à son palefrenier de se rendre au moulin Moulié.

« Où est-ce ?

—Quittez Condom en empruntant la route d'Auch, puis prenez vers l'ouest à la deuxième croix de pierre et descendez jusqu'à la rivière », lui expliqua Belina.

Belina regarda autour d'elle pendant que la calèche descendait lentement la rue, s'efforçant d'ignorer les vifs changements de direction que lui faisait subir le cheval. Ils passèrent la première croix de pierre, d'où elle voyait le château Goalard et l'église au loin. Lorsqu'ils arrivèrent à hauteur de la deuxième croix de pierre, le palefrenier fit tourner la calèche vers la droite avec précaution et emprunta le sentier étroit qui les mena jusqu'au moulin. Il entama une manœuvre en arc-de-cercle de manière à ce que l'arrière de la calèche soit face à la porte du moulin. Messire Benasse aida Belina et le docteur Benj les suivit, une grande sacoche en cuir à la main.

Belina les mena à l'intérieur du moulin. Catalina était occupée à faire mijoter quelque chose dans un chaudron. Une odeur de ragoût d'agneau et d'ail flottait dans la pièce, qui était chauffée et enfumée à la fois par les bûches qui brûlaient sous le chaudron. Belina tenta de repérer Géraud à travers la fumée, tandis que Catalina plaçait une petite marmite sur un trépied.

Le fils de cette dernière se précipita vers Belina, appelant « Beli », et Catalina se retourna.

« Que fais-tu là, Belina ? Que nous veux-tu ? »

Ce n'était pas le plus chaleureux des accueils, mais Belina lui présenta calmement Messire Benasse, tandis que Messire Benasse présenta à son tour le docteur Benj.

« Qui est-ce ? voulut savoir Catalina en remuant le chaudron.

—C'est le docteur Benj, Dame Moulié, répondit Messire Benasse. Il est venu voir votre beau-frère.

—Pourquoi donc ? » Catalina se tenait les mains sur les hanches, le regard hostile.

« Parce que Belina m'a appris que Géraud Moulié est blessé et a besoin d'être soigné.

—Sa Maure s'en occupe déjà.

—Bien entendu, mais le savoir d'un médecin pourrait lui servir, Dame Moulié. »

Catalina renifla avec dédain et versa du lait chaud sur des jaunes d'œufs battus.

Belina les mena jusqu'à la petite pièce où Géraud et sa compagne maure s'étaient installés.

Géraud était à moitié affalé sur une banquette et Wasila massait ses épaules d'un onguent à forte odeur, sans donner le moindre signe qu'elle avait remarqué l'arrivée de Belina accompagnée des deux hommes.

« Belina, dit Géraud d'une voix rauque. Je suis heureux de te voir. Qu'est-il arrivé à Guillaume ? L'avait-on vraiment fait mander en toute hâte hier ?

—Oui. » Elle décida de ne rien dire au sujet de la raison pour laquelle Guillaume était parti précipitamment le jour précédent. Au lieu de cela, elle présenta le docteur Benj comme étant un médecin venu examiner les blessures de Géraud.

« Faites, docteur, je vous prie. Elles me font très mal. »

Wasila se retira dans un coin de la pièce, couvrant son visage de son fichu. Belina ne prêta pas attention à elle et suggéra à Messire Benasse qu'ils se rendent à la cuisine. Le docteur Benj s'approcha de Géraud et le scruta attentivement. Il prit ensuite son pouls, comptant en espagnol.

« Êtes-vous espagnol ? » lui demanda Géraud dans la même langue.

Le docteur Benj leva son index et continua à compter. Il s'assura de ne pas tourner son regard en direction de Wasila et examina minutieusement Géraud, lui posant çà et là des questions en espagnol.

« Je vais vous emmener à Condom afin de pouvoir m'occuper de vous correctement. »

Géraud inspira. « Non. Vous ne pouvez pas faire ça. Ce n'est pas nécessaire. Wasila – il la chercha du regard, tandis qu'elle était toujours tapie dans le coin de la pièce – s'occupe très bien de moi. Tout ce dont j'ai besoin, c'est de quelque chose pour atténuer la douleur.

—Non. Il vous faut plus que cela et vous devez être gardé en observation.

—Peut-elle m'accompagner ? » Il pointa du doigt Wasila.

« Cela dépend de Messire Benasse, pas de moi. Mon épouse et moi sommes ses hôtes.

—L'homme qui est entré ici avec Belina ? L'orfèvre qui était son employeur autrefois ?

—Oui. Nous allons vous ramener dans sa calèche. La route qui rejoint Condom n'est pas cahoteuse et le palefrenier de Señor Benasse est calme et très compétent.

—Mais il faut que Wasila m'accompagne.

—Je comprends », répondit le docteur Benj, avant d'aller chercher Messire Benasse à la cuisine.

Le docteur Benj interrompit une dispute entre Belina et Catalina, que Messire Benasse observait à distance respectable depuis le porte d'entrée. Les deux enfants avaient disparu.

« Je ne veux plus de cette étrangère chez moi. » Catalina était penchée en avant, les poings sur les hanches.

« Ce n'est pas chez toi, rétorqua Belina. Le moulin appartient à Jordi et moi. Pas à toi.

—C'est moi qui m'en occupe et c'est l'argent de mon père qui a réparé la roue à aubes.

—Et après ? » Belina fit quelques pas de recul vers la porte de la chambre de Géraud, hors de portée de Catalina, qui s'était saisie d'une grande poêle qu'elle agitait devant elle.

Le docteur Benj prit la main de Belina et la mena jusqu'au banc, près du feu.

« Ne vous avisez pas de toucher à ma belle-sœur », s'écria Catalina.

Le médecin feignit de ne pas comprendre, bien que le gascon et l'espagnol fussent des langues semblables. Il fit signe à Messire Benasse et s'adressa à lui dans une langue que Belina ne comprenait pas. Messire Benasse lui répondit dans la même langue, mais mentionna Géraud plusieurs fois, et Belina et Catalina deux fois chacune. Le docteur Benj dit « Wasila » au moins quatre fois.

Belina voulut se lever mais le docteur Benj mit la main sur son épaule. Elle demanda à Messire Benasse de quoi ils s'entretenaient.

« De choses que je vous ai déjà dites, Belina. Le docteur Benj et moi allons placer Géraud dans ma calèche avec grand soin et l'emmener à Condom. Vous allez rester ici une demi-heure environ et calmer l'épouse de Jordi. Mieux encore, restez donc dîner. Retournez ensuite à Condom et à votre échoppe.

—Et la Maure ?

—Elle reste là.

—Pourquoi ne peut-elle pas accompagner Géraud ? Vous avez bien vu pourtant à quel point Catalina la déteste.

—Il faudrait être aveugle pour ne pas le voir, Belina, dit-il en souriant. Mais cette jeune fille est sans doute bien plus coriace qu'elle en a l'air et elle se débrouillera.

—Mais Géraud souhaite qu'elle soit à ses côtés, insista Belina.

—Géraud l'a indiqué très clairement, mais ce ne sera pas possible.

—Pourquoi ?

—Parce que la seule pièce dans ma demeure où je puis mettre votre frère blessé est bien trop exigüe pour deux personnes.

—Je ne vous crois pas. Wasila est mince.

—Ne discutez pas ma décision, Belina. J'aide votre frère cadet à rester en vie. Je vous ai donné de l'argent. Donné, et non prêté. »

Belina détacha la bourse accrochée à sa ceinture.

« Ne soyez pas sotte, Belina. Gardez cet argent pour Jordi. Je sais à quel point il en a besoin. Peut-être ses soucis d'argent ont-ils eu un effet néfaste sur son épouse. Une petite bourse la fera peut-être même sourire à nouveau. Savez-vous où en est sa grossesse ?

—Quatre mois environ, je crois.

—Endurez sa mauvaise humeur, Belina. Vous aiderez Jordi ainsi. »

Il ouvrit la porte d'entrée, puis celle de la chambre de Géraud. « Géraud, nous allons vous emmener chez moi. Vous y serez bien mieux. »

Géraud tendit la main vers Wasila, qui la serra très fort et ils se chuchotèrent quelques mots. Géraud se tourna vers Belina et lui demanda de trouver un endroit au moulin où dissimuler son arbalète et son sac de carreaux, ainsi que son armure. Il lui demanda également de rappeler à Christau de faire venir le palefrenier. Il devait examiner sa monture et la mule de Wasila et s'assurer de leur bien-être après le long périple de Lucena.

« Bien entendu. Je ferai tout cela pour toi, Géraud, dit Belina en posant la main sur son épaule valide. Ne t'inquiète pas. »

Messire Benasse aida le docteur Benj à porter Géraud et

ils le sortirent de la demeure, Wasila s'agrippant toujours à sa main. Messire Benasse détacha ses doigts et elle se mit à gémir et à réciter les mêmes paroles, encore et encore.

« Que dit-elle ? demanda Belina à Géraud tandis qu'ils l'installaient dans la calèche.

—Ce sont de prières musulmanes, murmura-t-il en serrant les dents contre la douleur.

—N'est-elle pas chrétienne ? » Belina était horrifiée.

« Bien sûr que non. Je croyais que tu le savais, dit Géraud.

—Évidemment que je ne le savais pas. Comment oses-tu amener une infidèle dans ma demeure ?

—Cela ne dérange pas Jordi.

—Et Catalina ?

—Tout dérange Catalina, comme tu as pu le voir. C'est une mégère, ce que Wasila ne sera jamais. » Il s'installa dans la calèche et le palefrenier referma la portière.

« Et vous ? demanda Belina à Messire Benasse.

—Je vais m'asseoir à l'avant avec mon palefrenier. Veillez sur la compagne de Géraud. Protégez-la de Catalina. Si vous lui parlez lentement en gascon, elle vous comprendra sans doute. Faites comprendre à Catalina que Jordi et Géraud seront informés du moindre tort qu'elle cause à Wasila et qu'ils la châtieront. » Il prit la main de son palefrenier et grimpa sur la banquette du cocher. « *Adiu.*

—*Adiu* », marmonna Belina.

Wasila cria quelque chose dans sa langue, pleurant à chaudes larmes, et ne quitta la calèche des yeux qu'une fois qu'elle eut disparu.

CHAPITRE SEPT

Belina passa son bras autour des épaules de Wasila et se demanda comment elle pourrait la consoler. Elle ne comprenait pas pourquoi Messire Benasse avait refusé de l'emmener à Condom. Il avait fait preuve de bonté et de générosité envers Belina, mais il privait la jeune femme maure de l'hospitalité dont elle avait grand besoin. Elle se demanda si le problème était d'ordre religieux.

Elles retournèrent au moulin et Wasila regagna, sans cesser de pleurer, la petite pièce où Géraud et elle avaient logé.

« Sors de là ! » hurla Catalina en brandissant une louche.

Belina ferma la porte de la chambre de Géraud et se tourna vers Catalina. « Laisse-la donc là. Tu ne l'auras pas dans les pattes si elle reste dans la pièce.

—Et il faudra que je l'entende pleurnicher pendant des heures », rétorqua Catalina en aidant le plus jeune de ses enfants à manger son repas.

Belina ramassa un des chats et l'emmena à la fenêtre, lui caressant les oreilles jusqu'à ce qu'il se mette à ronronner. Elle observa Christau qui déchargeait ses sacs vides de son embarcation et les transportait jusqu'à l'entrepôt du moulin.

« Christau est là, Catalina, dit-elle. Il ramène des sacs de farine vides.

—Tant mieux, grommela Catalina.

—Pourquoi donc ?

—Parce que nous manquons de sacs en bon état. Les gens ne les rendent pas. Jordi me demande sans cesse de rafistoler les vieux sacs, mais je n'ai pas le temps. » Elle essuya le visage de l'enfant de manière si rude que celui-ci poussa un cri. « Ton frère ne pense qu'à lui. Il s'imagine que j'ai le temps de raccommoder ses sacs de farine. Avoir deux bouches de plus à nourrir est la goutte d'eau qui fait déborder le vase. » Elle se rendit à l'évier et versa de l'eau dans le bol en métal.

« Tu n'auras qu'une personne de plus à nourrir, désormais, fit remarquer Belina.

—Je n'en suis pas si sûre. Elle est trop difficile.

—Vraiment ?

—Oui, vraiment. J'ai voulu faire en sorte que Géraud mange plus, alors j'ai préparé hier une cuisse de porc au vin chaud. La petite Maure a quitté la table en courant et s'est réfugiée dans leur chambre.

—Peut-être les Maures sont-ils comme les juifs et ne mangent-ils pas de porc, suggéra Belina.

—Elle mangera ce qui je lui donne ou elle ne mangera pas », déclara Catalina. Elle versa de l'eau dans une poêle et se mit à la récurer avec de la cendre.

Belina se retourna et regarda à nouveau par la fenêtre. Christau avait terminé de transporter les sacs et il ôtait deux tonneaux de son bateau. Ils avaient l'air si lourd que Belina décida de prendre congé de Catalina et d'aller aider son cousin Christau.

Elle posa le chat et quitta la cuisine. Il faisait très chaud dans la cour et Christau transpirait à grandes gouttes. Il lui adressa un bref sourire et continua à faire rouler l'un des tonneaux en direction de l'entrepôt.

« Qu'y a-t-il à l'intérieur ? voulut savoir Belina.

—Du *bourret*. Il ne fera pas long feu, mais Jordi en aura bien besoin avec les deux femmes tracassières qui se trouvent céans. »

Belina aida à pousser le tonneau dans l'entrepôt, puis

examina les sacs de farine. « Catalina vient de me dire que Jordi souhaite qu'elle les répare.

—Sa junon aurait déjà dû tous les raccommoder, dit Christau en se massant le dos.

—Peut-être n'en a-t-elle pas le temps », suggéra Belina.

Christau secoua la tête. « Catalina choisit de ne pas en avoir le temps. Elle en passe bien trop à échanger des commérages avec sa mère.

—Sa mère est-elle au fait de la situation de Géraud ?

—Bien entendu, répondit Christau. Ce qui signifie qu'elle en aura parlé à sa sœur à Montréal.

—J'ignorais que Catalina avait une tante à Montréal, commenta Belina.

—Son mari y a un nouvel emploi, il s'y occupe des chevaux du notaire. » Christau plaça le tonneau debout dans le coin le plus éloigné de l'entrepôt et alla chercher le second. Belina le suivit. Ils firent rouler le tonneau dans l'entrepôt et Christau s'assit sur un tabouret avant de s'essuyer le visage.

Belina s'approcha d'un grand tas de sacs de farine vides et en prit un, tâchant d'éviter de mettre de la poussière blanche sur ses vêtements. La couture s'était défaite. Elle se demanda si Catalina avait du matériel de couture dans l'entrepôt. La dernière fois qu'elle avait vu coudre sa belle-sœur, il s'agissait de vêtements pour bébé. Belina se souvenait qu'elle avait proposé d'en confectionner. Elle n'avait pas encore eu le temps de le faire. Qu'est-ce qui était plus important ? Le nouveau bébé ou les sacs de farine ? Elle pencha pour ces derniers. Cela aiderait son frère. Les besoins de l'enfant à venir n'étaient pas encore urgents.

Belina dit à Christau qu'elle se rendait au moulin pour y chercher une aiguille et du fil, afin de commencer à raccommoder les sacs de farine.

Il lui envoya un baiser. « N'approche pas Catalina de trop près. Elle est dangereuse, avec ses marmites. »

Belina ouvrit légèrement la porte de la maison du moulin

et tendit l'oreille. Les chiens grognaient. L'un des enfants pleurait.

Catalina ouvrit grand la porte d'un geste brusque. « Qu'est-ce que tu fais là ?

—Où sont tes affaires de couture, Catalina ?

—Pourquoi veux-tu le savoir ?

—Pour que je puisse réparer les sacs de farine à ta place.

—Tous mes fils et aiguilles sont dans la pièce qu'occupait Géraud.

—Pourquoi donc ?

—Parce que Géraud m'a dit que sa Maure allait raccommoder ses vêtements.

—L'a-t-elle fait ?

—Je l'ignore. Je ne l'ai vue faire rien d'autre qu'aider Géraud à manger ses repas. »

Belina ouvrit la porte de la chambre de Géraud. Wasila était par terre, à genoux à côté du lit, toujours en train de gémir. Belina ne lui prêta pas attention et se mit à chercher le matériel de couture de Catalina.

Elle ramassa un morceau de tissu brodé, admirant ses couleurs et le motif géométrique, sans se rendre compte que les gémissements avaient cessé.

Une main saisit le bras de Belina et elle entendit un son hostile et sifflant.

Belina se retourna et vit le visage moite de Wasila, recouvert en partie de sa longue chevelure noire. Elle avait l'air furieux.

Belina lui tendit le tissu brodé et se remit à chercher le fil à coudre. Wasila lui cria quelque chose dans une langue que Belina ne comprenait pas.

Il fallut cinq minutes à Belina pour dénicher les fils, qui se trouvaient sous les vêtements de Wasila. Elle s'en saisit, ainsi que de l'aiguille, et retourna à la cuisine puis dehors. Elle entendit Wasila appeler derrière elle, dans ce que Belina supposait être de l'arabe, mais elle se rendit sans hésitation à l'entrepôt, où elle s'assit sur un tabouret à côté du tas de vieux sacs de farine et tenta d'enfiler l'aiguille. Son regard brillait.

Belina tenta de lui reprendre l'aiguille, mais Wasila s'éloigna avec et cette fois elle sourit. Elles échangèrent un regard, conscientes soudain que leurs conditions respectives n'étaient plus les mêmes. Au lieu d'une fille étrangère malheureuse, Belina avait devant elle une jeune femme souriante et sûre d'elle.

Belina ramassa un vieux sac de farine et examina la couture rompue. Elle tendit ensuite la main afin que Wasila lui donne l'aiguille.

Cette dernière ne lui donna point, mais pris le sac, se rendit au tabouret dont Christau s'était servi et s'assit dessus. Elle lissa le sac et se mit à le raccommoder.

Belina prit le tas de sacs et le posa à côté d'elle. « Pourrais-tu réparer ceux-là aussi, je te prie, Wasila ? demanda-t-elle en gascon en parlant lentement.

—*Si, desde luego.* »

Belina pensait que cela signifiait « bien entendu ». Le ton employé le laissait entendre, en tout cas. Elle posa délicatement la main sur le bras de Wasila, lui adressa un sourire et retourna au moulin. Elle dit à Catalina qu'elle avait laissé Wasila à l'entrepôt, où elle était en train de raccommoder les vieux sacs de farine.

« C'est la première chose utile qu'elle a fait depuis qu'elle est arrivée. » Catalina frappa son balai par terre et de la poussière s'en échappa.

Belina éternua et se garda de faire remarquer que Wasila avait passé son temps à s'occuper de Géraud. Elle sortit chercher Christau et le trouva en train de décharger un sac bien rempli de son embarcation.

« Puis-je t'aider, Christau ?

—Oui, je te prie. Prends ce bout-là. Il est plus propre.

—Qu'y a-t-il dedans ?

—De l'avoine pour le cheval de Géraud. Sansas est allé le voir hier soir et lui a passé de l'onguent sur les jambes. Il a dit que le pauvre animal est à moitié mort de faim parce qu'il manquait de nourriture pour les chevaux en Espagne.

—Et la mule ? demanda Belina.

—Les mules sont plus résistantes, mais elle a aussi besoin de repos. Il m'a ordonné de ne pas m'en servir. »

Ils amenèrent le sac d'avoine à l'écurie et Belina lui demanda où ils pourraient cacher l'arbalète de Géraud. Christau balaya du regard la structure sombre et suggéra le grenier à foin. « Où est l'arbalète ?

—Dans la chambre de Géraud. Je vais aller la chercher. »

Belina profita du fait que Wasila soit toujours à l'entrepôt, en train de raccommoder les sacs de farine, pour sortir l'arbalète et le sac de carreaux dissimulés derrière les sacoches de selle de Géraud. Elle prit l'arbalète avec grande précaution et recouvrit le bois à l'une des extrémités avant de retourner à la cuisine. Catalina était toujours occupée à faire à manger et Belina traversa la pièce sur la pointe des pieds avant de retourner à l'écurie.

Christau avait gravi la moitié de l'échelle qui menait au grenier à foin et il tendit le bras pour qu'elle lui passe l'arme. « Non, Belina, enlève d'abord le sac et tourne-la dans l'autre sens pour que je puisse tenir le manche. »

Elle détacha le sac de carreaux et le posa sur un pan de sol propre, puis recouvrit à nouveau de la toile le bois incurvé. « Tiens, Christau. Fais attention. Ne la pointe pas vers moi.

—Ne sois pas sotte, Belina. Je ne sais pas me servir d'une arbalète. Je suis batelier, pas soldat. » Il se baissa pour prendre l'arme et le morceau de toile tomba. « Laisse ça par terre et tiens l'échelle. Elle bouge trop. »

Elle obéit, détournant la tête et murmurant la moitié d'un *Ave Maria* tandis qu'elle agrippait l'échelle.

Christau l'interrompit et lui demanda de lui passer le sac de carreaux, ce qui l'obligea à grimper une partie de l'échelle afin de pouvoir l'atteindre. La tâche était rendue plus périlleuse par l'obscurité de l'écurie. Elle fut soulagée lorsque Christau se saisit du sac et parvint à le cacher à côté de l'arbalète.

« J'espère que c'est tout ce qu'il souhaite que l'on cache, Belina, dit-il en redescendant l'échelle.

—Non. Il veut aussi que l'on cache son armure. Mais elle sera salie dans le foin. »

Ils réfléchirent un moment. L'entrepôt était plein de poussière de farine, les visiteurs allaient et venaient au moulin, tandis que la cuisine était le territoire de Catalina et l'endroit où elle conversait avec sa mère.

« Reste manger, dit Christau. Catalina aura sûrement trop préparé de nourriture. Jordi se plaint sans cesse qu'elle la gaspille. Pendant que vous mangerez, tu lui parleras des enfants et des chats pour que je puisse m'esquiver. J'irai trouver l'armure dans la chambre de Géraud, je trouverai bien quelque chose dans quoi l'envelopper et j'irai la mettre dans le bureau de Jordi.

—Elle t'en empêchera, Christau.

—Fais-en sorte qu'elle se concentre sur votre repas et fais-la parler. »

Ils traversèrent la cour et entrèrent dans la maison. Catalina était assise à la table et aidait les enfants à manger leur mousse aux pommes. Christau prit un banc près du feu et le posa au bout de la table. « L'odeur de ta chère délicieuse nous a chatouillé les narines toute la matinée, Catalina. Pourrions-nous en avoir un peu, je te prie ? » Il tapota le banc, invitant Belina à le rejoindre.

« Comment osez-vous exiger à manger ?

—Catalina, nous avons mené Wasila à l'entrepôt et lui faisons raccommoder les sacs de farine de Jordi, fit remarquer Belina. Tu devrais nous être reconnaissante.

—J'ignore ce qu'est la reconnaissance.

—Personne n'en doute, mais il n'est jamais trop tard pour apprendre, Catalina », déclara Christau en allant prendre un gobelet à partager avec Belina. Il versa du cidre dedans et lui tendit en disant : « Voilà qui fera descendre toute cette poussière de farine. » Il insista sur le mot « farine », alors que la poussière dont ils étaient recouverts était celle du foin. Obnubilée par ses propres soucis, Catalina n'avait pas remarqué leur aspect hirsute.

Belina tendit le gobelet à Christau et proposa de faire réchauffer à manger pour Christau et elle.

« Pas dans ma cuisine », gronda Catalina. Elle se leva, soupira haut et fort et se rendit auprès du feu. Christau tapota le bras de Belina et but le reste du cidre. Ils regardèrent Catalina remuer le chaudron, servir son contenu dans un bol avec une louche et chercher deux cuillers.

« Tenez, gloutons. » Elle posa le bol sans ménagement sur la table, manquant de le renverser, et leur donna à chacun une cuiller.

Christau se mit à manger en attendant que Catalina s'asseye et que Belina détourne son attention en lui parlant des enfants et du nouveau-né qu'elle attendait. Puis il se leva.

« Tu ne veux pas de ma nourriture, finalement, Christau ? demanda Catalina en le gratifiant d'un regard noir.

—Bien sûr que si, mais je dois lui faire de la place. Je ne m'absenterai pas longtemps. » Il se dirigea vers la porte tandis que Belina demandait à Catalina comment se passait sa grossesse, ce qui lui valut des réponses prolixes. Elle se concentra sur le délicieux ragoût d'agneau qu'elle mangeait, plutôt que d'imaginer Catalina apercevoir Christau en train de sortir de la chambre de Géraud avec son armure pour aller la mettre dans le bureau de Jordi.

Un long moment sembla s'écouler avant que Christau ne revienne s'asseoir sur le banc pour terminer son repas.

« Il sera froid maintenant, imbécile, grommela Catalina.

—Peu importe, il est quand même délicieux. » Christau s'essuya les doigts sur la nappe et se versa du cidre. « Comme j'envie Jordi de manger comme un duc tous les jours. »

Belina la remercia, dit *adiu* à Catalina, Christau et aux enfants, caressa le chat et quitta le moulin. Elle toucha la bourse que lui avait donnée Messire Benasse pour Jordi. Belina n'en avait pas parlé à Catalina à cause de la colère de sa belle-sœur et elle décida d'attendre plutôt l'occasion de donner l'argent à son frère.

En gravissant d'un pas assuré la colline qui menait à Condom, elle pensa à Viola Lussan. Elle s'efforça de ne pas l'imaginer gisant morte sur le sol de la chapelle, maculée de sang. Elle tenta plutôt de repenser à l'époque où Viola et elle étaient amies à l'école. Viola avait invité de temps à autre Belina à son manoir de la rue des Armuriers. Il y avait beaucoup de pièces et beaucoup de domestiques. De petits chiens couraient çà et là en aboyant, manquant de faire trébucher ceux qu'ils croisaient, tandis que Viola tentait de les arrêter. Elle avait confié à Belina que sa mère adorait les chiens, mais que personne d'autre ne les aimait. Lors de chacune des visites de Belina, Viola s'épanchait au sujet de ses problèmes, lui disant que sa mère réservait toute son affection et son attention aux chiens et qu'il n'en restait rien pour Viola et son frère.

Belina supposait que lorsque le frère de Viola avait péri de la peste, le manoir était devenu pour elle un lieu encore plus triste et austère. Son père se préoccupait de ses propriétés, sa mère était toujours de mauvaise humeur et se plaignait au moindre prétexte de ses voisins, ses domestiques et sa fille « lugubre ». Belina se demanda si toutes les richesses matérielles dont disposait Viola avaient ne serait-ce qu'un peu compensé la souffrance d'une vie morose comme la sienne. Viola semblait malheureuse avec des parents qui lui témoignaient si peu d'affection. Elle avait confié un jour à Belina qu'elle craignait que sa mère ne l'oblige à épouser un riche consul. Elle ne put dissimuler à Belina qu'elle l'enviait ; elle s'était fiancée au grand messager aux cheveux clairs venu de Bordeaux.

« Vas-tu vivre à Bordeaux, Belina ? lui avait demandé Viola.

—Certainement pas. Je veux être auprès de ma famille, pas des frères de Guillaume.

—Sont-ils tous aussi beaux que lui ?

—Je l'ignore, avait répondu Belina. Je ne les ai jamais rencontrés et je n'en ai pas le souhait. Je préfère de loin être auprès de Jordi et Christau. »

Belina laissa échapper un soupir et faillit trébucher sur

un tas de pierres. Elle revint à l'instant présent. Elle avait fait fausse route et se trouvait maintenant dans la rue Cadéot, au lieu d'être près de la résidence des employés de la cathédrale. « Quiteira ! » appela-t-elle.

La femme qui passait devant Belina la fusilla du regard. « C'est à moi que vous parlez ? »

Belina lui fit de la place et lui dit qu'elle cherchait la demeure de son amie, la veuve Nabias.

« Là-bas », grommela la femme avant de s'éloigner.

Belina s'approcha lentement de la maison de Quiteira en contemplant l'édifice. Elle savait qu'elle avait appartenu au défunt mari de son amie et qu'elle lui avait été léguée par sa tante. Quiteira était fière de résider dans une demeure plus grande que celle dans laquelle elle avait été élevée. Elle était même dotée de deux chambres à coucher ; une pour le couple et une pour leurs deux fils. Maintenant que ces derniers étaient tous deux mariés et vivaient à Nérac, Quiteira envisageait de prendre quelqu'un en pension. Elle ne parlait quasiment que de cela dernièrement et Belina avait eu le plus grand mal à tarir le flot de palabres au sujet du type de pensionnaire qu'elle privilégierait.

Elle étudia la porte, Belina remarqua que la porte était particulièrement étroite pour une telle maison. Quiteira devait sans doute se tourner de côté pour y entrer. Wasila, qui était svelte, aurait bien moins de mal.

« Mais, bien sûr ! dit Belina à voix haute, Wasila doit loger chez Quiteira. » Elle se tint devant la porte et réfléchit à la manière d'épargner à Wasila le mauvais caractère de Catalina. Si Wasila était capable de raccommoder des sacs de farine pour Catalina, elle pouvait faire de la couture pour Quiteira. L'assistante de Belina passait des heures à se plaindre du temps qu'elle consacrait à coudre et repriser. Belina décida d'utiliser des talents de couture de Wasila comme moyen de persuasion.

CHAPITRE HUIT

Pendant que Belina aidait Christau à dissimuler l'arbalète, Guillaume était dans la pièce où il travaillait, en train de relire ce qu'il avait inscrit sur plusieurs tablettes de cire. Il ne comprenait pas pourquoi Viola avait emprunté le long tunnel qui menait de sa demeure à la chapelle. Ni pourquoi elle avait raccommodé une chasuble lorsqu'elle y était arrivée. Il lui fallait demander à Belina si, dans son souvenir, Viola était une femme particulièrement pieuse. Avait-elle souhaité devenir nonne ? Était-ce la raison pour laquelle elle ne s'était pas rendue à son banquet de fiançailles ? Il se demanda où était Belina, puisqu'elle n'était pas chez eux en train prendre un repas avec lui. L'endroit le plus probable était le moulin, où elle serait allée donner de l'argent à Jordi. Et elle serait ensuite restée manger ce que Catalina avait préparé.

Il se leva et se rendit dans sa chambre. Belina se plaignait parfois qu'il était difficile d'y faire à manger. Il faisait trop chaud dans la pièce en été pour y garder un feu allumé toute la journée et elle ne faisait jamais la cuisine avant le soir. Guillaume trouva la moitié d'une miche de pain et du fromage, qui lui tinrent lieu de repas, qu'il termina par deux poires trop mûres pendant que Minette ronronnait sur ses genoux.

Il n'avait toujours pas déterminé pour quelle raison Viola avait défié ses parents avec tant de témérité. Il lui fallait demander à Belina de se remémorer l'époque où elle était à l'école et lui détailler tout ce dont elle se souvenait au sujet de Viola. Ce ne serait pas facile pour elle ; il s'agissait d'une période douloureuse pour Belina, avec la mort de sa mère en couches, puis l'arrivée de sa jeune belle-mère de Montréal. Il décida de se rendre à l'échoppe et d'y attendre l'arrivée de sa femme. Peut-être même y était-elle déjà.

Guillaume posa la chatte par terre, se lava les mains et partit pour l'échoppe. Quiteira le salua d'un ton abrupt et se mit immédiatement à se plaindre de l'absence de Belina, le jour précédent et aujourd'hui encore.

Il interrompit le flot de palabres. « Où est mon épouse, Quiteira ?

—Je n'en sais rien. Elle ne me dit jamais où elle va, ni combien de temps elle sera partie.

—Quand l'avez-vous vue pour la dernière fois ? »

Quiteira déplaça un plateau de babioles sur le présentoir et se massa le dos. « Peu après l'ouverture de l'échoppe. » Elle se frotta le genou gauche. « Enfin, après que j'ouvre l'échoppe. Votre femme est arrivée plus tard. Est-elle indisposée le matin, Guillaume ?

—Pas à ma connaissance, répondit Guillaume en arrangeant des clés de Saint-Pierre et des écussons.

—Lui arrive-t-il de rendre gorge le matin, Guillaume ?

—Quiteira, je viens de vous affirmer que ma femme est en bonne santé. » Il se pinça les lèvres et se rendit dans la rue. Il avait demandé à Belina d'aller voir le frère Pierre au sujet d'un prêt, mais elle ne serait plus à l'hospice Pradau. Où d'autre se rendrait-elle pour quémander de l'argent ? Chez l'orfèvre, sans doute, qui l'avait instruite et lui avait donné du travail lorsqu'elle avait quitté le moulin et sa nouvelle belle-mère. Et après que Messire Benasse lui ait donné l'argent, où Belina serait-elle allée ? Au moulin, supposa-t-il. Il espérait que personne ne l'avait vue sortir de chez Messire Benasse en se disant qu'elle avait des bijoux sur elle. Il arpenta la rue tandis que les gens s'écartaient de son chemin.

Une main se posa sur son bras et il se retourna vivement. Belina était devant lui et lui souriait. Ils s'embrassèrent sans prêter la moindre attention à ceux qui les entouraient.

« Où étais-tu toute la matinée ? J'étais inquiet à ton sujet. » Il passa le bras autour de ses épaules et la mena en direction de l'échoppe.

« Je te le dirai lorsque nous serons entre nous. »

Lorsqu'ils furent à l'intérieur de l'échoppe et hors de portée de voix de Quiteira, Belina lui raconta sa journée. Elle avait emprunté de l'argent à Messire Benasse, chez qui elle avait rencontré le docteur Benj et son épouse, qui logeaient chez l'orfèvre.

« Qui sont-ils ?

—Un médecin juif de Tolède, en Espagne, répondit-elle. Ils fuient l'Inquisition. »

Elle relata à Guillaume qu'elle s'était rendue au moulin Moulié dans la calèche de Messire Benasse avec ce dernier et le docteur Benj. Le médecin avait décidé qu'il fallait ramener Géraud chez Messire Benasse dans la calèche.

« Et l'esclave ? l'interrompit Guillaume.

—Quel esclave ?

—La jeune fille maure que Géraud a ramenée d'Espagne, bien entendu, répondit-il.

—J'ignorais qu'il s'agissait d'une esclave, fit remarquer Belina. Géraud n'a jamais dit que tel était le cas.

—Je pense qu'elle doit l'être et qu'il est risqué pour Jordi d'avoir une esclave dans sa demeure.

—Il ne m'a rien dit à ce sujet.

—Nous allons devoir lui trouver un autre endroit où loger, déclara Guillaume. Pourquoi n'est-elle pas avec Messire Benasse ?

—Il a dit qu'il n'avait pas assez de place chez lui pour elle.

—Sans doute a-t-il voulu être prudent », murmura Guillaume.

Belina l'emmena dans la réserve et ferma la porte derrière

eux. Elle lui exposa son plan consistant à faire emménager Wasila chez Quiteira et lui expliqua pourquoi il était important d'éloigner Wasila de Catalina dès que possible.

Guillaume fronça les sourcils. « Je n'aime pas l'idée que ce notaire de Montréal apprenne la nouvelle du retour de Géraud de Grenade, accompagné d'une Maure.

—Il causera des ennuis lorsqu'il l'apprendra », commenta Belina.

Guillaume laissa échapper des jurons que Belina ne comprit pas. Elle supposa qu'il l'avait fait en anglais.

« Il nous faut payer Quiteira pour qu'elle loge Wasila, dit Belina.

—Bien entendu. Il faudra donner à Quiteira une partie de l'argent que Messire Benasse t'a donné.

—Combien ? »

Guillaume fit quelques calculs mentaux et s'appuya contre la paroi de la réserve. « Je n'en suis pas encore certain.

—Mais il faut que je le sache avant d'en parler à Quiteira, Guillaume.

—Je te le dirai dès que je le pourrai. Ne lui dis rien pour l'instant. Elle est de mauvaise humeur.

—Elle est toujours de mauvaise humeur.

—Je sais, mais je n'ai pas encore osé lui dire que tu vas m'aider dans mon enquête.

—Tu ne me l'as pas dit non plus, pesta-t-elle.

—Je te le dis maintenant, répondit-il calmement. J'aimerais que tu te rendes au manoir Prelet et que tu y interroges tout le personnel de maison.

—Pourquoi donc ? » Belina s'affaira avec les pots d'onguent pour les pieds sur l'étagère devant elle, afin que son époux ne puisse pas lire la colère sur son visage.

« Parce que je n'ai pas eu le temps de le faire hier et que de toute manière, tu t'en sors mieux que moi lorsqu'il s'agit de parler à des domestiques.

—Qu'est-ce qui te fait dire ça ?

—Parce que tu connais déjà sans doute certains d'entre eux. »

Elle se retourna vivement et faillit faire tomber un pot de baume pour les pieds. « Me prenez-vous pour une domestique, Messire l'enquêteur ?

—Certainement pas. » Il l'embrassa sur le nez et remit le pot de baume pour les pieds sur l'étagère. « Tu connais tant de gens à Condom. D'aucuns étaient à l'école avec toi. D'autres t'ont vue au moulin. D'autres encore sont des amis de Jordi et Christau. »

Elle sourit. « Que dois-je découvrir ?

—Où chacune des personnes présentes au manoir se trouvait hier, et quand. Demande à chaque personne que tu interroges de te dire ce que faisaient les autres, aussi. Cherche à faire des liens entre les versions de chacun.

—Ils ne voudront peut-être pas rapporter au sujet de leurs amis.

—Peut-être pas, répondit Guillaume. Mais pousse-les à te dire où le consul Prelet, sa famille et ses invités se trouvaient. Le seul qui était disposé à me parler sans réserve était le portier, et les seules informations qu'il m'a fournies concernaient les arrivées et les départs des invités. »

Belina se mit à tripoter les fioles d'aygue ardente disposées sur l'étagère du haut.

« Cesse de jouer avec ça et écoute ce que je te dis, la somma Guillaume.

—Je compte le nombre d'heures que je vais devoir perdre, coincée au manoir Prelet et je réfléchis à la manière de faire face à la colère de Quiteira lorsque je reviendrai ici.

—Une réponse tempérée détourne le courroux, déclara Guillaume.

—Tu sais très bien que j'ai l'habitude du mauvais caractère de Quiteira, mais comment puis-je lui demander d'accepter de partager sa demeure avec Wasila ?

—En lui offrant une somme d'argent alléchante, bien sûr.

—Il vaudrait mieux dans ce cas que tu me dises combien je dois lui offrir. » Elle se retourna vers les étagères.

« Laisse ces objets tranquilles. Tu pourrais les briser. »

La porte de la réserve s'ouvrit en grand. Ils se retrouvèrent face à Quiteira.

« Si vous avez fini de vous divertir, je te saurais gré de ton aide, Belina. »

Belina poussa Guillaume hors de son chemin et se rendit auprès du présentoir, où cinq pèlerins patientaient.

« Puis-je vous aider, messires ?

—Ce n'est pas trop tôt, grogna l'aîné d'entre eux. Je vais formuler une plainte au sujet de cette échoppe.

—Pourquoi donc ? lui demanda Belina.

—Cela fait presque une heure que nous attendons pour acheter des sculptures de Saint-Pierre. Votre assistante s'est démenée pour servir les nombreux clients. » Il renifla avec dédain. « Il semble que vous vous amusiez avec cet homme aux cheveux clairs. » Il pointa son bâton en direction de Guillaume, qui s'avança vers lui.

« Baissez ce bâton.

—Je le baisserai lorsque je serai disposé à le baisser, rétorqua le pèlerin en criant.

Guillaume se saisit du long bout de bois et sortit dans la rue, où il fit mine de le briser sur son genou. Le pèlerin quitta l'échoppe précipitamment, reprit son bâton et s'éloigna en direction de la cathédrale.

« Oh, Guillaume, dit Belina. Regarde ce que tu as fait. Maintenant il va aller se plaindre à mon sujet et l'archidiacre ne saura pas que c'est de ta faute si je vais être à nouveau absente de l'échoppe.

—Ne t'inquiète pas, ma chérie, je lui expliquerai la raison de ton absence.

—Qu'avez-vous dit ? » Quiteira s'interrompit alors qu'elle était en train d'emballer un pot de baume pour les pieds.

« Quiteira, je regrette de vous informer que mon épouse doit m'aider dans ma nouvelle enquête.

—Je l'avais déjà deviné. Elle s'est absentée pendant des heures. » Elle le fusilla du regard. « Elle n'avait pourtant pas de tablettes avec elle. C'est la première fois qu'elle n'a pas de tablettes avec elle pour une enquête.

—Il lui fallait marcher trop loin pour porter sur elle de lourdes tablettes, répondit-il sans ciller.

—Je ne vous crois pas. Cessez de me mentir. » Quiteira fit le tour du présentoir, tournant le dos à Guillaume, et demanda à un pèlerin qui attendait patiemment s'il souhaitait acheter quelque chose.

« Oui, je cherche une flûte à bec. »

Guillaume alla chercher dans la réserve une boîte et en montra le contenu au client potentiel, qui lui demanda s'il jouait lui-même de l'instrument.

« Non, je n'ai jamais appris à en jouer. J'aurais aimé le faire.

—C'est un instrument facile à apprendre, messire, mais il est difficile de bien en jouer.

—Pourquoi avez-vous besoin d'acheter une flûte neuve ? lui demanda Guillaume. J'espère qu'on ne vous a pas volé la vôtre. »

Le pèlerin expliqua qu'il était venu pour l'un des membres de son groupe, dont la flûte avait en effet été volée lundi, pendant qu'il jouait de sa chalemie lorsqu'ils répétaient.

« Où est-ce arrivé ? voulut savoir Guillaume, se demandant s'il s'agissait du même groupe de pèlerins qu'Antoni avait observé près de la chapelle. Je pourrais envoyer quelqu'un pour tenter de la retrouver. »

Le pèlerin se mit à le lui expliquer et ses compagnons se joignirent à la conversation. Guillaume comprit que l'homme avait perdu sa flûte à bec près de la chapelle Sainte-Eulalie au même moment de la journée où le meurtre de Viola avait été découvert. Il se mit à interroger les pèlerins, leur demandant s'ils avaient vu une personne à l'apparence suspecte dans ce secteur lors de la matinée d'hier.

« Voici l'homme qui m'a arraché mon bâton. » Le pèlerin

dont Guillaume avait saisi le bâton écarta les autres et mit la main sur l'épaule de Guillaume.

« Tiens donc. Cela ne me surprend guère, dit une voix derrière lui. C'est Lansac. »

Guillaume jeta un coup d'œil par-dessus les chapeaux des pèlerins et vit Loupmont, l'ancien assistant du trésorier de la cathédrale.

Loupmont planta son doigt dans la poitrine de Guillaume. « J'ai appris que vous avez volé le bâton de ce pèlerin.

—Certainement pas, rétorqua Guillaume. Je n'ai fait que l'empêcher d'assaillir mon épouse avec.

—Menteur, intervint le pèlerin.

—Ne vous avisez pas de m'accuser de mensonge, répondit Guillaume en balayant de la main le doigt de Loupmont.

—Vous mentez », répéta le pèlerin.

Les autres pèlerins lui dirent quelque chose dans une autre langue et quittèrent l'échoppe à la hâte.

Guillaume se demanda s'il ferait bien de leur courir après pour leur demander s'ils avaient remarqué quoi que ce soit près de la chapelle Sainte-Eulalie. Sa dispute avec le pèlerin âgé lui avait fait rater l'opportunité d'interroger des témoins utiles.

Loupmont l'informa que l'archidiacre sommait Guillaume de venir le voir immédiatement. Il arborait un sourire narquois.

« Si vous allez voir l'archidiacre, dites-lui que j'ai besoin de quelqu'un qui m'assiste à l'échoppe toute la journée », dit Quiteira en replaçant un plateau de clés de Saint-Pierre.

« Ne faites pas attendre l'archidiacre, dit Loupmont. Vous êtes déjà en délicatesse avec lui.

—Je viendrai dès que j'aurai aidé Quiteira à arranger le présentoir.

—Vous allez venir sur-le-champ.

—Retournez voir l'archidiacre et dites-lui que le temps qu'il récite deux *Credo*, je serai là. » Guillaume rangea les plateaux de babioles et salua deux pèlerins qui marchaient dans la rue.

« Ne vous avisez pas de vendre quoi que ce soit, l'avertit Loupmont en criant.

—Les revenus de la cathédrale seront accrus par les ventes que je fais aux pèlerins.

—Je vous répète que l'archidiacre m'a ordonné de vous mener à lui. »

Guillaume emmena la boîte d'instruments musicaux dans la réserve. Il examina son visage et ses cheveux dans le miroir en étain et remit son couvre-chef, qu'il enfonça sur sa tête pour cacher autant de ses cheveux clairs que possible.

Il verrouilla la porte de la réserve et donna la clé à Quiteira. « Belina sera bientôt de retour à l'échoppe. Elle ne s'est absentée que quelques minutes pour se rendre à notre logis. Je vous demande pardon de devoir vous laisser à cette heure d'affluence, Quiteira. Ce n'est pas de ma faute. C'est ce clerc des comptes sot et cupide qui a décidé de m'importuner. » Il désigna Loupmont et ajouta : « Comme d'habitude. »

Mais Quiteira ne lui prêta aucune attention et poursuivit sa conversation avec un nouveau client.

Guillaume passa Loupmont et sortit dans la rue. Il arriva légèrement essoufflé dans la pièce qui jouxtait le bureau de l'archidiacre.

« *Adischatz*, frère Jacques, Loupmont vient de me dire que l'archidiacre souhaite me voir.

—Oui, Guillaume. » Le moine, en train d'écrire dans un grand livre, s'interrompit. « Loupmont a affirmé que vous avez assailli un pèlerin à l'échoppe. Avez-vous vraiment fait cela ?

—Bien sûr que non. Le pèlerin agitait son bâton en direction de Belina parce qu'elle ne l'avait pas servi.

—Pourquoi donc ? Dame Belina est toujours obligeante à l'égard de tout le monde. Nous le savons tous. »

Guillaume vit Loupmont grimacer, bien qu'essoufflé après avoir suivi Guillaume. « Merci pour ce compliment. Ce n'était pas de la faute de Belina si le pèlerin a dû attendre. Je l'avais emmenée dans la réserve pour lui expliquer comment je souhaitais qu'elle m'assiste dans ma nouvelle enquête. »

Le moine se leva et se rendit dans le bureau de l'archidiacre, refermant la porte derrière lui. Guillaume tourna le dos à Loupmont et patienta. L'archidiacre et lui avaient de bons rapports, mais il lui fallait être prudent. Si Guillaume était à la solde de l'évêque Montbrun, ce dernier se trouvait si rarement à Condom que Guillaume considérait l'archidiacre comme son véritable employeur. Il arpenta la pièce de long en large, ignorant résolument Loupmont, dont la grimace s'était muée en son sourire narquois habituel.

Le moine réapparut enfin et tint la porte afin que Guillaume puisse entrer dans le bureau de l'archidiacre. Loupmont fit mine de le suivre et Guillaume lui ferma la porte au nez, faisant tomber son couvre-chef.

L'archidiacre salua Guillaume et lui demanda ce qu'il s'était passé dans l'échoppe. Guillaume lui relata les événements avec exactitude et attendit nerveusement.

« Prenez ce tabouret, dit l'archidiacre en pointant du doigt un coin de la pièce, et asseyez-vous devant moi. »

Guillaume s'exécuta et patienta.

« Loupmont est un sot et je ne vais pas perdre mon temps avec ses sottises. Mais je souhaitais m'entretenir avec vous de toute manière, Guillaume. Dites-moi comment se passe votre enquête, je vous prie. Le meurtre de la fille d'un consul est une affaire très grave. Je regrette que le crime se soit produit dans un édifice religieux. Le sénéchal aurait sinon été responsable de l'enquête. Êtes-vous absolument certain que cette pauvre jeune femme a été tuée dans la chapelle ? Est-il possible que son corps ait pu y être amené après le meurtre ? »

Guillaume expliqua les raisons pour lesquelles il était convaincu que Dame Viola avait bien été tuée dans la sacristie de la chapelle.

« Comment y est-elle entrée, et pourquoi ?

—Je ne sais pas encore pourquoi, mais j'ai découvert ce matin comment elle y était parvenue. C'était très surprenant.

—Et alors ? La porte de la sacristie devait assurément être

verrouillée. A-t-elle brisé une fenêtre et pénétré à l'intérieur en grimpant malgré les éclats de verre ? Cherchait-elle à fuir son assaillant ? » Il marqua une pause. « Le tueur va-t-il s'en prendre à d'autres jeunes femmes, à votre avis ?

—J'espère que le tueur n'est pas un forcené qui a pour but d'égorger autant de victimes que possible, répondit Guillaume. Je pense pour l'instant qu'il s'agissait peut-être d'une inimitié personnelle à l'égard de Dame Viola, mais il est difficile d'en savoir plus. Peut-être les consuls pourraient-ils m'aider s'ils le souhaitaient, mais je ne peux les forcer à répondre à mes questions.

—C'est également ce que je crains, dit l'archidiacre. Vous m'accompagnerez demain matin à l'assemblée des consuls et je les sommerai de vous répondre.

—Je vous en remercie vivement, père Joachim. Votre autorité sera d'une grande aide. Peut-être l'un d'entre eux, voire plusieurs, auront-ils quelque chose à révéler.

—Il nous faut l'espérer. Pas même les consuls ne pourront vous cacher quoi que ce soit. » L'archidiacre sourit et fit glisser un parchemin de côté. « Mais vous ne m'avez pas dit comment Dame Viola était entrée dans la sacristie. » Il joignit les mains et attendit.

Guillaume expliqua comment il avait découvert le tunnel qui menait de la chambre de Viola à la sacristie de la chapelle, au-delà de la léproserie, loin de la rue des Armuriers. « Lorsqu'on l'a retrouvée, elle était en train de coudre une chasuble verte, mais je ne comprends pas pourquoi elle faisait cela à cet endroit. » Il apprit à l'archidiacre qu'il avait mis aux arrêts un jeune homme dans la sacristie et qu'il l'avait fait enfermer dans la geôle de la cathédrale.

« Oui, je le sais. S'agit-il vraiment d'un *crestian* ?

—Oui. Il me l'a dit lui-même. Il est charpentier et j'ai trouvé un outil de charpenterie dans la sacristie lorsque le corps a été déplacé. Mais je ne sais pas encore pourquoi le *crestian* se trouvait dans la chapelle et l'interroger n'est pas chose facile.

—Pourquoi donc ? Je croyais que vous étiez un excellent interrogateur.

—Je vous remercie. Ce *crestian* est pour le moment trop émotif, ou feint de l'être ; il pleure sans arrêt. C'est peut-être un simulacre, mais même si c'en est un, je n'ai pas encore pu apprendre grand-chose. J'ai passé un long moment auprès de lui ce matin, sans succès.

—Le *crestian* avait-il des complices ?

—C'est cela qui est étrange. Lorsque je suis arrivé à la chapelle hier après-midi, Chezelle se trouvait sur place et prétendait avoir mis la main sur le tueur, amenant avec lui deux vigiles. L'un d'entre eux plaquait le *crestian* contre le mur de la sacristie, tandis que l'autre montait la garde à la porte de la chapelle. »

L'archidiacre fronça les sourcils. « L'arracheur de dents de Dame Senclar est un étranger mystérieux, mais je n'aurais pas cru de lui qu'il puisse être un tueur. Il est cependant difficile de déterminer pour quelles raisons Édith l'Empoisonneuse a recours à ses services, et de quelle manière. » L'archidiacre replaça le parchemin devant lui. « Je vous remercie, Guillaume. Venez me trouver ici demain matin et nous nous rendrons ensemble à l'Hôtel de ville. Mais n'en dites rien à personne. Ces consuls peuvent se montrer récalcitrants lorsque l'envie leur en prend. Mieux vaut les surprendre, non ? »

Guillaume sourit et se leva. Il remit le tabouret à sa place dans le coin du bureau et remercia l'archidiacre.

« Il n'y a pas de quoi. *Adiu.* »

Guillaume passa dans la pièce où se trouvait le clerc, y cherchant Loupmont. « Il s'est mis à faire preuve d'impatience et a tenté de faire irruption dans le bureau de l'archidiacre, lui dit le moine avec son calme coutumier. Je lui ai dit de s'en aller. J'ai dû le lui dire trois fois avant qu'il obéisse. »

Guillaume quitta la pièce en souriant et retourna chez lui, où il réfléchit aux questions qu'il devait poser aux consuls le lendemain matin. Il griffonna ses idées sur deux tablettes de cire, changeant d'avis à plusieurs reprises. Qui pouvait tirer profit de la mort de Viola ? S'agissait-il de vengeance à l'encontre du consul Prelet ou du consul Lussan, ou bien de leurs épouses ? Que pensait le reste de la famille Prelet concernant le fait qu'une nouvelle personne allait rejoindre leurs rangs ? Il souhaitait que Belina rentre de l'échoppe afin qu'il puisse tenter de lui tirer des informations au sujet de Viola.

Guillaume se leva et alla chercher le paquet de vêtements de Viola, ceux-là mêmes maculés de taches de sang. Il n'était pas plus mal que Belina ne puisse pas les voir, sans quoi elle éclaterait à nouveau en sanglots. Il se saisit de la vastringue et examina le sang séché sur la lame. Il le tint ensuite et fit mine de trancher la gorge de quelqu'un avec. Ce ne serait pas aisé pour quelqu'un comme lui, qui n'avait jamais manié d'outil de charpentier, mais un arracheur de dents comme Chezelle aurait peut-être plus de facilité. Un *crestian* serait bien entendu capable de s'en servir avec assurance. Du point de vue de Guillaume, Josep Sarbazan était toujours le plus susceptible d'être le tueur.

La porte s'ouvrit et Belina, accompagnée de Minette entrèrent toutes deux. Il se retourna, ayant oublié qu'il avait toujours en main l'arme du crime, et Belina dût s'asseoir sur le lit pour éviter de tomber à la renverse. La chatte sauta sur les genoux de sa maîtresse et se mit à ronronner.

Guillaume posa le vastringue dans l'évier et lava ses mains tachées de sang. « Je regrette que tu m'aies vu brandir cela. » Il s'assit sur le lit et embrassa sa femme.

« Comment cela s'est-il passé avec l'archidiacre ? lui demanda-t-elle. Était-il en colère contre toi ?

—Non, pas du tout. Il connaît trop bien Loupmont. Il s'avère qu'il souhaitait me voir de toute manière pour me parler du meurtre. Il va m'emmener demain à l'Hôtel de ville pour interroger tous les consuls, mais ne parle de cela à personne.

—Ah, très bien. Cela signifie que je n'ai pas besoin d'interroger leurs épouses et leurs domestiques. » Belina caressa la chatte et l'écouta ronronner.

« Si. Comme je te l'ai demandé à l'échoppe, commence par les domestiques des Prelet demain. Mais pour aujourd'hui, ne pensons plus au meurtre. Je crois plutôt que nous devrions parler de Géraud et de son esclave. Le meurtrier voudra nous angoisser, nous rendre trop inquiets pour découvrir son identité. De nombreuses difficultés nous font face, j'en ai bien peur.

—J'espère que non.

—J'espère moi aussi que non, mais nous devons nous tenir prêts. Il nous faut installer cette jeune fille chez Quiteira.

—Si tu veux que je le fasse, je ne peux pas passer mon temps à parler aux épouses et aux serviteurs de consuls, commenta Belina.

—Tu peux faire les deux. Tu es très douée pour conjuguer les tâches. » Guillaume l'enlaça et lui embrassa le cou. Ensuite, il prit la chatte et la posa à côté de son bol de lait vide. Il ôta le couvercle du pot où le canard était préservé, en retira la cruche de lait et la renifla. « Je crois que le lait est encore bon, dit-il à Belina.

—Minette n'en boira pas s'il a tourné. Tu le sais bien. »

Guillaume versa quelques gouttes de lait dans le bol et observa Minette tandis que la chatte le renifla, puis se mit à le laper. « Très bien, tiens Minette », murmura-t-il en versant plus de lait dans le bol.

Il laissa la chatte et retourna auprès du lit en se déshabillant. « Comme je l'ai dit, oublions le meurtre pour l'heure. Il est bien plus agréable de faire l'amour. »

CHAPITRE NEUF

Mercredi

Après un déjeuner pris à la hâte, Guillaume donna à Belina un stylet et trois tablettes de cire dans une sacoche et mit ses habits du dimanche pour se rendre à l'Hôtel de ville.

Il était encore trop tôt et Quiteira n'était pas encore arrivée pour ouvrir l'échoppe Belina passa devant les volets fermés et se joignit à la foule du marché, jouant des coudes pour se frayer un chemin jusqu'à la place Saint-Pierre. Il y avait beaucoup de bruit dans la rue pleine d'animaux et l'odeur était très désagréable. Un chariot faillit lui rouler sur le pied et un âne manqua de peu de croquer son fichu à pleines dents. Les pavés étaient déjà recouverts de fiente et glissants ; elle heurta un vendeur de tourtes en esquivant le contenu d'un pot de chambre déversé d'une fenêtre au-dessus d'elle. Le vendeur de tourtes était furieux ; trois de ses tourtes étaient tombées de son plateau. Elle s'éloigna en passant trois chèvres et il ne put que lui lancer des jurons dans son dos.

Il lui fallut un bon moment pour gagner le côté opposé de la place Saint-Pierre et descendre la pente menant à la rue Deserte, derrière la rue Royale. Elle demanda à un groupe de femmes où se trouvait la porte de l'arrière du manoir Prelet et elles lui indiquèrent un portail ouvert. Elle le franchit, traversa un jardin de fines herbes et gravit quelques marches.

Une fille de cuisine se tenait en haut des marches, toisant du coin de l'œil Belina et sa lourde sacoche de tablettes de cire.

« Si vous êtes venue vendre quelque chose, vous vous êtes trompée de manoir. »

Belina lui expliqua que sa sacoche contenait des tablettes de cire qui n'étaient pas à vendre. « J'aimerais m'entretenir avec l'intendant quelques minutes, je vous prie.

—Il ne reçoit personne sans rendez-vous, lui dit la servante.

—Oui, je comprends, répondit Belina poliment. Je suis l'épouse de l'enquêteur de l'évêque et mon mari m'a demandé de venir parler aux employés de maison de ce manoir au sujet de ce qui s'est passé le jour du banquet.

—Le banquet de fiançailles qui n'a pas eu lieu ? lui demanda la fille de cuisine. C'est de cela que vous parlez ? » Belina opina du chef. « Beaucoup de travail pour nous, mais presque rien n'a été mangé.

—Eh bien, vous aurez sans doute pu en manger à leur place, fit remarquer Belina. Veuillez me faire mener à l'office de l'intendant. »

Une autre domestique qui écoutait leur conversation prit Belina par le bras et l'emmena dans une pièce où se trouvaient de nombreux commerçants et artisans.

« Attendez là pendant que j'informe l'intendant de votre présence. Il faut que je sache pourquoi il doit vous recevoir.

—Comme vous l'avez sûrement entendu, dit Belina sur un ton moins sec que celui qu'elle aurait voulu employer, je suis l'épouse de l'enquêteur de l'évêque. Je suis venue interroger tous les domestiques au sujet de ce qu'ils ont fait et de ce qu'ils ont vu hier.

—Je ferai de mon mieux », répondit la servante. Elle frappa à la porte et entra. Belina patienta, agrippant sa sacoche de tablettes.

Environ trois *Credo* plus tard, la servante ressortit et fit signe à Belina d'approcher. « L'intendant va vous recevoir le temps d'un *Paternoster*, pas plus », déclara-t-elle.

Plusieurs des hommes présents se levèrent pour protester qu'ils étaient arrivés avant la *molieròta* et qu'elle devait attendre son tour.

« Elle est plus importante que n'importe lequel d'entre vous, dit la domestique. C'est l'épouse de l'enquêteur de l'évêque.

—Peu m'importe qui elle est, rétorqua un artisan, munit d'une tenaille, elle doit attendre son tour. » Il poussa Belina contre le mur et se planta devant la porte qui menait au bureau de l'intendant.

Un clerc aux mains tachées d'encre le somma de laisser passer la visiteuse, puis se tourna vers Belina. « Par ici, je vous prie. »

Belina s'avança vers la table de l'intendant et le gratifia d'un sourire. « *Adischatz*, dit-elle. Je dois demander à vos domestiques ce qu'ils faisaient hier matin et où ils se trouvaient.

—Croyez-vous vraiment qu'un employé de cette maison ait tué Dame Viola Lussan ? » L'intendant ne prit pas la peine de dissimuler son dédain.

« Mon époux mène toujours ses enquêtes avec grande minutie, répondit Belina. Il veille à soigneusement reconstituer un tableau précis de ce qu'il se passait dans toutes les maisonnées.

—Il devrait alors enquêter auprès des serviteurs des Lussan, et non du personnel des Prelet, dit l'intendant.

—Il s'en charge lui-même. C'est pour cette raison qu'il m'a demandé d'interroger vos employés. »

L'intendant finit par céder et ordonna à la domestique de présenter Dame Moulié à tous les employés de cuisine. Elle pourrait ensuite s'entretenir avec le personnel de maison, mais elle ne devait en aucun cas faire perdre de temps à qui que ce soit. Les événements tragiques du lundi avaient bouleversé la maisonnée et Dame Moulié ne devait à aucun moment oublier cela. La domestique aida Belina à se frayer un chemin parmi les artisans, qui lui jetèrent des regards noirs.

« Vous m'êtes d'une grande aide, dit Belina à la servante. Comment vous appelez-vous ?

—Minga.

—C'est un très joli nom, commenta Belina.

—C'était celui de ma grand-mère », dit la domestique en faisant entrer Belina dans la cuisine, où elle lui présenta le chef-cuisinier. Ils s'entretinrent brièvement, puis Minga lui fit faire le tour afin qu'elle puisse interroger tous les employés de cuisine au sujet de ce qu'ils faisaient le matin du jour précédent.

« Nous avons dû beaucoup travailler. Seulement, le banquet que l'on nous avait qualifié de très important fut une calamité, lui dit Minga. La fiancée n'est jamais venue et la plupart de nos efforts n'ont servi à rien. Le repas a été retardé trop longtemps à cause de son absence. Les plats chauds soigneusement préparés ont été trop cuits et les plats froids se sont gâtés à cause de la chaleur, si bien qu'il a fallu en jeter une grande partie. »

Les autres employés de cuisine lui relatèrent des récits semblables, qu'elle résuma sur ses tablettes de cire.

« Quand avez-vous su qu'un banquet aurait lieu ?

—Il y a une semaine environ.

—Saviez-vous qu'il s'agissait de célébrer des fiançailles ?

—La nouvelle s'est répandue.

—Avez-vous rencontré des invités ?

—Pas vraiment.

—Mais vous les avez servis à table », fit remarquer Belina une demi-douzaine de fois.

Les réponses ne furent pas d'une grande aide. Les serviteurs étaient las, irrités et peu disposés à parler de quoi que ce soit hormis ce qui avait été servi à manger et à boire.

« Certains des invités ont-ils trop bu ? s'enquit Belina.

—Pas vraiment. À part le consul Senclar, lorsqu'il ne tripotait pas la poitrine de son épouse. »

Cela ne surprit pas Belina. « C'était l'une des seules personnes d'un jeune âge, non ? Ou y en avait-il d'autres ? »

Les domestiques mentionnèrent Messire Charles, Dame Pauline et son époux, Messire Galerne, Dame Jeanne Senclar, le fils et la belle-fille du notaire Corloni, ainsi que l'une de ses filles.

« Pourquoi étaient-ils présents au banquet ? » voulut-elle savoir.

Personne ne le savait, ni n'en avait cure.

« Dites-m'en plus au sujet des enfants du consul Prelet. »

Les serviteurs s'accordaient à dire que Dame Pauline et son époux se trouvaient souvent au manoir. Le consul et son beau-fils s'entendaient bien, malgré le fait que Messire Galerne soit originaire de Bordeaux et qu'il fasse le négoce de tant de choses. Sa famille avait acheté à bas prix des commerces anglais lorsque les Anglais avaient quitté Bordeaux trente ans plus tôt, et elle avait prospéré depuis.

Comme les histoires de commerçants bordelais ne l'intéressaient pas, Belina les interrogea au sujet du fiancé, Messire Charles Prelet, le fils qui résidait à Toulouse. « Quand est-il arrivé à Condom ?

—Vendredi dernier, mais il était prévu qu'il arrive quelques jours avant cela.

—Quelle était la raison de son retard ?

—Je l'ignore. Le temps, peut-être, ou le mauvais état des routes, ou des ennuis avec sa monture.

—A-t-il un bon cheval ? » demanda Belina.

Plusieurs serviteurs pensaient que ce devait être le cas, car il passait le plus clair de son temps à chevaucher seul. Les absences répétées de Messire Charles avaient fini par mettre en colère le consul Prelet, car ce dernier souhaitait que son fils s'occupe de nombreux documents.

« Peut-être est-il le genre d'homme qui n'aime pas lire des documents, suggéra Belina. Peut-être n'est-il pas un scribe. »

Sa suggestion fut rejetée sans équivoque. Messire Charles était avocat. C'était pour cela qu'il avait fait ses études à Toulouse et qu'il y vivait.

« Dame Viola Lussan aurait donc quitté Condom après ses noces, pour aller vivre à Toulouse », dit Belina.

Certains des serviteurs étaient de cet avis. D'autres affirmaient qu'il était prévu qu'il s'installe à Condom et qu'il prenne la suite de son père en tant que consul.

« Les autres consuls étaient-ils en accord avec cela ? » voulut savoir Belina.

Personne ne lui dit rien à ce sujet. Ils se détournèrent tous et se remirent au travail. Seule Minga était toujours auprès d'elle. « Messire Charles ne souhaitait pas vivre ici, dit-elle à Belina. Il comptait emmener Dame Viola à Toulouse. Ils étaient passionnément épris l'un de l'autre. Il lui apportait des présents à chaque fois qu'il venait à Condom.

—Venait-il souvent ? demanda Belina.

—Aussi souvent que possible. Ils étaient un couple amoureux. »

Belina nota tout cela sur ses tablettes de cire et demanda à Minga de la mener auprès des serviteurs de chambre. Elle leur fut présentée, mais malheureusement ces serviteurs faisaient preuve de grande discrétion et Belina n'apprit rien de nouveau. Quelques-uns d'entre eux exprimèrent leur peine par rapport à la mort de Dame Viola, mais il n'y avait là rien de vivement ressenti.

Belina les remercia poliment, puis une domestique subalterne la raccompagna, lui faisant descendre les escaliers à l'arrière de la maison pour ressortir par le jardin de fines herbes. Elle marcha péniblement à travers la foule de vendeurs et de chalands du jour de marché, traînant sa lourde sacoche de tablettes de cire jusqu'à l'échoppe de la cathédrale. Quiteira la salua en soupirant et lui tendit un mot de la part de Jordi. *« Nous avons été convoqués en cour de justice samedi matin. C'est au sujet des mesures de farine. Je répondrai aux questions du juge. Tu dois juste être présente, et je te prie d'être à l'heure. N'oublie pas pour te rendre ensuite ailleurs aux ordres de Guillaume. Notre moulin est plus important que lui et il est grand temps que tu t'en souviennes. »*

Quiteira lui dit que Christau était venu à l'échoppe lui

remettre le mot, mais qu'il était trop pressé pour attendre le retour de Belina. « Que dit la note, Belina ? demanda-t-elle.

—Que Jordi et moi devons nous rendre à la cour de justice samedi matin.

—Ah ça non ! Comme si cela ne suffisait pas que tu me laisses seule à l'échoppe pour aller faire le travail de Guillaume. Maintenant tu vas m'abandonner parce que ton frère a commis un crime.

—Ne dis pas de sottises, Quiteira. On va juste l'interroger au sujet du moulin. Cela ne prendra pas longtemps. » Belina espérait dire vrai, mais elle n'en était pas moins inquiète.

« Fais en sorte de revenir vite, alors », répondit Quiteira en déplaçant des médaillons d'un plateau à un autre.

CHAPITRE DIX

Après le départ de Belina avec sa sacoche de tablettes ce matin-là, Guillaume partit à son tour. Il mit son couvre-chef et s'assura de son apparence. Comme son épouse, il vit son trajet jusqu'à la place Saint-Pierre obstrué par les animaux, les vendeurs et les acheteurs du jour de marché. Il fut soulagé lorsqu'il arriva au bureau de l'archidiacre, à côté du palais de l'évêque.

Ils discutèrent des raisons possibles qui auraient pu mener au meurtre de la fille d'un consul tandis qu'ils marchaient jusqu'à l'Hôtel de ville. À l'intérieur, de nombreuses révérences furent adressées à l'archidiacre en guise d'accueil, mais pas la moindre à Guillaume. On les fit passer dans la chambre du Conseil, où les consuls étaient assis sur des bancs qui longeaient une table, au bout de laquelle présidait le greffier. Deux scribes du conseil se tenaient debout à leurs pupitres derrière le greffier et dévisageaient Guillaume. Les consuls, quant à eux, avaient tous le regard rivé sur l'archidiacre. Le consul Prelet dit aux scribes d'apporter deux tabourets pour les invités. Il salua l'archidiacre de manière formelle et hocha la tête à l'attention de Guillaume.

L'archidiacre les informa du fait qu'il avait autorisé l'enquêteur de l'évêque à interroger chacun des consuls au sujet du triste décès de la fille du consul Lussan, Dame Viola. « Répondez aux questions de l'enquêteur de manière aussi précise que possible, je vous prie », conclut-il.

Le silence se fit tandis que Guillaume tirait une tablette de cire et un stylet de sa sacoche d'enquêteur et faisait le tour de la table du regard, y trouvant huit visages impassibles. Il n'allait pas être aisé de faire parler ces hommes et il fut conforté d'avoir à ses côtés l'archidiacre.

« Veuillez poser vos questions », déclara ce dernier à voix haute.

Guillaume se tourna vers le consul Prelet. Son faciès ridé semblait s'être encore plus creusé en une nuit et il avait l'air en proie à la douleur. « Si vous le permettez, consul Prelet, commença Guillaume, je vais débuter par vous car vous êtes l'aîné des consuls. » Il marqua une pause. « Vous étiez également l'hôte du banquet d'hier.

—Allez-y, posez vos questions.

—Quand avez-vous annoncé que vous alliez organiser un banquet ?

—Au milieu du mois dernier.

—Était-il aussitôt établi qu'il s'agirait d'un banquet de fiançailles ?

—Oui, bien entendu.

—Des fiançailles officielles avaient-elles déjà eu lieu ? »

Le consul secoua la tête, indiquant que non.

« Quand devaient se tenir les noces ? »

Il fit un geste en direction du consul Lussan, qui fronçait les sourcils et scrutait ses ongles. « Dès que possible. Nous étions en train de nous mettre d'accord sur les termes et conditions du contrat de mariage.

—Et le jeune couple était-il en accord avec ces dispositions ?

—Ils n'y prenaient pas part.

—N'y prenaient pas part ? répéta Guillaume. Ils devaient assurément y prendre part, ou tout au moins en être informés ?

—Mon fils était informé de mon souhait qu'il épouse Viola Lussan, une jeune dame qu'il connaissait depuis de longues années.

—Le mariage impliquait-il que votre fils vienne s'installer

à Condom ? demanda Guillaume. Ou le couple avaient-ils l'intention de résider à Toulouse ?

—À Condom, évidemment. » La réponse fut donnée sans la moindre hésitation.

« Votre fils avait-il accepté de le faire ?

—Bien entendu, affirma le consul à Guillaume. Mon fils va prendre ma place en tant que consul car mes problèmes de santé vont croissants. Sa présence est requise ici. »

Guillaume tenta un axe d'interrogation différent. « Quand est-il arrivé à Condom ?

—Vendredi dernier.

—Vous a-t-il prêté main-forte pour les préparatifs ?

—Pas autant que je l'aurais souhaité. » Le consul laissa échapper un soupir.

« Est-il au fait de vos problèmes de santé ?

—Il l'est et il l'a été depuis un certain temps.

—Aurait-il pu préparer le banquet pour vous ? demanda Guillaume en ajustant sa tablette de cire.

—Ce sont mes serviteurs qui s'en sont chargés, le corrigea le consul. Ce que j'aurais souhaité, c'est que mon fils étudie consciencieusement le contrat de mariage ainsi que les autres documents. » Il marqua une pause. « Au lieu de cela, Charles faisait seller ma meilleure monture et partait faire du cheval.

—Peut-être allait-il retrouver Dame Viola, suggéra Guillaume.

—Non, intervint le consul Lussan. Viola était chez elle et ne recevait pas de visiteurs.

—Avait-elle un endroit au sein de votre manoir où elle pouvait recevoir des visiteurs ? » lui demanda Guillaume. Il se demanda si elle avait eu beaucoup d'intimité. Le manoir Lussan était vaste, mais empli de serviteurs et de chiens qui aboyaient sans cesse. Guillaume décida d'interroger le consul Lussan, en espérant que ce dernier se montrerait plus coopératif que le consul Prelet.

« Consul Lussan, je ne comprends pas pourquoi votre fille

n'était pas en mesure de vous accompagner au manoir du consul Prelet. Quelle était la raison de son retard ? Souhaitiez-vous qu'elle fasse une entrée remarquée ?

—Certainement pas, rétorqua le consul avec dédain. Viola aurait détesté cela.

—Pourquoi le retard, alors ?

—Un problème avec sa robe de fiançailles.

—Avec la robe, ou avec sa femme de chambre ?

—Je suppose qu'il s'agissait de la robe. Elle a eu la même femme de chambre toute sa vie durant.

—Pourquoi votre épouse ne s'est-elle pas rendue auprès d'elle pour l'aider à régler le problème ?

—Mon épouse était affairée avec sa propre robe. »

Le consul le plus proche de Guillaume sourit et leva les bras pour indiquer que Dame Lussan était bien en chair. Le consul assis à côté de lui sourit également, mais le consul Lussan fronça les sourcils, ce qui ne seyait pas à son visage gracieux.

Guillaume traça sur la tablette de cire la forme d'une femme corpulente avec son stylet pendant qu'il réfléchissait à la question suivante qu'il allait poser.

« À quelle heure votre épouse et vous avez-vous quitté votre manoir pour vous rendre au banquet de fiançailles ?

—À dix heures tout juste passées.

—Vous y êtes-vous rendus à pied ?

—Certainement pas. Nous avions trop de documents importants à prendre avec nous. Nous y sommes allés à cheval.

—Vous avez donc quitté votre manoir de vos écuries, plutôt que de la rue des Armuriers ?

—Bien sûr que non, jeune homme. Nos montures ont été amenées à la porte d'entrée. »

Guillaume se demanda comment les serviteurs avaient hissé Dame Lussan sur son cheval. Il griffonna quelque chose sur sa tablette de cire.

« Je ne comprends toujours pas pourquoi vous n'avez pas attendu votre fille, consul Lussan.

—Nous avions besoin de temps pour nous entretenir du contrat de mariage avec le consul Prelet et son fils. »

Guillaume voulut savoir pourquoi cette discussion n'avait pas déjà eu lieu auparavant et on lui répondit que l'aspect financier et d'autres questions avaient fait l'objet d'un accord depuis un certain temps. Cependant, il fallait encore que Charles Prelet lise les documents et donne son consentement légal.

« Les termes du contrat étaient-ils en sa défaveur, consul Lussan ?

—Non, ils ne l'étaient pas.

—Pourquoi alors différer le fait de lui permettre d'examiner le contrat de mariage ? »

Le consul Lussan toussa et dit à Guillaume que sa femme et lui avaient invité Charles Prelet à leur rendre visite le jour avant le banquet de fiançailles, afin qu'il puisse lire le contrat et voir Viola.

« Combien de temps a duré cette visite ?

—Il n'est pas venu, grogna le consul Lussan. Il n'a pas même fait envoyer d'excuses. Lorsque j'ai dépêché l'assistant de mon intendant afin de savoir à quelle heure il comptait arriver, on lui a dit que Messire Charles était sorti faire du cheval deux heures plus tôt et qu'il n'était toujours pas rentré. »

Le consul Prelet fit la moue et arrangea les documents qui se trouvaient devant lui.

« Charles Prelet n'a donc pas saisi l'opportunité de rencontrer sa promise ? demanda Guillaume avec ménagement. Votre fille devait être en proie au désarroi.

—Bien entendu. »

Guillaume opina du chef. « Etait-elle attristée par son absence ou est-elle restée stoïque ? Ou peut-être s'étaient-ils déjà rencontrés ailleurs et venait-elle de rentrer chez vous ?

—Ma fille ne s'est pas absentée ce jour-là. Elle a fait face à la situation avec calme. La fille d'un consul n'affiche pas ses émotions. »

Guillaume passa ensuite à des questions concernant la suite des événements du lundi matin et le consul Lussan confirma ce que Bernard Baylac avait déjà relaté à Guillaume. L'assistant de l'intendant du consul Prelet avait été envoyé rue des Armuriers afin d'aller chercher Viola, mais il était revenu sans elle. Le consul Lussan était donc rentré lui-même à cheval à son manoir afin de ramener sa fille. Mais lui aussi était revenu bredouille. Il omit naturellement de dire qu'il s'était emporté aux écuries Prelet. Guillaume inscrivit une note sur sa tablette de cire pour se rappeler de vérifier auprès des serviteurs du manoir Lussan de quelle manière leur maître s'était comporté en leur présence.

Il contempla les visages sévères autour de la table et se demanda combien de temps ces hommes et l'archidiacre lui permettraient de continuer à poser ses questions. Il demanda à chacun des consuls à quel moment ils étaient arrivés avec leurs épouses au banquet de fiançailles et quand ils en étaient repartis, s'ils connaissaient bien le jeune couple, s'ils envisageaient de donner un repas en leur honneur et si des membres de leur famille ou eux-mêmes étaient allés faire du cheval en compagnie de Charles Prelet.

Les heures d'arrivée et de départ correspondaient avec ce que Bernard Baylac avait déjà rapporté à Guillaume. Personne ne reconnut bien connaître le jeune couple, ni vouloir donner de repas en leur honneur. À leur connaissance, personne dans leur famille n'était allé monter à cheval avec Charles Prelet.

Henri Senclar ne daigna pas prendre part à cette conversation. Il se contenta de tapoter la table du bout des doigts. Guillaume l'interrogea avec insistance au sujet de son emploi du temps du jour précédent et des discordances se firent jour. Senclar affirma qu'il était arrivé avec sa mère et son épouse bien plus tôt que ne l'avait indiqué Bernard. Il nia bien connaître Charles Prelet. Il omit de dire qu'il avait quitté le manoir Prelet pendant que les invités attendaient l'arrivée de Viola et que lorsqu'il y était revenu plus tard, ses chaussures étaient sales.

Guillaume se fit la remarque qu'il était probable que ces discordances étaient dues au fait qu'il s'était rendu à un rendez-vous secret avec une jeune femme. Il se demanda s'il avait pu s'agir d'Aralha, la jeune employée de cuisine des Senclar qui avait aidé Belina lors de son enquête au sujet de la mort du pèlerin, la semaine précédente.

Il se tourna vers l'archidiacre et lui demanda la permission de poursuivre son enquête en se rendant au manoir de chacun des consuls et en y interrogeant leurs épouses. « Les dames ont un sens de l'observation très développé, expliqua-t-il, et je suis certain qu'elles pourront m'en dire plus au sujet du jeune couple, par exemple. »

L'archidiacre se leva et Guillaume l'imita. Ils dirent au revoir aux consuls et on les raccompagna à la sortie.

Sur le chemin du retour vers la cathédrale, l'archidiacre demanda à Guillaume s'il avait découvert grand-chose.

« Pas suffisamment, non, mais il était peu probable que je fasse toute la lumière sur les raisons pour lesquelles les Lussan s'étaient rendus au banquet de fiançailles plus tôt que leur fille. Je vais vérifier très minutieusement les témoignages de leurs serviteurs à ce sujet. Je dois également interroger le personnel des écuries Prelet. J'imagine que mon palefrenier connaît certains d'entre eux et pourra m'aider à les inciter à parler.

—Et Henri Senclar ? demanda l'archidiacre. Je lui ai trouvé un air coupable ; il a souvent l'air quelque peu coupable, mais cette fois je lui ai trouvé un air *très* coupable.

—C'est également l'impression que j'ai eue, mais peut-être s'agissait-il d'une jeune femme qu'il poursuivait de ses assiduités.

—Tel père, tel fils, commenta l'archidiacre.

—Connaissiez-vous le mari de Dame Édith Senclar ? s'enquit Guillaume.

—Pas vraiment, non. Il était aussi maigre que son épouse et son fils et consacrait la plus grande partie de son temps et de son énergie à forniquer, même avec des femmes mariées. Pire encore, il a négocié avec la mère de Dame Édith, à Lectoure, afin d'épouser sa fille alors que cette dernière n'avait que treize ans. Dès qu'il l'eut épousée, il lui fit un enfant afin de pouvoir disposer de sa fortune considérable au plus tôt. Il fut probablement déçu lorsque son épouse-enfant survécut à la naissance de leur fils, Henri.

—Sa propre fortune n'était-elle donc pas suffisante ?

—Si, mais sa fortune est nouvelle. Il y a trois générations de cela, les Senclar étaient une famille modeste. Ils descendent du majordome d'un évêque, paraît-il.

—Vraiment ? s'étonna Guillaume. Tout comme les aïeux d'Henri Tudor. Il descend du majordome de l'évêque de Bangor.

—Où se trouve le diocèse de Bangor ? voulut savoir l'archidiacre.

—Au Pays de Galles, pas en France. »

Ils entrèrent dans la cathédrale en parlant de l'état de santé du consul Prelet.

CHAPITRE ONZE

Sir John Keyham se trouvait dans la cour de la résidence des employés de la cathédrale, où son valet, Alain, lui massait le bras droit. Il était étendu dans sa chaise longue spécialement façonnée, les yeux fermés, bercé par les mouvements fluides de la main d'Alain sur son bras quasiment paralysé. C'était l'un des rares moments de la journée qu'il pouvait savourer, assis à l'ombre du mûrier.

Alain prit le pot d'onguent pour en racler encore un peu et entendit alors quelqu'un traverser la cour. Sa vue était obstruée par l'arbre, mais en regardant à travers les feuilles il vit un homme qui portait des sacoches de selle pénétrer dans le logis qu'avaient partagé Rocca, le défunt trésorier, et son ami flamand, Barvaux.

Il plaça un doigt sur ses lèvres et reposa le pot d'onguent sur la table près de Sir John, avant de quitter l'ombre de l'arbre sur la pointe des pieds. Il se demanda qui pouvait bien se rendre dans un logis que les gardes de la cathédrale avaient scellé suite à la mort de Rocca à Condoma et à la noyade de Barvaux dans le bief de Beauregard.

Alain s'avança jusqu'à la zone d'ombre projetée par le mur de la résidence et attendit que l'homme réapparaisse. Il l'entendait à l'intérieur du logis de Rocca, où l'on déplaçait un objet lourd. Il espéra que le voleur n'était pas un homme violent. Il aurait certainement sur lui un couteau, car tout le monde portait un couteau. Alain n'avait pas vu de bâton ; il ne s'agissait donc pas d'un pèlerin. Mais nombre d'artisans avaient sur eux des objets tranchants et l'on disait souvent que les *crestias* portaient des outils très acérés car ils étaient tous charpentiers. Il y avait aussi les tanneurs, les bouchers et les poissonniers, qui possédaient tous des lames particulièrement affûtées. Alain savait que ceux qui travaillaient dans les vignes se servaient également de couteaux pour l'élagage. Ses jambes se mirent à trembler tandis qu'il attendait que le voleur ressorte.

La porte s'ouvrit et deux sacoches de selle bien remplies furent déposées juste au dehors par quelqu'un qui portait des gants. Alain se demanda si le voleur était un palefrenier, même si Rocca n'avait pas eu de palefrenier et était rarement monté à cheval. Il avait été clerc de la salle des comptes, pas quelqu'un qui se sentait à l'aise dans les champs ou les bois. Alain tenta de se souvenir si Barvaux avait un palefrenier et se dit qu'il avait dû en avoir un, car il avait traversé la France à cheval en venant des Flandres, à la poursuite des deux princes anglais.

Alain observa l'homme ganté sortir dans la cour, verrouiller la porte au moyen d'une clé accrochée à sa ceinture, puis manipuler les scellés qui avaient été apposés par les gardes de la cathédrale. Le voleur ramassa les deux sacoches de selle, en mit une sur son épaule et s'avança lentement en direction de la porte donnant sur la rue. Pendant ce temps, Alain repassa sous le mûrier et s'excusa auprès de Sir John en lui disant qu'il lui fallait suivre le voleur. Il courut jusqu'à la porte et vit que le larron descendait vers la rivière. Alain garda ses distances et se demanda ce qu'il devait faire. Guillaume avait fouillé le logis après la mort de Rocca et Alain l'avait vu accompagner un garde de la cathédrale lorsqu'ils avaient emporté les documents du trésorier et d'autres biens au trésor de la cathédrale. Les effets personnels de Barvaux avaient été laissés dans le logis.

Alain savait que Barvaux s'était noyé lorsque la rivière Baïse était dans un état turbulent et dangereux. Il était un valet discret et laissait rarement Sir John seul. Il vivait une vie paisible et n'avait aucunement l'intention de perturber cela en se mêlant des affaires d'autrui, mais il ne pouvait laisser se volatiliser un cambrioleur qui avait emporté sous ses yeux un amas de biens dérobés dans un logis scellé et verrouillé.

Il vit le voleur pénétrer dans les écuries de la cathédrale avec ses sacoches de selle et se mit à descendre la colline en courant, car il savait qu'il y aurait de nombreux garçons d'écurie présents, et même sans doute un palefrenier ou deux au repos. Alain tenta d'expliquer à la première personne qu'il croisa qu'un voleur venait d'entrer dans les écuries, mais sa course et la peur lui avaient coupé le souffle et il fut incapable de se faire comprendre du garçon d'écurie. Ce dernier se contenta de continuer à cirer une selle.

Alain laissa échapper un grognement et traversa la pièce jusqu'à l'écurie principale, où il y avait très peu de lumière et il ne discernait rien d'autre que l'arrière-train de montures et leurs queues qui fouettaient l'air. L'odeur le fit grimacer. Ce n'était pas le genre d'endroit auquel il était habitué et il regretta le coup de tête qui l'avait poussé à suivre le voleur.

« *Adischatz,* Alain », dit la voix d'un jeune homme derrière lui. Il se retourna et vit Miqueu, un garçon d'écurie qu'il connaissait assez bien car il apportait du lait d'âne à Alain à la résidence pour Sir John.

« *Adischatz,* Miqueu. Je suis très heureux de te voir. Aide-moi, je t'en prie. » Il essuya la sueur à son front, soupira et chercha un endroit propre où s'asseoir.

« Je vais vous aider, bien sûr, mais que voulez-vous que je fasse ? Sir John est-il malade ? Est-il mort ?

—Non, non. » Alain inspira profondément. « Il y a un voleur. Il vient d'entrer ici avec deux sacoches pleines des choses qu'il a volées. Du moins, je suis certain qu'il les a volées.

—Suivez-moi et allons le chercher, alors. » Miqueu et Alain passèrent les postérieurs de chevaux, les mouches et les sabots qui piétinaient, jusqu'à une pièce moins désagréable.

« Quelqu'un a-t-il vu un voleur ? » cria Miqueu.

Plusieurs garçons d'écurie et deux palefreniers s'interrompirent et les dévisagèrent. « L'étranger vient d'arriver avec deux sacoches, dit l'un des palefreniers. Il est passé par là. » Il indiqua une porte.

Alain s'avança vers elle, mais les garçons d'écurie l'atteignirent avant lui et tout le monde se bousculait pour y entrer avant qu'Alain ne puisse le faire. Toute cette énergie et cette exubérance l'éreintaient.

« Hé là, hé là, Alain entendit quelqu'un crier. Vous, là ! Laissez ce cheval. »

Le temps qu'Alain puisse voir qui était le voleur, ce dernier était entouré d'une foule de jeunes garçons qui s'accrochaient à ses jambes et tentaient de retirer les sacoches de selle d'un grand cheval irrité. L'animal hennissait bruyamment et trépignait, mais lorsqu'Alain se rapprocha, il vit que des chaussettes recouvraient ses sabots. Une nouvelle mode pour les chevaux, peut-être.

« Qu'est-ce que c'est que tout ce bruit ? » Un homme aux cheveux gris bouscula Alain et se fraya un chemin jusqu'au cheval agité, qu'il se mit à apaiser.

Un chœur de voix s'éleva afin de lui expliquer ce qu'il s'était passé et Miqueu prit Alain par le bras pour le présenter au chef palefrenier. Alain pointa du doigt le voleur et relata comment il savait qu'il s'agissait d'un voleur.

« Il a mis des chaussettes sur les sabots pour que personne n'entende le cheval sur les pavés dehors, fit remarquer le chef palefrenier. Joliment fait ! Voilà la preuve qu'il s'agit d'un voleur. » Il saisit le bras du larron et le tordit.

« Lâchez-moi ! » s'écria l'homme.

Le chef palefrenier dit à l'un des garçons d'aller chercher la garde. « Fais vite, Janticot.

—Je ne suis pas un voleur et ce cheval m'appartient, dit l'homme.

—Ce n'est pas vrai. Ce cheval appartient à l'étranger que

nous n'avons pas vu depuis une semaine. Vous n'êtes que son palefrenier.

—C'est juste, intervint un autre garçon. Nous savons qui vous êtes, vous nous espionnez sans arrêt. Je parie que vous nous avez volé des choses, à nous aussi.

—Sottises. Je vous répète que ce cheval m'appartient.

—Non, rétorqua l'un des palefreniers. Votre monture est ce pauvre hère, dans le coin. » Il pointa du doigt un cheval bai qui mâchonnait du foin.

Le voleur nia et ils étaient toujours en train de se quereller lorsque trois vigiles arrivèrent accompagnés de Janticot. Le chef palefrenier leur raconta ce qu'il s'était passé et leur présenta Alain, qu'il décrivit comme étant le héros qui avait attrapé « ce voleur ci-présent ». Lorsqu'il entendit cela, Alain se sentit mieux. Il n'avait pas l'habitude d'être un héros, même si Guillaume louait parfois la manière dont il s'occupait de son maître infirme, Sir John.

Les garçons d'écurie tentèrent d'ôter de la monture les deux grosses sacoches de selle.

« Ne vous avisez pas de faire ça, s'écria le voleur. Laissez mes affaires tranquilles, maudits gamins !

—Ces sacoches vous appartiennent-elles ? lui demanda le supérieur parmi les vigiles.

—Bien entendu.

—Alors descendez-les vous-même et ouvrez-les.

—Non. » Le larron se tint près du cheval, empêchant quiconque de mettre la main sur les sacoches.

« Faites ce que je vous dis.

—Non. Je n'ai pas d'ordres à recevoir d'un vigile. »

Le vigile dit à ses hommes quelque chose en gascon et ils l'éloignèrent de force du cheval. D'autres ordres furent donnés en gascon et les garçons d'écurie ôtèrent les sacoches de selle, grognant sous leur poids.

« Messire vigile, dit l'un des garçons, encore quelque peu à bout de souffle, cette belle monture appartient à un ami du trésorier. Cela fait des semaines qu'elle est ici et nous la connaissons tous.

—Où est son propriétaire ?

—Nous ne le savons pas. Nous ne l'avons pas vu depuis un moment. » Il indiqua le voleur. « Cet homme est son palefrenier.

—Tu en es certain ? »

Tous les garçons d'écurie lui répondirent à l'unisson. « Oui, *tio*, nous en sommes certains. » Ils exprimèrent une opinion négative du palefrenier étranger, qui parlait une langue curieuse avec son maître.

« À qui appartient ce cheval ?

—À Barvaux, répondit Alain. Il vivait à la résidence des employés de la cathédrale, où il partageait le logis du trésorier.

—Rocca est mort, fit remarquer le chef des trois vigiles. Dieu soit loué. » Il se signa.

Alain se signa lui aussi et poursuivit. « Cela fait une semaine que Barvaux n'a pas été vu à la résidence des employés. »

L'un des garçons d'écurie affirma que le palefrenier avait passé la semaine écoulée à traîner autour des écuries et à s'occuper du cheval de son maître, ainsi que du sien. Il indiqua l'endroit où se tenait sa monture ordinaire, dans un coin des écuries.

« Tôt ce matin, continua le garçon, un messager est venu donner à ce palefrenier étranger un morceau de papier et un méreau. Il a refusé de l'argent en disant qu'il avait déjà été payé par un marchand étranger.

—Et ensuite ?

—Cet homme a mis des chaussettes sur les sabots de ce cheval. Je n'ai jamais vu quiconque le faire avant. Puis il a quitté les écuries à pied avec deux sacoches de selle.

—Dans quelle direction est-il parti ?

—Il a gravi la colline.

—C'est juste. » Alain adressa un sourire au garçon d'écurie et poursuivit le récit en relatant aux vigiles qu'il avait vu le palefrenier pénétrer dans la cour de la résidence des employés de la cathédrale, déverrouiller la porte du logis de Rocca et en ressortir quelques temps plus tard avec ses sacoches bien pleines.

—Et bien lourdes, ajouta Miqueu en agitant son bras de haut en bas.

—Elles avaient l'air lourdes, en effet, dit Alain. Il a dû en porter une sur son épaule en revenant ici. »

Le chef palefrenier mit fin à la discussion en disant à Miqueu et Janticot d'accompagner Alain, les vigiles et le voleur à la salle de garde de la cathédrale. Il fallait qu'ils aillent y faire une déclaration au sujet de ce qu'il s'était passé et de l'identité du voleur.

« Oui, messire.

—Un instant, dit le chef des vigiles. Pourquoi la cathédrale ? Pourquoi pas le Fort Cadéot ?

—Parce que ce sont les écuries du diocèse. Elles appartiennent à l'évêque. Le voleur doit être interrogé par l'enquêteur de l'évêque, Messire Lansac.

—Très bien. Si vous insistez. » Il fit sortir ses vigiles, Miqueu, Janticot et le voleur des écuries et ils gravirent la colline en direction de la cathédrale.

CHAPITRE DOUZE

Assis, Guillaume effectuait son travail d'enquêteur ; il griffonnait ses réflexions sur ses tablettes de cire. Soudain, la porte s'ouvrit.

« Messire Lansac, votre présence est requise à la salle de garde.

—Pourquoi donc ? » Guillaume lissa la tablette et la referma.

« Des vigiles sont arrivés avec un voleur de chevaux.

—Je ne poursuis pas les voleurs de chevaux, fit remarquer Guillaume.

—C'est ce que disent les vigiles, Messire Lansac, mais ils sont accompagnés de deux garçons d'écuries du diocèse, qui m'ont dit que le chef palefrenier de leurs écuries a demandé que vous interrogiez personnellement ce voleur. »

Guillaume plaça ses tablettes de cire dans une sacoche, qu'il mit dans le coffre. Il verrouilla ce dernier avec soin et s'étira le dos. Cette interruption était agaçante. Il avait été en train de réfléchir au comportement et aux déplacements douteux de Charles Prelet, qui avait passé beaucoup de son temps à faire des sorties à cheval, plutôt que de se préparer à la cérémonie et au banquet de ses fiançailles. Les jeunes fiancés étaient-ils amoureux ? Se connaissaient-ils assez pour se marier ? Belina lui avait relaté pendant leur repas sa visite au manoir Prelet. Elle expliquait ne pas avoir réussi à découvrir grand-chose auprès des serviteurs des Prelet, hormis le fait qu'une des employées était persuadée que Messire Charles était éperdument épris de sa promise.

Guillaume savait que l'interrogatoire aurait été difficile à réaliser s'il avait été seul à s'en charger, comme il avait initialement prévu de le faire. Pour Belina, accomplir cette enquête sans son mari aurait été comme franchir à pied l'un des cols de montagne des Pyrénées. A deux, le couple sa facilitait mutuellement les choses.

Il se rendit à la salle de garde, où il vit un homme assis par terre, la jambe attachée à un anneau affixé au mur. L'homme avait quelque chose de familier. Il remarqua ensuite Miqueu, qui se tenait fièrement à côté du chef des gardes de la cathédrale.

« Regardez ce que j'ai trouvé, Messire Guillaume, dit Miqueu en pointant du doigt le prisonnier. Un voleur de chevaux.

—Où l'as-tu attrapé, Miqueu ? lui demanda Guillaume.

—Ce n'est pas lui qui l'a attrapé, Messire Guillaume. C'est moi. »

Guillaume se tourna vers le coin de la pièce d'où la voix s'était élevée et fut surpris de voir Alain, le valet de Sir John Keyham.

« Du bon travail, Alain. » Guillaume s'approcha de lui et posa la main sur son épaule. « Où l'avez-vous trouvé ? »

Alain raconta à Guillaume comment il avait vu le voleur pénétrer dans le logis scellé de Rocca, puis en ressortir.

Guillaume fronça les sourcils. « Mais le logis du trésorier a été verrouillé et scellé après son décès. Je les ai observés pendant qu'ils le faisaient.

—Cet homme avait une clé, dit Alain en indiquant le prisonnier, et il a pu entrer dans le logis après avoir passé les scellés. Il a refermé la porte à clé et remis les scellés en place lorsqu'il a quitté les lieux. »

Le chef des gardes montra l'une des clés qui se trouvait sur la table parmi d'autres objets, dont Guillaume supposait qu'ils avaient été ôtés de la ceinture du prisonnier. Il y avait là également de nombreuses pièces de monnaie.

« Qu'avez-vous fait ensuite, Alain ? » voulut savoir Guillaume.

Alain poursuivit son récit, relatant en détail la manière dont il avait suivi le voleur qui portait les sacoches de selle et descendait la colline en direction du Pont Barlet. Il s'était demandé jusqu'où l'homme allait marcher en portant si lourde charge. Mais il était entré dans les écuries de la cathédrale et Alain avait eu le temps de s'y rendre lui aussi. Il décrivit avec minutie comment, avec l'aide de Miqueu, Janticot et tous leurs collègues, il avait réussi à empêcher le voleur de s'enfuir sur un cheval volé.

Miqueu prit le relais du récit, parlant à Guillaume du messager inconnu qui avait transmis une note au voleur ce matin-là, avant que le larron n'aille chercher deux sacoches de selle vides et disparaisse.

Guillaume s'efforça de réprimer un sourire face à l'excitation manifeste de Miqueu.

« Je ne suis *pas* un voleur, interrompit le prisonnier.

—Si, vous l'êtes, rétorqua Miqueu en criant.

—Comment sais-tu que le cheval n'appartient pas au prisonnier, Miqueu ? lui demanda Guillaume.

—Parce que j'ai vu le Flamand le monter presque tous les jours.

—Récemment ?

—Non. Pas depuis la mort de Rocca. Mais je suis certain que c'est la monture du Flamand et pas celle de cet homme-là. » Il pointa du doigt le prisonnier.

« Il est vêtu comme un palefrenier, fit remarquer Guillaume. A-t-il un cheval aux écuries du diocèse ?

—Oui, mais pas aussi beau que celui qu'il essayait de voler. »

Janticot appuya le témoignage de Miqueu et ajouta que le palefrenier étranger était roublard. Personne ne le tenait en estime.

« Avez-vous tous les deux donné vos témoignages à la garde ? » leur demanda Guillaume.

Ils hochèrent la tête. Ils ne savaient ni lire, ni écrire, mais ils étaient gascons. Ils étaient assurément capables de transmettre des témoignages à un garde de manière suffisamment claire pour que ce dernier les consigne dans le registre.

« Et vous, Alain ? Avez-vous fait votre déclaration, vous aussi ?

—J'ai inscrit mon nom au registre, mais je n'ai pas encore eu le temps de faire autre chose.

—Cela ne fait rien. Je m'entretiendrai avec vous moi-même à la résidence des employés. Je pense que vous devriez maintenant retourner auprès de Sir John. Il n'est pas bon de le laisser seul trop longtemps.

—Merci, Messire Guillaume. » Alain se dirigea vers la porte. « L'idée de le quitter ne me plaisait pas, mais je me suis dit qu'il fallait que je suive le voleur.

—Vous avez agi comme il le fallait et fait preuve de courage, Alain », lui dit Guillaume.

Alain sourit et quitta la pièce.

« Janticot et moi pouvons-nous retourner aux écuries, maintenant ? voulut savoir Miqueu.

—Oui, si la garde est d'accord, répondit Guillaume.

—Très bien, acquiesça le chef des gardes, mais soyez prêts à témoigner encore plus tard. » Il mit la main sur l'épaule de Miqueu. « Beau travail, mon garçon. »

Les gardes détachèrent la jambe du prisonnier et le firent se lever. « Où devons-nous le mettre ? demandèrent-ils à leur chef.

—Dans la cellule de jour, afin que Messire Lansac puisse l'interroger. »

Guillaume les suivit le long d'un passage menant à une pièce sombre et à l'odeur nauséabonde. Les gardes poussèrent le prisonnier à terre et attachèrent à nouveau sa jambe à un anneau encastré dans le mur.

La qualité des bottes du prisonnier surprit Guillaume. Il le dévisagea quelques minutes pendant qu'il réfléchissait à l'angle qu'il allait prendre pour l'interroger. Il se souvint que Sir George Harliston lui avait dit que le palefrenier de Barvaux avait espionné Belina. Il se demanda pourquoi. Belina n'avait manifesté que de l'indifférence à ce sujet lorsqu'il l'avait interrogée . D'après elle, le palefrenier ne l'avait pas surveillée, ou du moins elle ne l'avait jamais aperçu. Elle ne s'était pas souvenue de ce à quoi il ressemblait. Guillaume n'en était pas si sûr.

« Votre nom ? » demanda-t-il au palefrenier. L'homme détourna la tête et refusa de répondre. « Ne soyez pas sot, ni puéril, lui dit Guillaume. Je vais consulter le registre de la résidence des employés de la cathédrale. Vous êtes arrivé avec l'ami flamand de Rocca, qui s'appelait Barvaux. Votre nom sera donc connu. En attendant, je vais vous appeler le chien de Barvaux.

—Je ne suis pas un chien.

—En ce qui me concerne, vous en êtes un. » Guillaume lui donna un coup de pied dans la jambe. « D'où venez-vous ?

—Bruges.

—Où est-ce ?

—En Flandres.

—Comme Barvaux ? Combien de temps l'avez-vous servi ? »

L'homme prit un air renfrogné et se détourna à nouveau. Guillaume décida de changer de sujet. Il déclara qu'il allait examiner l'ensemble du contenu des sacoches de selle et que le prisonnier serait inculpé pour le vol de tous ces biens. « Les sacoches étaient très lourdes, poursuivit Guillaume. Bien plus lourdes que ne devraient l'être les affaires d'un palefrenier. Je vais déterminer leur valeur et vous serez châtié en fonction de la somme établie. Le châtiment consistera de coups de fouet et de semaines d'emprisonnement.

—Non !

—Si, répondit Guillaume. Je répète, des coups de fouet et des semaines d'emprisonnement. Peut-être même des mois, ajouta-t-il, si vous ne faites pas preuve de coopération.

—Que voulez-vous savoir ?

—Qui était le messager que vous avez rencontré ce matin et que disait son message ? » Guillaume se rapprocha de lui et le domina de tout son long.

« J'ignore qui était le messager. Vraiment, je n'en sais rien. Il m'a donné un méreau et un morceau de papier. J'ai proposé de le payer mais il a affirmé que cela avait déjà été fait.

—Comment était-il vêtu ? Quelle langue parlait-il ?

—Il portait des vêtements de voyageur ordinaires. Je ne m'en souviens pas très bien. Il parlait une sorte de français, qui ressemblait à celui que parlent les gens d'ici.

—Que disait le message ? » L'homme ne répondit pas. « Répondez-moi ! gronda Guillaume en lui donnant un coup de pied dans la jambe.

—De rassembler mes affaires et de me rendre à Bordeaux.

—Je ne vous crois pas, rétorqua Guillaume avant de lui donner encore un coup de pied.

—C'est la vérité, messire, geignit l'homme.

—C'est un mensonge et vous le savez, dit Guillaume en posant le pied sur le genou de l'homme. Que disait le message ?

—De rassembler mes affaires et de voyager vers l'ouest.

—Où ça ?

—Jusqu'à ce que nous nous retrouvions.

—Qui est ce 'nous' ? » Guillaume appuya fort sur le genou du prisonnier.

« Mon maître, murmura l'homme.

—Comment le savez-vous ?

—Parce que le méreau venait de mon maître.

—Barvaux ? » L'homme hocha la tête et la détourna. « Donnez-moi ce méreau, le somma Guillaume.

—Les gardes l'ont pris. Il était dans ma ceinture.

—Comment êtes-vous certain qu'il vient de votre maître ? » voulut savoir Guillaume.

L'homme lui parla d'un système codé que son maître avait mis au point, à base de mots qui feraient partie de n'importe quel message.

« Où se trouve ce message ?

—Je m'en suis débarrassé.

—Alors dites-moi ce qu'il contenait.

—Je vous l'ai déjà dit, messire. De rassembler mes vêtements et voyager vers l'ouest.

—Les vêtements de votre maître ? demanda Guillaume, en pressant le genou du prisonnier contre le sol.

—Oui, répondit-il en déglutissant.

—Vous pensez donc que votre maître est en vie ?

—Oui.

—En êtes-vous certain ?

—Oui.

—Comment pouvez-vous en être certain ?

—Le méreau et le message n'auraient pu venir de nul autre que mon maître. J'en suis absolument certain. » Pour la première fois, l'homme leva les yeux vers Guillaume. « C'est la vérité, messire. »

Guillaume le croyait. Mais comment Barvaux pouvait-il envoyer un message et un méreau ? Guillaume l'avait vu de ses propres yeux se noyer dans le bief de Beauregard. Les planches éparses du bateau de Barvaux avaient tournoyé dans les flots, flanquées de têtes et de membres. Barvaux s'était noyé. Guillaume, Jordi, Christau et les deux princes l'avaient vu mourir. Si Barvaux avait survécu, il serait à la poursuite des princes, résolu à les capturer et les tuer. Il ne les laisserait pas s'échapper une troisième fois.

Guillaume ordonna au garde de détenir le prisonnier dans sa cellule deux semaines au moins, en le nourrissant peu. « Il a volé le cheval, l'argent et les vêtements de son maître. Il sera bon pour lui d'avoir le temps de se repentir de son crime. »

Ils retournèrent à la salle de garde, Guillaume se perdait dans ses pensées. Il signa le registre et déclara qu'il avait mené l'interrogatoire initial du voleur de chevaux. Ensuite, il monta l'escalier pour aller voir le moine responsable du trésor de la cathédrale, afin de lui demander de l'aider à ôter le scellé du logis de Rocca et d'en déverrouiller la porte.

« Mais il est mort, Guillaume, et cela fait une semaine que son ami flamand n'est pas réapparu. On dit qu'il doit être mort, lui aussi.

—C'est bien ce que je croyais, répondit Guillaume. J'ai même vu ce que je pensais être les restes de son cadavre franchir le bief de Beauregard.

—Alors pourquoi voulez-vous subitement entrer au logis de Rocca ? »

Guillaume expliqua au moine ce que lui avait rapporté le valet de Sir John Keyham. « Je le connais depuis plus de trois ans. Il n'aurait pas pu inventer un tel récit. Je le connais trop bien pour douter de son honnêteté. »

Le moine se leva et pressa sa main contre son dos en grimaçant. Il mit ses bésicles et se rendit dans la pièce où il gardait toutes ses clés. Guillaume patienta et s'efforça de chasser de son esprit la scène de Barvaux et des bateliers des Senclar qui se noyaient.

« Tenez, Guillaume. » Le moine plaça une grande clé dans la main de Guillaume et appela son assistant, le sommant de prendre ses outils pour ôter les scellés et d'accompagner l'enquêteur à la résidence des employés.

Ils marchèrent le long de la rue Jean-Baptiste et entrèrent dans la cour de la résidence. Guillaume expliqua au serrurier que le défunt trésorier avait logé un visiteur flamand, qui lui aussi était tenu pour mort jusqu'à aujourd'hui. Guillaume était certain que le logis du trésorier n'avait pas été rouvert depuis sa mort. La dernière fois qu'il l'avait été, c'était lorsque Guillaume avait lui-même effectué une fouille de l'endroit et de tous les effets personnels de Rocca. Ceux-ci avaient ensuite été placés au trésor de la cathédrale. Son argent et ses documents avaient été rangés dans un coffret et mis sous clé dans la salle du coffre.

Seuls les vêtements élégants du Flamand, une paire de bottes, ainsi qu'un lourd coffret verrouillé, avaient été laissés au logis de Rocca.

« Ce voleur de chevaux portait-il des bottes ?

—Bien vu, répondit Guillaume. Oui, en effet. »

Le serrurier retira les scellés de la porte de Rocca et Guillaume lui tendit la grande clé que lui avait donnée le gardien du trésor. Il ouvrit la porte et ils pénétrèrent à l'intérieur. Une odeur de moisi et de poussière flottait dans l'air. Des vêtements jonchaient le sol de la pièce. Guillaume indiqua les chaussures posées près d'un tabouret. « Vous aviez raison. Le voleur de chevaux a dû s'asseoir sur ce tabouret et mettre les bottes du Flamand.

—Le Flamand avait-il de grands pieds, Messire Lansac ?

—Je ne m'en souviens pas. Mais il n'était pas particulièrement grand. » Guillaume se frotta le menton. « Il faisait à peu près la même taille que son palefrenier, je crois.

—Le voleur de chevaux est donc aussi un voleur de bottes. »

Guillaume sourit et plaça sa main sur l'épaule de l'homme. « Vous devriez être enquêteur.

—Il me plairait beaucoup de travailler avec vous, Messire Lansac. »

Mais Guillaume était en train d'examiner l'état de la pièce et tentait de déterminer si les objets qui se trouvaient désormais dans un coffre dans la salle de garde avaient appartenu à Barvaux, plutôt qu'à son palefrenier.

« Souhaitez-vous que je remette cette pièce en ordre, Messire Lansac ? »

Guillaume hésita, voyant toujours dans son esprit les cadavres qui passaient par-dessus le bief. « Non, ce n'est pas la peine. Je vais garder la clé, si vous le voulez bien.

—Bien entendu, Messire Lansac, mais prenez-en bien soin, je vous prie, ou de graves ennuis m'attendent.

—Je vous promets d'en prendre le plus grand soin. »

Ils quittèrent la pièce. Guillaume verrouilla la porte,

accrocha la clé à sa ceinture et raccompagna l'homme à la porte de la cour. « Un grand merci pour votre aide », dit-il en passant son bras autour des épaules du serrurier.

CHAPITRE TREIZE

Tandis qu'il traversait la cour, Guillaume se demanda s'il devait monter les escaliers pour se rendre à son logis ou aller à l'échoppe de la cathédrale. Il se mit à gravir les marches mais s'interrompit à mi-chemin. Belina lui avait dit la semaine précédente qu'elle avait vendu beaucoup de babioles aux nombreux pèlerins qui revenaient de Compostelle. Il fit volte-face, descendit l'escalier raide à la hâte et se rendit à l'échoppe, y entrant par la porte de derrière. Belina était en train de vendre du baume pour les pieds et Quiteira posait un plateau de clés de Saint-Pierre sur le présentoir tandis qu'un pèlerin examinait une fiole d'aygue ardente.

Guillaume s'approcha de lui et l'informa de ce que contenait la fiole, lui disant que cela aidait les pèlerins à se détendre à la fin de la journée et apaisait la douleur de leurs pieds fatigués. Il gratifia le pèlerin d'un sourire. « D'où êtes-vous venu aujourd'hui, lui demanda-t-il en emballant la fiole dans un morceau de tissu.

—De Mouchan. » L'homme plaça son achat dans sa sacoche.

« Et avant cela ? »

La réponse prit quelques minutes, entre les descriptions d'endroits, les bonnes et les mauvaises rencontres faites en chemin, les sentiers boueux…

Guillaume attendit patiemment avant d'orienter la

conversation vers les gens – et une personne en particulier – qui voyageaient en direction de l'Espagne que le pèlerin avait rencontrés.

« Un homme bien vêtu, précisa Guillaume, aux cheveux bouclés et assez longs.

—Pas un pèlerin, en somme.

—Non. Un marchand, peut-être, mais voyageant sans son palefrenier. »

Un autre pèlerin interrompit les questions de Guillaume. « Aucun pèlerin bien vêtu ne voyage sans son palefrenier, messire.

—J'en suis conscient, répondit Guillaume, et c'est pour cela que j'ai l'espoir que l'on aurait remarqué ce marchand précis. »

Mais ni l'un ni l'autre ne se souvenait avoir rencontré quelqu'un qui répondait à la description de Barvaux. Ils quittèrent précipitamment l'échoppe pour se rendre à la cathédrale et y voir les célèbres reliques ramenées de Terre Sainte ainsi que celles dont le pape Léon III avait fait don.

Guillaume servit d'autres pèlerins, les interrogeant eux aussi sans pour autant obtenir de réponses utiles. Quiteira se plaignit qu'il palabrait plus qu'il ne vendait.

« Mes excuses, Quiteira, dit Guillaume en affichant son plus beau sourire. Il est important pour mon enquête que je découvre qui a fait route en direction de l'ouest récemment. » Il s'affaira à servir l'épouse d'un pèlerin qui voulait un pot de baume pour les pieds.

« Gardez pour vous vos mensonges, Guillaume.

—Vous savez très bien que je ne mens jamais, Quiteira. »

Elle posa une statue en métal de Saint-Pierre sur le présentoir et lui tourna le dos.

Il continua à vendre des articles et à interroger les clients mais eut le sentiment de ne pas avancer dans son enquête jusqu'à ce que deux couples passent devant l'échoppe en discutant entre eux. Guillaume remarqua la qualité de leurs vêtements, l'absence de chapeau à large bord que portaient tous les pèlerins ainsi que le fait que seul l'un des quatre marchait avec une canne. Il écarta Quiteira de son chemin et sortit dans la rue.

Trois longues foulées lui permirent de dépasser les couples et de se retourner pour leur faire face. « Pardonnez-moi », leur dit-il en réfléchissant à la façon de faire en sorte qu'ils s'arrêtent.

L'homme à la canne donna un petit coup sur les pavés et prit un air renfrogné.

Guillaume saisit cette opportunité et toucha la canne de l'homme. « Il vous faut réparer votre canne, messire.

—Non, pas du tout. »

Guillaume plaça son pied près de la base de la canne et déclara que l'extrémité était endommagée et que l'homme risquait la chute.

« Je te l'ai répété toute la matinée », fit remarquer l'autre homme.

Guillaume reconnut son accent flamand et lui demanda très poliment d'où il venait en Flandres.

« Brugge.

—Dirk, intervint l'une des dames, il te faut l'appeler Bruges, sinon ce Français ne comprendra pas.

—À dire vrai, je connais le nom flamand de Bruges, affirma Guillaume, car jusqu'à récemment l'un de mes amis partageait sa demeure avec une personne originaire de Brugge. Peut-être l'avez-vous rencontré en venant ici. Il est parti pour Compostelle il y a quelques jours de cela.

—La plupart des gens qui empruntent le Chemin de Saint-Jacques sont des pèlerins.

—Mais vous n'êtes pas des pèlerins, m'est avis, commenta Guillaume. Êtes-vous marchands ? » Ils opinèrent du chef. Guillaume leur décrivit l'apparence de Barvaux et sa voix musicale.

« Un homme aux chevaux noirs assez longs, bouclés et luisants ? dirent les dames.

—Oui, répondit Guillaume, et sans chapeau ou couvre-chef, la plupart du temps. Il est très fier de sa chevelure. Ma femme se demandait s'il était en partie d'origine grecque. » Guillaume se souvint que Belina avait trouvé Barvaux très séduisant.

Guillaume leur demanda s'ils l'avaient vu à cheval.

« Non mais nous l'avons vu dans une auberge. Son cheval aurait pu se trouver aux écuries, comme les nôtres.

—Où était-ce ? »

Les quatre discutèrent entre eux un moment pour déterminer où cette auberge aurait pu se trouver puis déclarèrent qu'ils ne s'en souvenaient pas.

« De quel genre d'auberge s'agissait-il ? voulut savoir Guillaume. Il est toujours bon de savoir lesquelles sont fréquentables et lesquelles il vaut mieux éviter. »

Un autre conciliabule s'ensuivit et Guillaume attendit patiemment. « Je crois qu'il s'agissait des Deux Faucons, dit l'aînée des deux dames.

—Non, ça c'était il y a deux jours seulement.

—Peut-être était-ce Le Singe, suggéra l'autre dame. Celle où le service était mauvais.

—Oui, c'est bien cela, celle qui était presque aussi déplorable que les auberges en Espagne. »

Les quatre voyageurs expliquèrent à Guillaume à quel point les auberges en Espagne étaient atroces et qu'ils avaient dû amener avec eux leur propre nourriture, même pour leurs montures.

« Voilà qui est ennuyeux, commenta Guillaume. De quelle auberge s'agissait-il ? Il me faut le savoir afin de conseiller aux gens de l'éviter.

—Un lieu ingrat, où des femmes de mauvaise vie louaient leurs corps. Je n'aimais pas l'idée que ma femme y loge mais c'était la seule auberge du village. Même les pèlerins étaient obligés d'y faire halte.

—Ce Flamand aux cheveux noirs a-t-il loué une fille de joie ? s'enquit Guillaume.

—Oui. Et sans attendre ; mais il ne s'est pas attardé à lui offrir à manger. » Le marchand se gratta le menton. « Il l'a fait monter à l'étage sans souper.

—Voilà qui est étrange, fit remarquer Guillaume. Il aimait manger lorsqu'il était ici. Et il était vêtu de manière élégante.

—Il ne l'était assurément pas lorsque nous l'avons vu. Il m'avait l'air dans le besoin ; peut-être avait-il été détroussé. »

Guillaume se dit que si ce Flamand était bien Barvaux, il aurait été le détrousseur et non la victime. « Lui avez-vous parlé ? demanda-t-il.

—Oui. Nous lui avons demandé de nous recommander une auberge à Condom.

—Et ?

—Voyant nos vêtements et nos chevalières, il a dit qu'il avait logé chez un ami mais qu'il pouvait recommander un manoir appartenant au consul Senclar. »

Guillaume arriva tout juste à dissimuler son excitation. « Est-ce là que vous logez ?

—Oui, nous avons dépêché un messager afin d'y réserver des chambres à l'avance. La nuit que nous y avons passée était si confortable que nous avons décidé de rester deux jours de plus. Afin de donner du repos à nos chevaux.

—Nos chambres sont confortables, Dirk, la cuisine est excellente, mais la cadette des Dames Senclar est une importune envahissante et fate. »

Guillaume sourit. « Telle est sa réputation à Condom et mon épouse et moi sommes parmi les nombreuses personnes qui ne l'apprécient guère. » Il tenta d'orienter à nouveau la conversation vers l'endroit où ils avaient rencontré Barvaux. Il lui fallait savoir quelle distance il avait parcouru en direction de l'ouest.

« Il y a combien de jours étiez-vous dans cette mauvaise auberge ? » Ils pensaient que c'était le samedi.

Guillaume suggéra qu'elle se trouvait peut-être à Aire.

« Non, c'était avant cela. Il faisait mauvais temps et nous

n'avons pas pu aller jusqu'à Aire. Nous avons dû faire halte dans cette auberge miteuse à Latrille. Nous avons ensuite fait attention à nous arrêter dans des bourgs, à Nogaro et à Eauze. »

Guillaume les remercia de leur aide et retourna en direction de l'échoppe, où il allait devoir persuader Quiteira qu'il lui fallait quitter Condom en toute hâte. Belina devrait donc se charger de son enquête sur le décès dans la chapelle Sainte-Eulalie. Quiteira serait furieuse et Belina le serait plus encore.

Il avait commencé à répéter ce qu'il allait dire à sa femme et à son assistante lorsque l'homme à la canne l'attrapa par le bras. « Pas si vite. Vous avez dit que je devais faire réparer ma canne. Mais vous ne m'avez pas dit où je pourrais le faire.

—Poursuivez votre chemin le long de cette rue, messire, en direction de la chapelle Sainte-Eulalie sur votre droite. Juste avant de l'atteindre, vous aurez sur votre gauche un groupement de logis où résident des *crestias*. Ce sont les charpentiers de Condom et ils seront en mesure de réparer votre canne.

—Par *crestias*, voulez-vous dire des lépreux ?

—Pas vraiment, les rassura Guillaume. Leurs ancêtres éloignés sont revenus des croisades et certains d'entre eux, un nombre très restreint, étaient des lépreux. Mais aucun des *crestias* n'est lépreux de nos jours. Cela fait cent ans qu'il n'y a pas eu de lèpre ici.

—Je ne souhaite pas m'approcher de lépreux, déclara la plus âgée des dames.

—Tu as entendu ce que vient de dire cet homme. Ils ne sont pas lépreux.

—Peu m'importe. Tu peux y aller seul. Je reste ici. »

La plus jeune exprima le même avis et suggéra qu'elles se rendent à la charmante échoppe qu'elles venaient de passer.

Guillaume en fut ravi ; il leur dit que cette échoppe, celle de la cathédrale, était tenue par son épouse et qu'il les aiderait à y faire leurs achats.. On y trouvait de nombreux articles de qualité, qui ne se limitaient pas aux simples babioles qu'achetaient les pèlerins. Il accompagna les deux dames à l'échoppe et laissa leurs maris se débrouiller avec les *crestias*.

Comme Belina était en train de frotter les pieds de la femme d'un fermier avec du baume, Guillaume présenta les deux dames flamandes à Quiteira en lui précisantqu'elles souhaitaient voir les plus belles choses que l'échoppe avait à vendre.

« Ce sont des bijoux, Guillaume. Je vais aller en chercher dans la réserve. » Elle se rendit dans l'autre pièce et revint avec trois coffrets en bois qu'elle posa sur un coffre plutôt que sur le présentoir. « Venez les contempler ici, mesdames, ce sera plus aisé qu'en bord de rue.

—Et plus sûr, également, fit remarquer Guillaume en apportant deux tabourets afin qu'elles puissent s'asseoir. Prenez votre temps, mesdames, et n'hésitez pas à demander conseil à Quiteira. Elle sait tout ce qu'il y a à savoir au sujet des bijoux. »

Il sortit dans la rue sans rien dire à Belina ou Quiteira et se mit à marcher à vive allure, se frayant un chemin parmi les gens et les animaux qui avançaient lentement, afin de se rendre le plus vite possible au Fort Cadéot et de s'y entretenir avec le sénéchal.

Lorsqu'il aperçut Guillaume, le garde à l'entrée du Fort Cadéot se mit au garde-à-vous et le salua poliment.

« *Adischatz*, répondit Guillaume. Je souhaiterais voir le sénéchal, je vous prie.

—Quel motif dois-je donner, Messire Lansac ?

—Ma nouvelle enquête sur le décès de la fille du consul Lussan.

—J'ignorais qu'elle était morte. A-t-elle été victime d'un meurtre ?

—Je le crains, oui. »

Le garde attendit que Guillaume lui en dise plus, mais ce dernier garda le silence. « Souhaitez-vous que nous vous aidions à arrêter le meurtrier ?

—J'ai déjà arrêté un suspect, répondit Guillaume, et je l'ai fait enfermer à la geôle de la cathédrale.

—Mais Messire Lansac, bredouilla le garde, le sénéchal réclame que tous les meurtriers soient détenus ici. C'est bien plus sûr.

—C'est pour cette raison que je dois m'entretenir avec le sénéchal. »

Le garde siffla, comme s'il appelait un chien, mais ce fut un jeune soldat qui apparut en mâchant un morceau de pain. « Mène l'enquêteur de l'évêque auprès du sénéchal, lui ordonna-t-il. Et garde-toi bien de mâchonner devant lui. »

Guillaume suivit le soldat à l'intérieur du fort puis ils gravirent les escaliers menant à la pièce qui jouxtait le bureau du sénéchal. Le soldat déclara aux clercs qui s'y trouvaient que l'enquêteur de l'évêque souhaitait voir le sénéchal. Le clerc en chef se leva lentement de sa chaise. « *Adischatz*, Messire Guillaume. Le sénéchal est très occupé aujourd'hui. Pourriez-vous revenir demain ?

—Non, je le regrette. Je dois quitter Condom très tôt demain matin et je dois m'entretenir d'urgence avec le sénéchal au sujet de mon déplacement.

—Peut-être puis-je vous aider dans ce cas, Messire Guillaume ? Si vous êtes venu en quête d'informations, nous pouvons vous mettre au fait de la situation des routes et des ponts. » Il marqua une pause et ajouta à voix basse : « Et des brigands.

—Il me faudra tout cela également, je vous en remercie, mais je dois informer le sénéchal des raisons de mon départ. »

Guillaume s'avança en direction de la porte du bureau du sénéchal. Le clerc en chef fit signe à l'un de ses subalternes de l'ouvrir et de laisser passer Guillaume.

Le sénéchal était seul, assis à son bureau. Son chien de chasse se leva et se mit à grogner en s'approchant de Guillaume, le poil de son dos hérissé. Guillaume détourna son regard du chien et attendit que le sénéchal note sa présence.

« Que voulez-vous, Lansac ? Je suis très occupé aujourd'hui et j'ai ordonné qu'on ne m'interrompe pas.

—Vos hommes me l'ont clairement signifié, Messire sénéchal, et si ma requête avait été moins importante pour vous et moins urgente pour moi, j'aurais accepté de revenir demain.

—Eh bien ? » Le sénéchal s'adossa à sa chaise et croisa les bras.

Guillaume lui relata le meurtre de la chapelle Sainte-Eulalie, son arrestation du *crestian* trouvé près du corps et son incarcération dans la geôle de la cathédrale, près de la chapelle.

« Vous savez très bien que les meurtriers sont toujours enfermés ici, dans ce fort, Lansac.

—Bien entendu, Messire sénéchal, mais comme il s'agit d'un *crestian*, j'ai pensé qu'il répandrait peut-être la lèpre parmi vos hommes. » Guillaume espéra que le sénéchal serait dupe d'un prétexte aussi infondé. Il devait assurément savoir que les *crestias* n'étaient plus lépreux.

« Je ne peux croire une telle chose. Et vous non plus, Lansac.

—Mais vos soldats le croiront », fit remarquer Guillaume.

Le sénéchal resta assis sans mot dire pendant un long moment pendant que Guillaume patientait. Il jeta ensuite un coup d'œil en direction des documents sur son bureau et prit sa décision.

« Très bien, Lansac. Gardez le meurtrier dans votre geôle de la cathédrale si c'est ce que vous voulez. Mais assurez-vous qu'il soit bien gardé ; mieux que ne le sont d'ordinaire vos prisonniers. » Il saisit un papier de la pile posée sur son bureau.

« J'ai deux autres requêtes à vous soumettre, Messire sénéchal.

—De quoi s'agit-il ? Ne voyez-vous pas que vous m'avez déjà pris trop de mon temps ?

—Il me faut votre autorisation écrite permettant à mon épouse d'interroger des personnes au sujet du meurtre de la fille du consul Lussan.

—C'est une tâche qui vous incombe, Lansac.

—Elle est de Condom et les gens lui parlent bien plus librement qu'à un étranger comme moi ; ou qu'à vos hommes, d'ailleurs.

—C'est vrai. Dame Lansac est très compétente. La manière dont elle a découvert qui avait empoisonné ce pèlerin à l'hospice Pradau, la semaine dernière, m'a beaucoup impressionné. » Il laissa échapper un sourire. « Vous avez beaucoup de chance, Lansac.

—J'en suis conscient, Messire sénéchal. » Guillaume attendit pendant que le sénéchal rédigeait une autorisation au nom de Belina, qu'il signa.

« Transmettez mes amitiés à votre épouse, Lansac, et remerciez-la de son travail. Si seulement plus de femmes étaient dotées de sa compétence. » Il soupira et ajouta : « Et l'autre requête ? »

Guillaume lui expliqua de manière aussi succincte que possible les dangers que représentait pour les princes la survie de Barvaux au barrage de Beauregard la semaine précédente : il lui fallait absolument mettre la main sur Barvaux avant qu'il ne rattrape les princes et les assassine.

Le sénéchal fronça les sourcils et tapota son bureau du bout des doigts tandis que Guillaume attendait, le regard rivé sur les joncs qui recouvraient le sol.

« Très bien, Lansac. Je vais vous donner une autorisation vous permettant de traquer le vaurien et lorsque – ou, plutôt, si– vous le trouvez et vous le maîtrisez, vous pourrez vous servir du document pour demander aux soldats les plus proches de l'arrêter et de le ramener ici.

—Merci mille fois, Messire sénéchal.

—Ne perdez pas trop de temps à pourchasser Barvaux. Revenez ici dès que possible. Il vous faut mener à bien l'enquête du meurtre de la fille du consul Lussan. »

Guillaume lui promit de regagner Condom dès qu'il le pourrait. Il plaça le précieux document dans sa bourse et quitta la pièce avant que le sénéchal ne puisse changer d'avis.

Il se rendit au palais de l'évêque, derrière la cathédrale, où il fut soulagé de constater que la pièce attenante au bureau de l'archidiacre était encore ouverte et que des gens en sortaient. Cela signifiait que l'archidiacre n'était pas encore parti pour les vêpres. Guillaume le trouva en train de ranger un amas de documents dans un coffre qu'il peinait à verrouiller avec un énorme cadenas en cuivre.

« Laissez-moi vous aider, père Joachim, dit Guillaume en prenant le lourd cadenas dans sa main droite.

—Je vous remercie, Guillaume. Plus les années passent, plus ce verrou me pose problème. Je dois vraiment le faire changer.

—Le serrurier pourrait vous façonner quelque chose de plus léger et plus facile à manier.

—Je suppose, oui. » L'archidiacre se rendit dans son bureau et fronça les sourcils. Guillaume vit qu'il y avait encore plus de documents qui jonchaient son bureau que celui du sénéchal. Il prépara la requête qu'il allait soumettre à l'archidiacre en attendant que celui-ci parle le premier.

« Comment votre interrogatoire du consul Prelet et des autres s'est-il passé, selon vous ? Le *crestian* avait-il des complices ?

—Mon enquête progresse mais je pense qu'on a peut-être payé le *crestian* pour qu'il commette le meurtre. Belina a interrogé les employés du manoir Prelet ce matin. Charles Prelet aurait pu payer le *crestian*, voire payer quelqu'un afin que cette personne trouve et paye à son tour un *crestian*.

—J'imagine que cela occupe beaucoup de votre temps, commenta l'archidiacre.

—Oui, jusqu'à maintenant. » Guillaume marqua une pause et réfléchit à la meilleure façon d'annoncer à l'archidiacre qu'il lui fallait s'absenter, emprunter un cheval du diocèse et demander de l'argent pour son voyage en direction de l'ouest.

« Qu'y a-t-il ?

—Le problème est que j'ai découvert que le Flamand que je croyais noyé au barrage de Beauregard la semaine dernière a survécu, d'une manière ou d'une autre – je ne vois pas comment–, et qu'il est en route pour l'Espagne.

—En quoi cela constitue-t-il un problème pour nous, ici à Condom ?

—Ce n'est pas un problème pour nous mais c'est un danger –un danger de mort– pour les deux princes anglais que Belina et moi avons sauvés le jour de la noyade de Barvaux.

—Pourquoi et comment est-ce un danger ?

—Les princes sont en route pour l'Espagne et doivent rallier de là Lisbonne, au Portugal, mais Barvaux va à nouveau tenter de les assassiner.

—Pourquoi ?

—Les ennemis du roi Richard d'Angleterre lui ont ordonné de le faire.

—Mais pourquoi quelqu'un, même l'ennemi d'un roi, souhaiterait-il tuer deux jeunes princes ?

—Les ennemis du roi complotent afin de le renverser et d'installer à sa place sur le trône le fils d'un des conspirateurs.

—Guillaume, ce qui se passe en Angleterre n'est pas d'un grand intérêt pour nous, ici en Gascogne. Pourquoi devrions-nous nous mêler à cela ? » L'archidiacre remit de l'ordre dans ses papiers.

« Cela nuirait au commerce du vin de Bordeaux.

—En êtes-vous certain ?

—Oui. Ma famille à Bordeaux est certaine de ce danger. Il est essentiel pour le commerce – ainsi que pour les citoyens d'Angleterre– que le roi Richard et les deux princes restent en vie. »

L'archidiacre ôta ses bésicles et dévisagea Guillaume. « Que me demandez-vous de faire ? Venez-en au fait. »

Guillaume lui dit qu'il allait devoir s'absenter, quelques semaines peut-être, emprunter une monture et un palefrenier du diocèse et qu'il lui faudrait de l'argent pour son voyage.

« Tout ceci est incommodant à l'instant présent, répondit l'archidiacre, et vous savez bien que nous n'avons pas beaucoup d'argent à cause de la manière dont Rocca le faisait envoyer à Paris.

—Les deux jeunes princes ont besoin de ma protection, père Joachim.

—Eh bien, vous le ferez sans monture ni palefrenier. Vous voyagerez léger. Mais je vous donnerai de l'argent, même si nous ne pouvons pas vraiment nous le permettre. Nous ne pouvons pas non plus nous permettre votre absence alors qu'une enquête est en cours sur un meurtre qui a eu lieu dans un édifice religieux. »

Guillaume mit en avant les avantages qu'il y avait à voyager avec un cheval et un palefrenier mais l'archidiacre l'interrompit.

« Je vous le répète, je vous donnerai de l'argent. Si Dame Belina en a besoin, elle aussi, elle peut me demander de l'aide. Allez voir le clerc en chef du comptable, dites-lui la somme qu'il vous faut, donnez-lui l'autorisation écrite que je vais vous rédiger présentement et revenez de votre voyage dès que vous le pourrez. »

Il s'assit à son bureau, remit ses bésicles et s'attela à écrire l'autorisation.

« Je vous remercie de votre aide, père Joachim », dit Guillaume, les dents serrées, lorsqu'il prit le document qui lui était tendu. Il quitta la pièce et se rendit directement à la salle des comptes pour y recevoir l'argent que l'archidiacre lui avait octroyé à contrecœur pour son voyage. Guillaume savait que le comptable allait être en colère.

CHAPITRE QUATORZE

Le comptable était sur le point de quitter son bureau lorsque Guillaume arriva ; sa requête le rendit furieux. Il jeta la bourse de pièces sur la table et somma Guillaume de sortir. Sur le chemin de la résidence des employés, il réfléchit à ce qu'il allait dire à Belina. Cela n'allait pas être une partie de plaisir. Elle allait assurément être au moins aussi furieuse que le comptable l'avait été à l'instant.

Il se rendit à son logis et y trouva Belina en train de ranger ses tablettes de cire.

« Tu as terminé d'écrire ton compte-rendu de ta visite au manoir Prelet ? lui demanda-t-il.

—Je n'ai écrit que deux tablettes car, ensuite, il y avait trop de clients pour que Quiteira s'en occupe seule.

—Ah, quel dommage. Je trouve toujours plus facile d'écrire un rapport aussi tôt que possible après avoir interrogé les témoins.

—Oui mais toi, messire l'enquêteur, tu ne dois pas travailler dans une échoppe de cathédrale. Tu– »

Il l'interrompit. « Ce doit être moins oppressant pour toi, maintenant que Rocca est mort.

—Loupmont est toujours là. Ainsi que ce comptable arrogant.

—Oui, je partage ton avis à leur sujet. D'ailleurs, je viens d'aller voir le comptable.

—J'espère qu'il n'a pas décidé de baisser le solde que nous paie la cathédrale, dit Belina.

—Non, il ne s'agissait pas de ça. C'était en fait pour me donner de l'argent sur ordre de l'archidiacre.

—Ah, très bien. Le père Joachim est très généreux. » Belina se contempla dans le miroir en étain et ajusta son fichu.

« Pas vraiment, répondit Guillaume. Même lui s'est montré récalcitrant.

—Pourquoi donc ?

—Parce que je lui ai demandé non seulement de l'argent mais la permission de prendre mon cheval – ainsi que mon palefrenier – pour aller en Espagne.

—En Espagne ? » Belina se leva subitement et une lueur dangereuse traversa son regard.

« Oui, il est possible que je doive aller jusqu'en Espagne. Jusqu'en Béarn, certainement. Peut-être jusqu'en Navarre.

—Je ne te crois pas. Tu plaisantes. »

Il la fit doucement s'asseoir sur le tabouret. « Belina, mon amour, c'est la vérité. Je dois partir demain matin et voyager vers l'ouest.

—Tu sembles avoir oublié combien de temps il te faudra pour retrouver Antoni et préparer deux montures pour un tel voyage.

—Je n'emmène pas Antoni avec moi. L'archidiacre a refusé de laisser Antoni et deux chevaux du diocèse quitter Condom.

—Tu vas donc te rendre à pied en Navarre, rétorqua-t-elle. Il va falloir que tu t'habilles comme un pèlerin et que tu prennes un bâton. Je vais te donner trois pots de baume pour les pieds.

—Je ne vais pas perdre mon temps à marcher. Je prendrai des chevaux de relais, c'est pour cela que l'archidiacre a autorisé que l'on m'octroie une somme considérable pour mon voyage. Le comptable était très récalcitrant.

—Et pourquoi ce voyage inattendu ?

—Pour capturer Barvaux avant qu'il ne puisse rattraper les princes.

—Quoi ? s'écria-t-elle. Barvaux s'est noyé au barrage de Beauregard. Tu l'as vu de tes propres yeux.

—Il est apparemment si bon nageur qu'il a survécu à ce que je croyais être une mort certaine. Tous les autres se sont noyés. Je me souviens très bien avoir vu des parties de leurs corps basculer par-dessus le barrage.

—Comment peux-tu savoir que Barvaux a survécu ? demanda-t-elle en élevant la voix.

—Chut. Le frère Charles pourrait t'entendre.

—Je ne comprends pas comment tu peux savoir que Barvaux est en vie », murmura-t-elle.

Guillaume lui relata aussi brièvement que possible comment Alain avait aperçu le comportement suspect du palefrenier de Barvaux au logis de Rocca : il l'avait vu descendre aux écuries pour essayer de voler la monture de Barvaux. Mais grâce à Alain et Miqueu, le voleur avait été pris au fait et le chef palefrenier avait alerté les vigiles, qui l'avaient arrêté.

« Je n'aurais jamais cru Alain aussi téméraire, commenta Belina.

—Moi non plus. » Il lui sourit mais le regard qu'elle lui adressait était toujours aussi noir. « Il s'est rendu avec les vigiles et leur prisonnier à la salle de garde de la cathédrale et ils y ont enfermé le voleur dans une cellule.

—Mais cela n'indique toujours pas que Barvaux est vivant, fit remarquer Belina. Il est plus vraisemblable que le palefrenier ait décidé de voler le cheval de son maître et de fuir Condom.

—C'est ce que je croyais au début mais j'ai réussi à lui faire avouer que Barvaux lui avait envoyé un message, lui ordonnant d'amener les vêtements, les bottes et la monture de son maître à l'ouest.

—As-tu fait du mal à ce palefrenier, Guillaume, pour lui faire avouer ?

—Un petit peu mais il le méritait. Je n'avais pas oublié qu'il t'avait épiée.

—Il n'a rien fait de la sorte, rétorqua Belina, outrée.

—Oh que si. Sir George me l'a dit.

—Je ne te crois pas, s'écria Belina.

—Chut.

—Je ne me tairai pas. »

Elle se leva du tabouret mais il la fit se rasseoir fermement et garda sa main sur son épaule.

« Même si Barvaux est en vie et qu'il fait route vers l'Ouest, cela ne veut pas dire que tu dois te charger toi-même de le pourchasser, déclara Belina.

—Si.

—Et pourquoi donc ?

—Parce que le palefrenier m'a dit que Barvaux traquait les princes afin de les assassiner.

—Les princes ne sont pas partis vers l'Ouest, Guillaume. Ils se sont dirigés vers le Sud. Je me rappelle t'avoir entendu expliquer le trajet à Sir George.

—C'est vrai mais il les rattrapera à Puente de la Reina. Et il les tuera dès qu'il en aura l'occasion. Il les jettera par-dessus le pont ou quelque chose de la sorte.

—Et si quelqu'un le voyait ? demanda Belina en essuyant une larme de sa joue.

—Il tuerait tout témoin.

—Il pourrait le soudoyer, suggéra-t-elle.

—Non. Il n'aura pas assez d'argent sur lui, surtout maintenant que son palefrenier est dans un cachot à Condom et que son coffret est sous clé à la salle de garde de la cathédrale. Barvaux n'aura ni ses vêtements, ni son argent. »

Les larmes ruisselaient sur le visage de Belina. « Prends mon mouchoir. Il est plus grand que le tien. »Il essuya son visage et l'enlaça.

« Combien de temps te faudra-t-il pour rattraper Barvaux ? », lui demanda-t-elle.

Guillaume lui expliqua ses calculs concernant l'endroit où il s'était trouvé lorsque les deux couples de Flamands l'avaient vu ainsi que la distance qu'il aurait parcourue le temps que ces derniers arrivent à Condom hier. S'il quittait Condom demain matin en voyageant léger, il devrait rejoindre Barvaux quelque part entre Arzacq et Arthez.

« Et que feras-tu alors ? voulut-elle savoir.

—Je n'en suis pas encore certain. J'ai des documents signés de la main du sénéchal qui m'autorisent à arrêter Barvaux et à le confier à des soldats français.

—Et s'il arrive jusqu'en Béarn ? Que feras-tu, dans ce cas ?

—J'y avais pensé. Je me servirai de l'autorisation du sénéchal pour emmener une paire de soldats français avec moi en Béarn et j'y retrouverai Barvaux.

—Et ensuite ?

—Je l'ignore pour l'instant. » Il embrassa sa joue humide.

Elle agrippa sa main. « Tout cela va prendre longtemps. Je vais relire ce que j'ai écrit sur mes tablettes cet après-midi sur mon enquête au manoir Prelet mais la suite devra attendre ton retour triomphal à Condom.

—C'est impossible. L'enquête ne peut attendre si longtemps. Le décès de la fille d'un consul est prioritaire. Tu dois te charger de tous les interrogatoires. C'est quelque chose que tu fais très bien. »

Elle se leva et cria : « Non !

—Chut.

—Je ne me tairai pas. Je n'obéirai pas à tes ordres ainsi. Je ne supplierai pas que l'on me laisse entrer aux manoirs de consuls. Je ne tenterai pas d'interroger de puissants consuls, ainsi que leurs épouses et leurs serviteurs, qui me feront perdre mon temps et ma patience. Je ne–

—Cesse de crier, Belina, et écoute-moi », l'interrompit-il.

Elle tapa du pied par terre. « Non.

—Si, tu vas m'écouter, rétorqua-t-il, plaçant ses mains sur ses épaules, et tu vas m'écouter attentivement. » Il lui donna des instructions détaillées sur les personnes qu'elle devait interroger –tous les puissants consuls, leurs épouses et leurs serviteurs– et ce qu'elle devait chercher à découvrir. Il lui faudrait partir du principe que tout le monde lui mentait jusqu'à ce qu'il soit manifeste qu'on lui disait la vérité. « Assure-toi qu'Antoni se rende aux écuries des Prelet afin de découvrir qui en est entré et sorti lors des quatre derniers jours. Prends ma sacoche d'enquêteur et rends-toi à la sacristie de la chapelle Sainte-Eulalie où tu vérifieras la scène du crime de la manière habituelle. » Il tira deux clés recouvertes de poussière de sa ceinture et les posa sur la table. « N'oublie pas de ramener ces clés avec toi. Tu devras ensuite interroger le *crestian* à la geôle de la cathédrale. Mets tes plus vieux habits pour t'y rendre, l'endroit est très sale.

—Va-t-il m'assaillir ?

—C'est peu probable. Il m'a paru très docile mais fais-toi accompagner de l'un des geôliers, au cas où.

—Et le palefrenier de Barvaux ?

—Tu n'as pas besoin d'aller le voir. J'en ai déjà tiré tout ce que je pouvais. Lorsque tu auras interrogé toutes ces personnes et consigné par écrit un résumé de ce que tu auras découvert, tu devras commencer à interroger les *crestias* près de la chapelle Sainte-Eulalie et les pèlerins des environs.

—Quels pèlerins. Et pourquoi ?

—La première fois que je me suis rendu à la chapelle, un groupe de pèlerins se trouvait non loin, munis d'instruments musicaux. Ils pourraient être des témoins utiles. Antoni m'a rapporté qu'ils portaient tous un écusson particulier sur leurs couvre-chefs, une coquille de Compostelle sur une gravure un étain de la Vierge Marie tenant l'enfant Jésus sur la gauche, un sonneur de cloche et un évêque au centre et un ange sur la droite.

—Peu m'importe à quoi ressemblent leurs écussons. Je ne peux pas faire ce que tu m'ordonnes de faire et je ne le ferai pas. » Elle se tourna vers le miroir et se mit à triturer son fichu.

« Bien sûr que tu le peux. Et tu vas le faire. Cela t'occupera pendant mon absence. » Il sourit en contemplant son visage triste.

« Tenir l'échoppe m'occupe déjà bien assez. Tu le sais très bien. »

Il sourit à nouveau.

« Et en sus d'être occupée, je vais devoir subir toutes les remarques désobligeantes à propos de mon époux qui m'abandonne, du fait que je n'ai pas d'enfants, que mon mariage est en péril. Tu ne penses jamais à cela lorsque tu t'en vas à Bordeaux et que tu me laisses seule face aux moqueries. Les gens de Condom pensent que tu es un mauvais mari.

—Ne les écoute pas.

—Comment vais-je interroger Jeanne Senclar, par exemple, alors qu'elle me nargue parce que je n'ai pas encore fondé de famille ?

—Si elle te met vraiment en colère, rétorque-lui qu'elle a dû se marier parce qu'elle était en cloque.

—Je n'oserais jamais lui parler ainsi, s'exclama Belina.

—Pourquoi pas ? Tout le monde sait que c'est de cette façon qu'elle a pris au piège le consul Senclar.

—C'est vrai, reconnut-elle. Mais cela n'aidera pas mon enquête de l'accuser de l'avoir fait.

—Elle ne t'aidera pas, de toute manière. Tu le sais bien. Interroge plutôt ses servants, comme tu l'as fait la dernière fois. »

Elle le dévisagea, les dents serrées, sa main gauche tirant la jupe de sa cotte. Guillaume se dit qu'elle ressemblait à une mule très obstinée. Il lui fit répéter deux fois ses instructions et l'aida à se lever du tabouret.

Elle commença à préparer leur repas du soir et eut du mal à allumer le feu avec le fer à briquet et le silex, cognant ensuite la poêle contre l'évier. Son comportement rappela à Guillaume celui de Catalina lors du lundi précédent.

Il se rendit compte qu'elle s'approchait trop près du feu et qu'elle risquait de basculer dedans, alors il l'en éloigna et la tira vers le lit. « Reste là. Je vais m'occuper du repas. » Il plaça l'oreiller sous sa tête et essuya ses larmes.

Entre deux sanglots, Belina lui demanda pourquoi, à son avis, les princes revêtaient plus d'importance qu'elle à ses yeux.

La question était difficile pour Guillaume. Il se souvint de l'attitude de l'archidiacre, plus tôt ce soir-là, lorsqu'il avait dit que ce qui se passait en Angleterre n'avait que peu d'intérêt pour les Gascons. Belina partagerait son avis.

Plutôt que de répondre à sa question, Guillaume coupa une tranche du pain rassis pour servir de tranchoir. Il versa un peu d'huile dans la poêle et la posa sur un trépied au-dessus du feu. Il cassa quatre œufs dans la poêle et les laissa cuire lentement tandis qu'il alla chercher un pichet de vin, posa un gobelet sur la table et versa un peu du vin dedans.

« Ce vin doit être aigre, dit Belina.

—Il ne l'est pas et il te fera beaucoup plus de bien que du cidre tiède et fade. Viens t'asseoir. Les œufs sont prêts. »

Il remplit le gobelet de vin et fit glisser les œufs sur le tranchoir, puis sortit son couteau et coupa des carrés de pain couverts d'œuf. Belina renifla le gobelet et but un peu de vin. « *Mercés* », dit-elle. Elle prit un des carrés de pain et mordit dedans pendant qu'il passait le bras autour de ses épaules

Lorsqu'ils eurent terminé les œufs et la plupart du tranchoir, Guillaume plaça le reste dans le bol de Minette et prit une fiole d'aygue ardente sur l'étagère du haut. Il en versa la moitié dans une petite tasse en céramique et lui donna à boire. « Bois ce remède, tu en as besoin. Tu dois être courageuse. Je reviendrai dès que je le pourrai, je te le promets. »

Elle émit un grognement et but le liquide à petites gorgées. « *Mercés.* » Elle ne dit pas un mot de plus de la soirée et resta assise sur le lit pendant qu'il lavait le gobelet et son couteau et mettait de l'eau dans la poêle pour la faire tremper pendant la nuit. Lorsque Guillaume revint de la latrine, elle s'était déshabillée, avait mis son bonnet de nuit et s'était réfugiée sous le couvre-lit.

Il se rendit dans la pièce où il travaillait, ramassa ses sacoches de selle, fronça les sourcils et les remit à leur place dans le coin. Il tira son coffre contenant ses vêtements de voyage à cheval et rassembla ce dont il aurait besoin pour un long périple, y ajouta son couvre-chef, sa ceinture ainsi que tout ce qui y était accroché. Il sortit ensuite d'un autre coffre la sacoche qu'avait utilisée le pèlerin empoisonné et plaça les vêtements dedans.

Il dormit mal et fut réveillé par Minette qui lui miaulait à l'oreille. Il lui donna du lait et la caressa jusqu'à ce qu'elle ronronne. Il se lava les dents avec son racloir, qu'il nettoya ensuite avant de le ranger dans sa petite pochette de chanvre, mettant également son peigne dans la sienne.

« Et tes affaires pour te raser ?

—Je vais me laisser pousser la barbe. Cela me fera gagner du temps.

—Elle poussera blonde et tout le monde saura que tu es un étranger.

—Peu m'importe. » Il prit ses bottes cavalières et s'assit sur le lit.

—Pourquoi cela ne t'importe-t-il pas ? voulut-elle savoir. Tu cherches toujours à dissimuler le fait que tu es anglais.

—Moitié anglais, la corrigea-t-il en enfilant sa botte gauche.

—Et moitié bordelais, dit-elle, ce qui est presque la même chose qu'anglais.

—Non, ça ne l'est pas, répondit-il. Tu le sais bien.

—Je ne le sais pas et je ne veux pas le savoir. Je déteste Bordeaux.

—Ne sois pas sotte, Belina, grommela-t-il en luttant avec sa botte. Tu n'es jamais allée à Bordeaux.

—Et je ne souhaite pas y aller.

—Belina, mon amour, ne nous querellons pas. » Il posa la main sur son sein et lui embrassa le cou, mais elle ne bougea pas d'un pouce.

« Si tu ne partais pas si souvent et si soudainement, nous n'aurions nul motif de querelle.

—À mon retour, nous fonderons une famille, je te le promets. » Il l'embrassa à nouveau mais elle restait figée. Il ramassa la sacoche, ouvrit la porte et sortit en la claquant derrière lui.

CHAPITRE QUINZE

Jeudi

Belina pleura pendant ce qui lui sembla très longtemps, puis se retourna dans son lit et faillit écraser la chatte qui était pelotonnée à côté d'elle. Minette était furieuse et griffa le bras de Belina, avant de sauter du lit et de se mettre à faire sa toilette.

Belina s'étira et se rendit à l'évier pour tamponner de l'eau sur la plaie et la sécher avec le torchon qui pendait à la tringle au-dessus de l'évier. Elle essaya de trouver un mouchoir propre dans son coffre à vêtements sans mettre de sang sur les habits qui se trouvaient dedans. Cela lui prit un certain temps et Belina se remit à pleurer, assise sur le lit, en pressant le morceau de tissu contre la plaie. Minette sauta sur le lit, se lova à côté de Belina et se mit à ronronner si fort que Belina se ressaisit et se mit à penser aux tâches qui l'attendaient ce matin-là plutôt que de ressasser sans cesse l'absence inattendue de Guillaume et leur dispute.

Elle s'habilla et déjeuna debout, buvant un peu de cidre avec ce qui restait du pain rassis, puis mangeant deux poires. Elle alla chercher la sacoche d'enquêteur de Guillaume et les tablettes dans la pièce où il effectuait son travail, ajouta les deux clés de la chapelle à ses tablettes, mit son fichu et ses chaussures, caressa Minette et sortit, s'avançant jusqu'au sommet de l'escalier. Elle repensa à la première fois qu'elle avait rencontré Barvaux, qui descendait cet escalier en compagnie de Rocca. Elle se souvenait malgré elle de ses cheveux, des vêtements qu'il portait, de sa voix et de l'odeur de romarin qui émanait de lui mais surtout de ses beaux yeux sombres.

Elle descendit lentement les marches, son esprit toujours occupé par Barvaux. Un homme malfaisant dont elle avait cru qu'il s'était noyé. Elle se demanda l'espace d'un instant s'il s'agissait uniquement d'un prétexte que son époux avait inventé pour justifier son absence. C'était peu probable mais pas impossible. Cela faisait trois ans qu'ils étaient mari et femme mais elle ne le connaissait toujours pas si bien que cela et il ne lui avait pas dit grand-chose au sujet des missions qu'il effectuait à Bordeaux, qui d'après ses dires étaient liées à un complot du roi Richard visant à envahir la Gascogne.

Elle ouvrit la porte de l'échoppe et trouva Quiteira en pleine conversation avec Anne Labadie, l'une des couturières de la cathédrale ; elle montrait à Quiteira du fil de différentes couleurs.

« Je pense que ce bleu-là conviendrait le mieux, disait Quiteira, même si je n'ai plus le temps de broder.

—Pourquoi donc ?

—Parce que Belina n'est jamais là. Elle passe son temps à faire le travail de Guillaume. J'en ai assez de m'occuper de cette échoppe toute seule.

—Mais Belina est juste derrière vous, Quiteira. »

Quiteira se retourna vivement et vit Belina et ses deux lourdes sacoches. « Tu vas quelque part avec tout ça, Belina ? demanda-t-elle.

—Oui. Je dois me rendre à la chapelle Sainte-Eulalie, où un meurtre a eu lieu.

—Qui en est la victime ? » s'enquit Anne.

Avant que Belina ne puisse répondre, Quiteira lui dit : « Dame Viola Lussan, la fille du consul Lussan.

—Oh, non ! C'est affreux ! Et elle qui était une artiste si douée. » Anne tira son mouchoir et s'essuya le visage.

« Oui, c'est vrai, dit Belina, et c'était une personne très aimable. J'allais à l'école avec elle et elle se confiait à moi au sujet de ses parents. Je croyais d'abord qu'elle cherchait uniquement à me réconforter à cause du décès de ma mère mais je me suis rendue compte plus tard que Viola était réellement malheureuse chez elle. Personne ne lui témoignait d'affection.

—N'avait-elle pas de frères ou de sœurs ? demanda Quiteira.

—Un frère, son aîné de quelques années, mais il est mort de la peste. »

Quiteira rendit les fils de couleur à Anne et dévisagea Belina, les jambes plantées de part et d'autre. « N'était-elle pas sourde ? »

Belina opina du chef. « Dure d'oreille, pas vraiment sourde.

—Le meurtrier aurait donc pu se faufiler derrière elle et la frapper à la tête avec un pavé, dit Anne. Mon époux et ses amis parlaient entre eux de le faire à Rocca.

—Je peux comprendre que quelqu'un veuille tuer Rocca, fit remarquer Quiteira, mais qui pourrait bien vouloir tuer une douce jeune dame ?

—Je l'ignore, Quiteira, répondit Belina, mais je vais le découvrir.

—Comment ?

—En premier lieu, en me rendant à l'endroit où elle a été tuée, puis en demandant à tous les consuls, à leurs épouses et à leurs serviteurs ce qu'ils faisaient lundi dernier, le jour du meurtre.

—Pourquoi Guillaume ne peut-il pas s'en charger ? voulut savoir Quiteira, frappant du poing le présentoir et faisant sauter les ornements.

—Parce qu'il interroge l'homme qui est soupçonné d'être le meurtrier et qu'il a fait enfermer dans la geôle.

—Dans ce cas, reprit Quiteira, tu n'as nul besoin d'interroger qui que ce soit. » Elle marqua une pause et laissa échapper un soupir. « Et tu peux t'occuper de ton propre travail, ici, dans cette échoppe, pendant que Guillaume fait le sien. »

Belina décida qu'il était plus prudent de ne pas répondre. Elle ramassa les deux sacoches et sortit dans la rue.

Chargée comme elle l'était, son trajet à pied jusqu'à la chapelle Sainte-Eulalie fut pénible et elle souffrit de la chaleur. Elle ignora la porte de la geôle de la cathédrale sur sa droite, s'efforçant d'éviter les saletés dont les pavés étaient recouverts. Peu après, elle passala léproserie et ses misérables petits logis, où poules et cochons allaient et venaient à travers les portes étroites. On était en train de recouvrir de chaume le toit d'un édifice quelque peu moins piteux et les travailleurs sifflèrent au passage de Belina. Elle tenta de se rassurer en se disant qu'au moins ils ne la hélaient pas en criant « *molieròta* », mais cela n'augurait rien de bon pour la conversation qu'il lui fallait avoir avec le *crestian* emprisonné. Elle décida de remettre à plus tard cette tâche autant qu'il lui serait possible.

Des pèlerins se tenaient à l'ombre d'un cèdre, en face de la léproserie, faisant passer entre eux une gourde de cidre et essuyant leurs visages du bord de leurs chapeaux. Elle espéra qu'ils ne siffleraient pas à son passage et chuchota deux *Ave Maria*.

La Vierge entendit ses prières. Les pèlerins se délestèrent de leurs chapeaux en un petit tas, prirent leurs instruments de musique et se tinrent à l'ombre. Ils se mirent à jouer et chanter, l'un d'eux battant la mesure du bras. Belina se tourna pour les regarder jouer. La musique la détendit et elle porta la main à la bourse qui pendait de sa ceinture pour y palper une pièce. Trois *crestias* se joignirent à elle et elle surveilla de près sa sacoche de tablettes, prenant à l'épaule la sacoche d'enquêteur. Deux fermiers et un mouton rejoignirent les *crestias*, puis un groupe de femmes.

Les pèlerins commencèrent par une chanson au sujet de Saint-Bernard, puis une autre qui lui était attribuée. « *Ô Jésus, quand je pense à Toi, la paix emplit mon cœur.* » Ils chantèrent ensuite des *cantigas* espagnoles composées par le roi Alphonse X que Belina avait souvent entendu le frère Charles chanter, puis terminèrent par une hymne des vêpres, « *Que le ciel retentisse de louanges.* »

À la fin de ce chant, l'un des pèlerins prit son chapeau et s'approcha du public. Tout le monde plaça une pièce dedans jusqu'à ce qu'il arrive aux *crestias*, qui firent non de la tête. Belina savait qu'ils étaient trop pauvres mais le pèlerin le comprendrait-il ? Il grommela quelque chose dans une langue que Belina ne connaissait pas et retourna à l'ombre du cèdre, où il mit les pièces dans un petit coffret.

Belina prit ses sacoches et descendit la rue en direction de la chapelle, où elle fut satisfaite de constater qu'un garde de la cathédrale était de faction à la porte afin d'empêcher les gens d'entrer.

« *Adischatz*, le salua Belina. Mon époux m'a demandé d'examiner la pièce où le meurtre s'est produit. Pouvez-vous me laissez entrer ?

—Bien entendu, Dame Lansac, mais c'est un spectacle fort déplaisant pour une dame. Votre mari aurait dû s'en souvenir. Je ne laisserais jamais mon épouse voir une scène si sanglante.

—Je comprends bien, répondit Belina. Mais je me suis habituée à la vue d'endroits où des crimes ont eu lieu. »

Elle passa la porte et traversa la chapelle poussiéreuse jusqu'à la porte de la sacristie. Elle tira l'une des clés de la sacoche qui contenait ses tablettes et déverrouilla la porte. La poussière la fit éternuer tandis qu'elle faisait tourner la clé et pénétrait dans la pièce. Elle s'enferma dans la sacristie et plaça la clé dans sa bourse. Guillaume lui avait enseigné cela deux ans plus tôt, lorsqu'elle avait commencé à l'assister lors d'enquêtes sur des crimes qui avaient eu lieu dans des édifices religieux : tant qu'elle possédait la clé, personne ne pouvait l'enfermer dans une pièce pleine de sang, d'insectes – et de fantômes.

Elle regarda autour d'elle dans la sacristie. Le cadavre avait été enlevé, Dieu soit loué, mais le sol était couvert de sang coagulé et d'insectes boursouflés. L'odeur était atroce : Belina dut se couvrir le nez avec son mouchoir.

Elle tira une tablette et un stylet de leur sacoche et s'assit sur un tabouret près de la fenêtre. Elle vit une chaise renversée qui gisait en partie dans le sang. Un grand morceau d'étoffe de soie verte, en partie maculé de sang, se trouvait à côté de la chaise. À la gauche de Belina se trouvait un coffre doté de longs tiroirs étroits, qui devait contenir des chasubles et des nappes d'autel. Un autre coffre, ouvert celui-ci, se trouvait à côté, empli d'un amas de tissus, et un plus petit était contre le mur avec deux livres et des bougeoirs posés dessus. Un crucifix était accroché au-dessus du coffre, recouvert de toiles d'araignée. Dans un des coins à l'opposé se trouvait un long rideau, bien qu'il n'y ait pas de rideaux à la fenêtre près d'elle. À côté du tabouret, un évier, un bol en étain et une serviette sale. Une petite lanterne était posée au sol sous l'évier.

Belina dessina tout cela sur une des tablettes. Elle ne comprenait pas comment Viola avait pu se trouver dans un lieu aussi déplaisant. Dans son souvenir, c'était une personne douce et aimable, une jeune fille propre et bien vêtue – ce qui n'était certes pas difficile pour la fille d'un riche consul. Belina tenta de se représenter les propriétés que possédait le père de Viola. Mais les propriétés et les terres n'étaient pas des sujets qui intéressaient Belina, même aujourd'hui, et l'avaient été encore moins lorsqu'elle était écolière. Elle allait devoir l'apprendre, mais de qui ? Un notaire serait la meilleure source d'informations de ce type. Elle espéra que le consul Lussan n'était pas propriétaire à Montréal car Belina répugnait à s'entretenir avec le notaire de ce bourg. Jordi et elle étaient tous deux d'avis qu'il avait frauduleusement accordé une grande partie de leur héritage à leur belle-mère, sa cousine, lorsqu'il avait rédigé le testament de leur père.

« Les liens du sang sont les plus forts », dit-elle à haute voix. Le sang dans cette pièce était bien réel et sa tâche était de l'examiner et de déterminer ce qu'il s'était passé. Le sang de Viola. Mais tout le sang était-il celui de Viola ? Une lutte avait-elle eu lieu ?

Belina ne comprenait pas pourquoi la chaise était face à la fenêtre, plutôt que face à la porte. Elle regarda par la fenêtre et vit un chemin qui menait au coin de verdure où les pèlerins avaient chanté. Elle se demanda si un pèlerin, par exemple, aurait pu emprunter ce chemin et regarder à travers la fenêtre de la sacristie. Mais pourquoi aurait-il souhaité le faire ? Et ces pèlerins s'étaient-ils trouvés dans les environs tôt le lundi matin ?

La fenêtre était plus propre que le reste de la pièce, ce qui fit penser à Belina que Viola avait peut-être regardé par la fenêtre. Belina palpa la fenêtre pour vérifier qu'elle ne pouvait être ouverte. Elle n'était pas endommagée, ce qui signifiait que le meurtrier était entré dans la pièce par la porte. Mais si cette dernière avait été verrouillée et que Viola avait été assise dans la chaise qui était maintenant renversée, il lui aurait fallu se lever et l'ouvrir. Attendait-elle quelqu'un et s'était-elle abstenue de verrouiller la porte pour cette raison ? Mais pourquoi Viola, qui vivait rue des Armuriers, rencontrerait-elle quelqu'un dans cette chapelle délabrée par-delà la léproserie ?

Belina mesura la pièce en comptant ses pas dans chaque direction. Elle griffonna le résultat sur sa tablette. Elle nota l'emplacement de la flaque de sang et ce qui se trouvait à l'intérieur de la sacristie, puis ramassa un des tissus et l'examina. C'était une chasuble de soie vert foncé, ornée de broderies vert pâle. Une aiguille et du fil pendaient du bord maculé de sang et elle faillit y piquer son doigt.

Elle fronça les sourcils. Pourquoi Viola aurait-elle été assise dans cette sacristie, en train de broder une chasuble ? Cela ne rimait à rien et il lui allait falloir interroger les serviteurs de Viola. Elle espérait qu'ils seraient moins récalcitrants que ne l'avaient été les employés des Prelet le matin précédent.

Elle mit la chasuble avec l'aiguille et le fil dans sa sacoche d'enquêteur et refit le tour de la pièce. Le long rideau dissimulait des marches qui devaient être celles que Guillaume avait empruntées lorsqu'il avait traversé le tunnel menant du manoir Lussan, au cœur de Condom. Viola avait-elle parcouru ce tunnel ? Et si oui, pourquoi ? Le faisait-elle tous les jours ? Ou ne l'avait-elle fait que ce jour-là, le matin de son banquet de fiançailles ?

Belina tira le rideau pour le refermer et vit qu'une cape pendait à un crochet. Elle ôta la cape avec beaucoup de soin et la tint contre elle. C'était un habit de femme, de bonne facture mais couvert de poussière. La capuche était elle aussi très poussiéreuse.

Elle fourra la cape dans sa sacoche d'enquêteur et se mordilla la lèvre. Il semblait que Viola avait porté cette cape, la capuche recouvrant ses cheveux, et traversé le tunnel à la lumière de la lanterne qui se trouvait désormais sous l'évier.

Elle jeta un dernier regard autour de la pièce, à la recherche d'une autre arme. Guillaume lui avait montré celle qu'il avait trouvée, un outil de charpenterie appelé une vastringue. Elle supposait qu'il s'agissait d'un objet dont se servaient les *crestias*, étant donné qu'ils étaient ceux qui travaillaient le bois. Les seuls qui travaillaient le bois, à sa connaissance.

Quoi qu'il en soit, un *crestian* avait été arrêté sur la scène du crime. Il se trouvait maintenant dans la geôle de la cathédrale et n'avait pratiquement rien dit à Guillaume. Il était peu probable qu'elle apprenne grand-chose de plus, à son avis.

Elle se demanda ce que faisait Chezelle à la chapelle, ou près de la chapelle, le matin précédent. Un arracheur de dents comme lui ne s'occupait assurément pas des soucis de dentition de *crestias*. Ni de ceux de pèlerins, d'ailleurs. Son activité médicale se limitait à s'occuper des dents de Dame Édith Senclar. Étaient-elles en si mauvais état ? Personne ne l'avait jamais vue sourire. La tâche quotidienne de Chezelle consistait à épier des gens et rapporter à Dame Édith tout ce qu'il avait vu et entendu. Belina faisait toujours en sorte de l'éviter.

Elle ramassa la sacoche d'enquêteur et se rendit compte qu'elle était désormais trop chargée pour la porter à l'épaule. La sacoche de tablettes était plus lourde encore, contenant plusieurs tablettes sur lesquelles elle avait tracé ses croquis ainsi que sa liste d'objets et les mesures qu'elle avait effectuées.

Elle franchit péniblement la porte menant à la chapelle avec ses sacoches et les posa pour verrouiller la porte de la sacristie et accrocher la clé à sa ceinture. La porte menant à l'extérieur était ouverte et un deuxième garde avait rejoint le premier. Belina décida de lui demander de porter ses deux lourds fardeaux à l'échoppe. Elle traversa lentement la chapelle poussiéreuse et salua les gardes.

« *Adischatz*, Dame Lansac, dit le nouvel arrivant. Que portez-vous là ?

—La sacoche d'enquêteur de mon mari et beaucoup de tablettes de cire. Elles sont lourdes.

—Elles en ont l'air. Donnez, je vais m'en charger pour vous. Où vous rendez-vous ?

—À l'échoppe de la cathédrale, je vous prie. »

Le garde passa la sacoche de tablettes à l'épaule et prit la sacoche d'enquêteur dans sa main gauche. Belina suivit le garde et ses deux précieuses sacoches le long de la rue en direction de l'échoppe.

Le garde marchait devant elle et elle eut du mal à suivre son allure car elle était très fatiguée, aussi bien physiquement que mentalement. Lorsqu'ils arrivèrent à l'échoppe, Belina lui demanda d'entrer et de laisser les sacoches dans le coin du fond.

Quiteira interrompit le boniment de vendeuse qu'elle adressait à un pèlerin. « Te voilà donc enfin, Belina. J'ai raté plusieurs ventes. »

Belina haussa ses épaules fourbues et tourna le dos à Quiteira pour remercier le garde. Elle plaça ensuite la sacoche de tablettes dans la réserve, qu'elle ferma à clé.

« Ne fais pas cela, protesta Quiteira.

—Ce n'est que pour quelques minutes, juste le temps que je monte l'escalier avec cette autre sacoche.

—Qu'y a-t-il dedans ?

—Des vêtements. » Belina ramassa la sacoche d'enquêteur et sortit dans la cour avec, évitant toute autre question importune. Elle salua de la main Sir John Keyham, dont Alain était en train de masser le bras droit avec de l'onguent, et gravit très lentement l'escalier raide qui menait au logis de Guillaume, ses pensées occupées par la mort de Viola.

« Laissez-moi porter cela pour vous, Dame Belina. »

Elle se retourna avec précaution. C'était Alain, le valet de Sir John, celui qui avait surpris le palefrenier de Barvaux en train de voler la monture de son maître. Belina regrettait son acte de bravoure. Son époux était parti elle ne savait où, peut-être pour un long moment, et l'avait à nouveau laissée résoudre seule un meurtre.

Alain prit la sacoche et monta les marches restantes, puis s'engagea dans le passage menant à la porte du logis de Guillaume.

Belina le suivit lentement, presque en larmes. Elle tira la clé de la porte du trousseau qui pendat à sa ceinture et l'inséra dans le verrou. Un miaulement et un grattement émanèrent de l'intérieur.

« Un instant, Minette, dit Belina. Sois patiente, s'il te plaît.

—Ne vous inquiétez pas, Dame Belina, dit Alain. Je l'attraperai lorsque vous ouvrirez la porte. À moins que vous ne préfériez qu'elle reste dehors.

—Non, merci Alain. Je préfère qu'elle soit à l'intérieur. » Elle ouvrit la porte et Alain se débattit avec Minette jusqu'à ce que Belina lui prenne la chatte et referme la porte en la poussant de l'épaule.

Elle donna du lait à la chatte, la caressa et respira l'odeur d'onguent dans sa fourrure qu'Alain avait laissée en tenant Minette. Elle redescendit les escaliers et se rendit à l'échoppe pour y chercher la sacoche de tablettes dans la réserve.

Quiteira se tenait au beau milieu de l'échoppe, les mains sur les hanches. « Ah, te voilà enfin. Ces clients souhaitent acheter de grandes fioles d'aygue ardente et tu as fermé la réserve à clé.

—Je suis désolée, Quiteira, mais je ne dois pas laisser ma sacoche de tablettes sans surveillance. » Belina déverrouilla la réserve et tendit la main vers les grandes fioles. « Combien ? demanda-t-elle.

—Trois. »

Belina descendit quatre fioles de l'étagère du haut et les amena au présentoir, près des clients. « J'ai ajouté une fiole pour vous avoir fait patienter si longtemps.

—Merci, ma dame. Combien vous devons-nous ? »

Belina le leur dit et emballa les fioles séparément, chacune dans son propre morceau de tissu. Elle prit l'argent et s'efforça de sourire aux clients. Au lieu de cela, elle se mit à pleurer et fut soulagée lorsqu'ils s'en allèrent.

« Qu'as-tu donc ? voulut savoir Quiteira.

—Je suis fatiguée. » Belina alla chercher la sacoche de tablettes dans la réserve et quitta l'échoppe sans autre explication.

Sir John et Alain n'étaient pas dans la cour : Belina dut gravir laborieusement l'escalier seule avec ses tablettes, seule et avec difficulté. Elle posa la lourde sacoche dans l'arrière-pièce, ôta son fichu et resta allongée sur le lit jusqu'à ce que Minette vienne lui ronronner à l'oreille.

Belina donna un peu de lait à la chatte et examina son reflet dans le miroir. Ce qu'elle y vit ne lui plut guère. Les cheveux ternes, le front plissé de rides, les yeux rougis. Elle se lava le visage, dénatta sa chevelure et la brossa avant de la tresser à nouveau. Elle ouvrit sa fiole d'arôme de lavande et en tamponna un peu derrière ses oreilles.

Guillaume avait fait cuire les quatre œufs qui restaient le soir précédent et elle ne trouva que deux morceaux de fromage et des poires. Elle était consciente qu'elle n'avait pas assez mangé depuis les deux repas préparés par Catalina. Mais le problème pourrait facilement être résolu en achetant une ou deux tourtes au poulet sur la place Lion d'Or lorsqu'elle se rendrait rue des Armuriers.

Elle se rendit dans l'arrière-pièce, sortit les tablettes de cire usagées de la sacoche et les plaça dans le coffre de travail de Guillaume. Elle ajouta ensuite deux tablettes vierges à celles qui restaient dans la sacoche ainsi qu'un autre stylet.

Belina souleva la sacoche pour en vérifier le poids car elle allait devoir la porter lorsqu'elle rendrait visite aux épouses des deux premiers consuls afin de les interroger au sujet du banquet de fiançailles. Elle réfléchit en se mordillant la lèvre à la quantité d'information qu'elle pourrait inscrire sur les tablettes. Elle ne pouvait pas le faire en présence des dames qu'elle allait interroger et elle n'aurait pas besoin de faire de croquis de pièces, ou d'en noter le contenu, comme elle l'avait fait pour la scène du crime à la chapelle Sainte-Eulalie.

Sa main hésita à l'intérieur de la sacoche puis elle en tira toutes les tablettes de cire pour en examiner l'état, posant la moins propre contre le mur. Elle plaça deux tablettes dans la sacoche et mit son fichu. Elle était prête à entamer l'étape suivante de son enquête.

CHAPITRE SEIZE

Belina laissa Minette à son sommeil sur le lit, ferma doucement la porte et quitta la cour par la porte donnant sur la rue, plutôt qu'en passant par l'échoppe, comme elle avait coutume de le faire. Une querelle de plus avec Quiteira lui ferait perdre trop de temps et mettrait à nouveau sa patience à l'épreuve.

Elle se rendit à pied jusqu'à la place Lion d'Or, où elle acheta deux tourtes au poulet à un vendeur ambulant qui se tenait à l'ombre, en face de l'auberge. Elle les mangea debout pour gagner du temps et balaya de la main les miettes de sa cotte. Elle descendit ensuite jusqu'au bout de la rue des Armuriers, à l'atelier de poterie du consul Toupié. L'épouse du consul était en train de montrer de grands gobelets verts à trois jeunes hommes. Belina voyait à travers l'échoppe le four à poterie dans la cour, dans le foyer duquel d'autres jeunes hommes enfournaient des pelletées de charbon de bois. Malgré le soleil, elle attendit dehors et réfléchit à ce qu'elle allait dire à Dame Toupié.

« *Adischatz,* Belina, la salua l'épouse du potier. Êtes-vous venue voir la manière dont je présente les objets que je vends pour la comparer avec la vôtre ?

—Non, Dame Toupié, je suis venue voir ce dont vous vous souvenez du banquet de fiançailles de lundi.

—Venez donc à l'étage, nous y serons plus à l'aise pour parler. » Dame Toupié donna des instructions à ses assistants et mena Belina en haut d'une échelle.

« Mon mari supervise le remplissage du four à poterie, Belina. Vous faudra-t-il lui parler, à lui aussi ?

—Non, merci. Je ne souhaite pas le déranger. J'imagine que le banquet lui a déjà pris suffisamment de son temps précieux.

—En effet. Et pire encore, évidemment, fut le fait qu'il n'y eut pas de fiançailles.

—Mais vous avez pu déguster le banquet, j'espère, dit Belina.

—Oui mais quasiment en silence.

—Tout le monde est-il resté pour le repas ?

—Bien entendu. Le chef-cuisinier du consul Prelet est connu pour ses banquets.

—Organisent-ils souvent des banquets ? voulut savoir Belina.

—Tous leurs repas sont de grandes occasions. Ils reflètent l'importance du consul Prelet. Ils ne sont certes pas aussi somptueux que celui d'hier. » Elle marqua une pause. « Mais ils sont d'habitude ponctués de conversations enjouées. » Elle se saisit d'un pichet en céramique et versa du cidre dans un gobelet vert. « Buvez, Belina. Vous avez l'air sous le coup de la chaleur et assoiffée. »

Belina avala d'un trait le liquide bienvenu et lui rendit le gobelet. « *Mercés*. Vous aviez raison, Dame Toupié, j'en avais bien besoin. Quelqu'un a-t-il fait part lundi de son avis au sujet de ce qui était arrivé à Viola Lussan ?

—Nous n'avons pas eu l'impudence de le faire devant ses parents mais, après leur départ, nous en avons parlé entre dames pendant que les consuls marmonnaient entre eux de l'autre côté de la pièce, où nous ne pouvions pas les entendre.

—C'est dommage, commenta Belina. Mon époux doit enquêter sur la mort de Viola. C'est pour cette raison qu'il m'a demandé de m'entretenir avec vous ainsi qu'avec les épouses des autres consuls.

—Je vous souhaite bien du courage avec certaines d'entre elles, Belina.

—C'est pour cela que j'ai commencé par vous, Dame Toupié. Vous êtes attentive aux gens autour de vous. Je me souviens que Viola m'a dit un jour que sa mère ne prêtait attention qu'à elle-même. »

Belina lui posa des questions au sujet du comportement et des agissements du consul Lussan et de son épouse mais n'apprit pas grand-chose, hormis le fait que Dame Toupié n'appréciait ni l'un ni l'autre. Belina apprit par contre que le consul Prelet avait été souffrant à maintes reprises lors des douze derniers mois, ce qui l'avait obligé à annuler des banquets, et qu'il souhaitait que son fils Charles revienne à Condom pour prendre en main l'administration d'importantes propriétés ainsi que la charge de consul.

« Lui serait-il facile de devenir le plus important des consuls ? s'enquit Belina.

—Mon époux et les trois autres consuls les moins influents n'y consentiraient pas. Ils ne souhaitent pas qu'un jeune homme, inexpérimenté qui plus est, les mène à la baguette.

—Quel âge a-t-il ?

Dame Toupié fit un peu de calcul mental. « Il doit avoir au moins vingt-neuf ans, je pense, dit-elle. Assez nettement plus âgé que la douce Viola.

—Le jeune couple se connaissait-il ?

—Probablement pas car Charles Prelet se trouve rarement à Condom. Il préfère Toulouse. Je ne peux pas lui en vouloir.

—Que fait-il à Toulouse ? demanda Belina.

—Il est avocat. J'imagine qu'il ne souhaite pas mettre cela de côté.

—Il pourrait être avocat à Condom, fit remarquer Belina.

—Ce n'est pas du tout la même chose. Il régnerait sur sa propre petite basse-cour ici, bien entendu, et recevrait des flatteries de toutes parts. À force d'accolades, ses manches seraient rutilantes. »

Belina laissa échapper un sourire. « Si je vous comprends bien, vous ne feriez pas partie de ceux qui dispenseraient ces accolades.

—Non. Je ne le fais jamais. Pas même l'évêque n'a droit à de flatteries de ma part. Je m'enorgueillis de ne jamais me comporter de manière obséquieuse.

—Comment Charles Prelet a-t-il réagi lorsqu'il a appris que sa fiancée était morte ?

—Je l'ignore. Je n'avais pas le regard tourné dans sa direction. Nous évitions tous de nous regarder. La surprise était totale.

—Aviez-vous, ou quelqu'un d'autre avait-il, le sentiment que la vie de Viola était en danger lundi dernier ?

—À dire vrai, cela faisait longtemps que je n'avais pas pensé à Viola Lussan. Mes fils sont mariés, leurs épouses ont des enfants qu'elles élèvent et j'ai deux filleules qui occupent également mes pensées.

—Mais vous vous êtes rendue au banquet, dit Belina.

—Ce n'était pas uniquement pour le repas. Ne pas nous rendre aux fiançailles ou à l'occasion de nous présenter un futur consul aurait été perçu comme un manque de savoir-vivre. »

Belina posa des questions au sujet de la fille du consul Prelet et de son beau-fils. Étaient-ils présents au banquet et Dame Toupié pensait-elle qu'ils fussent contrariés par les faveurs dont jouissait leur frère absent ? Ou opposés à l'idée que de l'argent soit dépensé pour lui ?

Dame Toupié se versa du cidre et contempla le gobelet. Belina patienta en s'efforçant de ne pas laisser transparaître son impatience.

« Hugues Galerne est un marchand prospère de la région. Il fait le commerce de nombreuses choses, notamment de l'or de Bordeaux que des navires portugais y acheminent d'Afrique. Il y a dans son manoir de superbes carreaux venus du Portugal, m'a-t-il dit, même s'il a refusé de révéler à mon époux la manière dont les Portugais les façonnent. »

Dame Toupié but une petite gorgée de son cidre. « Pauline Prelet l'a épousé il y a quelques années et lui a donné trois fils, je crois. Quatre, peut-être. Ils deviendront tous marchands à leur tour, je suppose. Il se murmure que son époux se rend trop souvent aux étuves, surtout lorsqu'elle est enceinte. On dit qu'elle s'emporte facilement contre lui ainsi que contre ses fils et leurs serviteurs.

—Était-elle en colère pendant le banquet ? voulut savoir Belina.

—Oui. Elle a quitté la pièce et a failli renverser un serviteur qui portait des verres de vin. » Dame Toupié but encore un peu de cidre. « Elle a dû s'absenter au moins une demi-heure.

—Elle aurait donc pu rencontrer le meurtrier et le payer ? demanda Belina, surprise par sa propre audace.

—Ma chère Belina, je doute que Pauline Galerne soit si malveillante. Elle est peut-être colérique mais quelle raison pourrait-elle avoir de vouloir tuer Viola Lussan ?

—Pourquoi quiconque voudrait-il tuer Viola Lussan ? » Belina laissa échapper un soupir. Tandis qu'elle réfléchissait à ce qu'elle allait dire, un rideau fut écarté et un petit garçon entra dans la pièce, un chiot dans les bras.

« Regarde, Mamie, s'écria-t-il. C'est le plus grand des chiots. Je peux le garder ? »

Dame Toupié se leva, lui prit le chien et sourit à ce dernier. « En ce qui me concerne, tu le peux, Titot, mais demande d'abord à ton père et à ta mère. Allons les trouver. »

Belina se leva, sans se rendre compte que la mère de l'enfant était dissimulée derrière le rideau. « Merci pour votre aide, Dame Toupié. Si quelque chose vous vient à l'esprit, prévenez-m'en, je vous prie. »

Chargée de sa sacoche de tablettes de cire, elle descendit l'échelle avec grande précaution et traversa l'échoppe avant de sortir dans la rue des Armuriers. Il faisait chaud alors qu'elle gravissait la colline jusqu'au manoir du consul Ardit, qui se trouvait à deux portes du manoir Lussan. Elle frappa à la porte cloutée et attendit.

Une fenêtre s'ouvrit au-dessus d'elle et une domestique la héla. « Que voulez-vous ?

—Je suis l'épouse de l'enquêteur de l'évêque. Le sénéchal m'a chargée d'interroger les personnes présentes ce lundi au banquet au manoir Prelet.

—Très bien. Je descends vous ouvrir. »

Belina attendit près de la porte afin d'éviter de se faire bousculer par les animaux qui déambulaient dans la rue des Armuriers.

Elle entendit que l'on tirait des verrous derrière la porte et celle-ci s'ouvrit de quelques pouces.

« Qui est-ce, Bruna ? dit une voix d'homme.

—Dame Lansac, messire, l'épouse de l'enquêteur de l'évêque.

—Que veut-elle ? »

Belina entendit la domestique répéter les ordres du sénéchal.

La porte s'ouvrit en grand et Belina se retrouva face au consul Ardit, le marchand de vins.

« Entrez donc, Dame Lansac. » Il referma la porte derrière elle. « Je n'ai pas le temps de m'entretenir avec vous car je dois me rendre à mon chai. Nous préparons les vendanges à venir.

—Je comprends, messire, mais, de toute manière, c'est à votre épouse que je suis venue parler. » Belina tira le document du sénéchal de la bourse qui pendait à sa ceinture. « Voici l'autorisation écrite du sénéchal me donnant le droit d'interroger des personnes à la suite du décès lundi dernier de la fille du consul Lussan. »

Elle se signa et fut imitée par le consul Ardit et la domestique.

« Faites passer Dame Lansac à l'étage, dans le parloir, dit le consul à la servante. Savez-vous qui a commis ce crime atroce ? demanda-t-il à Belina.

—Mon époux a déjà fait enfermer à la geôle le suspect principal, lui dit Belina, mais il doit encore découvrir pour quelle raison Viola a été tuée et si quelqu'un d'autre est impliqué dans le meurtre.

—Je ne comprends pas pourquoi quiconque voudrait tuer une douce jeune fille comme Viola, répondit le consul Ardit.

—Moi non plus, messire. Nous allions à l'école ensemble et nous étions bonnes amies. Sa mort me fait beaucoup de peine. » Belina essuya une larme.

Le consul ne répondit mot. Il fronça les sourcils puis tourna les talons et s'enfonça le long du passage. Belina monta l'escalier derrière la domestique qui la mena dans une grande pièce dotée de plusieurs fenêtres. Un chat tigré regardait par les carreaux et fendait l'air de sa queue, comme le faisait Minette lorsqu'elle observait des oiseaux.

La domestique annonça l'arrivée de Belina ainsi que le motif de sa visite. La dame allongée dans un fauteuil salua Belina et indiqua le tabouret situé à côté d'elle.

Belina s'assit et commença par dire que Viola Lussan et elle avaient été amies à l'école et que sa mort lui causait beaucoup de chagrin.

« Oui. Cela semble une manière fort brutale de se soustraire à des fiançailles, commenta Dame Ardit.

—Viola ne souhaitait-elle pas épouser le fils du consul Prelet, à votre avis ?

—J'ignore ce qu'elle en pensait mais il était très étrange qu'elle n'arrive pas au manoir Prelet en même temps que ses parents. Le comportement du consul Lussan nous a surpris, mon époux et moi, lorsqu'elle n'est pas arrivée peu après eux. »

En attendant qu'elle poursuive, Belina étudia l'apparence de Dame Ardit, sa chevelure terne et sans tresses et ses traits efflanqués. Elle était à un stade avancé de grossesse.

« Il a reproché à son épouse de ne pas avoir aidé Viola à se préparer pour la cérémonie de fiançailles. Apparemment, lorsqu'ils avaient quitté leur manoir, on était encore en train de vêtir leur fille de sa nouvelle robe.

—Qu'a dit Dame Lussan ? voulut savoir Belina.

—Je ne me souviens pas de ses termes exacts mais elle a protesté qu'elle avait été très occupée avec sa propre robe et son fichu.

—Comment était-elle vêtue ? demanda Belina, afin de mettre à l'épreuve le sens de l'observation et la mémoire de la dame.

—Une robe bleue avec un fichu assorti. Un excès de bijoux.

—Ces bijoux étaient-ils anciens ? Des ornements dont elle avait hérité, peut-être.

—Non, pas du tout. Elle portait des bijoux neufs. Ils ont dû coûter cher à son mari.

—Mais la fortune du consul Lussan est bien connue, fit remarquer Belina.

—Ce fut sans doute le cas mais mon époux affirme qu'il nous doit une somme considérable pour le vin qu'il nous a acheté.

—Ah oui ?

—Le mariage est censé –ou, plutôt, était censé– avoir lieu aux alentours de Noël, à un moment où beaucoup de gens achètent de grandes quantités de vin. Mon époux n'aime pas attendre la fin du mois de mars pour être payé, sauf quand il sait qu'un client est en proie à de véritables difficultés financières.

—Si je vous comprends bien, Dame Ardit, l'épouse du consul Lussan dépense de l'argent sur ses bijoux et sur ce qui lui plaît plutôt que de laisser son époux régler la note de son vin.

—C'est exact. » Dame Ardit ajusta la position de son corps engourdi dans le fauteuil. « Mais elle est très opiniâtre, vous savez. Elle parle constamment d'elle-même et du splendide manoir de sa famille.

—Où se trouve-t-il ?

—À Agen. Elle n'est pas gasconne. Elle n'est pas du tout dans son élément ici.

—Je me demande pourquoi le consul Lussan l'a épousée, dans ce cas, dit Belina.

—On dit que certaines des terres de sa famille jouxtaient des terres appartenant au consul.

—Et comment a-t-elle réagi lorsqu'elle a appris que sa fille était morte à la chapelle Sant-Eulalie ?

—Elle était en colère. Elle a reproché à son mari de ne pas avoir attendu que la robe de Viola soit prête.

—Mais elle aurait pu attendre, commenta Belina, pendant que son mari se rendait seul au manoir Prelet.

—C'est ce que nous nous sommes dit entre nous toute la matinée.

—Les gens n'avaient donc pas de compassion ?

—Si, bien sûr qu'ils avaient de la compassion. La mort d'un enfant est une calamité. Et qui sait de quelle manière quelqu'un est affecté par une mauvaise nouvelle ?

—Quelle était la réaction du consul Prelet et de son épouse ?

—Ils étaient à la fois stupéfaits et mécontents, je pense, répondit Dame Ardit, mais ils ont bien dissimulé leur émotion. Ils descendent tous deux de très bonnes maisons.

—Que vont-ils faire concernant le mariage de leur fils ? s'enquit Belina.

—Ils n'en ont rien dit. Ils n'ont sans doute pas eu le temps de le décider.

—Comment leur fils a-t-il réagi lorsqu'il a appris que ses fiançailles étaient annulées ?

—Il n'a pas affiché la moindre émotion. Il est resté assis à l'écart des autres convives, en train de lire des documents.

—Voilà qui me semble très singulier, commenta Belina.

—Dame Prelet nous a dit que Charles avait été retenu à Toulouse et qu'il était arrivé à Condom deux jours plus tard que prévu.

—Il n'avait donc pas eu le temps de lire les documents traitant de la dot et des donations ?

—Je suppose que non », répondit Dame Ardit.

Belina se mit à lui parler de la jeune femme que Guillaume avait vue se tenant près de Charles Prelet mais Dame Ardit laissa échapper un soupir et demanda à Belina d'une voix fébrile d'aller à la porte et d'appeler sa femme de chambre.

Belina se leva du tabouret, ouvrit vivement la porte et se

retrouva nez-à-nez avec la femme de chambre. Deux autres servants se tenaient non loin, l'air penaud, comme s'ils avaient été en train d'écouter la conversation.

« Votre maîtresse a besoin de vos services, dit Belina à la femme de chambre. J'espère qu'elle n'est pas souffrante. »

La femme de chambre courut jusqu'au fauteuil. « Vous m'avez fait mander, Dame Ardit ?

—Oui, il me faut quelque chose à boire. Je ne me sens pas très bien. Ensuite, demandez à cette femme de me laisser tranquille. » Elle soupira à nouveau.

Belina ramassa la sacoche de tablettes, remercia Dame Ardit pour son aide et lui souhaita un prompt rétablissement.

Elle descendit l'escalier et quitta le manoir, déçue que son interrogatoire ait pris fin abruptement, puis grimpa la colline jusqu'à la place Lion d'Or avant de retourner à la résidence des employés, s'arrêtant en chemin pour acheter des œufs, du lait et du fromage, ainsi qu'une miche de pain et des poires.

Belina passa le reste de l'après-midi à écrire sur ses tablettes de cire, regrettant de les avoir portées jusqu'aux deux manoirs sans jamais s'en servir sur place. Elle décida de ne rien emporter avec elle le lendemain lorsqu'elle rendrait visite aux épouses des autres consuls. À vrai dire, il n'y avait pas grand-chose à consigner par écrit.Le comportement étrange du consul Lussan et de son épouse tranchait avec la morgue désinvolte de Charles Prelet.

Elle passa un long moment à récurer la poêle avec des cendres. Elle passa le balai dans les deux pièces du logis, ce qui fit éternuer Minette qui réclama de sortir. Elle dénatta ensuite ses cheveux et les lava, puis nettoya des vêtements et un fichu pendant qu'ils séchaient. Le soir était tombé lorsqu'elle en eut terminé avec tout cela et il était trop tard pour se rendre à l'échoppe et aider Quiteira. Belina ne se réjouissait pas à l'idée de devoir lui dire le lendemain matin qu'elle allait s'absenter toute la journée.

CHAPITRE DIX-SEPT

Vendredi

L'appréhension de Belina se révéla justifiée le matin suivant. Quiteira la fustigea pour son absence et sous-entendit qu'elle méritait d'être plus généreusement rémunérée dans la mesure où elle travaillait pour deux.

Belina ouvrit sa bourse et en tira une dizaine de pièces.

« Ohhh ! Tant que ça ? Guillaume et toi devez être rongés par la culpabilité. » Quiteira saisit les pièces.

Belina laissa échapper un sourire, accrocha à nouveau sa bourse à sa ceinture et quitta l'échoppe. Elle traversa la place Saint-Pierre et entra dans l'échoppe de fourrures du consul Gaudé. Elle fut contente de voir qu'elle connaissait l'une des vendeuses. « *Adischatz*, Mariotte. Pourrais-je m'entretenir avec Dame Gaudé, je vous prie ?

—*Adischatz*, Belina. Je crois qu'elle se repose dans sa chambre à cause de la chaleur. Je vais demander à l'une des domestiques. Puis-je lui donner la raison de votre visite ?

—Bien entendu. » Belina tira l'autorisation écrite du sénéchal et expliqua à Mariotte la tâche qu'elle devait effectuer pour le compte de l'enquête.

La domestique fut bientôt de retour et mena Belina le long d'un escalier de pierre jusqu'à une grande chambre à coucher où il faisait sombre.

« *Adischatz*, Dame Lansac », dit une dame âgée assise à côté de la grande fenêtre. Belina distinguait à peine sa silhouette dans la pénombre car une tapisserie recouvrait la fenêtre presque toute entière. « Venez donc vous asseoir à côté de moi. »

Belina traversa prudemment la chambre et s'assit sur un tabouret à côté de la dame dans son fauteuil.

« Soyez la bienvenue, Dame Lansac. Je m'excuse de vous recevoir dans ma chambre à coucher, mais je préfère ne pas descendre l'escalier, sauf lorsqu'il le faut, car mes genoux le supportent mal. Toute cette pluie cette année les a rendus très douloureux. Et mes épaules me font mal, elles aussi. » Elle poursuivit de sa voix chevrotante. « C'est pourquoi cette pièce n'est pas très aérée. »

Belina lui adressa un sourire en guise de réponse et énonça sa tirade au sujet de l'enquête sur la mort de Viola Lussan.

Dame Gaudé l'interrompit. « Une si jolie jeune fille, et elle qui était si éprise du fils du consul Prelet.

—L'était-elle ? demanda Belina.

—Tout à fait. Ils étaient faits l'un pour l'autre. Charles Prelet revenait de Toulouse pour épouser son amour d'enfance. Ils se connaissaient depuis leurs plus tendres années. » Dame Gaudé prit un tissu sur ses genoux et essuya les larmes de son visage. « Quel dommage qu'ils n'aient pas même eu le temps d'être fiancés.

—Quand avez-vous appris que le banquet était donné en l'honneur de leurs fiançailles ?

—Oh, il y a longtemps de cela, ma chère. » Elle s'essuya à nouveau le visage. « Mais je m'y attendais, bien entendu.

—Charles Prelet a dû être bouleversé lorsqu'il a appris sa mort, fit remarquer Belina.

—Oui, en effet. Je l'ai tout de suite cherché du regard et il était au bord des larmes. J'ai cru qu'il allait se lever d'un bond et se précipiter hors de la pièce dans sa détresse mais il a été très noble et il est resté là pour apporter réconfort à ses parents.

—A-t-il dit quoi que ce soit ? voulut savoir Belina.

—Je ne m'en souviens pas. Cette méprisable fille Corloni l'aurait interrompu, s'il l'avait fait.

—Pourquoi donc ?

—Parce qu'elle est méprisable, comme je viens de le dire. » Dame Gaudé renifla et se moucha. « Toujours à tenter de mettre le grappin sur un homme. Je me suis assurée qu'elle ne soit jamais seule avec mes fils.

—Je la connais à peine, Dame Gaudé, mais je ne la trouve pas jolie.

—Elle est bien trop maigre mais elle est très libidineuse. »

Belina orienta à nouveau la conversation vers le banquet de fiançailles et demanda si tout le monde était arrivé en même temps. Il fallut un long moment à Dame Gaudé pour dire à Belina que la plupart d'entre eux étaient arrivés ensemble mais que le consul Lussan et son épouse étaient déjà sur place.

« Quelqu'un a-t-il quitté le banquet à un moment ou un autre ? »

Dame Gaudé lui relata que le consul Lussan était parti en colère et revenu d'humeur encore plus noire.

« Dame Lussan était-elle mécontente, elle aussi ? demanda Belina.

—Si elle l'était, elle ne l'a pas montré. Mais elle est trop vaniteuse pour afficher ses émotions, ma chère. Viola tient de son père ou, plutôt, tenait de lui. Mathurin Lussan est un homme de qualité, même s'il est trop réservé à mon avis. Son épouse ne se soucie que de son apparence, ses beaux vêtements –car elle est toujours très bien vêtue– et ses bijoux. » Elle marqua une pause pour reprendre son souffle.

« Portait-elle beaucoup de bijoux au banquet de fiançailles ?

—Elle en était couverte. » Dame Gaudé esquissa un sourire. « Des bijoux neufs et onéreux. En même temps, les fourrures qu'elle porte en hiver sont coûteuses, elles aussi. Rien n'est trop beau pour Dame Lussan. Elle doit coûter une fortune à son époux. » Elle sourit à nouveau. « C'est notre meilleure cliente.

—J'imagine que le consul Lussan a également dû dépenser beaucoup d'argent sur la robe et les bijoux de Viola pour le banquet de fiançailles, suggéra Belina.

—Plus sans doute que ce qu'il pouvait se permettre.

—Le pensez-vous vraiment ? s'enquit Belina, feignant la surprise.

—Mon époux soupçonne le consul Lussan d'être quelque peu à court d'argent depuis un an environ.

—J'avais toujours cru qu'il possédait de nombreuses propriétés, commenta Belina.

—Mon époux a entendu dire que certaines de ses terres ont été abîmées par deux années de mauvaises récoltes dues aux orages, aux gelées et à la pluie.

—Beaucoup de gens en ont souffert, fit remarquer Belina. Le moulin de mon frère a moulu moins de blé ces deux dernières années. »

Dame Gaudé ne lui prêta aucune attention. Elle continua à discourir au sujet du déclin de la fortune du consul Lussan. « Il a été très affecté par la mort de son unique fils. Mon époux affirme qu'il a fait de mauvais investissements. » Elle évoqua ces erreurs en long et en large tandis que Belina déplorait le temps qu'elle perdait, enfermée dans une chambre à coucher sans air à écouter une vieille dame s'épancher sur la finance et le commerce des fourrures.

« Dame Gaudé, si le consul Lussan est aussi appauvri que vous le pensez, pourquoi le consul Prelet aurait-il choisi Viola pour épouser son fils ?

—L'amour, ma chère. Pour l'intense affection qui existait entre eux pendant tant d'années. » Elle se moucha à nouveau. « C'est tout comme le mariage de mon fils cadet. Il a épousé par amour, comme Viola allait le faire. Mon époux n'était pas favorable à son choix au départ mais, aujourd'hui, nous sommes tous deux très heureux pour eux. Ils ont six enfants adorables, trois desquels ont eux-mêmes des enfants. Je suis arrière-grand-mère. »

La porte s'ouvrit et le consul Gaudé entra dans la chambre. Il était presque à hauteur du fauteuil lorsqu'il se rendit compte de la présence de Belina.

Elle se leva et lui expliqua pourquoi elle se trouvait là.

« La nouvelle nous a bouleversés, mon épouse et moi, dit le consul à Belina. J'ai cependant été surpris de voir le consul Lussan plus courroucé que triste. Et son épouse était contrariée, elle aussi. Je m'attendais à ce qu'elle fonde en larmes mais elle a gardé une absolue maîtrise d'elle-même.

—Elle n'est pas gasconne, intervint Dame Gaudé. Elle est d'Agen. Les femmes de ce pays sont froides et arrogantes. Ce ne sont pas des mères aimantes–

—Ni des grands-mères ou des arrière-grands-mères aimantes comme toi », l'interrompit le consul Gaudé. Il déposa un baiser sur son front.

Belina saisit cette opportunité d'échapper à la pièce cloîtrée. Elle remercia Dame Gaudé, descendit les escaliers et sortit par la porte principale.

Le soleil éblouissant l'obligea à plisser les yeux et elle huma l'air empli de poussière. Une légère odeur de pourriture émanait de la halle du marché mais elle préférait cela à la chambre à coucher sans air de Dame Gaudé, rendue plus déplaisante encore par l'odeur nauséabonde d'un pot de chambre très plein.

Belina se rendit à la halle du marché et s'assit sur un banc, près d'un rôtisseur. On vint bientôt lui servir deux cuisses de poulet et un morceau de pain et elle demanda un gobelet de cidre.

« J'ai du bourret qui vient d'arriver, lui dit le rôtisseur. En voulez-vous ?

—Oui, je vous prie. » Belina but le vin nouveau trop vite et faillit s'étouffer. Mais le liquide lui avait fait grand bien. Elle paya son repas mangé à la hâte, en s'assurant que le rôtisseur ne renverse pas de graisse de poulet sur le précieux document qui se trouvait dans sa bourse, puis elle quitta la halle du marché.

Elle descendit la rue Royale, à la recherche de la demeure

du consul Volpato. Elle se souvint des commentaires acerbes que Guillaume avait émis à son sujet ; trop jeune pour devenir consul, affréteur de vins ambitieux, a fait sa richesse en envoyant son vin à Bayonne en passant par Mont de Marsan plutôt que de lui faire descendre la Baïse jusqu'à la Garonne puis à Bordeaux. Lorsqu'elle avait suggéré que les négociants en vins bordelais faisaient payer des tarifs excessifs pour affréter les vins de Gascogne, Guillaume avait rejeté si furieusement cet argument qu'elle s'était bien gardée de mentionner la loi à Bordeaux qui interdisait le commerce des vins de Gascogne avant Noël, ce qui rendait toute traversée du golfe de Gascogne par des navires souhaitant rallier l'Angleterre trop difficile et trop périlleuse.

Elle s'arrêta devant le manoir du consul Volpato et souleva le heurtoir en cuivre sur la porte d'entrée neuve. Mais avant qu'elle ne puisse frapper, une voix d'homme derrière elle dit : « Qui êtes-vous ? »

Belina se retourna et vit un jeune homme qui portait une livrée neuve.

« J'ai dit *qui êtes-vous*, ma dame ?

—Pourquoi vous permettez-vous de le demander ? répondit-elle.

—Parce que je suis le portier du consul Volpato. »

Belina tira l'autorisation écrite du sénéchal de sa sacoche de tablettes et la lui tendit.

Le jeune homme la tint à l'envers et fit semblant de la lire jusqu'à ce que Belina la reprenne. « C'est un ordre du sénéchal qui demande que l'on me reçoive et que l'on réponde à mes questions au sujet du banquet qui a eu lieu lundi dernier au manoir du consul Prelet.

—Ah oui, celui auquel la fille ne s'est jamais rendue. Je parie que les consuls étaient très en colère, d'avoir perdu leur temps ainsi.

—C'est ce que le sénéchal souhaite que je découvre, lui dit Belina. Dame Volpato est-elle là, je vous prie ?

—Je vais vous laisser entrer et nous verrons si elle accepte de vous recevoir. » Le portier ouvrit la lourde porte et fit un pas de côté afin qu'elle pénètre dans le vestibule.

Belina eut du mal à le contourner avec sa sacoche de tablettes et elle perçut une odeur de vin âcre qui se dégageait de son haleine.

L'entrée était fraîchement repeinte et gardée par deux lévriers. L'un d'entre eux se leva, s'approcha de Belina et renifla ses chaussures. Elle supposa que de la graisse de poulet avait dû tomber dessus.

Le jeune homme passa le bras autour de sa taille et lui dit que si elle souhaitait qu'il aille informer Dame Volpato de sa présence, elle devait d'abord lui donner un baiser.

Belina écrasa le pied du lévrier et ce dernier émit un son épouvantable. Deux portes s'ouvrirent et des gens affluèrent dans le passage. Le lévrier boitilla jusqu'au plus âgé des nouveaux arrivants et laissa échapper un gémissement.

« Qu'y a-t-il, Vidau ? demanda-t-il au chien.

—Il est en droit de se plaindre, lui dit Belina, car je lui ai marché sur le pied.

—Pourquoi donc ?

—Pour vous prévenir que ce garçon m'importunait, répondit Belina en pointant du doigt le portier. Il m'a réclamé un baiser parce que je demandais à voir Dame Volpato. »

L'homme fronça les sourcils. « Est-ce vrai, Menjou ?

—Non, elle ment, répondit l'autre sans ciller.

—Je ne crois pas, intervint l'une des domestiques. Il est toujours en train d'essayer d'embrasser des filles. »

Belina tira une certaine satisfaction d'être appelée « une fille » par une personne plus jeune qu'elle. Elle patienta pendant que les domestiques du consul Volpato décidaient s'il fallait ou non lui permettre de voir Dame Volpato.

« Que faites-vous tous dans l'entrée ? »

Belina tenta d'apercevoir qui avait parlé mais il était caché par un serviteur de grande taille.

« Une dame est venue rendre visite à Dame Marguerite, dit l'une des domestiques.

—Pour quelle raison ? »

Belina expliqua le motif de sa présence et brandit l'autorisation écrite du sénéchal.

Un homme assez jeune et très bien vêtu écarta les serviteurs de son chemin et prit le document. Il le lut attentivement et le rendit à Belina.

« Je vois. Je n'ai pas beaucoup de temps en ce moment, dit-il.

—Je comprends, messire. Je suis venue m'entretenir avec Dame Volpato.

—Non. Vous nous parlerez à tous les deux. Suivez-moi. » Il la mena jusqu'à une pièce à l'autre bout de l'entrée. Belina vit un clerc en train d'écrire dans un registre et supposa qu'elle se trouvait dans le bureau du consul Volpato.

« Enric, pourriez-vous demander à l'une des domestiques de faire venir ici Dame Volpato, je vous prie. Quelqu'un est venu lui rendre visite. » Le clerc quitta la pièce discrètement.

« Il est très aimable de votre part de m'accorder de votre temps, consul Volpato, dit Belina.

—Hmm. Merci. Surtout après avoir perdu plusieurs heures au banquet de fiançailles lundi dernier.

—Saviez-vous à l'avance que le banquet aurait lieu pour célébrer des fiançailles ? lui demanda Belina.

—Une semaine avant. Un peu moins, peut-être.

—Connaissez-vous bien le fils du consul Prelet ?

—Pas dernièrement, non. Charles Prelet est plus jeune que moi, donc nous ne nous connaissions pas vraiment à l'école. »

Belina suggéra qu'ils montaient à cheval ensemble autrefois.

« Oui, pour chasser, le plus souvent. Pour de la fauconnerie également, lorsqu'il pouvait emprunter deux faucons au gardien des oiseaux de proie de son père.

—Possédiez-vous votre propre faucon ? » s'enquit Belina.

Le consul sourit. « Non. Ils sont très coûteux et leur

entretien l'est également. » Il se gratta l'oreille. « Mais j'envisage de m'en procurer un bientôt. Je connais quelqu'un qui est dans l'obligation de vendre ses oiseaux.

—Qui donc ? demanda Belina, afin de poursuivre la conversation pendant qu'ils attendaient Dame Volpato.

—Le consul Lussan. Il connaît une période difficile et il a un besoin d'argent pressant.

—Oh. Mais peut-être que maintenant qu'il n'y aura ni mariage ni dot, ses difficultés financières seront moins contraignantes.

—Vous voulez dire qu'il aurait fait tuer sa fille afin de pouvoir rembourser ses dettes ?

—Certainement pas, répondit immédiatement Belina. Jamais je ne me permettrais de dire chose pareille.

—Moi non plus mais Dame Lussan se le permettrait peut-être, elle. Elle ne s'est jamais remise de la mort de son fils et ma sœur, qui vit à Agen, me dit qu'elle est fâchée que ce soit son fils et non sa fille qui soit mort de la peste.

—J'espère que vous ne suggérez pas que Dame Lussan a fait assassiner sa fille, dit Belina.

—Je l'en crois capable. Je la crois capable de tout. »

Heureusement pour Belina et sa tranquillité d'esprit, la porte s'ouvrit et Dame Volpato entra dans la pièce, accompagnée d'une senteur de lavande et d'un chiot de lévrier. Elle embrassa son mari et sourit.

« Vous êtes la *molieròta* qui a épousé l'enquêteur de l'évêque, il me semble ?

—Oui, je suis Dame Lansac, répondit Belina, les lèvres pincées.

—De l'échoppe de babioles de la rue Jean-Baptiste. » Dame Volpato s'assit sur la chaise de son époux et adressa un sourire hautain à Belina. « Êtes-vous venue nous vendre des babioles ? »

Belina la fusilla du regard mais garda son sang-froid.

« Elle est venue nous interroger au sujet du banquet de fiançailles de lundi dernier, ma chère.

—Quelle épouvantable journée. » Dame Volpato prit un document sur le bureau de son époux et s'éventa avec.

« À votre avis, le consul Prelet pensait-il que Viola Lussan n'accompagnerait pas ses parents au banquet ?

—Je l'ignore, répondit Dame Volpato. C'est un vieil homme en mauvaise santé. Selon moi, il doit penser à sa propre mort.

—Je n'irais pas jusque-là, ma chère, mais il est vrai qu'il est apparu plus âgé ces derniers mois et que son infirmité s'est accrue. » Le consul Volpato se massa l'oreille. « Dame Prelet a pris en charge une bonne partie du travail de son époux, réglé des problèmes de métayers, embauché des serviteurs, fait en sorte que les loyers soient recouvrés. Tout cela alors qu'elle est âgée, elle aussi.

—On dit qu'elle est plus âgée que son époux, fit remarquer Dame Volpato.

—C'est vrai. Mais il se dit aussi que leur union est assez heureuse. La fortune considérable qu'elle lui a apportée n'y est sans doute pas pour rien…

—Mon époux a noté le calme avec lequel elle a fait face à la nouvelle lorsqu'il leur a annoncé la mort de Viola, commenta Belina.

—J'observais Charles Prelet pour voir quelle était sa réaction, dit Dame Volpato. Était-il un amant éconduit ou un marié récalcitrant soulagé ?

—Et lequel des deux était-il ? voulut savoir Belina.

—Impossible à savoir ou même à deviner. » Dame Volpato caressa le chiot de lévrier. « La jeune fille qui se trouvait à côté de Charles Prelet n'affichait pas la moindre expression sur son visage, elle non plus.

—Qui était-ce ? Quelqu'un de la famille Prelet ?

—La fille du notaire Corloni.

—Pourquoi était-elle présente au banquet ? Tous les enfants du notaire Corloni étaient-ils là ?

—Non, c'est impossible, répondit le consul Volpato. Ils sont bien trop nombreux.

—Si je ne me trompe pas, dit Belina, le notaire Corloni et sa famille vivent à Montréal, pas à Condom. Comment ont-ils pu se rendre au banquet ?

—Ils ont dû rester au manoir voisin de celui des Prelet.

—Leur appartient-il ? » Belina se demanda si l'héritage qui revenait de droit à Jordi et elle avait été détourné afin d'acheter un manoir rue Royale.

« Non, du moins pas encore. Il appartient à la sœur du notaire, une riche veuve qui vit à Bordeaux. Elle permet à son frère, et à sa famille de rester à son manoir quand ils le souhaitent. »

Belina poursuivit ses questions au sujet de la famille Prelet. La mort de Viola avait-elle suscité chez les sœurs de Charles Prelet de la colère ; de la surprise ; de la satisfaction ?

« Dans le cas de la sœur cadette, je l'ignore, répondit le consul Volpato. Elle réside à Auch avec son époux, qui est avocat. Ils n'étaient pas présents au banquet de fiançailles car une affaire importante de propriété l'occupait. Le fils cadet est prêtre à Auch et n'était pas non plus présent au banquet.

—Et la sœur aînée ? » s'enquit Belina.

Le consul Volpato lui dit la même chose que Dame Toupié à son sujet, ajoutant qu'il n'enviait pas le moins du monde Hugues Galerne. Il ne fit bien entendu aucun commentaire concernant le fait que ce dernier se rende aux étuves.

« Charles Prelet est-il avocat ? » demanda Belina.

Le consul Volpato opina du chef. « À Toulouse. Il se débrouille apparemment plutôt bien.

—Cela fait-il longtemps qu'il vit à Toulouse ?

—C'est au consul Prelet que vous devriez poser ce type de question, pas à moi.

—Je le ferai, le moment venu, répondit Belina. Mais le choc de la mort de Viola est encore trop récent pour cela.

—Cela fait environ dix ans qu'il y réside, je crois, dit Dame Volpato. Et il va probablement y rester, désormais.

—À cause de la mort de Viola ?

—Oui. »

Alors qu'elle était sur le point d'ajouter quelque chose, elle garda le silence après un bref regard vers son époux. Belina se tourna vers le consul Volpato. Il fronçait les sourcils et tapotait de l'index son bureau.

« Il vous faudra nous excuser, Dame Lansac, mais nous avons tous deux des tâches importantes qui nous attendent. Veuillez transmettre mes amitiés sincères à votre époux. J'aimerais m'entretenir avec lui, non seulement au sujet du banquet mais également concernant le négoce de vin à Bordeaux. Il a des intérêts dans ce domaine, n'est-ce pas ?

—Oui, du moins sa famille en a. »

Belina les remercia et se dirigea vers la porte. Le consul Volpato la lui ouvrit et somma les serviteurs qui se trouvaient non loin de raccompagner Dame Lansac à la porte d'entrée. Belina se demanda ce qu'ils avaient entendu de la conversation à travers la porte ou s'ils avaient même laissé celle-ci légèrement ouverte afin de pouvoir le faire.

CHAPITRE DIX-HUIT

Belina descendit la rue Royale jusqu'au dernier manoir auquel elle devait se rendre cet après-midi-là. Elle se tint devant la porte qui donnait sur la cour du consul Courial, l'avocat le plus éminent de Condom et de ses environs. Il était réputé pour avoir bâti sa fortune sur des contentieux – qu'il avait remportés – relatifs à des testaments, des ventes de terres, des héritages contestés, des contrats de mariage et d'autres disputes familiales. Ses honoraires étaient trop élevés pour que Jordi et Belina aient envisagé de lui demander conseil, et encore moins son aide, au sujet du testament de leur père. Belina se demanda si elle pourrait profiter du fait qu'il lui fallait interroger son épouse pour lui parler du notaire Corloni.

Elle montra au portier l'autorisation écrite du sénéchal ; ce dernier y jeta un œil avant de lui rendre. « Entrez donc, Dame Lansac, je vais appeler une domestique. »

Belina patienta quelques minutes, étudiant l'entrée imposante, où des tapisseries ornaient les murs flanqués de torchères en fer. À l'autre bout se trouvait un buffet sur les étagères duquel étaient posées des assiettes en métal. Belina se demanda si elles étaient en étain ou en argent, preuve d'une fortune considérable.

Une domestique arriva et lui dit : « Ma maîtresse va vous recevoir, Dame Lansac. Veuillez me suivre à l'étage, je vous prie. »

Belina gravit l'escalier de pierre et on la fit entrer dans une petite pièce où une autre domestique la mena à une pièce bien plus vaste, elle aussi ornée de tapisseries, où trônaient trois autres buffets. Des assiettes en argent et d'autres objets luisaient sur le plus proche.

« *Adischatz*, Dame Lansac. » Une femme d'âge mûr, assez corpulente mais de petite taille, lui adressa un sourire et indiqua une chaise afin qu'elle s'y assoie. Après une journée passée à marcher et parler à différentes personnes, le fait de s'asseoir sur une chaise fut un confort bienvenu.

« Carine, verse de l'hypocras pour Dame Lansac, je te prie. »

Belina en fut très reconnaissante. Elle était fatiguée et elle avait soif : depuis sa visite chez Dame Toupié, c'était la première fois qu'on lui offrait à boire. Elle but le vin sucré et épicé avec délectation.

Belina commença par son introduction habituelle au sujet de l'enquête.

« La mort de Viola m'a surprise, dit Dame Courial, et j'ai bien entendu eu beaucoup de peine lorsque on l'a annoncée et plus encore lorsque j'en ai appris les circonstances. Ai-je bien entendu que la gorge de cette pauvre jeune fille a été tranchée ? » Belina acquiesça. « Mais la colère de ses parents ne m'a pas tant surpris que ça.

—Pourquoi donc, Dame Courial ?

—On dit que le consul Lussan est endetté. » La dame s'interrompit un instant, puis ajouta : « Promettez-moi de ne pas le répéter, je vous prie, Dame Lansac.

—Bien entendu, je vous le promets. Je n'en parlerai qu'à mon époux.

—Et le sénéchal ?

—Pas encore. Mon mari décidera du moment où il faudra rendre compte au sénéchal de ce que nous avons découvert et de ce dont nous devrons l'entretenir.

—Très bien, je peux donc poursuivre sans crainte. Le consul Prelet avait initialement négocié avec le consul Lussan afin qu'une dot assez conséquente soit payée le jour des fiançailles.

Il avait fallu du temps, comme il est coutumier pour ce type de documents, pour que les contrats soient rédigés et envoyés à Charles Prelet à Toulouse afin qu'il les accepte. Mais quelques jours avant le banquet de fiançailles, le consul Lussan a avoué qu'il ne pourrait inclure la plupart des terres qui étaient stipulées au sein du contrat de mariage. »

Dame Courial but un peu de son hypocras avant de poursuivre. « Ces terres faisaient partie de la dot de Dame Lussan ; des terrains de grande valeur à Agen ainsi que des terres arables adjacentes aux champs appartenant au consul Lussan. Lorsqu'elle a découvert que ces terres avaient été incluses au sein de la dot de sa fille, Dame Lussan est devenue furieuse, tout comme sa famille à Agen. Elle a insisté pour que seules des terres des Lussan fassent partie de la dot de Viola. Mais le problème, c'est que les terres des Lussan ont perdu beaucoup de leur valeur au cours des deux dernières années en raison des mauvaises récoltes et des inondations.

—J'avais toujours supposé que le consul Lussan possédait une grande fortune, commenta Belina.

—Et tel était le cas, Dame Lansac. Il a cependant investi de manière peu judicieuse, ce qui l'a obligé à réduire son train de vie. Mais le consul Prelet l'ignorait pendant qu'ils négociaient la dot : lorsqu'arriva le jour du banquet de fiançailles, il s'est senti floué.

—Son fils s'est-il senti floué, lui aussi ? demanda Belina.

—Oui, bien entendu. Sa mère s'est confiée à moi et m'a dit qu'elle avait songé à annuler le banquet de fiançailles et les fiançailles elles-mêmes. Mais l'état de santé du consul Prelet empire à vue d'œil et il est décidé à faire en sorte que son fils s'installe à Condom. C'est pourquoi il souhaitait lui faire épouser la jeune femme qui était il y a peu le plus beau parti de cette ville.

—Charles Prelet était-il du parti de son père ou de sa mère au sujet de ses fiançailles avec Viola ? voulut savoir Belina.

—Je l'ignore. Je ne sais pas s'il était favorable à l'idée du mariage au départ. Cela fait longtemps maintenant qu'il est à Toulouse, où il a fait des études de droit avant de s'établir en tant qu'avocat. Tout le monde me dit – ou dit à mon mari, plutôt– que Charles Prelet mène une carrière florissante à Toulouse.

—Dans ce cas, fit remarquer Belina, il pourrait épouser une fille de Toulouse plutôt qu'une habitante de Condom.

—Il fréquente déjà une fille, comme vous dites, à Toulouse mais il ne l'a pas épousée. »

Belina ne laissa pas la moindre expression transparaître sur son visage. « Pourquoi ne peut-il pas l'épouser ? Est-elle déjà mariée ?

—Je l'ignore. Je ne sais d'ailleurs rien à son sujet, hormis le fait qu'elle existe bien entendu.

—Ont-ils des enfants ?

—Je ne le sais pas non plus. » Dame Courial saisit une broderie et se mit à coudre.

« Comment le consul Lussan a-t-il expliqué le fait que Viola ne les accompagnait pas au banquet ? demanda Belina afin de changer de sujet.

—Il a affirmé qu'elle avait un souci avec sa robe de fiançailles. Je ne l'ai pas vraiment cru mais personne n'a rien dit. Nous savons tous à quel point Dame Lussan est une femme coriace : il vaut mieux ne pas se quereller avec elle.

—Connaissiez-vous Viola ?

—Pas très bien. J'ai toujours assisté mon époux dans son travail, en étudiant des documents pour ses affaires et en veillant au bon fonctionnement de la maison, afin qu'il n'ait pas à perdre de temps à s'en occuper. Je m'adonne rarement aux mondanités. » Elle adressa un sourire à Belina et continua à coudre.

« J'ai connu Viola lorsque nous étions à l'école ensemble, dit Belina. Vos filles la fréquentaient-elles ?

—Elles sont allées à l'école à Auch, au couvent. Je les voyais moi-même très peu, à l'époque. » Elle laissa échapper un soupir avant de poursuivre. « Je ne suis pas certaine que Viola ait été prête –à tous les sens du terme– à vivre à Toulouse.

—Mais je crois comprendre que le consul Prelet souhaitait que son fils revienne vivre à Condom, fit remarquer Belina.

—Oui, il l'a fait savoir. Mais je doute, en ce qui me concerne, qu'il y ait suffisamment d'affaires juridiques intéressantes ici à Condom pour qu'un jeune avocat ambitieux et accompli vienne s'y établir. »

Belina hésita à lui demander si les fils du consul Courial étaient avocats, eux aussi, et s'ils travaillaient pour leur père. Une telle question aurait été inconvenante. Elle décida d'inclure plus tard une note sur sa tablette afin de se rappeler de poser la question à quelqu'un d'autre. L'archidiacre, peut-être.

« Sa sœur, Dame Pauline, verrait-elle d'un bon œil son retour à Condom ? demanda Belina. Peut-être son mari, Messire Galerne, trouverait-il utile d'avoir à disposition un avocat de bonne formation pour l'aider dans son négoce ?

—Il est difficile de le savoir, répondit Dame Courial. Quoi qu'il en soit, la fille cadette des Prelet a épousé un avocat qui vit à Auch, ce qui n'est pas si loin. » Elle marqua une pause et se remit à broder. « Même s'il est vrai qu'on les voit très peu, ici à Condom. J'ignore quelle en est la raison. »

Belina poursuivit ses questions. « Vous souvenez-vous quelle a été la réaction de Charles Prelet lorsque mon époux a informé tous ceux présents du décès de Viola ?

—Pourquoi me posez-vous la question ? Votre époux ne vous l'a-t-il pas dit ?

—Non car il faisait face aux consuls Prelet et Lussan. »

Dame Courial sourit. « Je me souviens que son visage ne trahissait aucune émotion, un peu comme le vôtre à l'instant. » Elle sourit à nouveau.

« Mon mari m'a dit qu'une jeune femme se tenait près de Charles Prelet. De qui s'agissait-il ?

—Ana Corloni.

—Mais je croyais qu'elle vivait à Montréal, dit Belina.

—Parfois là-bas, parfois au manoir de sa tante, qui est voisin de celui des Prelet, et parfois au manoir des Senclar, je crois. »

Belina fut surprise d'entendre cela. « Connaît-elle donc si bien la famille Senclar ?

—Oh oui, Jeanne Senclar et elle sont de grandes amies. » Il y eut une longue pause durant laquelle Dame Courial brodait les sourcils froncés. « Je crois bien que je préfère Ana Corloni à Jeanne Senclar mais je ne les apprécie guère, ni l'une ni l'autre. »

Belina souhaitait l'interroger au sujet de la réaction d'Édith Senclar et de son fils Henri à la nouvelle de la mort de Viola mais la porte s'ouvrit à ce moment-là, laissant entrer l'homme le plus élégamment vêtu de tout Condom. Elle se leva. Dame Courial informa son époux de la raison pour laquelle Belina et elle s'entretenaient de la mort de Viola Lussan.

« C'est tragique, en effet. Nous ne connaissions pas bien la jeune femme mais la façon dont elle est morte est atroce. J'espère que votre époux fera la lumière sur ce meurtre – je crois comprendre qu'il s'agit d'un meurtre.

—Oui, consul Courial. Mon époux a fait emprisonner le *crestian* qui a été retrouvé dans la chapelle près du corps de Viola mais il lui reste encore beaucoup de choses à découvrir : si d'autres personnes étaient impliquées, pour quelle raison Viola a été tuée et ainsi de suite. Notre enquête vient seulement de débuter.

—J'aimerais pouvoir vous aider, Dame Lansac, mais trois importantes affaires juridiques m'occupent en ce moment même et je n'ai pas de temps à vous accorder. C'est d'ailleurs pourquoi je suis venu céans : pour demander à mon épouse d'étudier des documents présentés par la défense. Elle est très compétente pour ce genre de chose. » Il esquissa un sourire et poursuivit. « Je crois comprendre que votre époux fait appel à vous pour des raisons très semblables. Une dame possède une perspective différente des choses. Elle parvient à mettre en relation des indices qu'un homme pourrait manquer. »

Belina lui sourit et commença à le remercier.

« Il n'y a pas de quoi, Dame Lansac, mais je dois vous demander maintenant de nous laisser car ces documents sont de nature confidentielle. Carine va vous raccompagner. »

Il se rendit à la porte tandis que Belina remerciait Dame Courial de son aide.

« Je vous souhaite bonne fortune dans votre enquête, à votre époux et vous. Je regrette que notre conversation ait dû être écourtée mais ce sont là les vicissitudes d'un mariage à un avocat. »

Elle rangea sa broderie, prit en main l'un des documents qu'avait apportés son mari et adressa un hochement de tête à Belina.

CHAPITRE DIX-NEUF

Belina retourna à la résidence des employés, déçue que sa conversation intéressante avec Dame Courial ait été écourtée. Elle se changea, enfilant ses vêtements et son fichu les plus usés. Elle décida de ne pas prendre avec elle de sacoche de tablettes et descendit l'escalier, se rendant à l'échoppe afin d'expliquer à Quiteira où elle avait passé la journée.

« Bonté divine, Belina, pourquoi portais-tu de telles guenilles pour aller voir les épouses de consuls ? Aucune d'entre elles n'a dû accepter de te recevoir ! Tu as l'air encore plus dépenaillée que lorsque tu rentres du moulin couverte de farine. »

Belina lui expliqua qu'elle s'était changée : elle avait mis ses plus vieux vêtements parce qu'elle devait se rendre à la geôle de la cathédrale pour y interroger le prisonnier.

« Quel prisonnier ?

—Le jeune homme retrouvé près du corps de Viola Lussan.

—Mais c'est la tâche de Guillaume. Comment peut-il attendre de toi que tu te rendes dans une geôle, quels que soient les vêtements que tu portes ?

—Parce que Guillaume a déjà interrogé le prisonnier et n'a pas obtenu de résultat, répondit Belina.

—Je croyais qu'il était censé être un interrogateur d'expérience.

—Il l'est. Bien entendu qu'il l'est. Mais il s'est demandé si je parviendrais à tirer quelque chose du prisonnier, là où il a échoué. »

Belina quitta l'échoppe sans dire au revoir à Quiteira et remonta la rue Jean-Baptiste jusqu'à la geôle.

« *Adischatz*, salua-t-elle le garde de faction à la porte.

—*Adischatz*, Dame Lansac. Comment allez-vous en cette belle journée ?

—Je suis résolue à faire répondre à mes questions le prisonnier de mon époux.

—Je vous souhaite bien du courage. Messire Guillaume n'a rien pu en tirer. » Le garde cracha dans la rue. « Et d'ordinaire il arrive à faire parler tous les prisonniers, d'une manière ou d'une autre.

—Je le sais, répondit Belina. Mais il pense que je réussirai peut-être là où il a échoué. »

Le garde la mena jusqu'à la salle de garde où deux de ses collègues se levèrent et la saluèrent poliment. Elle leur annonça qu'elle devait interroger le *crestian* dans sa cellule, accompagnée de l'un d'entre eux au cas où le prisonnier devienne violent.

—Je ne pense pas qu'il soit violent, Dame Lansac. Il est très docile.

—Je suis soulagée de l'entendre. Je pourrai donc en apprendre plus à son sujet. » Elle se tourna vers l'aîné des gardes et lui demanda si le *crestian* avait avoué le meurtre dans la chapelle Sainte-Eulalie.

« Non. Il ne dit rien du tout, il reste assis et fixe le mur de sa cellule. » Il détacha une clé de sa ceinture et la tendit à son cadet. « Mène Dame Lansac à la cellule du *crestian* et restes-y jusqu'à ce qu'elle ait terminé et qu'elle souhaite revenir. Assure-toi que le prisonnier ne se comporte pas de manière violente.

—Vous venez de dire qu'il n'était pas violent, fit remarquer Belina.

—Il ne l'a pas été pour l'instant mais en aucun cas ne vais-je risquer de vous mettre en danger, Dame Lansac. »

Belina suivit le jeune garde : ils descendirent des escaliers avant de traverser un passage sombre et sale, passant une cellule où un homme âgé était assis sur un seau. L'odeur était épouvantable.

Près de l'extrémité du passage, le garde s'arrêta et déverrouilla les barreaux d'une cellule dans laquelle un jeune homme était assis à même le sol sur une natte, le regard rivé sur le mur. Le garde fit passer Belina à l'intérieur avec ménagement et referma la porte derrière elle.

Belina se tint dans la cellule, s'efforçant d'ignorer l'odeur d'urine. Le prisonnier tourna à peine la tête lorsqu'il entendit la porte s'ouvrir : il fixait résolument le mur.

« *Adischatz*, commença Belina. Je suis venue voir si l'on vous traite avec égard. » Pas de réponse. « Mon époux vous a fait enfermer ici parce qu'on vous a retrouvé près du corps d'une personne assassinée. Il lui faut savoir pourquoi vous vous trouviez là et qui vous êtes. »

Toujours pas de réponse. Belina tenta de se montrer plus persuasive et dit : « D'ordinaire, mon époux force les suspects de meurtre à avouer. Il vous donne une chance d'éviter de souffrir. Il est dans votre intérêt de répondre à mes questions. »

Le prisonnier se leva et se retourna.

« Comment vous appelez-vous ? lui demanda Belina.

—Josep.

—Et votre autre nom ?

—Sarbazan.

—Où habitez-vous ?

—À la léproserie.

—Y êtes-vous né ? »

Le prisonnier secoua la tête.

« Où êtes-vous né ? »

Il secoua à nouveau la tête.

« Répondez-moi, je vous prie. »

Il la fixait du regard sans la voir, comme s'il était à nouveau face au mur.

« Savez-vous où vous êtes né ? demanda-t-elle avec douceur.

Pas de réponse. Il essuya une larme sur son visage crasseux.

Belina tenta une approche différente. « Si vous vivez dans une léproserie, vous devez être un *crestian*. Est-ce exact ? »

Il opina du chef.

« Faites-vous de la charpenterie ?

—Oui.

—De quelle sorte ?

—Que voulez-vous dire ?

—De la toiture, des meubles, des lits, des assiettes, des gobelets, des seaux, des fûts de vin ? De quelle sorte ?

—Des meubles. » Pour la première fois, elle eut la sensation qu'il la regardait *réellement* : son regard était braqué sur elle.

« De grands meubles, comme des lits, ou des petits, comme des tabourets ?

—Entre les deux, la plupart du temps. Des tables et des buffets.

—Est-ce pour cette raison que vous vous trouviez à la chapelle Sainte-Eulalie ? » voulut savoir Belina.

Il se mordit la lèvre et finit par répondre que non.

Belina s'efforça de se souvenir des meubles dans la sacristie et dans la pièce principale de la chapelle. Tout lui avait semblé ancien. Bien que ce fût une esquive attendue, il aurait menti s'il lui avait répondu se trouver à la chapelle pour son mobilier.

« Pourquoi étiez-vous à la chapelle ? » lui demanda-t-elle à nouveau.

Pas de réponse.

« Répondez à ma question, je vous prie. Sinon, vous encourez le risque de voir mon époux vous forcer à y répondre. Ou de le voir ordonner aux gardes de vous faire du mal. »

Il la fixait du regard et des larmes ruisselaient le long de ses joues.

« Les larmes ne sont pas une réponse, fit remarquer Belina. Ma question est tout à fait raisonnable et il est dans votre intérêt d'y répondre. »

Elle patienta pendant qu'il essuyait son visage de sa main. Il se mit ensuite à renifler.

« Depuis combien de temps étiez-vous dans la chapelle lorsqu'on vous y a retrouvé ? »

Il la fixait du regard en reniflant et elle lui tendit son mouchoir.

« Gardez-le, lui dit Belina alors qu'il lui tendait après s'être mouché. Vous en avez plus besoin que moi. »

Il se moucha à nouveau et déglutit.

« Dites-moi depuis combien de temps vous étiez dans la chapelle avant que l'on vous y retrouve, je vous prie.

—Pas longtemps. Mais je ne sais pas combien de temps.

—Connaissiez-vous les gens qui vous y ont trouvé ?

—Non.

—Pour quelle raison étiez-vous à la chapelle ? »

Il éclata en sanglots et refusa de répondre.

Belina lui demanda où il exerçait son métier de charpentier : il répondit qu'il le faisait à différents endroits mais que, dernièrement, il l'avait souvent fait au manoir du consul Lussan.

« Connaissiez-vous sa fille, Dame Viola Lussan ? »

Le prisonnier éclata à nouveau en sanglots tandis que le garde faisait cliqueter ses clés et se raclait la gorge.

Belina ne leur prêta pas attention et réfléchit à la prochaine question qu'elle allait poser. « Où avez-vous appris à façonner des meubles ? »

Pas de réponse, juste des larmes qui coulaient le long de son visage.

« Répondez-moi, je vous prie. »

Il secoua la tête.

« Quand étiez-vous pour la dernière fois au manoir du consul Lussan ? »

Son regard la traversa à nouveau sans la voir et il ne se donna même pas la peine d'essuyer ses larmes. Le garde se racla à nouveau la gorge.

Belina s'approcha du garde et lui demanda si, à son avis, l'homme allait continuer à se comporter de cette manière.

« Oui. Il passe des heures à pleurer, Dame Lansac. Une vraie fontaine de larmes. Il est très récalcitrant. Un homme pitoyable.

—Dans ce cas, je crois que je vais le laisser à son chagrin, dit Belina. Laissez-moi sortir et enfermez-le à nouveau, je vous prie. »

Elle sortit de la cellule et attendit que le garde verrouille les barreaux. Le *crestian* se tenait toujours au milieu de sa cellule, en train de s'essuyer le nez sur le mouchoir qu'elle lui avait donné. Elle suivit le garde le long du passage et dans l'escalier, frustrée par l'échec de l'interrogatoire du *crestian.*

« Avez-vous réussi à le faire parler, lui demanda le chef des gardes.

—Un petit peu mais pas assez. Il m'a semblé perdu dans son chagrin.

—Dans le deuil, peut-être, suggéra le garde.

—Oui mais je ne vois pas comment il aurait pu connaître la fille du consul Lussan, répondit Belina.

—Je soupçonne qu'il l'a vue quelque part, Dame Lansac, qu'il s'est épris d'elle et qu'il l'a tuée lorsqu'elle a *évidemment* repoussé ses avances.

Belina réfléchit à cette suggestion. C'était peu probable mais pas impossible étant donné qu'il lui avait dit qu'il avait travaillé au manoir des Lussan. Si Viola avait été retrouvée morte chez elle, il aurait pu être l'un des suspects mais son corps avait été découvert à la chapelle Sainte-Eulalie, à une certaine distance. L'avait-il traîné jusque-là en empruntant le tunnel ?

Le garde interrompit sa réflexion en lui demandant quand Guillaume allait interroger le prisonnier pour la deuxième fois.

« Je ne le sais pas encore, répondit Belina. J'aimerais bien le savoir. Je lui laisserai volontiers cette tâche.

—Il n'aurait pas dû vous demander de le faire, Dame Lansac.

—Je suis d'accord mais il l'a fait. » Belina dit *adiu* aux gardes et sortit à l'air frais de la rue Jean-Baptiste puis retourna à la résidence des employés par la porte de la cour. Il lui fallait changer ses vieux vêtements et son fichu. Plus que tout, elle voulait se laver pour se débarrasser de la poussière et de l'odeur de la geôle.

Alors qu'elle traversait la cour, elle entendit Sir John la saluer et elle se retourna, hésitant à s'approcher dans son état, sale et malodorante après être allée à la geôle.

Puis elle aperçut Antoni près de Sir John, en train de boire. Guillaume ne verrait pas cela d'un bon œil et elle se demanda si elle devait lui faire remarquer.

« *Adischatz*, Dame Belina. » Antoni termina sa boisson et posa le gobelet sur la table. « Je vous attendais. Quiteira m'a dit que vous étiez à la geôle. Vous n'auriez pas dû vous rendre là-bas. Je suis soulagé de vous voir bien rentrée. »

Belina s'approcha de la table et lui dit : « Moi aussi. Je suis également contente de vous voir, Antoni, car mon époux m'a chargée de vous demander deux choses. »

Antoni attendit qu'elle poursuive, pieds joints.

« Premièrement, à quoi ressemblaient les écussons que portaient le groupe de pèlerins musiciens qui se trouvaient près de la chapelle, lundi matin ?

—Je les ai déjà décrits à Messire Guillaume, Dame Belina.

—Oui mais il me faut le savoir, moi aussi, au cas où je rencontre ces mêmes pèlerins afin de pouvoir leur demander s'ils ont aperçu quelqu'un entrer dans la chapelle ou en sortir. »

Antoni détailla les écussons qui ornaient les couvre-chefs des pèlerins. « Et votre deuxième question ?

—Il s'agit plus d'une tâche à vous confier que d'une question. Rendez-vous aux écuries des Prelet, je vous prie, et découvrez qui en est entré et sorti ces derniers jours, tout au moins depuis que Charles Prelet est arrivé de Toulouse. Ensuite, je vous prierais d'aller poser les mêmes questions aux écuries des Lussan.

—Je le ferai pour vous, Dame Lansac, bien entendu,

répondit Antoni en souriant. Ce que je peux déjà vous dire, c'est que les employés des écuries des Lussan ne voyaient quasiment jamais Dame Viola, et qu'ils n'apprécient guère ses parents. Charles Prelet sort trop souvent la meilleure monture de son père : ni le cheval ni le palefrenier n'aiment cela. Sa sœur, Dame Pauline – dont j'ai oublié le nom d'épouse–, n'est pas du tout appréciée par les employés des écuries de son mari.

—Pourquoi donc ? Fait-elle du mal aux chevaux ?

—Peut-être. Elle est toujours de mauvaise humeur et elle empêche les palefreniers de s'acquitter de leurs tâches usuelles en réquisitionnant les chevaux pour ses enfants. »

Belina s'abstint de suggérer que prendre le temps d'aider les enfants à monter à cheval empêcherait peut-être les palefreniers d'aller boire au Cheval Blanc. Au lieu de cela, elle demanda : « Son époux les irrite-t-il aussi ?

—Il les fait travailler trop dur, il y a trop de trajets pour se rendre à Bordeaux et en revenir. Et il est trop près de ses sous bien qu'il en ait une abondance.

—Qu'en est-il des écuries des Courial ? voulut savoir Belina.

—Les choses y sont très différentes. Tous ceux qui y travaillent y sont depuis des années. Ils ont beaucoup de respect pour le consul et Dame Courial. Tomas aimerait beaucoup y être, plutôt qu'aux écuries des Senclar, mais personne ne quitte jamais les écuries des Courial.

—Pourriez-vous poser les mêmes questions à Tomas, concernant les entrées et sorties des derniers jours, et me rapporter ce qu'il vous dit ? »

Antoni lui relata à quel point Miqueu était devenu fanfaron depuis qu'il avait aidé à arrêter le palefrenier de Barvaux puis il quitta la cour.

Sir John agita sa main gauche de bas en haut. Il indiqua ensuite la table, sur laquelle étaient posés une jarre et un verre. Le geste signifiait qu'il offrait de l'hypocras à boire à Belina. Le valet de Sir John apparut, se saisit de la jarre d'hypocras et se tourna vers elle.

« Oui Alain, *mercés*, mais juste un petit peu. »

Alain versa du vin sucré et épicé dans un second verre et le lui tendit. « Il vous faut vous sustenter, Dame Belina. Rien de tel que l'hypocras pour reprendre des forces.

—Certes. Mais j'ai déjà bu de l'hypocras aujourd'hui.

—Vraiment ? Pas dans une taverne, j'espère.

—Certainement pas, Alain :en compagnie de Dame Courial dans son manoir. » Belina marqua une pause. « Elle était aimable et amicale jusqu'à la fin de notre conversation lorsqu'elle m'a soudain demandé de partir.

—Peut-être devait-elle se rendre à la latrine. C'est parfois le cas avec les dames âgées.

—Non. C'était parce que son époux est entré dans la pièce.

—Ah. Le grand homme en personne. »

Sir John agita son bras gauche afin d'indiquer qu'il souhaitait lui aussi boire de l'hypocras. Alain remplit son verre et le lui tendit. Il alla chercher un tabouret pour Belina avant de les laisser entre eux.

Belina s'assit et but son hypocras à petites gorgées tandis qu'elle relatait à Sir John ce qu'elle avait fait ces deux derniers jours. Comme Sir John ne pouvait plus ni parler ni écrire, il n'était pas en mesure de trahir ses confidences par des propos négligents. Elle lui dit que si tout le monde appréciait Viola, personne n'appréciait sa mère et que, selon d'autres, son père avait perdu de l'argent. Elle n'avait pas pu découvrir si Viola connaissait Charles Prelet et s'ils souhaitaient se marier. L'épouse du consul Gaudé étaient convaincue qu'ils étaient épris l'un de l'autre – qu'ils s'aimaient depuis l'enfance, même. Personne ne semblait en savoir long au sujet de Charles Prelet, hormis le fait qu'il réside à Toulouse et qu'il y exerce la profession d'avocat. Belina ne fit pas mention du fait que, d'après Dame Courial, il avait une maîtresse ni que Dame Volpato aurait peut-être dit la même chose si son époux n'avait pas abruptement mis fin à leur conversation.

Sir John plaça son verre d'hypocras sur la table et esquissa deux points d'interrogation en l'air de sa main gauche.

« Vous voulez dire qu'il existe deux théories au sujet de Charles Prelet et Viola ? Une première selon laquelle ils étaient follement épris l'un de l'autre et une deuxième qui voudrait que leur mariage soit un arrangement entre deux personnes se connaissant à peine ? »

Sir John pointa son doigt vers le ciel – ce qui signifiait oui.

« Mais laquelle des deux est la plus vraisemblable ? » lui demanda Belina.

Il haussa son épaule gauche.

Belina lui parla du notaire Corloni et de la méfiance qu'elle éprouvait à son égard. Elle mentionna le fait que le manoir voisin de celui des Prelet appartenait à la sœur du notaire. La famille Corloni y logeant, il lui faudrait donc s'y rendre à un moment donné. Sir John leva à nouveau son doigt vers le ciel.

« Pour y interroger les serviteurs ? » suggéra Belina.

Son doigt pointa rapidement vers le haut.

« Et demain il me faut me rendre au manoir des Senclar pour y interroger tout le monde », lui dit Belina. Sir John sourit. « Même s'ils ne me seront d'aucun secours. »

Sir John traça un point d'interrogation en l'air.

« Les deux dames Senclar me méprisent », expliqua Belina.

Sir John secoua la tête et se saisit de son verre.

Belina but le reste de son hypocras et se leva. « Merci beaucoup, Sir John. Cela m'a bien aidé de vous parler. » Elle gravit l'escalier jusqu'au logis qu'elle partageait avec Guillaume.

Elle fit note de ses réflexions sur deux de ses tablettes de cire. Il était difficile de savoir si Dame Gaudé, l'épouse du fourreur, était mieux informée que les autres lorsqu'elle affirmait que Viola était très éprise de Charles Prelet. Aucune des autres dames n'avait prétendu quoi que ce soit de semblable, les deux dernières évoquant même une fille qu'il fréquentait à Toulouse. Dame Gaudé n'appréciait guère la fille du notaire mais aucune des autres dames ne semblait lui avoir prêté la moindre attention. Il était donc possible que Dame Gaudé se soit fait une fausse idée des tares de la fille du notaire. Peut-être croyait-elle qu'elle avait séduit l'un de ses fils.

Belina décida de suivre le conseil de Sir John et de se rendre au manoir de la veuve Créon, dans la rue Royale, mais pas tout de suite. Le matin suivant, elle devait retrouver Jordi et Christau à la cour de justice car Loupmont avait accusé Jordi de fraude. Ensuite elle se rendrait au manoir Senclar.

Belina passa une soirée et une nuit bien plus agréables que la précédente et elle s'éveilla fraîche et dispose, prête pour la cour de justice.

CHAPITRE VINGT

Samedi

Belina se leva tôt, se lava les mains et le visage. Elle mangea le dernier morceau de pain, espérant que Jordi lui donnerait un de ses bons pains plus tard. Elle mit son plus beau fichu, caressa la chatte, quitta la résidence par la porte de la cour et se rendit à la cour de justice, rue de la Monnaie.

Jordi l'attendait. Elle l'embrassa sur la joue et décida de ne pas lui dire que Guillaume avait quitté Condom. Au lieu de cela, elle lui posa des questions au sujet du procès que lui intentait Loupmont.

« Cela me concerne-t-il aussi, Jordi ? demanda-t-elle.

—Oui mais seulement parce que tu es toi aussi métayère du moulin. Loupmont affirme que j'ai commis une fraude sur le poids de la farine que j'ai déclarée moulue de son blé.

—*Son* blé ? Son propre blé ou celui qui lui est donné en tant que dîme ?

—Les deux. » Il jura contre Loupmont, usant de plusieurs termes que Belina n'avait encore jamais entendus.

« As-tu commis une fraude, Jordi ? voulut savoir Belina.

—Non, bien sûr que non. Je ne suis pas idiot.

—Alors nous n'avons rien à craindre », répondit Belina tandis qu'ils entraient dans la cour de justice. Ils s'assirent vers l'avant de la salle pour y attendre l'arrivée du magistrat.

Ils eurent une conversation innocente au sujet de Catalina et des enfants ainsi que du dernier, attendu dans quelques mois. Ils ne firent aucune mention ni de leur frère cadet Géraud ni de la jeune femme maure. Ils présumaient que les personnes qui se trouvaient à la cour de justice seraient à l'affût de rumeurs concernant le meunier que l'on accusait. En un lieu comme celui-là, il était essentiel de faire preuve de prudence.

La présence du magistrat fut annoncée et tout le monde se leva. C'était un homme du sénéchal que Belina connaissait quelque peu. Un homme raisonnable, à sa connaissance.

« Veuillez vous asseoir. J'appelle Loupmont, aujourd'hui résident de Condom mais anciennement de Saint-Mihiel. »

Loupmont bomba le torse et s'avança vers l'emplacement réservé au plaignant d'une démarche suffisante. Il jura sur la Bible de parler sans haine et sans crainte, de dire la vérité, toute la vérité et rien que la vérité.

« Présentez votre grief », lui dit le magistrat.

Loupmont se lança dans un récit affirmant que Moulié trompait tous ses clients sur le poids de la farine et que l'évêque était victime de fraude en raison de cette pratique malhonnête.

« En avez-vous la preuve ? » demanda le magistrat.

Loupmont tira une liasse de documents, déclarant qu'il s'agissait de témoignages de personnes qui dénonçaient Moulié.

Le magistrat les parcourut et fit remarquer que rien de ce contenu n'émanait de l'évêque lui-même.

« Comme vous le savez certainement, Loupmont répondit, « Monseigneur l'évêque n'est pas à Condom. Il est à Tours, à la cour du nouveau roi.

—J'attendrai son retour à Condom et je m'entretiendrai avec lui de votre plainte à ce moment-là, déclara le magistrat. L'affaire est reportée. »

Jordi serra la main de Belina dans la sienne et ils échangèrent un sourire. Mais leur soulagement fut de courte durée.

Loupmont resta à l'endroit réservé au plaignant et informa le magistrat qu'il avait un deuxième grief contre Moulié.

« S'agit-il également de poids et de mesures ? demanda le magistrat.

—Non, c'est encore plus grave, répondit Loupmont. J'attire l'attention sur le tort causé à la veuve Moulié de Montréal par Jordi Moulié et Belina Lansac, ses beaux-enfants.

—Qu'ont-ils donc fait ? voulut savoir le magistrat.

—Ils l'ont lésée de son héritage légitime de son défunt époux, leur père.

—Il s'agit là d'une nouvelle affaire qui devra attendre la prochaine audience. Aucun document n'a été présenté.

—Ils sont en train d'être rassemblés, dit Loupmont. Ce qui importe, c'est que la cour et vous sachiez que la malhonnêteté de Moulié ne se limite pas à ses agissements en tant que meunier il a également escroqué une veuve.

—Il ment ! s'écria Jordi en se levant d'un bond.

—Asseyez-vous, Moulié, rétorqua le magistrat. Je ne suis pas là pour juger cette nouvelle affaire. Néanmoins, puisque Loupmont a porté cette nouvelle accusation contre vous, je vais entendre sa déclaration.

—Loupmont n'a rien à voir avec ma belle-mère, dit Jordi ; pour autant que je le sache, du moins. Si son statut de nouveau venu parmi les employés de la cathédrale lui donne qu'un lien, certes ténu, pour ce qui concerne la dîme de l'évêque, il ne saurait lui donner un quelconque droit s'agissant de mon héritage.

—Le moulin Moulié est la propriété de l'évêque, fit remarquer Loupmont. J'ai donc parfaitement le droit de déclarer que l'évêque est floué par Moulié. » Il affirma au juge que la veuve Moulié était une Dame Corloni avant son mariage avec le veuf Moulié et qu'elle était en droit de s'attendre à un héritage.

—Elle a obtenu bien plus que ce qu'elle était en droit d'obtenir, protesta Jordi avec véhémence.

—Asseyez-vous, Moulié. J'écoute le plaignant », l'admonesta le magistrat.

Loupmont expliqua que le notaire Corloni avait étudié le véritable testament rédigé par le père des deux personnes présentes dans cette salle d'audience et que la majeure partie de ses biens avaient été *naturellement* légués à Dame Moulié, sa veuve bien-aimée. Le notaire Corloni avait toujours soupçonné ses beaux-enfants d'avoir altéré le testament de manière à pouvoir continuer à profiter du moulin.

Belina se leva et objecta qu'il s'agissait là d'un mensonge.

« Asseyez-vous sur-le-champ, Dame Lansac, lui ordonna le magistrat. N'interrompez pas la déclaration de Messire Loupmont. »

Belina resta debout, le regard noir.

« Je vous somme à nouveau de vous asseoir, Dame Lansac. Je n'apprécie guère que l'on interrompe les déclarations.

—Ce n'est pas une déclaration, contesta Belina. C'est un tissu de mensonges.

—Je vous le répète pour la troisième fois, Dame Lansac : asseyez-vous. »

Affichant un sourire satisfait, Loupmont poursuivit en dressant une longue liste de griefs dont lui avait fait part le notaire Corloni au sujet de la souffrance et la peine terribles que ressentait la veuve Moulié. Belina et Jordi s'efforcèrent de contenir leur colère face à cette accusation tout à fait inattendue qui s'ajoutait à celle concernant les mesures de farine du meunier.

Belina cessa d'écouter Loupmont. Au lieu de cela, elle se replongea dans ses souvenirs d'enfance. Leur mère était morte en couches. L'arrivée de la jeune belle-mère avait été un épisode amer. Ils y avaient tous été opposés. Rapidement, la vie de tous les jours était devenue un conflit permanent. Dès la mort de leur père, la belle-mère était retournée à la demeure de sa famille à Montréal avant de s'acheter un grand et beau manoir, qu'elle emplit d'une paire de lévriers coûteux ainsi que de nombre des possessions qui avaient agrémenté le moulin Moulié. Les trois orphelins s'étaient débrouillés de leur mieux ; Jordi était resté au moulin et avait épousé Catalina, Belina avait travaillé pour Messire Benasse puis avait épousé Guillaume et

Géraud était devenu soldat avant de quitter la Gascogne pour le Sud de l'Espagne. Du point de vue de Belina, c'étaient eux et non leur belle-mère les véritables victimes de cette affaire.

Belina revint à l'instant présent lorsque le greffier de la cour demanda à tout le monde de se lever. Elle avait raté la décision du magistrat.

« Sortons d'ici », murmura Jordi à l'intention de sa sœur. Il la prit par le bras et la mena dans la rue, s'assurant que personne ne pourrait les entendre. « Je suis certain que c'est notre belle-mère qui a poussé le notaire Corloni à faire cela. Ils sont cousins, après tout. Les liens du sang sont les plus forts.

—Oui », répondit Belina, repensant à la scène dans la chapelle Sainte-Eulalie, la chasuble ensanglantée et la flaque de sang. Elle n'entendit pas ce que Jordi dit ensuite. Elle jaugea la position de soleil dans le ciel ; le temps passait et il lui fallait se rendre au manoir Senclar pour y interroger des gens, même si la simple idée d'aller à leur rencontre l'emplissait d'appréhension.

« Jordi, dit-elle, je dois aller au manoir Senclar parce que Guillaume m'a demandé d'interroger les épouses de tous les consuls au sujet du banquet de fiançailles de lundi dernier, quand Viola a été tuée. »

Mais Jordi se préoccupait bien plus de trouver une solution à ses propres problèmes. « Combien de temps cela te prendra-t-il ? Il faut que je te parle au sujet des accusations de Loupmont.

—Bien entendu, répondit-elle en posant la main sur le bras de son frère. J'imagine que cela me prendra moins d'une heure. » Elle réfléchit un instant. « Retrouvons-nous devant les écuries des Senclar : de là nous pourrons prendre le chemin qui mène au moulin. Ça te va ?

—Il faudra bien que ça aille. Ne sois pas en retard, Belina. Je ne suis pas d'humeur à attendre. » Il l'embrassa sur la joue et se dirigea vers la place Saint-Pierre tandis qu'elle descendit en direction de la rue Sainte-Luce et du manoir des Senclar.

CHAPITRE VINGT-ET-UN

Pendant que Belina et Jordi étaient à la cour de justice, le palefrenier de Guillaume, Antoni, et son frère Tomas se trouvaient à la forge de Condom, non loin de la porte Saint-Esprit. Tomas enviait beaucoup son frère car, du fait de l'absence de Guillaume pour une durée indéterminée, Antoni n'avait pas grand-chose à faire à part bavarder et boire au Cheval Blanc. Tomas, en revanche, était comme toujours – et comme tous les serviteurs des Senclar – surchargé de travail. Antoni ne lui avait jamais dit qu'il aidait Guillaume dans ses enquêtes en écoutant les conversations des gens au Cheval Blanc et dans d'autres auberges et tavernes.

Ils attendaient leur tour pour refaire ferrer l'un des chevaux de la calèche de Dame Édith. Antoni ne comprenait pas pourquoi le cheval avait parcouru tant de distance ces derniers temps.

« La vieille dame ne sort pas souvent, lui dit Tomas, mais son arracheur de dents se sert de la calèche tous les jours.

—Pourquoi donc ?

—Ça dépend. Parfois, c'est pour se rendre à Lectoure ou à une autre des propriétés de la dame – elle en possède des dizaines– mais, la plupart du temps, il rôde dans Condom pour épier des gens.

—Pour son propre compte ou pour Dame Édith ?

—Je ne le sais pas vraiment. Ce n'est jamais moi qui conduis la calèche, donc j'entends seulement ce qu'on raconte.

—Et qu'est-ce qu'on raconte ?

—Que Chezelle fait apprêter la calèche sans indiquer combien de temps il compte s'en servir. Ce n'est qu'une fois qu'ils ont quitté la rue Sainte-Luce qu'il daigne en informer le cocher. C'est très injuste.

—Qui a-t-il épié récemment ?

—Un *crestian*.

—Un *crestian* ? Pourquoi ? » Antoni scruta la position du soleil et jaugea depuis combien de temps ils attendaient à la forge.

« Cela fait plusieurs semaines que ça dure.

—Quoi donc ?

—Qu'il espionne le *crestian*, comme je viens de te le dire, répondit Tomas. Et la nuit dernière, nous avons découvert autre chose à son sujet.

—C'est-à-dire ?

—Il a été emprisonné à la geôle.

—Parce que Chezelle l'a pris en train de voler quelque chose ? suggéra Antoni.

—Non, c'est pire que ça. Il l'a pris en train d'égorger quelqu'un.

—La fille à la chapelle Sainte-Eulalie, tu veux dire ?

—Oui, la fille dont tu m'as parlé, celle qui s'est fait trancher la gorge. Tu as dû aller chercher Messire Guillaume pour l'examiner – ce qui a interrompu tes libations au Cheval Blanc.

—Je me demandais ce que Chezelle faisait là », commenta Antoni. Il était toujours en train de contempler le soleil et de penser à un remontant de bonne heure au Cheval Blanc, après quoi il se rendrait aux écuries des Prelet pour y parler aux palefreniers et aux garçons comme Belina le lui avait demandé.

« Messire Guillaume lui a-t-il posé la question ?

—Je ne me souviens pas.

—Mais c'était étrange de retrouver la fille à cet endroit, fit remarquer Tomas, et c'est pour ça que nous en avons tous parlé aux écuries.

—C'est peut-être Chezelle qui l'a tuée, suggéra Antoni.

—C'est ce que nous nous demandons, reconnut Tomas.

—Pourquoi Dame Édith ferait-elle tuer la fille d'un consul ?

—Parce qu'elle lui enviait sa jeunesse et son innocence. Du moins, c'est ce que dit l'aîné des palefreniers.

—Ç'aurait pu être la plus jeune des Dames Senclar, dit Antoni.

—Elle en est certainement capable.

—Ou peut-être le consul Senclar lui-même ? Parce qu'elle aurait repoussé ses avances.

—Probablement pas, répondit Tomas. Il en a beaucoup, des filles, le consul, mais ce sont surtout des fabricantes de fichus ou leurs sœurs. Je doute qu'il s'intéresse à une jeune dame. »

Leur attention se porta sur un autre coursier que l'on était en train de ferrer. Deux palefreniers discutaient avec un maréchal-ferrant et son assistant. Antoni et Tomas reconnurent l'un d'eux, un palefrenier des Prelet, lorsqu'ils se retournèrent. « *Adischatz*, qu'est-ce que vous faites là, tous les deux ? leur demanda le palefrenier.

—Nous attendons notre tour pour refaire ferrer notre cheval, Halip, répondit Tomas. J'espère que tu n'en as pas pour longtemps.

—Peu m'importe combien de temps je dois rester là, dit Halip. On est en train de tout me raconter sur Toulouse et sur les filles qu'on y trouve. » Il leur présenta le nouveau palefrenier, Jean, arrivé de Toulouse vendredi dernier.

« Pourquoi es-tu à Condom ? lui demanda Antoni.

—Parce que je suis le palefrenier de l'intendant de la sœur de l'amie de Messire Charles.

—Qui est-ce ?

—Messire Charles Prelet, dont les parents habitent ici, à Condom.

—Le consul Prelet, tu veux dire ? s'enquit Antoni. Le père de la mariée ?

—De la promise, si j'ai bien compris. Bien qu'elle vienne de mourir, fit remarquer Jean.

—Oui, acquiescèrent les trois palefreniers de Condom en même temps.

—Elle a eu la gorge tranchée, c'est bien cela ? » voulut savoir Jean.

Halip et Antoni lui relatèrent ce qu'ils savaient du banquet de fiançailles et du meurtre qui avait eu lieu à la chapelle Sainte-Eulalie.

« Messire Charles ne la regrettera pas, commenta Jean lorsqu'ils eurent terminé leur récit.

—Elle était jolie fille, objecta Antoni.

—Messire Charles en a déjà une, de jolie fille –une très jolie fille.

—Comment le sais-tu ? demanda Tomas.

—Parce que sa sœur est l'épouse de mon maître à Toulouse.

—Pourquoi Messire Charles accepterait-il d'épouser quelqu'un d'autre, dans ce cas ? voulut savoir Halip.

—C'est bien là ce que mon intendant et mon maître ne comprennent pas. Ils soupçonnent quelque motif pernicieux.

—Mettons les choses au clair, intervint Antoni. Messire Charles Prelet et cette très jolie fille à Toulouse sont-ils mariés ou pas ?

—Pas encore, mais ils vivent comme s'ils l'étaient. » Il marqua une pause et les gratifia d'un petit sourire. « Et ils ont déjà deux enfants.

—Le consul Prelet le sait-il ? demanda Tomas à Halip.

—J'en doute fort, répondit ce dernier. Du moins, je n'ai jamais entendu la moindre rumeur qui l'indique. » Il marqua lui aussi une pause. « Il est vrai cependant que Messire Charles vit à Toulouse depuis plusieurs années maintenant et que nous autres, aux écuries, n'en savons donc pas beaucoup à son sujet.

—Il monte à cheval tous les jours à Toulouse alors que son métier d'avocat lui prend beaucoup de temps, affirma Jean.

—Il est monté à cheval ici aussi », commenta Halip, leur

confiant que Charles Prelet ne les avait pas prévenus bien à l'avance lorsqu'il les avait sommés de seller le meilleur cheval de son père. Il était même sorti chevaucher le matin du banquet de fiançailles, ce qui les avait surpris.

« Peut-être allait-il retrouver sa future épouse ? suggéra Tomas.

—C'est peu probable, répondit Halip. Il était vêtu des mêmes habits poussiéreux qu'il portait lorsqu'il était sorti à cheval la veille, les mêmes vêtements qu'il portait lorsqu'il est arrivé de Toulouse.

—Tu veux dire qu'il est venu à cheval de Toulouse, qu'il n'a pas fait le voyage en carrosse ? demanda Antoni.

—Pas lui. Je ne lui en tiens pas rigueur, bien entendu, commenta Halip.

—Moi non plus, répondit Antoni, mais Toulouse est à plusieurs jours de cheval d'ici.

—J'ai mis cinq jours mais je me suis arrêté deux jours à Sempuy, déclara Jean.

—Pourquoi ? voulut savoir Tomas.

—C'est ce qu'on m'a ordonné de faire et je me suis contenté d'obéir.

—C'est peut-être la sœur qui a payé tes frais, dit Antoni, la fille jalouse de Dame Viola Lussan.

—Qui est-ce ?

—La fille qui a été tuée. »

Le maréchal-ferrant interrompit leur conversation, réclamant son dû. Alors que Tomas menait le cheval de la calèche de Dame Édith vers la forge, Antoni lui dit qu'il allait se rendre au Cheval Blanc avec Halip et Jean pour qu'ils puissent tous se désaltérer.

« Rejoins-moi là-bas plus tard si tu le souhaites, dit-il à Tomas.

—Si je le souhaite ? rétorqua Tomas. Si j'ai le temps de m'éclipser des écuries des Senclar pour aller boire avec toi, tu veux dire.

—Comme tu voudras », répondit son frère. Il accompagna Halip et Jean jusqu'aux écuries des Prelet, où ils laissèrent les coursiers aux fers neufs, puis ils se rendirent au Cheval Blanc.

Il y avait peu de monde à l'auberge. Ils s'installèrent confortablement dans un coin de la pièce. Antoni commanda trois gobelets de cidre et ils trinquèrent à la santé les uns des autres.

« Tu dois te reposer encore quelques jours, dit Antoni à Jean. Que comptes-tu faire ? Le consul Prelet sait-il que tu es ici à Condom ?

—Non, il l'ignore, répondit Halip. Nous le gardons pour nous.

—Pourquoi ?

—Moins on en dit, mieux ça vaut.

—Qui croient-ils que tu es, alors ? demanda Antoni, faisant comme s'il était Guillaume en train d'enquêter sur un crime.

—Un de mes cousins, dit Halip.

—Ton intendant, que veut-il que tu découvres ?

—La raison pour laquelle Messire Charles a décidé de retourner à Condom et d'épouser la fille.

—Et qu'as-tu découvert ? s'enquit Antoni, s'efforçant de paraître moins intéressé par la réponse qu'il ne l'était vraiment.

—Que Messire Prelet se sent vieux et malade et qu'il souhaite que son fils devienne consul ici. Premier consul, de préférence, comme son père l'est aujourd'hui.

—Il y en a d'autres ici qui seraient des candidats plus acceptables qu'un jeune avocat de Toulouse, fit remarquer Halip.

—Je le suppose, oui, concéda Jean. Mais ce que j'ai découvert jusqu'à présent en écoutant les conversations dans les écuries, c'est qu'une dame puissante appelée Dame Édith est prête à mettre en œuvre toutes sortes de stratagèmes pour faire élire son fils premier consul.

—Il ne siérait pas bien à ce rôle », commenta Antoni.

Halip était du même avis et il se lança dans une description du consul Senclar.

« Si je comprends bien, dit Jean, la mère du consul Senclar

gagnerait grandement en influence – et s'enrichirait considérablement – si son fils était premier consul.

—Oui, acquiescèrent Halip et Antoni de concert.

—Et elle a la réputation d'être cupide et d'être sans cœur envers ses métayers.

—C'est vrai aussi, répondit Halip.

—Et d'empoisonner ses victimes, ajouta Antoni.

—Vraiment ? » Les yeux de Jean s'écarquillèrent. « Vous en êtes certains ? »

Ils lui donnèrent plusieurs exemples bien connus d'empoisonnements attribués à Dame Édith.

Antoni commanda encore du cidre et ils bavardèrent encore quelques temps sur la vie oisive du consul Senclar et sur sa mère malfaisante, particulièrement habile pour lui faire faire ce qu'elle souhaitait.

« Vous voulez dire qu'elle lui dit ce qu'il doit faire ? demanda Jean.

—Elle est trop rusée pour ça », répondit Antoni.

Jean but son cidre et fronça les sourcils.

« Ce cidre ne te plaît pas ? lui demanda Antoni.

—Si, ça va, l'assura Jean.

—Pourquoi fais-tu la tête, alors ? voulut savoir Antoni, toujours en train de s'imaginer qu'il était Guillaume en train d'interroger un suspect.

—Je réfléchis à ce que vous dites au sujet de cette vieille Dame Édith, commença Jean.

—Elle n'est pas si vieille que ça, l'interrompit Halip. Elle s'est mariée à treize ans et elle a eu son fils neuf mois plus tard. Elle n'est pas âgée comme la mère de Messire Charles.

—C'est donc une femme qui est encore pleine d'ambition pour elle-même plutôt que pour ses enfants, dit Jean. Qu'en penses-tu, Halip ?

—Tu as raison, opina ce dernier. Je me demande ce que tu as deviné d'autre à son sujet. »

Jean but encore un peu de son cidre. « Eh bien, si Messire

Charles retourne à Condom et épouse la fille d'un autre consul. » Il marqua une pause et demanda si le père de la fille morte était consul, lui aussi. Halip hocha la tête. « Un avocat compétent et vigoureux comme Messire Charles écarterait le jeune et paresseux consul Senclar de son chemin, reprit Jean. Messire Charles sait se montrer aimable lorsqu'on ne lui cherche pas noise mais il ne laisse rien ni personne l'empêcher de faire ce qu'il souhaite.

—Comment alors le consul Prelet a-t-il réussi à le convaincre d'épouser une fille à Condom, l'obligeant à mettre de côté celle qu'il avait à Toulouse et leurs deux enfants ? voulut savoir Halip.

—Comme je vous l'ai déjà dit, c'est justement ce que nous ne comprenons pas à Toulouse, répondit Jean. Et c'est pour cela que j'ai été envoyé ici.

—Es-tu en train de dire que Messire Charles serait impitoyable au point d'assassiner la fille avec laquelle son père avait arrangé un mariage ? » demanda Antoni.

Jean réfléchit un instant. « Je ne peux pas totalement exclure la possibilité. Mais comme il est avocat, il aurait été conscient du fait qu'il serait plus sûr d'engager quelqu'un d'autre pour commettre le meurtre.

—Un *crestian*, par exemple, dit Antoni en pensant à sa conversation avec son frère plus tôt.

—Il y a des *crestias* ici ? lui demanda Jean.

—Oui, l'homme retrouvé à côté du corps de Dame Viola est un *crestian* », lui répondit Antoni.

Jean émit un sifflement. « Pourquoi un *crestian* tuerait-il la fille d'un consul ? demanda-t-il.

—Peut-être le ferait-il si Messire Charles l'avait payé pour le faire », rétorqua Antoni, de manière plus osée qu'il ne l'aurait dû.

Jean fronça les sourcils. « Ne prends pas mes remarques concernant les motivations de Messire Charles au pied de la lettre.

—Non, s'empressa Antoni de répondre. Non, bien entendu. »

Halip demanda à Antoni si l'on avait vraiment trouvé un *crestian* près du corps. Fermement, Antoni lui répondit que lui-même avait été présent aux côtés de Messire Guillaume et que la chapelle Sainte-Eulalie était très proche de la léproserie où habitaient les *crestias*. Il décida de ne pas faire mention de la présence de Chezelle.

« Qui est Messire Guillaume ? voulut savoir Jean.

—Je suis son palefrenier, déclara Antoni. C'est l'enquêteur de l'évêque.

—Tu veux dire qu'il enquête sur le crime ?

—Il l'a déjà résolu, affirma Antoni de son ton le plus coulant. Il a fait enfermer le *crestian* à la geôle.

—Ahhh, Dieu soit loué », commenta Jean. Il se leva, remercia Antoni pour le cidre et quitta l'auberge.

Halip et Antoni se regardèrent, pris de court par le départ si abrupt de Jean.

« Halip, je pense que cette conversation devrait rester entre nous, dit Antoni.

—Tu as raison. Je ne veux pas que Jean nous nuise parce qu'il regrette de nous avoir parlé. Promets-moi de ne rien dire à Messire Lansac de ce que tu viens d'apprendre.

—Je te le promets », répondit Antoni. C'était une promesse qui ne lui coûtait rien, car Guillaume était loin de Condom, mais il s'abstint de le dire à Halip.

CHAPITRE VINGT-DEUX

Belina marcha de la cour de justice à la rue Sainte-Luce, où se trouvait la porte principale du manoir Senclar. Elle avait la gorge qui piquait et elle agrippait la jupe de sa robe.

« *Adischatz* », salua-t-elle le portier.

Il la dévisagea et fronça les sourcils. « Que voulez-vous, *molieròta ?*

—Le sénéchal m'a ordonné de rendre visite à tous les consuls de Condom et de les interroger au sujet du banquet de fiançailles de lundi dernier. » Belina ne montra pas l'autorisation écrite du sénéchal afin d'éviter que le portier la lui arrache ou, pire encore, qu'il la déchire.

« Les fiançailles n'ont pas eu lieu, rétorqua-t-il. Ne le savez-vous pas ?

—Si. C'est pour cette raison que j'interroge les consuls et leurs épouses.

—Et vous croyez qu'un consul tuerait la fille d'un autre consul ? dit-il d'un ton méprisant.

—Le sénéchal doit savoir quelles étaient les personnes présentes au banquet et comment elles ont réagi lorsqu'elles ont appris la nouvelle de la mort de la fille du consul Lussan. »

Le portier se mit à rire. « Ils ont sans doute dissimulé ce qu'ils ressentaient et mangé le banquet.

—Il est peu probable que le consul Lussan et son épouse aient pu dissimuler leurs sentiments, répondit Belina.

—Les consuls n'ont pas de sentiments, *molieròta*.

—Bien au contraire, objecta Belina. Je les ai tous interrogés hier, ainsi que leurs épouses. Je peux vous assurer qu'ils éprouvaient tous du chagrin.

—Pourquoi n'avez-vous pas interrogé le consul Senclar, alors ?

—Je n'en ai pas eu le temps. Les autres habitent tous près les uns des autres », lui dit Belina. Ce n'était pas tout à fait vrai, mais c'était la meilleure excuse qui lui était venue.

Le portier la laissa passer dans l'entrée et appela un serviteur. Belina examina la pièce autour d'elle, été décorée afin d'impressionner ceux qui pénétraient dans la demeure plutôt que de leur faire bon accueil.

« Dame Lansac, la salua un serviteur.

—*Adischatz* », répondit Belina avant d'expliquer que le sénéchal l'avait envoyée interroger le consul Senclar et sa famille.

« Je ne pense pas qu'ils accepteront qu'une femme les interroge. Pourquoi votre mari n'est-il pas venu à votre place ?

—Parce qu'il s'entretient avec l'archidiacre de la mort de la fille du consul Lussan », mentit Belina. Elle ne lui montra pas l'autorisation écrite du sénéchal.

« Je vais leur annoncer votre présence. Ce sera à eux de décider s'ils jugent bon de vous recevoir.

—Merci. » Belina le suivit le long du couloir et pénétra dans une grande pièce avant qu'il ne puisse l'en empêcher.

Le consul Senclar était assis à une longue table, en train de tripoter les seins de sa femme. Sa mère était assise à la table, elle aussi, étudiant un document. Belina s'avança jusqu'à eux et tira de sa bourse l'autorisation écrite du sénéchal. Elle donna son explication habituelle et tendit le papier à Dame Édith.

« Donne-moi ça », lui ordonna le consul Senclar, mais sa mère ne lui prêta aucune attention. Elle lut le document très attentivement.

« Pourquoi n'est-il pas fait mention de Messire Chezelle dans ce document ? demanda-t-elle à Belina.

—Le sénéchal donne priorité aux témoins les plus importants.

—Messire Chezelle est le témoin le plus important, rétorqua Dame Édith. C'est lui qui a découvert le corps et le meurtrier.

—C'était peut-être *lui*, le meurtrier, l'interrompit son fils en exposant le sein gauche de son épouse.

—Ne sois pas si sot, Henri, et cesse donc de tirer ainsi sur la robe de ta femme.

—Sa robe ne m'intéresse pas, seul m'intéresse ce qu'elle recouvre. Ou plutôt, ce qu'elle recouvrait. »

Dame Jeanne se pencha en avant et son sein droit fut lui aussi exposé.

« Messire Chezelle ne se trouve pas céans présentement, déclara Dame Édith. Dites à votre époux de venir s'entretenir avec lui ici cet après-midi. »

Belina afficha son expression la plus neutre. Elle posa ensuite ses questions habituelles concernant le banquet de fiançailles, l'identité des autres invités, leurs réactions lorsqu'ils avaient appris la mort de Dame Viola et l'heure de leur départ du manoir Prelet.

« Si je comprends bien, vous avez parlé à tous les consuls et leurs épouses ? s'enquit Dame Édith.

—Tous, sauf les consuls Prelet et Lussan, ainsi que leurs épouses, répondit Belina. Je pense qu'il est trop tôt pour perturber leur deuil.

—Qu'est-ce qui vous fait croire qu'ils sont en deuil ? lui demanda le consul Senclar.

—Les Lussan ont perdu leur fille et les Prelet ont perdu la jeune dame qui devait devenir leur belle-fille, répondit Belina.

—En ce qui me concerne, je suis d'avis que Chezelle et Lussan ont arrangé la mort de cette fille.

—Henri ! le fustigea sèchement Dame Édith. Ne dis pas des choses pareilles !

—Je crois Chezelle tout à fait capable de tuer une jeune fille si quelqu'un le payait pour le faire.

—Prends garde à ce que tu dis, Henri », dit Dame Édith, le regard toujours rivé sur le document du sénéchal plutôt que sur les personnes qu'elle avait face à elle.

Le consul Senclar saisit les deux seins de son épouse. « Ne me dis pas ce que je dois faire. Tu ne fais qu'attiser ma colère.

—C'est vrai. »

Belina demanda à Dame Édith si elle avait remarqué une quelconque réaction de la part du consul Prelet et de son épouse lorsqu'ils avaient appris que Viola Lussan était morte.

« Je ne les regardais pas.

—Messire Chezelle avait-il été invité au banquet ? » voulut savoir Belina.

Le consul Senclar poussa un grognement de dérision. « Personne ne l'inviterait nulle part. Il risquerait de se mettre à inspecter leur dentition.

—Comme s'il s'agissait de chevaux, commenta Belina.

—Ne soyez pas vulgaire, *molieròta* », la réprimanda Dame Édith.

S'il y avait une femme vulgaire dans la pièce, Belina n'avait pas le sentiment que c'était elle mais bien Dame Jeanne, dont les seins étaient encore délogés de sa robe.

« Pourquoi Messire Chezelle se trouvait-il à la chapelle Sainte-Eulalie lundi dernier ? demanda Belina à Dame Édith.

—Je l'ignore.

—Se rend-il souvent dans ce quartier de Condom ? insista Belina.

—Je n'en sais rien.

—Pourquoi était-il accompagné de deux vigiles ?

—Je vous l'ai déjà dit deux fois, *molieròta.* J'ignore de quelle façon Messire Chezelle passe son temps.

—Mais si, tu le sais très bien. Je te l'ai souvent dit. Il le passe aux étuves, déclara le consul Senclar. Mais il n'obtient jamais les meilleures filles bien qu'il les quémande.

—Je ne veux pas savoir ce genre de chose, Henri.Je te prie de tenir ta langue. »

Le consul Senclar embrassa sa femme passionnément. « Comme tu peux le voir, dit-il à sa mère, je n'ai pas l'intention de tenir ma langue. » Il se leva et quitta précipitamment la pièce.

Belina se demanda si la scène à laquelle elle venait d'assister se produisait souvent. Il était possible, en revanche, que certaines des remarques extravagantes du consul au sujet du meurtre recèlent une part de vérité. Elle se demanda ce qu'elle devait faire maintenant. Attendre et voir s'il allait revenir ou prendre congé des Senclar ?

Le consul réapparut, main dans la main avec une jeune femme. Elle parut à Belina légèrement familière. Grande et très mince, dotée d'un visage assez laid avec deux verrues, des yeux perçants et un menton proéminent. Elle portait un fichu et une robe vert pâle très élégants.

« Une autre visite, annonça le consul.

—Ana, quel plaisir de te voir ! » Dame Jeanne se leva et se précipita vers elle, l'embrassant sur les deux joues. « Es-tu venue passer la nuit ?

—Non.

—Mais il le faut. Nous avons tant de choses à nous dire.

—Je ne crois pas, non.

—Bien sûr que si, s'épancha Dame Jeanne. Je dois tout te dire au sujet de l'enfant que j'attends. » Elle se tapota le ventre.

« Garde ce genre de conversation pour des femmes qui ont des enfants. »

Dame Jeanne se tourna vers Belina. « Voilà qui exclut certainement la *molieròta* ci-présente, déclara-t-elle.

—*Molieròta ?* répéta Ana Corloni. La femme sans enfants.

—Oui, elle nous a interrogés au sujet de cet affreux banquet de fiançailles et de ce qu'ont dit les Prelet lorsqu'ils ont appris que Viola Lussan avait été retrouvée morte. Mais tu étais présente, Ana, lorsqu'on leur a appris la nouvelle.

—Je ne me souviens pas de grand-chose hormis l'excellent banquet.

—Mon époux m'a dit que vous étiez présente, intervint Belina, et que vous conversiez avec le fils du consul Prelet.

—Non, c'est faux.

—Mon mari n'est pas un menteur, Ana. Il m'a dit qu'il vous a vue en train de parler au fils du consul Prelet.

—Ne m'appelez pas Ana, *molieròta*.

—Nous étions à l'école ensemble, Ana, répondit Belina. Viola, vous et moi.

—Je n'ai aucun souvenir ni de vous ni d'elle.

—Ce qui m'intéresse avant tout, ce sont vos souvenirs du banquet de fiançailles de lundi dernier, insista Belina.

—Tant pis. » Ana secoua la tête et son fichu élégant menaça de tomber. « Au revoir, Dame Édith, au revoir Jeanne, dit-elle avant de quitter la pièce.

—La fille du notaire Corloni doit se marier et apprendre à maîtriser son tempérament, commenta Dame Édith.

—Ana pense qu'elle n'est pas encore mariée parce qu'elle n'est pas dotée d'une poitrine comme la mienne, dit Dame Jeanne.

—Ce sont des sottises, idiote. Le mariage est une affaire d'argent, pas de taille de poitrine. » Dame Édith rendit à Belina l'autorisation écrite du sénéchal.

« Votre mariage, peut-être, mais pas le mien », argua Dame Jeanne.

Belina étudia Dame Édith. Elle était très frêle, comme Ana Corloni. Belina se souvint que l'archidiacre avait dit à Guillaume que feu le consul Senclar avait été mince, lui aussi. Elle supposait qu'il avait dû avoir le goût de l'argent car il était bien connu que les parents de Dame Édith à Lectoure avaient été très riches. Peut-être s'était-il procuré comme son fils – ainsi que Chezelle, apparemment– les plaisirs de la chair aux étuves.

Belina décida qu'elle n'apprendrait rien de plus qui puisse être utile à son enquête. Elle remercia Dame Édith de son aide et quitta la pièce.

Heureusement pour Belina, un portier différent était de service. Elle put quitter le manoir sans entrave avant de descendre jusqu'aux écuries des Senclar pour y retrouver Jordi et Christau.

Belina était presque arrivé à hauteur des écuries lorsqu'elle sentit une main lui toucher l'épaule. Elle fit volte-face, espérant qu'il ne s'agissait pas de Chezelle ou d'un vigile venu la ramener au manoir Senclar. À son grand soulagement elle vit devant elle Aralha, l'une des aides de cuisine des Senclar. Belina lui devait des remerciements pour son aide dans de son enquête sur l'empoisonnement du pèlerin, deux semaines auparavant.

« *Adischatz*, Aralha, tu as l'air à bout de souffle.

—*Adischatz*, Dame Lansac. J'ai dû courir à vive allure pour vous rattraper. J'ai une importante nouvelle à vous apprendre.

—Je suis ravie de l'entendre, Aralha. De quoi s'agit-il ?

—C'est un secret. C'est pour cela qu'il est plus sûr de vous le dire ici, dans cette allée. » Elle scruta les alentours pour voir si quelqu'un se trouvait à proximité.

« Tu peux me confier ton secret, Aralha. Personne ne nous entendra ici.

—Vous ne devez le dire à personne ou je vais avoir des ennuis. »

Belina lui assura qu'elle n'en parlerait à personne.

« Pas même Messire Lansac ?

—Non, pas même mon mari. »

Aralha se lança alors dans un récit très détaillé expliquant qu'elle travaillait parfois pour l'abbesse, gardienne des étuves. Celle-ci tenait une chambre privée coûteuse que les clients fortunés pouvaient réserver plusieurs heures pour y dîner, boire et se baigner. C'était une chambre somptueuse dotée d'une baignoire en bois emplie d'eau chaude : en échange d'une solde conséquente, bien plus élevée que celle qu'elle versait aux filles des étuves, Aralha partageait un délicieux repas copieusement arrosé avec un homme. Une fois leur dîner terminé, ils s'allongeaient sur un lit immense et très confortable, aux oreillers de soie. Bien sûr, il pouvait être ennuyeux d'être pendant des heures le jouet d'un vieux nanti qui avait trop bu.

« Cela ne dérange-t-il pas ton fiancé, Ramon, que tu fasses ce genre de travail ? demanda Belina.

—Pas du tout, parce que je suis si bien payée. Ainsi, nous pourrons ouvrir notre propre auberge. »

Aralha poursuivit son récit en disant qu'hier après-midi, elle s'était rendue à la chambre privée à la demande de l'abbesse et qu'elle s'était retrouvée avec l'arracheur de dents de Dame Senclar. Elle ne l'avait jamais aimé parce qu'il était toujours en train de tirer sur les jupes des domestiques de Dame Senclar.

Aralha décrivit son après-midi ardent et Belina patienta, à l'affût de toute information qui puisse avoir un intérêt pour elle. Elle espéra que Jordi et Christau ne s'impatientaient pas trop à cause de son retard. Chezelle faisait partie de ses suspects pour le meurtre de Viola. Pourquoi s'était-il trouvé à la chapelle lundi dernier ? Elle aurait souhaité que Guillaume soit à Condom et non à des lieues de là, à la recherche de Barvaux. Guillaume pouvait interroger Chezelle tandis qu'elle, la *molieròta* méprisée, ne pouvait se permettre de le faire.

Elle avait raté une partie de la description du « travail » d'Aralha mais elle avait en revanche appris que Chezelle avait bien trop bu, qu'Aralha l'avait tiré de la baignoire lorsque l'eau avait refroidi et qu'elle l'avait fait passer sur le lit, où elle avait tenté d'attiser son ardeur.

« Il n'a pas cessé de parler du fait que Dame Édith lui avait ordonné de se rendre tôt lundi matin à la chapelle Sainte-Eulalie et d'emmener avec lui deux vigiles. Il ne se lève jamais tôt d'ordinaire et il s'est réveillé en retard. Il lui a également fallu du temps pour convaincre deux vigiles de passer la léproserie ; il a dû les payer pour qu'ils acceptent de l'accompagner. Lorsqu'ils sont arrivés sur place, ils ont trouvé la pauvre fille morte égorgée et du sang partout autour. »

Aralha marqua une pause. La gorge de Belina se noua lorsqu'elle se remémora la chapelle et la flaque de sang coagulé. Elle chercha en tâtonnant son mouchoir et n'entendit pas les quelques phrases qui suivirent du récit d'Aralha.

« L'arracheur de dents était furieux que Dame Senclar l'ait houspillé pour n'être pas arrivé plus tôt à la chapelle. Il ne comprenait pas ce que cela changeait. Après tout, il avait fait immobiliser le meurtrier par les vigiles et avait fait mander Messire Lansac, votre mari, afin qu'il l'arrête et l'emmène à la geôle. Il ne comprenait pas pourquoi elle lui était si peu reconnaissante. Et il avait dû exiger qu'elle le paie pour ses services rendus.

—Dame Senclar n'aime pas se séparer de son argent, fit remarquer Belina. Peut-être a-t-elle pensé qu'il l'extorquait.

—Quoi qu'il en soit, l'arracheur de dents a remâché encore et encore le manque de reconnaissance dont elle lui a fait montre. C'était très ennuyeux.

—Mais il semble que tu aies bien mérité ta solde, commenta Belina.

—Oui. » Aralha sourit et frotta le pouce contre l'index. « Plein de jolis sous. Ramon était très content lorsque je le lui ai conté. »

Belina s'abstint de répondre.

« Vous n'en parlerez à personne, n'est-ce pas, Dame Lansac ?

—À personne. Mille mercis, Aralha, pour ces informations très utiles. »

Aralha retourna en direction de l'entrée des cuisines du manoir Senclar tandis que Belina courut aussi vite que possible aux écuries, où Jordi et Christau lui réservèrent tous deux un accueil courroucé comme elle l'avait craint.

CHAPITRE VINGT-TROIS

Belina, Jordi et Christau gagnèrent le moulin à pied, s'efforçant d'éviter les endroits les plus boueux en chemin. La rivière était brune et son cours était vif et jonché de branches d'arbres. Plutôt que de se joindre à la conversation de ses cousins, Christau passait son temps à scruter le cours d'eau.

Jordi était furieux qu'un deuxième procès ait été intenté contre lui. Leur « belle-mère malfaisante », comme ils l'appelaient toujours, même en sa présence, avait une fois de plus semé la pagaille dans leurs vies et Loupmont en avait profité. Les meuniers étaient sans arrêt accusés de tricher sur les poids de la farine et du blé : Jordi était capable de faire face à une telle accusation. Mais il leur serait très difficile d'obtenir justice sur leur héritage. Le notaire Corloni en savait beaucoup plus long qu'eux au sujet des lois de succession. À qui pouvaient-ils demander de l'aide ?

Belina finit enfin par pouvoir placer un mot, suggérant de faire suite à ses visites d'hier auprès des consuls en demandant poliment conseil au sujet de ce que Jordi et elle devraient – et pouvaient – faire.

« Cela ne marchera pas, dit Jordi. Les consuls vont se serrer les coudes.

—Pourquoi pas Charles Prelet, alors ? répondit Belina. Il aura peut-être un motif de rester dans mes bonnes grâces et, par conséquent, dans celles de Guillaume.

—J'en doute. Que risque-t-il, de toute manière ? Il n'aura pas tué sa promise.

—Je n'en suis pas si certaine.

—Tu ferais mieux de garder des opinions pour toi et pour Guillaume, dans ce cas.

—Eh bien, Jordi, qui aurait pu tuer Viola Lussan, à ton avis ?

—Ç'aurait pu être diverses personnes. Les parents de Viola parce qu'ils ne voulaient pas payer sa dot ou un mariage coûteux. Le consul Lussan a perdu de l'argent. Cela fait deux ans que ses récoltes sont mauvaises. Ç'aurait pu être une domestique qui n'aimait pas Viola…

—C'est peu probable, l'interrompit Belina. Viola était douce.

—À ta connaissance, uniquement. De toute manière, il m'importe bien plus de résoudre nos problèmes que ceux des consuls. Laisse donc le mystère de ce meurtre à ton mari. »

Ils continuèrent à enjamber les flaques boueuses sur le chemin, discutant des blessures de Géraud. Comment les avait-il eues ? Pourquoi refusait-il de parler du temps qu'il avait passé en Espagne ? Wasila était-elle une esclave donnée en tant que butin ou Géraud lui était-il venu en aide ? Ils supposaient qu'elle était maure. Sa présence en France était-elle illicite ? Loupmont et Corloni les feraient-ils arrêter pour ce motif ? Tant de problèmes auxquels ils étaient confrontés. Jordi se demandait si Catalina avait raison d'être méfiante à l'égard de Wasila.

« Elle lui témoigne énormément d'hostilité, Jordi, fit remarquer Belina.

—Elle n'a pas l'habitude de côtoyer des étrangers. Elle n'est pas comme toi, à voir des pèlerins dans ton échoppe, à entendre des langues diverses. Elle ne fait que rester à la maison, à faire la cuisine et s'occuper de nos enfants. Il te faut prendre cela en compte et ne pas la juger trop durement.

—Oui, je suppose que tu as raison. »

Ils traversèrent le bois voisin du moulin et émergèrent dans la cour. Ils furent très surpris d'y trouver une calèche. Jordi demanda au cocher qui il était.

« Le cocher de Dame Senclar.

—Que faites-vous là ? voulut savoir Jordi.

—J'attends Messire Chezelle.

—Et lui, que fait-il ici ?

—Je l'ignore. Je ne me permets jamais de demander », répondit le serviteur de la propriétaire terrienne et empoisonneuse tant redoutée.

Belina se demanda si Chezelle avait aidé Dame Édith Senclar à empoisonner des gens. Elle repensa ensuite à la besogne d'Aralha l'après-midi précédent en compagnie de Chezelle aux étuves.

Lorsqu'ils tournèrent le coin du moulin, ils se retrouvèrent face à Chezelle et à deux vigiles. L'un de ces derniers était en train d'épousseter de la farine de son uniforme mais l'autre leur cria : « Halte ! Restez où vous êtes !

—Je suis ici chez moi, rétorqua Jordi, et j'irai où ça me chante. Que faites-vous là, d'abord ? »

Chezelle s'approcha très près de lui. « Nous sommes à la recherche d'un déserteur de l'armée.

—Dans ce cas, vous ne le trouverez pas ici, à mon moulin, lui dit Jordi.

—Pourquoi donc ?

—Parce que je n'ai jamais rejoint les rangs d'une armée, quelle qu'elle soit. Ma femme non plus, ni mes enfants. Si vous cherchez des déserteurs, vous devriez aller voir dans des tavernes. Au Serpent, par exemple. Et maintenant, je vous serais reconnaissant de bien vouloir quitter mon moulin avant que je ne vous mette dehors. »

Chezelle lui adressa un regard noir et les vigiles se rapprochèrent. Belina récita deux A*ve Maria*. Chezelle continua à dévisager Jordi de façon menaçante. Belina pria pour que son frère ne le traite pas d'arracheur de dents ; ou pire. L'audience à la cour de justice l'avait laissé d'humeur massacrante et il avait parfois du mal à se maîtriser.

L'un des vigiles se saisit de Christau. « Voici le déserteur !

—Je ne suis pas un déserteur ! s'écria Christau en se défaisant de l'emprise du vigile. Vous savez très bien que je n'en suis pas un. Je suis batelier. Maintenant quittez nos terres avant que nous ne vous en expulsions. » Il serra les poings, prêt à se battre.

Chezelle attrapa Christau, criant qu'il ne pouvait être que déserteur car parfaitement valide.

« Évidemment que je ne suis pas blessé, gronda Christau. Lâchez-moi ou je vais cogner votre vilaine face et vous faire cracher vos dents brillantes. »

Chezelle ne lâcha pas prise et Christau le frappa si fort qu'il creva un sac de farine en tombant.

Jordi injuria Chezelle, posant sa botte sur la poitrine de l'homme et l'empêchant de se relever. Les deux vigiles se tinrent là à observer la scène, sans chercher à apporter la moindre aide à Chezelle.

« Arrêtez cet homme ! leur ordonna Chezelle.

—Quel homme, Messire Chezelle ?

—Le vaurien qui vient de me frapper, évidemment. Pourchassez-le. Arrêtez-le ! »

Ils se tournèrent tous de ci de là pour voir où Christau s'était réfugié, supposant qu'il s'était probablement rendu dans l'entrepôt, et laissèrent Chezelle se débrouiller seul pour se remettre sur pied.

Le plus jeune des vigiles jeta un coup d'œil en direction de la rivière et pointa du doigt quelqu'un qui la traversait péniblement à la nage car de nombreuses branches jonchaient la surface turbulente du cours d'eau. « Le voilà, messire, dans la rivière.

—Pourvu qu'il se noie, dit Chezelle. Poursuivez-le.

—Poursuivez-le vous-même si vous tenez tant à lui. Nous ne voulons pas nous noyer. L'état de la rivière est périlleux.

—Faites ce que je vous dis, vigiles.

—Vous n'êtes pas notre maître, Messire Chezelle. Et le consul Senclar non plus. Nous sommes des vigiles de la ville de Condom, pas vos serviteurs.

—Ni les serviteurs de qui que ce soit, ajouta l'autre vigile.

—Dans ce cas, déclara Chezelle, soucieux de se réapproprier sa dignité bien que couvert de farine, nous allons nous rendre au manoir Senclar et porter plainte.

—Je vais vous accompagner et porter plainte, moi aussi, dit Jordi. Vous avez abîmé un sac de farine et vous me devez remboursement. »

Chezelle jeta quatre pièces au sol. « Tenez, ordure cupide. »

Jordi ramassa les pièces et les mit dans sa bourse. « Maintenant, quittez ma propriété.

—Très bien mais je vais emmener votre sœur avec moi.

—Certainement pas, rétorqua Belina.

—Pour quelle raison ? demanda Jordi à Chezelle.

—Parce que je dois l'interroger au sujet du déserteur, répondit Chezelle.

—Elle ne vous dira rien concernant quelque déserteur que ce soit, affirma Jordi.

—Je ne vais nulle part avec eux, dit Belina.

—Si, ma sœur », lui dit Jordi.

Belina le dévisagea, interloquée. Il fit un petit geste de sa main gauche qui signifiait qu'il avait ses raisons et qu'elle devait lui obéir. Il s'agissait d'un signal qu'ils avaient inventé lorsque leur nouvelle belle-mère avait bouleversé leur vie en faisant irruption au moulin.

Belina continua de fixer son frère du regard et il traça en l'air la lettre « W ». Bien sûr, se dit-elle. Chezelle risquait de trouver Wasila au moulin. Cela attirerait de graves ennuis à Jordi. Elle se dirigea vers la calèche, regrettant de ne pas avoir eu l'occasion de demander à Jordi l'un de ses bons pains de blé ou de rester manger le repas que Catalina était certainement en train de préparer.

Belina s'assit dans la calèche des Senclar à côté de Chezelle. Elle se demandait comment elle allait faire face à un interrogatoire au sujet d'un déserteur au moulin. Comment allait-elle éviter de leur divulguer que son frère Géraud se trouvait chez Messire Benasse ? Comment garder le secret concernant l'existence de Wasila ?

Chezelle descendit de la calèche lorsqu'ils arrivèrent rue Sainte-Luce et entra au manoir Senclar. Un serviteur aida Belina à descendre et l'agrippa de manière excessivement familière. Elle fut irritée par la pression de son bras sur sa poitrine et elle espéra qu'il n'allait pas l'appeler « *molieròta* ».

Les deux vigiles expliquèrent au portier les raisons de leur présence et lui dirent que Messire Chezelle souhaitait que l'on interroge Dame Lansac au manoir Senclar. On les mena tous les trois dans une grande pièce dont tous les murs étaient ornés de tapisseries. Un homme était assis à une longue table, près de la grande fenêtre.

Belina chercha du regard un tabouret ou un banc mais il n'y en avait pas. Elle supposa qu'on les avait tous ôtés afin de rendre l'interrogatoire plus oppressant.

« *Bonjour*, lui dit l'homme sur un ton las.

—*Adischatz* », répondit Belina, espérant lui rendre la tâche plus difficile. Il avait sans doute préparé ses questions et remarques en français. Elle comptait lui répondre en gascon et savourer son embarras.

« Votre nom, je vous prie », poursuivit l'homme en français.

Belina ne répondit pas. Elle se contenta de garder le regard tourné vers le sol et les herbes répandues dessus.

« Répondez-moi. »

Belina le dévisagea en silence.

L'homme frappa la table du poing et renversa le cornet à encre. Plein à ras bord, il déversa presque ton son encre sur la table, emportant la plume avec elle.

Belina lutta d'abord pour ne pas sourire mais elle vit ensuite celui qu'affichait le cadet des vigiles et le lui rendit.

L'autre vigile alla chercher un serviteur pour nettoyer le désordre et réapparut avec une domestique et un tabouret pour Belina. Elle lui sourit également et dit : « *Mercés.*

—Approchez votre tabouret », lui dit l'homme. Comme il parlait toujours français, Belina s'assit dessus et resta là où elle était.

Une porte s'ouvrit sur sa gauche et un lévrier pénétra dans la pièce, renifla les chaussures boueuses de Belina puis s'assit à côté d'elle. Chezelle entra à son tour. Il avait changé de vêtements et de chaussures mais son humeur était toujours aussi mauvaise.

« Levez-vous lorsque j'entre dans la pièce », somma-t-il Belina en français.

Elle feignit de ne pas comprendre et caressa doucement le lévrier.

Chezelle s'approcha d'elle et répéta son ordre. Le lévrier se leva et se mit à grogner contre lui. Belina ne put s'empêcher de sourire et fut contente de voir que les vigiles souriaient, eux aussi.

Un serviteur apparut, apportant avec lui deux élégants tabourets qu'il plaça de part et d'autre de l'homme assis à la table, prenant soin d'éviter la domestique qui s'escrimait à nettoyer l'encre.

Dame Senclar entra, fronça les sourcils lorsqu'elle vit l'encre et s'assit de l'autre côté de l'homme.

Belina se demanda qui d'autre allait arriver. Le second tabouret était peut-être pour Chezelle. Elle fut surprise de constater qu'il était destiné à l'homme qui pénétrait la pièce en grande pompe : le notaire Corloni.

« Venez à la table et mettez-vous face à moi », ordonna Dame Édith à Belina en français.

Belina hésita un instant puis elle se leva, prit le tabouret et s'approcha de la table, suivie du lévrier.

Elle s'assit face à Dame Édith et la dévisagea. Elle adopta ensuite le stratagème que le *crestian* avait utilisé en sa présence le soir précédent : elle regarda Dame Édith sans la voir, fixant la tapisserie sur le mur derrière elle. Elle caressa le lévrier, comptant sur lui pour maintenir Chezelle à distance respectable.

« Lansac Belina, débuta Dame Édith de sa voix grêle, vous êtes ici pour répondre aux questions que mon avocat et moi vous poserons. » Belina attendit et continua de caresser le lévrier. « Votre moulin abrite un déserteur, ce qui constitue une infraction à la loi. »

Dame Édith parlait en français, comme elle avait l'habitude de le faire, et Belina ne répondit donc pas.

L'avocat chuchota quelque chose à l'intention de Dame Édith et elle lui répondit : « Cette femme est certainement capable de parler français, même si c'est avec un accent gascon. Elle nous parlera en français.

—Vous ne pouvez l'obliger à le faire, Dame Senclar. En Gascogne, les témoins et les accusés ont le droit de s'exprimer en gascon s'ils le souhaitent. »

Le notaire Corloni se tourna vers lui. « Cela ne constitue pas un problème, maître. Je lui parlerai en gascon et je vous rapporterai ce qu'elle me dit.

—Faites-lui avouer qu'un déserteur se trouve à son moulin », lui ordonna Dame Édith.

Le notaire changea cela en : « Cessez de nous faire perdre notre temps, *molieròta*, et avouez que vous cachez à votre moulin un déserteur. »

Belina le toisa pendant qu'elle réfléchissait à sa réponse. « Dites à Dame Senclar et à son avocat qu'il n'y a pas de déserteur au moulin Moulié. Les seules personnes qui y vivent son mon frère, son épouse et leurs deux enfants. Mon frère et moi ne sommes pas propriétaires du moulin ; nous le louons à l'évêque. Il est évident que nous ne permettrions pas à un déserteur de s'y réfugier – et de toute manière, nous ne connaissons aucun déserteur. »

Le notaire Corloni traduisit correctement la déclaration de Belina. Dame Édith commenta que l'évêque ferait bien de reprendre possession du moulin et de laisser d'honnêtes meuniers y vivre et y travailler.

Pendant que le notaire Corloni lui répétait cette remarque, que Belina avait comprise de toute façon, elle se dit que l'accusation proférée par Loupmont ce matin-là, selon laquelle Jordi flouait l'évêque sur les mesures de blé, pourrait très bien être liée au fait que Dame Édith souhaite installer ses propres travailleurs au moulin. Belina savait très bien que l'augmentation du nombre de ses propriétés, et donc de ses rentes, était la principale activité de Dame Édith – hormis l'empoisonnement.

La remarque de Dame Édith n'appelait pas de réponse et Belina attendit. Le notaire Corloni s'engagea dans une nouvelle voie d'attaque et interrogea Belina, en gascon, au sujet des allées et venues de Christau le matin du banquet de fiançailles.

« Mon cousin est batelier. Il n'a rien à voir avec les banquets qui ont lieu au manoir du consul Prelet, affirma-t-elle en attendant de voir ce qui allait suivre.

—D'après mes informations, on l'a vu entrer à la chapelle Sainte-Eulalie, tôt ce matin-là.

—C'est peu probable. Il passe tout son temps sur la rivière, répondit Belina.

—Je vous répète qu'on l'a vu entrer à la chapelle.

—Votre source d'informations doit avoir la vue défaillante.

—Il voit très bien, *molieròta*, et il se tient juste derrière vous. »

Belina se retourna et vit Chezelle en train de sourire.

Le notaire Corloni se pencha en avant au-dessus de la table. « Je pense que votre cousin, Christau Moulié, a tué la fille du Consul Lussan. » Il marqua une pause. « Et il ne vous sert à rien de le nier.

—Il est bien plus probable que ce soit Messire Chezelle qui ait tué Dame Viola Lussan », rétorqua Belina.

Chezelle agrippa l'épaule de Belina. « Comment osez-vous m'accuser d'un tel crime ? s'écria-t-il.

—Pourquoi ne le ferais-je pas ? Vous en accusez bien mon cousin.

—Votre cousin devrait être enfermé dans une geôle », déclara Chezelle. Les autres acquiescèrent.

« Messire Corloni, dit Belina, où selon vous mon cousin a-t-il passé la matinée lundi dernier ?

—À se cacher des vigiles et à laver le sang de ses vêtements.

—Combien de temps cela lui aurait-il pris ? voulut-elle savoir.

—Toute la matinée, sans doute. »

Belina sourit. « Mon cousin Christau dînait avec mon époux, mon frère, son épouse, leurs enfants et moi au moulin lundi dernier. Et je vous assure qu'il n'avait sur lui aucune trace de sang.

—Je ne vous crois pas, rétorqua le notaire Corloni, et vous n'avez pas expliqué pourquoi il est parti se cacher.

—Il n'est pas parti se cacher.

—Messire Chezelle déclare que si. Il a traversé la rivière à la nage pour échapper aux vigiles.

—Ce n'était pas pour échapper aux vigiles. C'était pour s'éloigner de l'arracheur de dents de Dame Senclar, qui était fou de rage et se trouvait sur la propriété de mon frère. »

Le notaire Corloni rapporta la déclaration de Belina en français, s'abstenant de faire mention du terme « arracheur de dents ».

Dame Édith somma le notaire de poser des questions au sujet du déserteur plutôt que sur Christau et la mort de la fille du consul Lussan.

Le notaire fronça les sourcils et se pencha à nouveau sur la table. « Revenons au déserteur, *molieròta* ; avouez que vos deux frères se trouvent au moulin de l'évêque et que l'un d'eux est un déserteur.

—Non.

—Dame Édith requerra du sénéchal que ses hommes vous fassent dire la vérité. » La voix du notaire s'était faite menaçante.

—Nul besoin de chercher à m'intimider en faisant appel

au sénéchal, répondit Belina en français, sur un ton qu'elle s'efforça de rendre insouciant. Comme vous le savez déjà, le sénéchal m'a donné l'autorisation écrite d'interroger tous les consuls et leurs épouses au sujet de ce qu'ils ont fait, vu et entendu lors du banquet de fiançailles lundi dernier. »

L'avocat parut interloqué et faillit renverser à nouveau la corne à encre. Le notaire Corloni éloigna celle-ci hors de portée.

« *Molieròta*, asséna Dame Édith, j'exige que vous disiez la vérité concernant le fait que votre frère donne refuge à un déserteur.

—Je ne réponds pas aux questions qui me sont adressées de manière si grossière, objecta Belina.

—Nous sommes chez moi et je m'adresserai à vous comme il me plaira. » Les lèvres de Dame Édith étaient aussi pincées que la pointe de la plume sur la table devant l'avocat.

« Dame Senclar, dit Belina, j'informerai le sénéchal de votre grossièreté à mon égard. » Les jambes de Belina tremblaient mais elle s'efforça de paraître aussi calme que possible.

Alors que Dame Édith laissait échapper un sifflement de rage, Belina vit du coin de l'œil les vigiles sourire à nouveau. Elle espéra qu'ils mentionneraient dans leurs bavardages la façon courageuse dont elle avait tenu tête à la redoutée Dame Senclar, l'empoisonneuse de Lectoure.

« Je ferai fouiller le moulin Moulié par les hommes du sénéchal. »

Belina perçut la menace que renfermait cette remarque. Il était essentiel que Wasila quitte le moulin dès que possible. Elle ignorait si le sénéchal entretenait de bonnes relations avec Dame Édith ou non mais il était désormais très dangereux que Wasila reste au moulin. La colère de Catalina n'était plus le seul péril qui les guettait. Le sénéchal aurait peut-être fermé les yeux sur la présence de Géraud au moulin, en raison de ses blessures de guerre, mais la présence d'une Maure, de surcroît sans doute esclave, ne lui laisserait d'autre choix que de l'arrêter ; ainsi que Jordi peut-être. Il était fort probable que la tante de Catalina ait jasé à Montréal, auquel cas le notaire Corloni aurait eu vent non seulement de la présence de Géraud mais aussi de celle de Wasila.

« Dame Lansac, dit l'avocat, je suis content que vous ayez décidé de parler à Dame Senclar en français mais je suis irrité que vous ayez retardé cette conversation et que vous m'ayez fait perdre mon temps en refusant obstinément de le faire plus tôt. » Il joignit ses doigts sur la table en prenant soin d'éviter l'encre.

« Merci, maître, répondit Belina avec une pudeur feinte. Me qualifier de "*molieròta*" a fait tarder mes réponses. »

L'avocat chuchota à l'oreille du notaire Corloni, qui afficha un sourire narquois. « *Molieròta* est un terme gascon, maître, qui désigne une femme de meunier qui dispense des faveurs intimes à tous les clients de son mari qui lui plaisent, répondit-il

—Dans ce cas, fit remarquer l'avocat d'un ton sévère, le terme n'est pas convenable lorsqu'on s'adresse à l'épouse de l'enquêteur de l'évêque. » Il se leva. « Cette réunion est terminée. J'en rendrai compte au sénéchal lorsque j'en aurai le temps. »

Belina espérait que ni lui ni le sénéchal ne trouveraient le temps avant que s'écoulent de nombreux jours.Elle se leva et quitta la pièce.

CHAPITRE VINGT-QUATRE

Belina se rendit rue des Argentiers et souleva le heurtoir en cuivre qui ornait la porte d'entrée de Messire Benasse. Elle s'appuya contre l'embrasure, tremblant sous l'effet d'une peur différée. Combien de temps avant que le sénéchal ne fasse fouiller le moulin et découvre Wasila ? Les Benasse étaient-ils en danger parce qu'ils prenaient soin de Géraud ? Il fallait qu'elle les prévienne.

La porte s'ouvrit et Belina salua Dame Benasse. « Ma chère Belina, quel plaisir de vous voir. Entrez donc. »

Belina passa dans l'entrée, sans se rendre compte qu'elle avait été suivie par un garde des Senclar, et gravit l'escalier derrière Dame Benasse.

« Je suis en train de préparer du *hamín*, ma chère, mais le docteur et la *Señora* Benj sont là : ils s'occuperont de vous. » Elle ouvrit la porte du parloir. « Au fait, à quand remonte votre dernier repas ? Vous avez l'air très pâle, vous savez.

—J'ai eu une matinée difficile, Dame Benasse, et j'ai déjeuné à la hâte pour mon dernier repas.

—Je vais vous apporter quelque chose à manger. » Dame Benasse redescendit prestement les escaliers en direction de la cuisine.

Dame Benj salua Belina d'un grand sourire et lui indiqua une chaise confortable. Le contraste avec le manoir Senclar, où elle n'avait eu aucun endroit où s'asseoir, était saisissant. Le souvenir arracha un soupir à Belina, qui rendit son sourire à Dame Benj.

« *Está ustéd enferma ?* »

Belina comprenait d'ordinaire certaines phrases en espagnol mais elle était trop fatiguée pour prêter une oreille attentive à la question de Dame Benj au sujet de son état de santé.

Dame Benasse arriva avec un plateau de gâteaux et de fruits qu'elle posa sur une table près de Belina. « Je vais vous apporter du cidre, ma chère. En attendant, servez-vous de ces petits gâteaux. Nous ne voudrions pas que vous tombiez d'inanition.

—J'espère ne pas être faible à ce point, dit Belina en prenant un gâteau, mais Dame Benasse était déjà retournée à la cuisine, d'où elle revint avec un pichet et un gobelet.

—Ce cidre vous fera du bien aussi, dit-elle en en versant dans le gobelet. Vous avez l'air de quelqu'un à qui il est arrivé un malheur. Dites-nous donc ce qu'il s'est passé, si vous le voulez bien. » Elle adressa un sourire à Belina. « Nous n'en parlerons à personne si vous souhaitez que nous gardions le silence.

—J'aimerais en parler à votre époux, je vous prie, Dame Benasse, répondit Belina.

—Est-ce un problème d'argent, peut-être ?

—C'est pire que cela, bien pire. » Belina leur relata ses deux passages au manoir Senclar ce matin-là et la scène au moulin. « Je crains que le sénéchal fasse envoyer des hommes ici, Dame Benasse, et qu'ils trouvent Géraud.

—Ne vous inquiétez pas, ma chère, nous sommes capables de nous débrouiller. Géraud est blessé, un médecin prend soin de lui. C'est lui, d'ailleurs, qui a insisté pour qu'on l'amène ici.

—Comment va-t-il ? s'enquit Belina.

—Son état va s'améliorant. »

Belina termina son gobelet de cidre et Dame Benasse lui en versa à nouveau. « Merci. Pourrais-je voir mon frère, je vous prie ?

—Le docteur Benj est avec lui en ce moment, il change ses

bandages. Lorsqu'il sera de retour, vous pourrez le lui demander. Ah, le voilà justement. »

Belina se leva et lui demanda en parlant lentement en gascon comment allait son frère.

Il répondit – s'exprimant tout aussi lentement – en espagnol que Géraud allait mieux et qu'il souffrait beaucoup moins de la douleur. Il n'avait subi aucune fracture mais il était recouvert de contusions, la plupart internes. Son torse était endommagé et il lui était douloureux de respirer.

« Oh non, répondit Belina. Puis-je aller le voir ?

—*Desde luego.* » Il ouvrit la porte qui donnait sur une pièce minuscule où Géraud était allongé sur plusieurs matelas.

Belina s'assit par terre près de son frère et lui prit la main. Ils se regardèrent un long moment, jusqu'à ce que Géraud trouve la force de remercier Belina pour le fait d'avoir des amis tels que les Benasse et le docteur Benj.

Elle sourit et serra sa main dans la sienne.

« Comment va Wasila ? » voulut-il savoir.

Belina le rassura. Wasila s'occupait à raccommoder des sacs de farine, ce qui aidait Jordi et Christau tout en permettant de la tenir à l'écart de Catalina.

« Je regrette d'avoir causé autant d'ennuis à Jordi, murmura-t-il.

—Ne t'en fais pas pour cela, le rassura-t-elle. Je vais lui faire quitter le moulin et elle logera chez mon assistante, Quiteira. Elle y sera bien plus en sécurité.

—Catalina est-elle donc si dangereuse ? Quand même pas au point de nous trahir ?

—Non, elle a mauvais caractère, c'est tout, répondit Belina. Le danger, si danger il devait y avoir, viendrait de Dame Senclar : elle souhaite faire expulser Jordi du moulin et y installer ses propres métayers. Si elle y découvrait Wasila, cela lui fournirait un prétexte idéal.

—Mais ne possédons-nous pas le moulin, tous les trois ?

—Non. Il appartient à l'évêque de Condom mais nous

avons un bail ferme. Quoi qu'il en soit, l'évêque n'est pas là : il est à Tours.

—Nous sommes donc à l'abri de Dame Senclar.

—Je l'espère. » Elle serra à nouveau sa main dans la sienne et la tint jusqu'à ce qu'il ferme les yeux et s'assoupisse. Belina se leva, quitta la petite pièce et retourna au parloir.

« Comment va-t-il ? lui demanda Dame Benasse.

—Il dort. Il a l'air très paisible. » Elle se tourna vers le docteur Benj. « Je ne saurai jamais assez vous remercier de prendre soin de lui. »

Il sourit et souffla quelques mots – parmi lesquels Belina ne distingua qu'un « Wasila » – à leur hôtesse.

« Belina, dit Dame Benasse, le docteur Benj me dit que Géraud souhaite ardemment que sa compagne maure soit amenée ici. Le docteur lui-même est d'avis que la présence de la jeune femme aiderait Géraud à récupérer plus rapidement. » Elle marqua une pause. « Mais mon époux et moi savons que nous ne pouvons pas accueillir Wasila chez nous. » Elle adressa un sourire à Belina.

« Parce que Géraud se trouve dans une pièce si exiguë, vous voulez dire ?

—C'est une des raisons, Belina, mais la principale est bien plus difficile à contourner. La présence de Géraud ici constitue déjà un certain danger, comme nous l'évoquions tout à l'heure, mais donner refuge à une jeune fille maure qui s'est enfuie, probablement une esclave, nous causerait de graves ennuis, et elle serait arrêtée et disparaîtrait.

—En êtes-vous certaine ? demanda Belina.

—Oui. Nous avons eu ouï-dire de telles choses ayant eu lieu dans d'autres villes de France. Il est facile d'attiser la haine de l'étranger parmi le peuple. J'imagine que Wasila a le teint sombre ? »

Belina réfléchit. Elle avait supposé que le visage de Wasila avait été bruni par le soleil du Sud de l'Espagne. Guillaume lui avait dit un jour que l'on voyait parfois à Bordeaux des gens à la peau noire, des marins venus d'Afrique qui voguaient sur des navires portugais. Mais la peau de Wasila n'était pas noire, loin de là.

« Je n'avais pas vraiment prêté attention à la couleur de sa peau, répondit Belina.

—Porte-t-elle un tissu qui recouvre complètement sa tête et son cou ? » lui demanda Dame Benasse. Belina acquiesça. « Cela indique sans doute qu'elle est musulmane, expliqua Dame Benasse.

—Cela vous pose-t-il problème ? s'enquit Belina.

—Non ma chère, bien sûr que non. Mais cela pourrait servir de prétexte à un ennemi. » Elle marqua une pause. « Et vous m'avez dit que votre frère Jordi et vous avez des ennemis. C'est ce type d'ennemi auquel je pensais. La situation semble plutôt dangereuse : nous devons faire preuve de prudence.

—Je suis vraiment désolée de vous avoir exposée à ce danger, Dame Benasse. Que souhaitez-vous que je fasse ?

—Menez à bien votre dessein dès que possible, ma chère. Cachez Wasila chez votre assistante. » Elle marqua à nouveau une pause. « Il lui faudrait quelque chose à faire, qu'elle soit occupée et qu'elle reste entre quatre murs.

—Raccommoder des sacs de farine, vous voulez dire ?

—Non, pas des sacs de farine mais de la couture, peut-être. Quelque chose pour votre échoppe, par exemple. »

Elle s'entretint avec Dame Benj dans leur langue et Belina attendit qu'elle lui traduise la réponse.

« Dame Benj me dit que les femmes maures sont très douées pour la broderie, en particulier celle des vêtements de soie. Les robes de soie de Grenade sont apparemment très belles. Cela me donne une idée. » Elle se leva et se dirigea vers la porte. « Attendez un instant. »

Elle revint peu après, tenant en main une robe de soie qu'elle montra à Belina. « C'est une vieille robe, comme vous le voyez, mais elle est de bonne qualité et elle me va toujours. Cela fait au moins trois ans que je ne l'ai pas portée parce que la broderie s'est décousue. Je ne vois pas assez bien pour la raccommoder correctement. »

Belina prit la robe avec soin et examina l'endroit où la broderie bleue s'était décousue. « Je peux tenter de voir si Wasila en est capable. Quiteira aura peut-être du fil de soie chez elle. Je l'espère, en tout cas. »

Dame Benasse la gratifia d'un sourire. « Je vais trouver quelque chose afin que vous puissiez la ramener à la résidence des employés sans que personne ne la voie.

—Je ne pense pas que qui que quiconque se préoccupe de ce que je porte avec moi, dit Belina.

—Juste au cas où, je vous conseille de la garder à l'abri des regards curieux. Je vais l'envelopper dans une cape et la descendre pour vous. » Elle s'absenta et réapparut avec une cape dans laquelle elle avait placé la robe.

Belina remercia le docteur Benj et son épouse avant de suivre Dame Benasse jusqu'au bas de l'escalier, où elle prit la robe drapée dans la cape. Elle attendit pendant que les verrous épais étaient tirés.

Elles sortirent dans la rue ensemble et Belina dit : « Remerciez à nouveau Messire Benasse de ma part pour l'argent qu'il a prêté à Jordi, je vous prie. Ou peut-être souhaiterait-il qu'il le lui rende, maintenant que vous prenez soin de mon autre frère ?

—Bien sûr que non, ma chère. Jordi pourrait en avoir besoin si cet affreux Loupmont lui cherche noise.

—J'aimerais tant que l'archidiacre se débarrasse de Loupmont, commenta Belina.

—Vous êtes loin d'être la seule. Mon époux a entendu dire que Loupmont cherche à soutirer de l'argent – ou du raisin ou tout ce qu'il peut détourner – à de nombreux vignerons et fermiers.

—Existe-t-il encore beaucoup de cette sorte de pauvreté ici ? s'enquit Belina.

—Oui. Mon époux rencontre cet après-midi le consul

Ardit, le marchand de vins dans la rue voisine, à qui l'on doit de l'argent – et qui a donc lui-même des problèmes d'argent.

—Il m'a relaté hier que le consul Lussan lui doit une somme importante, fit remarquer Belina.

—Les problèmes du consul Lussan ont engendré bien d'autres victimes :outre le consul Ardit, le fils aîné du notaire Corloni. Le consul Lussan s'est fait plusieurs ennemis de cette manière cette année, dont l'épouse du notaire Corloni et ses cousins à Condom. Le fait que Dame Lussan arbore sans cesse de nouveaux vêtements et bijoux dispendieux n'arrange pas les choses. Je ne pense pas que le consul Lussan aurait eu l'argent pour doter sa pauvre fille décédée. Il n'avait demandé de prêt à mon époux ni pour une dot ni pour un mariage, alors qu'il aurait très bien pu le faire.

—Le coût du banquet de fiançailles aurait-il été assumé par le consul Prelet ou le consul Lussan ? Ou par les deux ? demanda Belina.

—Uniquement par le consul Prelet, j'imagine, ma chère. Mais le consul Lussan aurait dû prendre en charge ceux de la dot et du mariage. Il devrait être en train de vendre les bijoux de son épouse plutôt que de lui en acheter d'autres. Et je suppose qu'il aurait également acheté des bijoux à sa fille ainsi que des robes et des fichus. Et un cadeau de fiançailles !

—La mort de Viola lui a fait économiser beaucoup d'argent, commenta Belina.

—Oui, c'est vrai. Et certains de ses créanciers exigent que leurs notes soient réglées, comme le consul Ardit par exemple.

—J'espère que cela n'a rien à voir avec la raison de la mort de Viola, dit Belina.

—Je croyais que vous m'aviez dit que Guillaume avait découvert le meurtrier et l'avait fait enfermer.

—Oui mais il est possible qu'il ait été payé pour tuer Viola sur l'ordre de son véritable ennemi – ou de celui de son père, répondit Belina.

—Ou l'ennemi de sa mère, fit remarquer Dame Benasse.

La rumeur veut qu'elle ait de nombreux ennemis. Payer un meurtrier pour tuer sa fille serait moins coûteux qu'un mariage, une dot et tous les autres frais.

—Il me faut interroger le prisonnier à nouveau, reconnut Belina.

—Demandez à Guillaume de le faire, ma chère.

—Oui, bien entendu. Guillaume y arriverait bien mieux que moi. »

Belina se rendit compte qu'il était grand temps de cesser de converser dans la rue. Elle remercia à nouveau Dame Benasse et se mit en route pour l'échoppe de la cathédrale. Le garde des Senclar, dissimulé de l'autre côté de la courbe de la rue, lui emboîta discrètement le pas.

CHAPITRE VINGT-CINQ

Belina était sur le point d'entrer dans l'échoppe lorsqu'un vigile en sortit.

« Dame Lansac, cela fait près d'une heure que je vous attends, la salua-t-il de façon malpolie.

—Pourquoi n'avez-vous pas laissé une note à mon assistante, la veuve Nabias, dans ce cas ? rétorqua Belina en maugréant.

—Elle ne sait pas lire.

—Certes. Mais elle est capable de garder un mot. et de se rappeler de ce qu'on lui dit. J'ignore pourquoi vous avez ressenti le besoin de perdre votre temps à attendre mon retour à l'échoppe. »

Le vigile tira un document de sa bourse et le tendit à Belina. « Lisez ceci et confirmez que vous suivrez les instructions qui y sont inscrites. »

Belina déplia le document, s'efforçant de réprimer le tremblement de ses mains. Il s'agissait d'une citation à comparaître devant la cour de justice mardi matin avec Moulié, Jordi et Christau. Pour quelle raison ? Nulle mention n'était faite ni des mesures de blé du meunier ni du testament de son père. Quel autre motif d'accusation à son encontre et à celle de Jordi et Christau le magistrat pouvait-il avoir ?

Elle remercia le vigile, plaça le document de convocation dans sa bourse et pénétra dans l'échoppe sans lui souhaiter *adiu*.

« Te voilà enfin, grommela Quiteira. Une fois de plus,

tu t'es absentée toute la journée. » Elle remit un plateau de médaillons dans leur tiroir sous le présentoir.

« Je suis vraiment désolée, Quiteira, répondit Belina en s'efforçant de prendre un ton aussi contrit que possible, mais c'est la faute de Dame Senclar et de cet imbécile de Loupmont.

—Laquelle ?

—La plus âgée, Dame Édith, qui a envoyé son affreux arracheur de dents, Chezelle, chercher Jordi au moulin.

—Pourquoi ? Veut-elle lui acheter sa farine pour en faire une crème pour le visage ?

—Si seulement c'était cela. Non : elle nous accuse, Jordi et moi, d'escroquer notre belle-mère.

—Mais j'avais toujours cru comprendre que c'était le contraire, s'étonna Quiteira. C'est vous deux qui êtes ses victimes, non ?

—Parfaitement. J'ignore pourquoi Dame Senclar profère soudain une telle accusation, des années plus tard.

—Peut-être la plus jeune des dames Senclar l'a-t-elle poussée à le faire, suggéra Quiteira. C'est une femme pernicieuse. Je la crois capable de toutes les ruses malfaisantes.

—Je suis bien d'accord avec toi, répondit Belina en posant sa main sur la manche de Quiteira.

—Merci, Belina. Au fait, un vigile déplaisant est resté ici un long moment à t'attendre. J'ignore ce qu'il voulait te dire. Il s'est plaint de ton absence, bien entendu, avant de suggérer que je lui donne de l'aygue ardente.

—Et lui as-tu donné ? »

Quiteira fit non de la tête. « Tu as dû le voir en entrant car il est sorti juste avant que tu arrives. »

Belina lui relata que le vigile avait été envoyé pour convoquer son frère, son cousin et elle à la cour de justice le mardi matin suivant.

« Pourquoi donc ? Encore une absence. J'en ai assez que tu ne sois jamais là. »

Belina lui dit qu'elle ignorait le motif de la convocation

et qu'elle en avait assez, elle aussi, de devoir s'absenter aussi souvent.

La mauvaise humeur de Quiteira se dissipa quelque peu. Elle finit par remarquer le ballot que portait Belina. « Qu'est-ce que c'est ? Des vieux vêtements du moulin ?

Belina la mena à l'arrière de l'échoppe, dans la réserve, où elle déballa la cape et montra à Quiteira la robe de soie abîmée de Dame Benasse.

« L'étoffe est très belle, commenta Quiteira, et la broderie de grande qualité, même si elle est endommagée en partie. La robe est-elle pour la fille maure qui se cache à ton moulin ?

—Que veux-tu dire ?

—Ce que j'ai dit. Je sais très bien que ton frère et sa femme abritent chez eux une hérétique.

—Qui t'a dit une chose pareille ? voulut savoir Belina.

—Peu importe qui me l'a dit. Je ne rapporte pas les confidences, répondit Quiteira.

—Il vaudrait mieux pour toi n'en toucher mot à personne.

—C'est donc vrai ? » Quiteira esquissa un sourire. « Je le savais. Cela vous ressemble bien, à ton frère et toi, de faire quelque chose de si dangereux. Guillaume est-il également impliqué ?

—Il n'a pas eu le choix, reconnut Belina.

—J'ai également entendu, poursuivit Quiteira, que ton frère cadet, le soldat, a déjà quitté le moulin.

—Si tu en es aussi certaine, dis-moi donc où tu crois que mon frère le soldat, comme tu l'appelles, est allé.

—Ah ça, j'attends que tu me le dises, Belina.

—Je ne te dirai rien du tout. » Belina enveloppa à nouveau la robe de soie dans la cape de Dame Benasse.

« Ils sont à l'hospice Pradau, hein ? suggéra Quiteira, Ils doivent t'être reconnaissants d'avoir résolu l'affaire de leur pèlerin empoisonné. »

Belina ne dit rien. Elle fit une courte prière silencieuse à la Sainte Vierge, lui demandant de faire en sorte que Quiteira continue de croire que Géraud était caché à l'hospice.

« Le frère Pierre acceptera-t-il qu'une fille maure rejoigne ton frère à l'hospice ? demanda Quiteira.

—Je ne le lui ai pas demandé car il ne le permettrait sans doute pas.

—Je suis certaine que non, dit Quiteira en riant. La fille est donc toujours cachée au moulin ?

—Oui, elle vit toujours au moulin. Catalina en est contrariée.

—Je n'en doute pas. » Quiteira rit à nouveau.

—Ça n'a rien de drôle, Quiteira. Catalina la traite très mal. Elle est cruelle.

—C'est ton frère et toi qui êtes cruels, commenta Quiteira.

—Pourquoi donc ?

—Parce que vous avez laissé une pauvre jeune fille toute seule dans une maison et dans un pays inconnus ; avec ta belle-sœur en plus.

—Nous n'avons pas d'autres endroits où la loger.

—Et si Chezelle se rendait à nouveau au moulin et y trouvait non seulement Jordi mais aussi la fille maure, que lui arriverait-il ?

—Je n'ose même pas y penser », répondit Belina. Mais elle était déjà en train de réfléchir au meilleur moyen de faire en sorte que Quiteira accepte de loger Wasila chez elle, rue Cadéot.

« Eh bien, tu ferais mieux d'y penser, Belina, avant que Catalina ne sorte de ses gonds et vous dénonce tous. »

Belina saisit l'opportunité qui se présentait à elle. « Tu vois cette robe, Quiteira ? » Elle toucha l'étoffe. « Wasila, la fille maure, est très douée pour la couture. Je lui ai donné tout un tas de sacs de farine endommagés à raccommoder pour Jordi.

—Savoir réparer des sacs de farine, c'est une chose, Belina. La broderie, c'est autre chose.

—Géraud est très fier de Wasila : il a affirmé lundi dernier qu'elle possédait un véritable talent pour la couture. Selon lui, c'est souvent le cas des femmes maures. » Belina prit soin d'occulter la présence de la *Señora* Benj à Condom. Le repas de famille du lundi précédent au moulin avait été bien trop houleux pour que quiconque parle de broderie.

« Que porte-t-elle comme vêtements ? voulut savoir Quiteira.

—Ils sont sales et portent les traces de son voyage, bien entendu, mais ils devaient être de bonne facture à l'origine.

—Comment sont ses doigts ? Épais ou longs et fins ?

—Longs et fins. Elle veille à les garder aussi propres que possible – et à en ôter toute trace de farine. » Belina se demanda si le moment était venu de demander à Quiteira de loger Wasila. Elle savait très bien le risque que cela représenterait pour Quiteira.

—Pourquoi ne se façonne-t-elle pas d'autres vêtements, Belina ?

—Je crois qu'il est sans doute difficile de le faire au moulin. Sa chambre est sombre et la pièce principale est occupée par deux enfants gaillards et leur mère - dont tu connais le tempérament. Wasila raccommode les sacs de farine dans l'entrepôt du moulin mais il serait impossible d'y couper et coudre des vêtements à cause de la farine qui recouvre tout.

—Il n'y a pas d'autre endroit, Belina ?

—Eh bien, si, il y a un endroit idéal où elle pourrait façonner et raccommoder des vêtements, ou autre chose, comme la broderie sur cette robe. » Elle passa à nouveau sa main dessus.

« Où donc ?

—Chez toi, Quiteira. Tu m'as souvent dit que tu souhaitais prendre une logeuse mais que tu voulais une femme discrète, propre et soignée.

—Je le sais bien mais les femmes qui cherchent à se loger sont soit des catins soit en quête d'un homme.

—Wasila n'est pas une catin. Bien au contraire, comme je te le disais. Et elle a déjà un homme qu'elle chérit. Un homme pour lequel elle a quitté son propre pays et voyagé jusqu'en Gascogne.

—Peut-être. Mais cela voudrait dire que ton frère, le soldat blessé, serait lui aussi chez moi. Il n'y a pas la place.

—Il vaut mieux pour mon frère qu'il reste là où on s'occupe de lui, répondit Belina, à cause de ses blessures. » Elle marqua une pause et réfléchit à la façon de convaincre Quiteira de prendre un risque sérieux qui changerait sa vie. « Mon frère te dédommagerait, bien entendu, si tu logeais Wasila.

—Je l'exigerais, fit remarquer Quiteira. Et d'avance. »

Belina tira une petite bourse de la pochette à sa ceinture et l'ouvrit. Les yeux de Quiteira brillèrent et ses lèvres esquissèrent un sourire.

« Voici ce que Guillaume et moi comptions donner à Jordi afin qu'il puisse convaincre Catalina d'accepter que Wasila reste au moulin le temps que Géraud se remette. » Elle plaça sept pièces dans la paume de Quiteira. « Prends-les comme acompte, Quiteira.

—Il appelle d'autres paiements.

—Bien entendu, l'assura Belina.

—Quand et comment comptes-tu amener cette fille maure chez moi ? »

Belina feignit de réfléchir, comme si elle n'avait encore jamais envisagé pareille suggestion, tandis qu'elle replaçait la bourse dans sa pochette.

« La nuit va bientôt tomber et il nous faut fermer l'échoppe. Je pourrais aller chercher Wasila au moulin tôt demain matin, dimanche. Tu auras toute la journée pour lui montrer la chambre où elle peut loger et aussi lui donner ce que tu souhaites qu'elle raccommode.

—Très bien. Mais que se passera-t-il si cette fille maure me dérobe un objet de valeur, quitte ma maison et que je ne la revois plus ?

—Verrouille ta porte lorsque tu seras chez toi, Quiteira Et tu n'auras qu'à fermer ta porte à clé avant d'aller au travail – comme tu le fais d'habitude.

—Bien sûr. Très bonne idée, Belina. Même si c'est un peu rude envers Wasila.

—Cela ne fait rien. Cela vaut bien mieux que de laisser Wasila au moulin, où Catalina pourrait être bien plus dure envers elle. »

Quiteira sourit et embrassa Belina sur la joue. « Fermons l'échoppe dès maintenant, que j'aie le temps de rentrer chez moi et de préparer la maison.

—Oui, bien entendu. » Belina se rendit dans la pièce principale et se mit à ranger les plateaux de babioles dans les tiroirs sous le présentoir. « Laisse les volets, je m'en occuperai. Je te verrai demain chez toi aussi tôt que le pourrai, Quiteira. Merci du fond du cœur.

—Il n'y a pas de quoi. Cela me fait plaisir de te venir en aide. La compagnie de cette fille me sera peut-être même agréable. » Elles s'étreignirent brièvement et Quiteira quitta l'échoppe en fredonnant.

Belina laissa échapper un soupir de soulagement et pardonna à Quiteira toutes ses remontrances et ses bouderies. Alors qu'elle abaissait l'auvent, elle aperçut Antoni qui descendait la rue en courant. Voilà qui est heureux, se dit-elle, il pourra m'aider.

« Dame Belina, la salua-t-il en haletant. *Adischatz*. J'apporte des nouvelles. J'ai quelque chose de très important à vous dire.

—Guillaume est-il rentré ?

—Non. Il s'agit de quelque chose d'important pour votre enquête.

—Très bien, Antoni, entrez dans l'échoppe et allons dans la réserve. » Elle les mena jusqu'à la petite pièce à l'arrière, sortit deux tabourets et lui dit : « Vous êtes-vous rendu aux écuries des Prelet comme je vous l'ai demandé ?

—C'est justement à ce propos qu'il faut que je vous parle. » Il se garda de préciser qu'il ne s'y était pas encore rendu. Au lieu de cela, il relata la conversation qui avait eu lieu à la forge du maréchal-ferrant, puis plus tard au Cheval Blanc, avec l'un des palefreniers du consul Prelet et un autre palefrenier venu de Toulouse, qui s'appelait Jean et était au service de la sœur de la maîtresse de Charles Prelet.

Antoni marqua une pause et dévisagea Belina en haussant les sourcils.

« Merci, Antoni. J'ai entendu dire que Charles Prelet a une maîtresse à Toulouse, même si j'ignorais qu'ils avaient des enfants. Je ne savais pas qu'elle avait une sœur. Dites-m'en plus. »

Antoni lui dit que le palefrenier avait quitté Toulouse il y a dix jours et s'était rendu à Sempuy à cheval : il y avait passé deux nuits pour reposer sa monture. Il avait ensuite rallié Condom, où il était resté dans une auberge près du Cheval Blanc et du manoir Galerne. « Il garde un œil sur Dame Pauline et son époux et se renseigne au sujet de leur réputation. »

Antoni reprit le fil de son récit concernant Charles Prelet. « D'après Jean, les deux sœurs sont de très belles jeunes femmes, au regard pétillant et à la poitrine ravissante. La sœur pour laquelle il travaille a récemment épousé un avocat, un homme plus âgé, un des *capitouls* de Toulouse. Pour tous les serviteurs, il était évident qu'elle allait aider sa sœur à devenir riche, elle aussi, et Charles Prelet est le genre d'avocat ambitieux capable de devenir un *capitoul*. "Ce qui est bien mieux que d'être consul dans une petite ville comme Condom." C'est ce que Jean m'a dit mot pour mot.

—Il semble que cela n'intéressait pas vraiment Charles Prelet d'être fiancé à Viola, commenta Belina.

—Je crois que ça l'arrangeait bien qu'elle meure.

—Ne dis pas des choses pareilles, Antoni. » Belina sortit son mouchoir et s'essuya les yeux.

—Il ne l'aurait peut-être pas tuée lui-même, bien entendu. Il aurait pu charger son palefrenier de le faire, ou quelqu'un à Condom qui voulait de l'argent – comme le *crestian*, par exemple. » Il marqua une pause. « Peut-être l'homme qui se trouve à la geôle a-t-il été payé par Charles Prelet. Ou par lui et sa sœur, Dame Pauline Galerne ? »

Belina continua de s'essuyer les yeux tandis qu'elle tentait de se ressaisir. « Merci beaucoup pour ces informations au sujet de Charles Prelet, Antoni. Gardez cela pour vous, je vous prie. Il me faut fermer l'échoppe maintenant. J'ai dit à Quiteira de rentrer chez elle plus tôt car elle a dû composer avec mes absences. Cela la rend toujours furieuse à cause du travail supplémentaire qu'elle est obligée de faire. Mais je la comprends…

—C'est ce que j'aime chez vous, Dame Belina. Vous comprenez le point de vue des autres.

—J'essaie mais je n'y arrive pas toujours. »

Antoni l'aida à abaisser l'auvent et à fermer les volets.

Belina le raccompagna à la porte de l'échoppe puis éclata en sanglots lorsqu'il fut parti. Elle avait vécu une journée très difficile. Elle s'assit et pleura un long moment avant de trouver la force physique et mentale de se rendre dans la cour, gravir l'escalier et rentrer chez elle. Guillaume lui manquait tant. Elle n'avait pas imaginé que leur mariage serait ponctué de toutes ces absences et ces difficultés. Mais lorsqu'elle arriva à la porte de son logis, Minette l'attendait et se frotta contre sa jupe en ronronnant. Belina déverrouilla la porte, prit la chatte dans ses bras et entra à l'intérieur.

CHAPITRE VINGT-SIX

Dimanche

Le matin suivant, Belina se leva, se lava et s'habilla bien plus tôt que d'ordinaire. Elle déjeuna à la hâte, avalant du pain et du lait, puis plia avec grand soin la vieille robe de soie de Dame Benasse et la plaça dans une serviette propre. Minette suivait chacun de ses gestes avec un intérêt tel que Belina dut protéger son ballot d'une main pendant qu'elle posait une vieille cotte sur le lit, sur laquelle Minette appréciait particulièrement de dormir. La ruse eut l'effet escompté. Belina sourit en contemplant la chatte qui ronronnait pelotonnée et quitta le logis.

Elle descendit prudemment l'escalier car les premières lueurs du jour venaient à peine de poindre, traversa la cour et tira le verrou de la porte donnant sur la rue, sans prêter la moindre attention au clocher de la cathédrale qui sonnait la première messe. Elle se rendit à pied au moulin, perdue dans ses pensées. Qui avait tué Viola ? Quand ? Pourquoi ? Si Chezelle était le tueur, pourquoi se serait-il trouvé dans ce quartier de Condom ? Et pour quelle raison, lui, un étranger venu de la lointaine ville de Châtellerault, aurait-il voulu la tuer ? Irait-il jusqu'à tuer quelqu'un si Dame Édith lui demandait de le faire ? Mais Dame Édith se servait de poisons : en tant qu'arracheur de dents, il aurait lui-même accès à de tels poisons.

Le *crestian* demeurait le meurtrier le plus probable. Il avait travaillé au manoir où vivait Viola et la connaissait donc peut-être. Il l'avait peut-être vue au manoir. Mais s'il était si résolu à la tuer, pourquoi le faire si loin du manoir et près de l'endroit où lui-même vivait, la léproserie ? Et que faisait Viola dans la sacristie de la chapelle ? Guillaume pensait qu'elle avait peut-être traversé le tunnel poussiéreux qui reliait la cave de son manoir à la chapelle. Mais pourquoi donc ?

Il y avait également les parents de Viola qui auraient pu souhaiter sa mort : ils lui témoignaient si peu d'affection. Ils ne l'auraient pas tuée dans leur manoir car on les aurait vus, juste avant ou juste après le meurtre. Ils auraient eu du sang sur les mains– à tous les sens du terme – ou sur leurs vêtements. Mais il n'était pas impossible qu'ils aient engagé quelqu'un – le *crestian*, par exemple– pour tuer leur fille et qu'ils aient ensuite fait en sorte que Chezelle se rende à la chapelle et y découvre le *crestian* ainsi que le corps.

Cette idée fit revenir Belina à la possibilité selon laquelle Dame Édith puisse être la personne qui avait orchestré le meurtre. Mais pour quel motif ? Pour se venger de la famille Lussan pour une raison ou une autre ? Un achat de terres qui lui avait laissé quelque amertume, peut-être ? À moins que son fils Henri ait commandité le meurtre, ou l'ait commis de sa propre main, afin d'infliger cruelle vengeance aux Lussan. Peut-être avait-il tenté de séduire Viola et avait-elle repoussé ses avances.

Et si Viola n'avait pas été aussi innocente que le supposaient les gens et qu'elle avait entretenu une liaison avec le consul Senclar ? Et si Dame Jeanne en avait eu vent et, par jalousie, avait payé quelqu'un pour tuer Viola ?

Belina évita de peu de marcher dans une flaque boueuse proche de la rive et elle serra son ballot contre elle. Elle laissa ses pensées vaguer aux serviteurs des Lussan, puis à ceux des Prelet et à Charles Prelet lui-même. Il avait après tout passé beaucoup de temps à cheval depuis son arrivée à Condom et Dame Courial lui avait confié qu'il avait une maîtresse à Toulouse. Le consul et Dame Volpato le savaient sans doute également et Antoni lui avait rapporté la même chose hier soir. Belina regretta d'avoir été trop fatiguée pour penser à demander à Antoni s'il avait interrogé les employés des écuries des Prelet au sujet de Charles Prelet, du consul Lussan et de toute autre personne qui s'était rendue aux écuries lundi dernier.

Sa réflexion se concentra à nouveau sur Charles Prelet. Peut-être sa maîtresse à Toulouse avait-elle voulu la mort de Viola, envoyant quelqu'un pour se charger du crime ? Quelqu'un que personne à Condom ne connaissait et qui avait peut-être délégué la tâche au *crestian*, ou l'avait commise lui-même avant de prendre la fuite et retourner à Toulouse. Pourquoi la sœur de Charles Prelet souhaiterait-elle que Viola meure ? Ou peut-être était-ce son époux qui le souhaitait ? Peut-être attendaient-ils tous deux d'hériter du consul Prelet et voyaient-ils d'un mauvais œil le fait de devoir partager cet héritage avec une personne de plus ? Le commerce d'importation de fruits et de sucre de Messire Galerne avait-il connu un sérieux revers ? Si Guillaume était là, il saurait peut-être quel était l'état actuel du commerce de Bordeaux avec l'Afrique, d'où provenaient les fruits de Messire Galerne – du moins, c'était là ce qu'il avait affirmé aux marchands onéreux qui vendaient ses dattes et ses sucreries.

Il était aussi possible que le personnel du manoir Prelet, n'aient pas vu d'un bon œil qu'on leur mette une jeune femme dans les pattes et, pire, qu'elle se croie autorisée à leur donner des ordres. Peut-être une domestique jalouse lorgnait-elle sur Charles Prelet. Peut-être avait-il une maîtresse à Condom, en sus de celle qu'il avait à Toulouse.

Une autre possibilité encore était que les *crestias* de la léproserie s'étaient ligués contre Josep pour une raison ou une autre, orchestrant le meurtre avant de le piéger avec le corps de Viola.

Plus Belina réfléchissait à ce crime, plus elle trouvait de gens qui pourraient en être les auteurs. Elle était toujours en train de ressasser le mystère lorsqu'elle arriva au moulin. Elle passa l'endroit où Christau avait frappé Chezelle et l'avait précipité au sol, éventrant un sac de farine, puis elle se rendit dans l'entrepôt, où elle espérait trouver Wasila.

La jeune fille maure s'y trouvait en effet, s'affairant à la couture. Un tas soigneusement constitué de sacs de farine était posé à côté d'elle.

« *Adischatz*, Wasila », la salua Belina et elle reçut en retour un grand sourire. Wasila indiqua la pile de sacs raccommodés.

« C'est du bon travail. Jordi en sera ravi. », lui dit Belina. La jeune femme ne la comprenait sans doute pas mais elle aurait au moins perçu le ton amical.

Belina prit un tabouret et s'assit dessus près de Wasila qui continua à coudre tandis que Belina ôtait avec soin la serviette qui recouvrait la robe de soie de Dame Benasse.

« Ohh », fit Wasila, posant son ouvrage sur le tas de sacs de farine raccommodés.

Belina déplia la robe sans quitter Wasila du regard. La jeune fille fixait la robe, les yeux écarquillés. Elle tendit ensuite la main pour caresser l'étoffe.

Belina pointa du doigt l'endroit où la broderie était abîmée et Wasila examina la robe plus attentivement. Elle dit quelque chose dans une langue que Belina ne connaissait pas, indiquant la broderie et montrant comment il fallait la raccommoder. Elle porta ensuite l'étoffe à son visage et émit un petit gémissement de plaisir tandis que Belina l'observait, ravie de voir si changée la jeune fille étrangère à l'air triste, penchée sur ses sacs de farine, qu'elle avait vue en arrivant.

Wasila tint la robe contre elle et dévisagea Belina.

« Non, je ne vous la donne pas pour la porter. Je vous la donne pour la raccommoder », dit Belina très lentement en gascon.

Le sourire de Wasila disparut et son corps s'affaissa à nouveau.

Belina mima le geste de la couture sur la partie de la robe où la broderie était abîmée.

« *Si.* »

Belina pointa Wasila du doigt et cette dernière dit « *si* » trois fois. Encouragée, Belina expliqua très lentement en gascon à Wasila qu'elle allait l'emmener à Condom pour y vivre, loin de Catalina et plus près de Géraud. « Êtes-vous prête à partir maintenant ? » termina-t-elle.

Wasila sourit, plia soigneusement et prestement la robe, la plaça dans la serviette et quitta l'entrepôt en courant avant que Belina ne puisse l'arrêter. Belina posa le sac de farine que Wasila avait été en train de raccommoder sur le tas de sacs encore abîmés avant de lui emboîter en fermant la porte derrière elle. Au moulin, Catalina, occupée dans la cuisine, ne la vit pas entrer. Les deux enfants étaient en train de jouer et ne la virent pas non plus, ce qui lui permit de se rendre à la pièce où Géraud avait logé sans que personne ne s'en rende compte.

Wasila avait rassemblé ses vêtements qu'elle plaçait dans une sacoche de selle, par-dessus deux paires de chaussures. Elle ajouta en fredonnant la robe de Dame Benasse dans la serviette puis parcourut la pièce sombre du regard, ramassa un coffret en argent qu'elle mit également dans la sacoche.

Elles passèrent dans la cuisine, où Belina annonça à Catalina qu'elle emmenait Wasila à la résidence des employés de la cathédrale à Condom afin qu'elle soit plus près de Géraud.

« Ahh Belina, c'est formidable. Merci beaucoup. J'espère qu'elle te sera moins pénible qu'elle l'a été ici.

—Eh bien, elle a raccommodé les sacs de farine, répondit Belina. Tu le diras à Jordi, je te prie.

—Oui, d'accord. » Catalina embrassa Belina et se remit à faire la cuisine.

Tandis que Wasila s'éloignait du moulin en portant la sacoche de selle, Belina resta quelques instants à la porte. Elle vit Catalina poser son chaudron et se mettre à danser devant l'évier en chantant à tue-tête. Belina ferma doucement la porte derrière elle, rattrapa Wasila et l'aida à porter la sacoche de selle.

Le chemin était long pour gravir la colline mais elles ne souffrirent pas de la chaleur car il était encore suffisamment tôt. Belina réfléchit en route aux récits d'Antoni au sujet de Charles Prelet et d'Aralha concernant Chezelle. Il était possible que Chezelle soit le meurtrier mais elle ne voyait pas quelle raison aurait pu le pousser à commettre le crime. Dans le cas de Charles Prelet, le motif était plus évident ; il ne souhaitait pas épouser Viola. Mais cela ne signifiait pas qu'il lui fallait lui trancher la gorge. Lequel des deux hommes était plus susceptible d'avoir payé le *crestian* pour tuer Viola ? Belina avait le sentiment d'avancer très lentement dans cette affaire.

Elles passèrent le Fort Cadéot, que Wasila refusa obstinément de contempler, puis remontèrent la rue Cadéot jusqu'à la demeure de Quiteira. Lorsqu'elle frappa à la porte, Belina observa Wasila. Cette dernière jetait des coups d'œil dans la rue et reniflait l'air – qui sentait plutôt mauvais. Des voisins avaient vidé leurs pots de chambre sur les pavés et des animaux, bruyants et malodorants, passaient vers la halle du marché. La porte s'ouvrit et Belina poussa doucement Wasila devant elle afin qu'elles puissent entrer de côté en portant la sacoche de selle.

Quiteira se tenait là à les dévisager, mains sur les hanches et jambes plantées de part et d'autre. Une attitude peu accueillante, se dit Belina, mais peut-être avait-elle été en train de nettoyer chez elle en les attendant. « Je suis désolée d'arriver plus tard que je l'avais prévu, Quiteira, mais la sacoche nous a ralenties. »

Quiteira ne répondit pas mais leur adressa tout de même un léger sourire à toutes les deux. Elle prit la sacoche de selle, l'emmena dans une chambre à l'arrière de la maison et la posa à côté d'un lit recouvert d'un grand tissu relativement blanc.

« Pourquoi la sacoche est-elle si lourde ? demanda Quiteira.

—Les affaires de Géraud sont dedans aussi.

—Pourquoi ne les a-t-il pas déjà avec lui ?

—Ce ne serait pas prudent à l'hospice Pradau. » Belina espéra que le frère Pierre lui pardonnerait ce mensonge.

« Comment va Géraud ?

—Son état s'améliorait petit à petit la dernière fois que je l'ai vu.

—Quand était-ce ?

—Hier. »

Wasila toucha le bras de Quiteira très délicatement, lui sourit et ouvrit la sacoche de selle. Elle en sortit la serviette, déballa la vieille robe de soie de Dame Benasse à l'intérieur et la tint contre elle en marmonnant quelque chose que Belina ne comprit pas.

Quiteira lui prit la robe et la plaça très soigneusement sur la partie la plus propre du couvre-lit. Wasila lui montra l'endroit où la broderie était abîmée, indiquant les brèches dans les mailles puis se pointant elle-même du doigt.

« Belina, je vais aller chercher mon panier à ouvrage pour voir si j'ai du fil bleu pour cette robe », dit Quiteira.

Wasila sortit ses vêtements de la sacoche de selle et les posa sur le couvre-lit. Elle s'assit ensuite sur le lit, ôta ses chaussures boueuses et mit de très jolis chaussons qu'elle tira de la sacoche. Elle plaça les chaussures sous un tabouret.

Quiteira revint avec son panier à ouvrage. « Nous avons de la chance. Il y a ici beaucoup de fil bleu sous les aiguilles et les ciseaux. » Elle posa le panier sur le tabouret puis pointa du doigt successivement Wasila, le panier et la robe étendue sur le lit.

Wasila posa à nouveau la main sur le bras de Quiteira et lui dit : « *Mercés.*

—Ah, elle parle donc gascon, dit Quiteira à Belina. Tu m'avais dit qu'elle ne le parlait pas.

—Elle connaît quelques mots et en comprend bien plus si tu lui parles lentement. »

Quiteira prit Wasila par le bras et lui fit faire le tour de la maison, lui indiquant la latrine (dont émanait une odeur pestilentielle) et la cuisine – qu'elle venait apparemment de nettoyer. Sur la table se trouvaient une demi-miche de pain et un morceau de fromage ainsi que trois pommes et des noix. Quiteira toucha le bras de sa nouvelle logeuse et esquissa un grand sourire chaleureux, que Wasila lui rendit avec plus de ferveur encore. Elle invita Wasila à manger et lui versa du cidre.

« En veux-tu aussi, Belina ?

—Avec grand plaisir. Le chemin est long du moulin à ici. »

Quiteira prit un autre gobelet sur l'étagère et le secoua pour en ôter deux mouches avant de le remplir de cidre. Belina but à sa santé, l'assurant de toute sa reconnaissance pour l'aide qu'elle apportait à Wasila.

« Je dois y aller, Quiteira. Il me faut me rendre à deux autres manoirs : je veux profiter du fait que nous sommes aujourd'hui dimanche et que l'échoppe est fermée. Je me sens coupable de t'avoir abandonnée si souvent la semaine dernière. »

Quiteira poussa un grognement et versa encore du cidre dans le gobelet de Wasila. « Pourquoi Guillaume ne peut-il pas se rendre lui-même à ces manoirs ?

—Il affirme que je suis plus attentive à ce qui m'entoure que lui.

—Si tu veux mon avis, c'est de la paresse de sa part. Mais fais comme bon te semble. »

Belina étreignit Quiteira, posa sa main sur l'épaule de Wasila et sortit par l'étroite porte d'entrée.

CHAPITRE VINGT-SEPT

Belina rentra d'un pas pressé à la résidence des employés, ignorant toujours qu'on l'avait vue quitter la demeure de Quiteira et qu'on la suivait. Elle pensait à Guillaume, se demandant où il en était présentement de son périple pour retrouver Barvaux. Elle ne comprenait toujours pas comment Barvaux avait pu échapper à la noyade au barrage de Beauregard. Toute cette histoire était-elle un mensonge afin de permettre à Guillaume de se rendre à Bordeaux en secret ?

Lorsqu'elle arriva à son logis, Minette dormait toujours sur le lit. Belina plaça un stylet et deux tablettes de cire dans une sacoche et mit sa deuxième plus belle paire de chaussures. Il lui fallait se rendre au manoir qui appartenait à la veuve Créon, sœur du notaire honni. Elle espérait qu'elle ne se retrouverait pas face à la cousine de ce dernier, sa belle-mère malfaisante. Le clocher de la cathédrale sonnait la grand-messe et elle allait devoir se frayer un chemin parmi la foule qui pénétrait dans la cathédrale par la porte sud.

Belina laissa Minette dans le logis et descendit lentement l'escalier avec sa sacoche de tablettes. Elle traversa à nouveau la place Saint-Pierre, s'efforçant de passer inaperçue (elle espérait que personne ne la verrait et la retiendrait). Elle chassa Quiteira et Wasila de ses pensées et se concentra sur ce que lui avaient appris les serviteurs des Prelet le mercredi précédent. Certains d'entre eux s'étaient montrés dédaigneux vis-à-vis du manoir voisin. La maîtresse de maison était rarement présente car elle était la veuve d'un négociant de vins de Bordeaux ; elle résidait dans un manoir situé dans le plus beau quartier de cette ville. Ses réflexions se tournèrent vers le notaire Corloni. Pourquoi cherchait-il des noises à Jordi ? Et Loupmont connaissait-il bien le notaire ?

Elle arriva au manoir de la veuve Créon et examina la porte d'entrée, qu'elle compara à celle du manoir Prelet d'à côté. Elle était plus petite et comportait moins de clous. Le heurtoir était plus petit, lui aussi, et, contrairement à celui des Prelet, il n'était pas poli. Au lieu d'être ouverte et gardée par un serviteur en livrée, la porte était fermée.

Levant les yeux vers les premier et deuxième étages, elle vit que les volets étaient fermés à la plupart des fenêtres. Comme tous les manoirs de la rue Royale, celui-ci était doté d'une tour mais elle était moins haute et plus étroite que celle du manoir Prelet voisin. Belina tint contre elle sa sacoche de tablettes, souleva le heurtoir et frappa à la porte.

Elle s'ouvrit immédiatement et elle se retrouva face à un adolescent. « Que voulez-vous ? L'entrée des colporteurs est dans la rue Deserte.

—Je le sais, répondit Belina avec calme. Je ne suis pas colporteuse. Je suis l'épouse de l'enquêteur de l'évêque.

—Et après ?

—Mon mari souhaite que je m'entretienne avec les serviteurs de ce manoir.

—Pourquoi donc ?

—Parce qu'il enquête sur la mort d'une jeune dame.

—Personne n'est mort dans ce manoir.

—Je n'ai pas dit que tel était le cas, poursuivit calmement Belina.

—Alors vous ne pouvez pas entrer », déclara l'adolescent en affichant un sourire narquois.

Mais Belina fut plus prompte que lui. Elle le poussa de son chemin, percutant ses genoux avec la sacoche de tablettes, et s'engagea dans l'entrée.

Les joncs qui recouvraient le sol grouillaient de fourmis et d'autres insectes et Belina fut heureuse de ne pas porter de sandales.

« Il y a une femme qui est entrée sans permission, s'écria l'adolescent.

—Dis-lui de s'en aller. »

Belina s'arrêta et attendit l'apparition de celui à qui appartenait cette voix. L'adolescent la somma de partir.

« Va chercher l'intendant, je te prie, lui répondit Belina en souriant.

—Non.

—Fais ce que je te dis ou Monseigneur l'Évêque entendra parler de cette maisonnée. »

Le garçon alla ouvrir une porte à l'autre bout du couloir. « Elle veut voir l'intendant.

—Qui est-ce ?

—Elle ne le dit pas. »

Belina s'avança jusqu'à la porte et l'ouvrit plus grand. Elle se retrouva face à un vieil homme bedonnant.

« Comme je l'ai dit à ce garçon, je suis l'épouse de l'enquêteur de l'évêque.

—Oh. »

Belina attendit et fixa du regard le crâne dégarni de l'homme.

« Que souhaite savoir l'évêque ? »

Belina lui décrivit l'objet de son enquête et lui montra l'autorisation écrite du sénéchal sans toutefois lui donner.

« La maîtresse de maison ne se trouve pas céans, ma dame. Elle est à Bordeaux.

—Je le sais déjà, lui répondit Belina. Je souhaite m'entretenir avec tous les serviteurs, à commencer par l'intendant.

—C'est moi. » Bombant le torse et rentrant le ventre, l'homme mena Belina à son bureau et lui tira un tabouret. « Que voulez-vous savoir ? »

Belina débuta son habituelle série de questions, ne recevant en retour que des réponses qui ne lui étaient pas d'une grande aide. L'intendant la toisait comme si elle s'était dévêtue. Elle s'attendait à ce que lui aussi l'appelle « *molieròta* » mais, heureusement, il s'en dispensa. Elle lui demanda si quelqu'un logeait au manoir en l'absence de la propriétaire.

« Parfois.

—Combien de fois ? Une fois par semaine ? Par mois ? Par an ? Donnez-moi une réponse exacte, je vous prie.

—Pourquoi ?

—Parce que je vous le demande. L'évêque tient à le savoir. »

Belina apprit que le notaire de Montréal, le frère de la maîtresse de maison, se trouvait souvent au manoir car il avait désormais plus d'affaires à traiter à Condom en raison des nombreux achats et ventes de propriétés. Son épouse venait également de temps à autre, pour faire le marché ou se rendre chez l'apothicaire.

« A-t-elle des amis ici ?

—Oui, elle a de nombreux amis à Condom.

—Dame Prelet, par exemple ? s'enquit Belina.

—Non.

—Dame Prelet habite pourtant le manoir voisin, fit-elle remarquer.

—Dame Prelet est une dame plus âgée, une véritable dame. »

Belina sourit et lui demanda si on pouvait lui faire visiter le manoir et rencontrer les serviteurs.

« Pourquoi ?

—Parce que c'est ce que l'évêque souhaite que je fasse. »

Si l'intendant ne fut pas dupe de son mensonge, il ne le montra pas. Il mena Belina à travers le manoir et lui présenta les serviteurs ; tous répondirent négligemment à ses questions. Personne ne se souvenait de grand-chose concernant le jour du banquet de fiançailles, hormis un garçon d'écurie qui se trouvait par hasard à la cuisine lorsqu'elle y interrogeait des employés de maison. Il dit à Belina que les serviteurs qui travaillaient aux écuries des Prelet n'appréciaient pas Messire Charles Prelet, le fils aîné du consul, qui vivait à Toulouse et ne rendait quasiment jamais visite à ses parents. Les employés des écuries étaient encore plus vexés par le comportement du consul Lussan. Mais Belina le savait déjà et elle ne questionna pas le garçon d'écurie plus en détail au sujet des opinions des serviteurs des écuries des Prelet (elle avait demandé à Antoni d'aller leur parler). Elle se demanda pourquoi ce dernier ne lui avait pas relaté ce qu'il avait découvert lorsqu'il lui avait parlé du palefrenier arrivé de Toulouse en secret. Cela dit, le récit qu'il lui avait fait de la vie privée de Charles Prelet à Toulouse lui était déjà d'une grande utilité.

Le manoir était en désordre, ce qui surprit Belina car tous les autres manoirs auxquels elle s'était rendue avaient été propres et bien rangés, certains plus cossus que d'autres mais tous bien ordonnés. L'argenterie en vue sur les buffets dans ce manoir était ternie et certains services incomplets.

Belina examina plus attentivement l'un d'entre eux et se tourna vers l'intendant. « Qu'est-il arrivé au plat en argent qui devrait se trouver là ?

—Que voulez-vous dire ? répondit l'intendant, arborant un sourire quelque peu forcé.

—Il devrait y avoir quelque chose ici, insista Belina, mais la pièce d'argenterie est manquante. »

L'intendant sortit ses bésicles de sa bourse, les cala sur son nez bouffi et scruta l'endroit qu'elle indiquait.

« Il n'y a jamais rien eu à cet endroit », affirma-t-il.

La servante qui se trouvait derrière lui tenta d'intervenir mais l'intendant l'interrompit aussitôt et la somma d'aller chercher la gouvernante.

Belina continua d'étudier les pièces d'argenterie : elle remarqua quatre autres pièces manquantes. Elle examina ensuite le reste des meubles. Ils étaient espacés le long des murs mais, en les scrutant plus attentivement, elle remarqua qu'on avait dû déplacer le mobilier, comme si autre chose avait été retiré de la pièce. Un petit buffet, peut-être. Elle tourna son attention sur une tapisserie qui pendait au mur et représentait une scène de chasse. « C'est une belle pièce.

—Le notaire Corloni l'a achetée récemment, indiqua l'intendant.

—Où l'a-t-il achetée ? voulut savoir Belina. On ne façonne pas de telles tapisseries à Condom. Celle-ci provient même peut-être de Flandres. » Elle toucha très délicatement le tissu.

« Il l'a achetée au consul Lussan. »

Tiens, se dit Belina, un signe de plus qui indique que les finances du père de Viola sont souffrantes. « Il y a combien de temps le notaire l'a-t-il achetée ? demanda-t-elle à l'intendant.

—Je ne m'en souviens pas. » L'intendant présenta la gouvernante à Belina et lui dit qu'elle se chargerait de la faire visiter de le reste du manoir *s'il le fallait vraiment*.

« Il le faut, oui », répondit Belina. Elle n'avait pas particulièrement besoin de voir le reste du manoir mais elle se dit que c'était le moyen le plus facile de rencontrer d'autres serviteurs et de les interroger. La gouvernante lui fit visiter le manoir dans son intégralité, chaque pièce plus sale et plus en désordre que la précédente à mesure qu'elle s'éloignait de la porte d'entrée. La seule exception était une grande pièce très propre au premier étage, dotée d'un grand lit près duquel se trouvaient plusieurs coffres.

Belina demanda s'il s'agissait de la chambre à coucher de la veuve Créon.

« Oh, non. C'est la chambre de Dame Ana. Cela fait des années qu'elle s'en sert. Elle loge souvent ici, plusieurs jours d'affilée. C'est pour cela qu'elle a tant de vêtements et de chaussures ici. » La gouvernante indiqua les coffres et les chaussures posées sur des plateaux contre le mur.

« Mais ce sont toutes des chaussures d'intérieur, fit remarquer Belina. Dame Ana ne se promène-t-elle jamais à Condom ?

—Si, bien entendu, répondit la gouvernante. Pour rendre

visite à Dame Senclar, par exemple. Mais elle garde ses vêtements et chaussures de ville dans une petite pièce près de la porte de derrière pour ne pas ramener de boue dans le manoir. »

Belina se dit qu'Ana était la seule personne ici qui se souciait de l'ordre et la propreté mais elle garda pour elle cette réflexion. « Qui est Dame Ana ? demanda-t-elle, afin d'entretenir la conversation.

—La fille du notaire. Elle loge assez souvent au manoir. Elle est toujours aimable et courtoise à notre égard. Elle en sait beaucoup sur les meubles, comment les réparer notamment.

—Où a-t-elle appris cela ? voulut savoir Belina.

—De son père, je suppose. Un notaire doit estimer la valeur de tous les biens d'une demeure à la mort du propriétaire.

—Aide-t-elle son père dans son travail ?

Je l'ignore. Comment saurais-je ce que Dame Ana fait de son temps à Montréal ? »

De retour au rez-de-chaussée, elles approchèrent une porte près de l'entrée à l'arrière du manoir dont Belina souleva le loquet. La porte refusait de bouger et Belina chercha la clé. Il y avait bien un trou de serrure sous le loquet mais pas de clé.

« Qu'y a-t-il dans cette pièce ? demanda-t-elle à la gouvernante.

—C'est là que Dame Ana garde ses vêtements et chaussures de ville.

—Pourquoi donc est-elle verrouillée, alors ? Aucune autre pièce n'était verrouillée.

—Elle ne l'est pas d'habitude, ma dame.

—Alors pourquoi l'est-elle maintenant ? insista Belina.

—Je ne le sais pas. » La femme ajusta son fichu et ajouta : « Et peu m'importe.

—Mais vous êtes la gouvernante, n'est-ce pas ?

—Oui, ma dame, mais c'est un grand manoir dont la propriétaire est absente et dont la famille ne fait usage que de temps à autre.

—Vous préviennent-ils à l'avance lorsqu'ils viennent y loger ?

—Jamais. Ils n'ont aucune considération pour nous. Dame Ana est la seule à en avoir. Elle est toujours généreuse envers nous. »

La gouvernante ramena Belina au bureau de l'intendant et disparut avant que Belina ne puisse la remercier.

« La gouvernante m'a montré toutes les pièces du manoir, sauf une, dit-elle à l'intendant.

—Pourquoi en a-t-elle omis une ? Je lui ai expressément demandé de tout vous montrer. Vous m'avez entendu le lui dire.

—Il y avait une pièce verrouillée, près de la porte de derrière, et la clé n'était pas là. »

L'intendant fronça les sourcils. « Il y a une pièce près de la cuisine qui sert d'atelier où l'on répare des meubles. Mais elle n'est pas fermée à clé. Il n'y a rien de valeur dedans. Juste des meubles abîmés, ce genre de chose.

—J'ai vu cette pièce. Il y avait une charpente de coffre à linge que l'on était en train de façonner ainsi que plusieurs meubles à réparer. Quand y avez-vous jeté un œil pour la dernière fois ? lui demanda Belina.

—Je ne m'en souviens pas. Souhaitez-vous savoir autre chose ?

—Oui, j'aimerais consulter les livres de comptes.

—Pourquoi donc ?

—Parce que l'évêque m'a demandé de le faire.

—Mais pourquoi ?

—Parce qu'il souhaite que je lui rapporte ce que j'y trouve. » Belina savait qu'il s'agissait là d'un fieffé mensonge mais l'intendant l'irritait. Si elle découvrait quelque transgression, elle demanderait à Guillaume d'en informer le sénéchal.

L'intendant tira un registre d'une étagère et le posa sur la table près de son bureau. « Tenez. Prenez votre temps. Perdez votre temps si tel est votre souhait. » Il se dirigea vers la porte.

« Je vais demander à l'un de mes clercs de vous garder à l'œil. »

Il revint avec un garçon qui boitait. « Voici Jeannot. Il va vous surveiller comme le lait sur le feu. Vous êtes prévenue. »

Belina s'assit sur un tabouret et ouvrit le registre. Il était brouillon et mal entretenu mais elle était accoutumée à parcourir des livres de comptes ; elle étudia attentivement les entrées. Jeannot se tint près d'elle et la fixa du regard.

Il ne lui fallut pas longtemps pour déceler que l'intendant détournait l'argent de la veuve Créon tandis que cette dernière vivait loin de là, à Bordeaux. Belina sortit une tablette de cire de sa sacoche et y fit note de ce qu'elle avait découvert. Elle ajouta également quelques observations au sujet de sa visite du manoir et des serviteurs qu'elle avait interrogés.

Belina plaça sa deuxième tablette de cire et son stylet dans la sacoche et se leva. Jeannot la dévisageait toujours mais elle n'y prêta aucune attention et lui demanda de la raccompagner à la sortie.

« La porte d'entrée ou la porte de derrière ? demanda-t-il.

—La porte d'entrée, bien entendu. »

Elle traversa le manoir en désordre en suivant le garçon et sortit dans la rue Royale. Une foule de gens et d'animaux peuplait la rue. Belina se dirigea avec précaution en direction de la cathédrale, le regard rivé sur les pavés afin d'éviter les endroits les plus souillés. Elle tenta de réfléchir aux résultats qu'elle avait obtenus ce matin au manoir de la veuve Créon mais ses pensées retournaient sans cesse aux piqûres d'insectes qu'elle y avait subies aux chevilles.

Lorsque Belina regagna son logis, Minette lui fit bon accueil et se rendit immédiatement à son bol. « Très bien, voilà pour toi. » Belina renifla le lait dans le pichet et remplit à moitié le petit bol. Elle coupa des morceaux de pain et de fromage pour son propre repas. Elle repensa à la nourriture que Quiteira avait offerte à Wasila en l'accueillant et sourit. Elle avait oublié à quel point Quiteira pouvait être généreuse lorsqu'elle ne s'estimait pas surmenée.

Elle gratta les piqûres qui ornaient ses chevilles et laissa échapper un soupir. Minette sauta sur ses genoux et se mit à ronronner. « Merci, Minette, lui dit Belina en la caressant. Tu es si perspicace, tu sais toujours quand j'ai besoin d'être consolée. »

Elle espérait qu'il lui allait être plus utile de se rendre au manoir Lussan même si tout le monde y serait certainement triste. Ou bien allait-elle découvrir que Viola n'avait pas été particulièrement appréciée et respectée ?

Belina se lava les mains et se demanda combien de tablettes de cire il lui faudrait emmener avec elle au manoir Lussan. Elle finit par décider de n'en prendre aucune car Guillaume avait déjà examiné la chambre de Viola ainsi que la pièce où elle peignait. Belina s'en remettrait à sa propre mémoire.

CHAPITRE VINGT-HUIT

Belina se rendit au manoir Lussan, rue des Armuriers, près de la place Lion d'Or. Il était protégé par une grande porte d'entrée qui avait l'air ancien mais très solide, à l'image de la réputation du consul Lussan.

Un serviteur ouvrit la porte et lui demanda ce qu'elle voulait. Belina brandit l'autorisation écrite du sénéchal et lui donna son explication habituelle.

« Je doute que le consul ou Dame Lussan acceptent de vous voir. Ils sont trop occupés.

—Je comprends, répondit Belina en posant la main sur son bras. Je ne voudrais pas les déranger durant ces moments pénibles. En réalité, je suis venue m'entretenir avec les personnes qui étaient au service de Dame Viola.

—Pourquoi ?

—Parce que, comme je viens de vous le dire, le sénéchal m'a chargée d'enquêter sur le meurtre de Dame Viola.

—Nul d'entre nous ne sait pourquoi quelqu'un voudrait tuer une jeune dame aussi charmante que Dame Viola.

—Je suis bien de votre avis. J'allais à l'école avec elle et je l'ai toujours trouvée aimable et agréable. »

Le portier la fit passer dans l'entrée et alla chercher l'intendant. En examinant les murs, Belina remarqua rapidement qu'on avait apparemment ôté un grand tableau. Ou peut-être était-ce l'endroit où pendait la tapisserie qu'elle avait admirée au manoir de la veuve Créon. Belina se demanda si les serviteurs des Lussan avaient été payés récemment.

« *Adischatz*, Dame Lansac. » L'intendant s'approcha en fronçant les sourcils.

« *Adischatz.* » Belina expliqua à nouveau qu'il lui fallait parler aux serviteurs qui avaient été assignés à Dame Viola.

« Je vais vous mener à eux mais je vous prie de ne pas oublier qu'ils sont en deuil.

—Bien entendu. Je suis d'ailleurs moi-même très peinée du décès de Dame Viola. Nous étions à l'école ensemble et j'ai de nombreux souvenirs heureux d'elle. »

L'intendant la mena à l'arrière de la demeure où les serviteurs préparaient des pans de tissu noir à mettre un peu partout dans le manoir. Des meubles étaient déplacés. On se débarrassait de l'eau stagnante afin que l'âme de Viola ne se noie pas et puisse atteindre le Paradis. Belina supposait qu'on avait déjà ôté une tuile du toit pour permettre à l'âme de Viola de s'échapper. Les miroirs et les objets brillants étaient recouverts de tissu blanc et l'une des domestiques relatait la mort à l'un des chiens. Une autre domestique distribuait des vignettes de Sainte Véronique.

L'intendant interrompit ces activités et dit : « Dame Lansac est venue vous poser des questions. Je vous prie d'y répondre en dépit de votre chagrin. » Il tira un tabouret pour Belina.

Elle s'assit et leur fit un petit discours au sujet de Viola, leur disant combien elle avait apprécié sa compagnie lorsqu'elles étaient à l'école ensemble et leur expliquant que son époux, l'enquêteur de l'évêque, lui avait demandé de se rendre là où Viola avait vécu et de parler aux personnes qui avaient été proches d'elle tous les jours.

Le silence de la pièce n'était interrompu que par quelques reniflements. Belina contempla les serviteurs et tenta de discerner laquelle d'entre eux était la servante de Viola, celle qui avait affirmé à Guillaume connaître Viola depuis sa plus tendre enfance. Il s'agissait le plus probablement de cette femme âgée à l'arrière de la pièce car ses yeux étaient les plus rougis et son expression la plus triste.

Belina se leva et s'approcha d'elle. « Dites-moi, je vous prie, étiez-vous l'une des personnes qui s'occupaient de Dame Viola ? »

La femme opina du chef et éclata en sanglots. Belina passa son bras autour de ses épaules et attendit qu'elle cesse de trembler.

Les autres serviteurs apprirent à Belina que la femme s'appelait Mounette et qu'elle avait été la nourrice de Dame Viola. Elle s'était toujours occupée d'elle.

« Quelqu'un d'autre était-il à son service ?

—Oui », répondirent trois autres femmes en chœur.

Belina les dévisagea tour à tour. Deux d'entre elles étaient d'âge mûr et leur chagrin était évident. La troisième était plus jeune et portait plusieurs bracelets. Belina décida de l'interroger la première.

« Vos bracelets sont très jolis. Je façonnais autrefois des bijoux et je dois avouer les trouver fort singuliers. »

La domestique mit les bras dans son dos.

« C'est un homme qui les lui a donnés, dit un serviteur. Pas l'un d'entre nous.

—Ont-ils été ouvragés à Condom ? demanda Belina à la domestique.

—Je ne le sais pas. On m'en a fait présent. »

Belina pensa à Aralha, l'employée de cuisine du manoir Senclar qui retrouvait le consul à son abri à bateaux lorsqu'il était d'humeur libidineuse. Il avait fait don d'un bracelet à Aralha mais elle ne le portait jamais en évidence lorsqu'elle était au manoir Senclar.

« Était-ce de la part du consul Lussan, peut-être ? demanda Belina, bien que la question soit impertinente.

—Certainement pas.

—De votre employeur précédent, alors ? » suggéra Belina.

La domestique croisa les chevilles et contempla le sol à ses pieds.

Belina n'insista pas et se mit à poser les questions qu'elle avait préparées. Les réponses furent entrecoupées de sanglots et de nez mouchés mais elles étaient toutes semblables. Ils avaient tous du respect pour Dame Viola, sa mort leur avait brisé le cœur et ils suppliaient Belina de découvrir qui était le meurtrier.

« Cela a dû être un choc terrible pour vous tous, leur dit Belina, ainsi que pour le consul et Dame Lussan.

—Le consul était furieux plutôt qu'affligé, commenta l'un des serviteurs.

—Dame Lussan semble de meilleur humeur maintenant qu'elle ne l'était avant le meurtre, affirma Mounette.

—La mère et la fille étaient-elles très proches ? s'enquit Belina, bien qu'elle se souvienne que, plus jeune, Viola entretenait des rapports assez froids avec sa mère.

—Non », répondirent-ils à l'unisson. Quelqu'un gronda que Dame Lussan n'était pas une mère affectueuse. Les autres acquiescèrent et fournirent de nombreux exemples. Dame Lussan avait aimé son fils, mort de la peste quatre ans plus tôt, mais n'avait pas semblé beaucoup apprécier sa fille. Ils étaient d'avis qu'elle aurait préféré que ce soit elle qui soit morte plutôt que son fils Mathurin.

« Pourquoi ? » leur demanda Belina.

Les raisons étaient nombreuses et personne n'en était tout à fait certain. D'après la servante qui s'occupait de ses vêtements et de ses bijoux, Dame Lussan était le centre de son propre monde. « Dame Lussan a de très beaux bijoux, ajouta-t-elle en soupirant.

—Dont elle a hérité de sa mère et sa grand-mère, je suppose, fit remarquer Belina, décidant de ne pas mentionner l'orfèvre Messire Benasse.

—Elle en a hérité d'une grande partie, déclara une domestique. Elle est issue d'une vieille famille d'Agen, très riche. Mais elle a acheté des bijoux neufs pour le banquet de fiançailles.

—Pour Dame Viola, également, dit une autre domestique, mais les bijoux n'intéressent pas particulièrement Dame Viola.

—Ne *l'intéressaient* pas particulièrement », corrigea la première.

Plusieurs des femmes se remirent à pleurer et Belina décida qu'il serait plus charitable pour elles – et qu'il lui serait plus utile– de s'entretenir seule avec la nourrice de Viola. Elle demanda à Mounette si elle pouvait lui montrer la chambre à coucher de Viola. Mounette mena Belina à l'étage puis le long d'un grand couloir, jusqu'à une chambre spacieuse qui se trouvait au bout du passage.

Belina contempla la chambre, le lit, les coffres et le miroir au-dessus d'un évier. Tout était bien ordonné mais manquait quelque peu de personnalité. Belina se souvint alors qu'il y avait une deuxième pièce en haut des escaliers où Viola faisait de la peinture. Peut-être y trouverait-elle quelque chose de plus révélateur au sujet de la jeune femme décédée.

Elle s'assit sur le lit et tapota le couvre-lit à côté d'elle, priant la nourrice de s'asseoir là.

« Mounette, c'est bien ainsi que vous vous appelez, n'est-ce pas ? »

La servante âgée opina du chef.

« Et vous connaissiez Dame Viola depuis toujours ?

—Avant sa naissance, même. Sa mère a souffert de sa grossesse car elle était fière de ses formes. J'ai fait de mon mieux pour m'occuper de Dame Viola avant même de la voir vivante. »

Mounette se mit à sangloter. Belina tira son mouchoir et lui tendit.

« *Mercés.* » Mounette essuya les larmes de son visage. « Je suis désolée d'être ainsi mais j'ai le cœur brisé.

—Aidez-moi à comprendre de quelle manière Dame Viola se préparait pour son banquet de fiançailles, je vous prie. »

S'ensuivit une description décousue des événements de la semaine précédente. Le consul et Dame Lussan s'attendaient à ce que Messire Prelet, le fils du consul Prelet, vienne leur rendre visite mais il ne s'était jamais présenté.

« Le consul Lussan était-il en colère face à un tel manque de savoir-vivre ? demanda Belina.

—Furieux, comme il était en droit de l'être, surtout qu'aucun message n'a été envoyé du manoir Prelet.

—Et Dame Lussan ?

—Très en colère, elle aussi, d'autant qu'elle portait une nouvelle robe pour la visite.

—Et Dame Viola ?

—Cela n'avait pas l'air de la déranger.

—Souhaitait-elle épouser Messire Prelet ? »

Mounette fit non de la tête.

« Pourquoi pas ?

—Elle était très amoureuse de quelqu'un d'autre depuis de nombreuses semaines. » Mounette se moucha. « Elle n'avait encore jamais été amoureuse et elle était si heureuse en sa compagnie. Je suis tout à fait certaine qu'elle ne voulait pas épouser Messire Prelet mais je ne vois pas comment elle aurait pu épouser celui qu'elle aimait. La situation était très difficile pour elle.

—Pourquoi ses parents ont-ils arrangé un mariage avec Messire Prelet s'ils savaient qu'elle était éprise d'un autre homme ?

—Ils ne le savaient pas. Ils n'en avaient aucune idée.

—Mais ils devaient forcément en avoir eu vent », objecta Belina.

Mounette lui relata que le jeune homme que Dame Viola aimait était un *crestian* qui avait travaillé au manoir les trois derniers mois, à façonner des meubles en préparation des noces de Dame Viola.

« Mais même si le *crestian* était doté de talent ou qu'il était beau ou aimable, comment a-t-il réussi à faire que Dame Viola s'éprenne de lui ? voulut savoir Belina.

—Parce que c'était un jeune homme vraiment bon et aimable. Très doué pour la charpenterie, ce qu'appréciait Dame Viola car elle est –non, *était*– elle-même artiste. Et il était séduisant. Pas exactement beau mais agréable d'aspect.

—Et vous avez encouragé Dame Viola à donner libre cours à son affection pour le *crestian* ?

—Bien entendu.

—Les autres serviteurs l'appréciaient-ils également ?

—Ceux qui le connaissaient. Mais nous étions évidemment très discrets. Le consul Lussan aurait été furieux et Dame Lussan n'aurait pas supporté l'idée d'un tel scandale. »

Belina demanda à Mounette comment le jeune couple avait pu se voir sans que les parents de Viola n'en aient eu vent. Une longue explication s'ensuivit concernant le tunnel qui menait à la chapelle Sainte-Eulalie, agrémentée de descriptions d'araignées, de rats et de souris.

« De la poussière, aussi ? s'enquit Belina.

—Beaucoup de poussière, confirma Mounette. Ce n'était pas facile de nettoyer les vêtements de Dame Viola. Elle avait une cape qu'elle gardait spécialement pour traverser le tunnel mais il fallait la dissimuler, bien sûr.

—Est-ce que quelqu'un l'a découverte ?

—Malheureusement, oui. La nouvelle, la jeune domestique qui a les bracelets que vous avez admirés, l'a trouvée lorsqu'elle fouillait les vêtements de Dame Viola, un jour qu'elle me croyait dans le jardin.

—Où travaillait-elle auparavant ? voulut savoir Belina.

—Au manoir Senclar.

—Ah oui ?

—Elle nous a dit que Dame Édith Senclar –la plus âgée des deux– a passé un arrangement avec le consul Lussan pour qu'elle entre à son service parce que Dame Viola avait besoin d'une domestique plus jeune que Bonassa, Blanca et moi. Nous en avons été très vexées.

—Oui, je comprends très bien, commenta Belina. Depuis combien de temps cette fille est-elle ici ?

—Environ un mois, je crois.

—Peut-être les bracelets étaient-ils un présent du consul Senclar, suggéra Belina sur un ton léger.

—Je n'y avais pas pensé.

—Je crois comprendre qu'il a la réputation de faire don de bijoux onéreux à des jeunes filles. »

Mounette comprit immédiatement ce à quoi Belina faisait allusion. « Dame Édith Senclar cherchait peut-être à se débarrasser d'elle.

—C'est ce que je me disais, dit Belina. Au fait, saviez-vous que Viola projetait de ne pas se rendre à son banquet de fiançailles ? »

Mounette opina du chef.

« Qui d'autre le savait ?

—Bonassa, c'est tout.

—La jeune domestique aurait-elle pu le savoir ? »

Mounette réfléchit un long moment en se mordillant la lèvre. « Seulement si elle a entendu Bonassa et moi en parler.

—Aurait-elle pu voir Viola se préparer – emmener des affaires dans le tunnel, par exemple ?

—Je ne l'ai pas vue en train d'observer quoi que ce soit mais elle aurait pu apercevoir Dame Viola en train de dissimuler ses bijoux sous sa cotte, le jour du banquet de fiançailles.

—Et en aurait-elle fait part à quelqu'un ? Dame Lussan ou Dame Senclar, peut-être ? »

Mounette ne le pensait pas mais elle n'en était pas certaine. Elle éclata ensuite à nouveau en sanglots. Belina la remercia et lui dit qu'elle n'avait pas besoin d'être raccompagnée à la porte.

Elle passa le reste de l'après-midi à écrire sur ses tablettes ses observations au sujet des visites aux manoirs Créon et Lussan puis elle récita quelques prières pour l'âme de Viola. Comme il était affreux de mourir avant de pouvoir se confesser et recevoir le pardon. Tout le monde craignait cela plus encore que la mort elle-même. Une mort subite était une mauvaise mort. Belina adressa ses prières à Saint-Adrien et Saint-Christophe en particulier. Les souvenirs de la mort de sa mère ressurgirent et elle s'endormit en pleurant.

CHAPITRE VINGT-NEUF

Lundi

Belina se réveilla tard et Quiteira lui jeta un regard noir lorsqu'elle arriva à l'échoppe, ses chaussures couvertes de poussière de la cour qui n'avait pas été balayée.

« Te voilà enfin, Belina. Messire Prelet est venu te trouver.

—Dis-lui d'attendre que j'aie changé de chaussures.

—Je n'attendrai pas. »

Elle le toisa de haut en bas. « Mes chaussures sont couvertes de poussière, Messire Prelet. Je ne veux pas en mettre sur les babioles. »

Face à ce reproche inattendu, il fronça les sourcils et s'adossa contre le présentoir. « Faites vite, alors. »

Belina se rendit dans la réserve, ôta ses chaussures et mit ses chaussons. Elle ajusta son fichu et se retourna pour en voir le reflet du dos dans le miroir avant de retourner dans la pièce principale.

« Eh bien, quelle est donc votre requête urgente ? demanda-t-elle à l'avocat impatient.

—Il ne s'agit pas d'une requête mais d'une doléance.

—À quel sujet ?

—Vous vous êtes immiscée dans les manoirs de tous les consuls et de leurs épouses…

—À la requête du sénéchal, l'interrompit-elle. J'ai montré à chaque fois son autorisation écrite.

—Je m'oppose à cette intrusion. » Il se redressa et s'avança vers elle.

Belina fit trois pas sur la gauche. « Dites-le au sénéchal, dans ce cas.

—Je ne manquerai pas de le faire », rétorqua-t-il avant de quitter l'échoppe.

« Ça alors, commenta Quiteira. Rien d'étonnant à ce que Dame Viola ne n'ait pas souhaité l'épouser.

—Qu'est-ce qui te fait croire qu'elle ne le souhaitait pas ? lui demanda Belina.

—Si elle avait voulu se marier avec ce corniaud de Toulouse, elle serait allée au banquet de fiançailles. »

Belina compara dans son esprit Charles Prelet avec le *crestian* triste. Elle était encline à éprouver plus de sympathie à l'égard du *crestian* que de l'avocat de Toulouse. Mais lequel était un meurtrier ?

« Es-tu d'accord avec moi ? lui demanda Quiteira.

—J'ai tendance à l'être », reconnut Belina.

Elles passèrent la demi-heure qui suivit à vendre leurs babioles à des pèlerins et découvrirent que certains parmi ces derniers venaient d'arriver à Condom, de retour de Compostelle, tandis que d'autres étaient à Condom depuis quelques jours, non loin de l'échoppe. Ils se souvenaient avoir vu Belina près de la chapelle et se rappelaient également que Guillaume leur avait demandé s'ils avaient vu un possible meurtrier.

« Pourquoi restez-vous si longtemps dans la même ville ? les interrompit Quiteira. Les hospices ne le permettent pas, d'ordinaire. »

Ils lui expliquèrent qu'ils logeaient dans une maison qui accueillait des pèlerins venus d'Einsiedeln ; ils pouvaient y pratiquer leur musique.

« Le bruit que vous faites ne dérange pas les voisins ? demanda Quiteira. Il me dérangerait, moi.

—Dans le passé, il est arrivé que des voisins se plaignent, oui, répondit le plus âgé des pèlerins. Pourtant, nous jouons plus loin dans la rue, près de la léproserie.

—Ne craignez-vous pas d'attraper la lèpre ? voulut savoir Quiteira, qui était de toute évidence d'humeur curieuse.

—Bien sûr que non. Cela fait longtemps qu'il n'y a plus de lépreux. » Les pèlerins se dirigèrent vers la collection de statuettes, souhaitant peut-être éluder les questions de Quiteira.

Belina continua à trier des images des reliques de la cathédrale de Condom jusqu'à ce qu'un soldat du fort vienne l'interrompre.

« Dame Lansac ?

—Oui, *adischatz.* » Belina espéra qu'on ne venait pas la sommer de se présenter au fort. Elle laissa tomber une image de Saint-Laurent.

« Le sénéchal vous envoie ce message. » Le soldat posa un morceau de papier sur le présentoir près de Belina. « Il vous faut le signer pour indiquer que vous l'avez lu. »

Les jambes de Belina, opportunément dissimulées par sa cotte, s'étaient mises à trembler. Elle ramassa la note et la lut rapidement.

« Ah, voilà qui est intéressant, dit-elle au soldat. Où est le papier qu'il me faut signer ? »

Il le tira de son gant et le lui tendit. Il l'observa tandis qu'elle le signait puis le remit dans son gant. « *Adiu.* »

Belina se rendit dans la réserve avec le message du sénéchal afin de le lire à nouveau.

Dame Lansac, le médecin-chef a examiné le corps de Viola Lussan avant que je puisse autoriser les funérailles et son enterrement. Il affirme que le meurtrier l'a assaillie par-derrière avec une lame affûtée et lui a tranché la gorge, la plaie étant située plus haut sur le côté droit du cou que sur le côté gauche. Cela signifie que le meurtrier est gaucher, ce qui est assez rare.

« Belina, viens ! », cria Quiteira.

Belina plaça le message du sénéchal dans sa bourse et se

rendit dans la pièce principale de l'échoppe, maudissant l'interruption alors qu'elle avait tant de choses à ruminer. Elle se demandait ce qui pouvait bien irriter son assistante cette fois.

Charles Prelet était de retour. Elle contempla le couple à ses côtés, tous deux d'âge mûr, bien vêtus et portant des bijoux, ainsi qu'une dame plus jeune dont le menton ressemblait à celui de Charles Prelet.

Belina attendit qu'ils se présentent. Elle se demanda si la dame plus jeune était Dame Pauline Galerne, l'épouse de Messire Galerne, qui était réputée pour son mauvais caractère.

La dame plus âgée fut la première à parler. « Je suis Dame Lussan. Mon intendant m'informe que vous vous êtes introduite dans mon manoir hier après-midi et que vous avez interrogé mes serviteurs. Vous n'étiez aucunement en droit de le faire. »

Si elle avait été d'humeur charitable, Belina aurait pensé que la femme était sous le coup de la peine que lui avait causé le décès de sa fille. Mais Belina n'était pas d'humeur charitable. Elle décida de se montrer aussi peu serviable que possible.

« Vous êtes une *molieròta*, poursuivit Dame Lussan. Vous n'avez rien à faire dans une échoppe de cathédrale. Retournez donc à votre moulin. »

Belina garda le silence.

« Je vais formuler une plainte à votre sujet auprès de l'évêque, déclara Charles Prelet.

—Monseigneur l'évêque ne se trouve pas à Condom, répondit Belina.

—Quand sera-t-il de retour ?

—Je n'en ai aucune idée, lui dit-elle avec plus de calme qu'elle ne ressentait. Personne ne le sait. Il est auprès de la cour, à Tours.

—Pourquoi donc ? demanda Dame Lussan.

—Parce qu'il est évêque, bien entendu. » Belina s'efforça de ne pas laisser transparaître de raillerie dans son ton. Elle crut remarquer que Charles Prelet tentait de réprimer un sourire.

Belina se demanda s'il était heureux de ne pas s'être retrouvé avec Dame Lussan pour belle-mère. Mais était-ce là une raison suffisante de tuer Viola ?

Le consul Lussan prit les rênes de la conversation et exigea de savoir pour quelle raison Belina s'était immiscée dans son manoir et avait interrogé ses domestiques.

Belina lui donna son explication habituelle : le sénéchal lui avait donné l'autorisation écrite d'interroger tous les consuls et leurs épouses.

« Ainsi que leurs serviteurs ? » Belina hocha la tête. « Vous n'aviez pas le droit d'entrer chez moi sans ma permission. »

Belina répéta qu'elle avait l'autorisation écrite du sénéchal.

« Cela n'aurait dû vous donner accès qu'à la porte de derrière, intervint Charles Prelet. C'est d'ailleurs par là que vous êtes entrée au manoir de mes parents.

—A-t-elle interrogé les domestiques de vos parents ? lui demanda Dame Lussan.

—Oui, répondit la dame qui se tenait à côté de Charles Prelet. Elle leur a fait perdre beaucoup de leur temps et a été désagréable au plus haut point.

—C'est faux », rétorqua Belina avec indignation. Elle se dit que ce n'était pas elle qui se comportait de manière désagréable mais les quatre personnes qui se trouvaient devant elle.

« Ne me traitez pas de menteuse, *molieròta.*

—Alors ne mentez pas. » Belina se rendit à l'autre bout du présentoir et sortit un plateau de médaillons, imitant Quiteira lorsqu'elle était en colère.

« Revenez là et répondez à mes questions, exigea Charles Prelet.

—Pas tant que vous ne les formulerez pas de manière plus courtoise.

—Ne vous adressez pas à moi sur ce ton. » Il s'avança vers elle, le bras levé.

« Hé là, hé là, s'interposa l'un des pèlerins, qui avait assisté à la scène. Maîtrisez-vous lorsque vous parlez à une dame.

—Ce n'est pas une dame.

—Elle est peut-être bien une dame, mais vous n'êtes assurément pas un paladin.

—La dame apprécie notre musique », ajouta le plus jeune des pèlerins. Belina n'était pas certaine que la remarque lui serait d'une grande aide.

Charles Prelet laissa échapper un juron. « Nous sommes dans une échoppe de babioles, pas dans une maison de troubadours. »

Les pèlerins parlèrent entre eux dans leur langue puis l'aîné dit que n'importe qui pouvait se vêtir d'une cape et d'un chapeau de pèlerin et marcher avec un bâton. Ainsi passerait-il inaperçu. Il indiqua les quatre personnes hostiles envers Belina et dit à cette dernière : « N'importe lequel de ces quatre-là aurait pu être votre meurtrier, déguisé en pèlerin.

—Sottises. » Charles Prelet jura à nouveau.

Belina eut du mal à dissimuler son sourire face à sa colère. Elle se souvint ensuite du message du sénéchal qui se trouvait dans sa bourse. Elle se rendit à l'endroit où elle gardait du papier, le cornet à encre et les plumes.

« Venez ici et écrivez votre accusation sur cette feuille de papier, je vous prie, dit-elle à ses quatre ennemis.

—Pourquoi ?

—Parce que le sénéchal voudra savoir de quoi vous m'accusez.

—Ce n'est pas une bonne raison, protesta le consul Lussan.

—Très bien, dit Charles Prelet en s'emparant d'une plume qu'il trempa dans le cornet à encre. Je vais déclarer les observations que j'ai pu faire de votre comportement insolent et délictueux. » Il écrivit plusieurs phrases sur la feuille. « Signez ici tous les trois, je vous prie. » Il trempa à nouveau la plume dans le cornet et la tendit, ainsi que la feuille de papier, au consul Lussan, qui mit ses bésicles, lut lentement ce qu'il avait écrit et apposa sa signature.

Belina l'observa très attentivement, comme elle avait

observé Charles Prelet lorsqu'il écrivait, et elle le fit également lorsque Dame Lussan et Dame Galerne signèrent. Lequel d'entre eux était gaucher – et donc le meurtrier ?

Elle prit la feuille de papier et leur dit qu'elle la transmettrait au sénéchal.

« N'allez-vous pas la lire, d'abord ?

—Si, bien entendu, mais lorsque vous aurez quitté mon échoppe. » Elle se rendit dans la réserve et compta trois *Paternoster* avant d'en ressortir. Ils étaient partis. Elle remercia les pèlerins de leur aide.

« Nous sommes heureux d'avoir pu vous aider. Venez nous écouter jouer, un de ces jours. » Ils quittèrent l'échoppe munis de nombreuses fioles d'aygue ardente.

Quiteira laissa échapper un soupir. « C'est vraiment un sale bonhomme, celui-là. Il devrait retourner à Toulouse et y rester pour de bon. Et emmener avec lui sa sœur acariâtre. Cette Dame Galerne traite très mal ses serviteurs. » Elle sortit un plateau d'écussons et s'essuya le front. « Tu as vraiment pris le meilleur sur eux, Belina. Je suis pleine d'admiration à ton égard. J'aimerais être dotée du courage dont tu fais preuve en tenant tête ainsi à des consuls. »

Belina sourit. « Lorsque j'y repense, j'éprouve moi aussi de l'admiration à mon égard. Comment va Wasila, au fait ?

—Je n'arrive toujours pas à comprendre ce qu'elle essaie de dire bien qu'elle parle une sorte d'espagnol. Mais elle a beaucoup avancé avec la robe brodée. Elle en a d'ailleurs presque terminé. Elle me l'a montrée avec grande fierté.

—Dame Benasse sera ravie, commenta Belina.

—Comment dois-je faire pour la lui rapporter ? »

Belina comptait profiter de l'opportunité de s'entretenir avec Messire et Dame Benasse lorsqu'elle se rendrait chez eux pour rendre visite à Géraud dans sa petite chambre. « Je peux aller la chercher chez toi et la porter à Dame Benasse, si tu le souhaites. »

Quiteira ne répondit pas. Belina se demanda si elle avait

souhaité rencontrer Dame Benasse. Il lui fallait trouver un prétexte pour rendre visite à Wasila. « Je dois montrer à Wasila la chasuble que Viola était en train de broder lorsqu'elle a été tuée.

—Pourquoi donc ? »

Belina dut réfléchir rapidement à une réponse à lui donner. « Puisqu'elle est si douée pour la broderie, elle pourra peut-être me dire si Viola était douée elle aussi ou si elle feignait seulement d'être à l'ouvrage.

—Très bien, Belina, je vais te prêter ma clé, mais assure-toi bien de verrouiller la porte derrière toi lorsque tu seras chez moi, je te prie, ainsi que lorsque tu en repartiras. »

Belina fronça les sourcils. « Pourquoi lorsque je serai à l'intérieur ?

—Parce qu'il y a tant de soldats en ville, bien entendu. Je ne veux pas qu'il y en ait qui te suivent chez moi. » Quiteira sortit un plateau de clés de Saint-Pierre et le posa sur le présentoir.

« Tu es pleine de sagesse et de bon sens, Quiteira.

—Je le sais. » Quiteira décrocha la clé de sa porte de sa ceinture et la tendit à Belina. « Mets-la à ta ceinture tout de suite. »

Belina obtempéra. « Je vais aller chercher la chasuble », dit-elle, puis elle sortit de l'échoppe avant que Quiteira ne puisse changer d'avis.

CHAPITRE TRENTE

Belina gravit à la hâte l'escalier menant à sa chambre. Elle plia le vêtement maculé de sang et le mit dans une des sacoches qui contenait d'ordinaire ses tablettes de cire avant de ranger toutes les tablettes dans le coffre de travail de Guillaume, qu'elle verrouilla soigneusement avant de remettre la clé sur son crochet. Gênée par la sacoche, elle descendit l'escalier avec difficulté et sortit dans la rue. Elle traversa la place Saint-Pierre puis emprunta la rue Cadéot jusqu'à la demeure de Quiteira, sans remarquer les deux gardes des Senclar qui la suivaient.

Belina entra et verrouilla la porte de l'intérieur. Elle trouva Wasila dans la chambre de Quiteira, en train de ranger le panier à ouvrage. La robe de Dame Benasse était étendue sur le lit.

« *Buenos días.* » Wasila leva la tête et adressa à Belina un grand sourire qui illumina son visage au teint olive.

« *Buenos días,* Wasila, *cómo estás ?* » répondit Belina en espagnol, usant de la formule de salutations que des pèlerins lui avait enseignée à l'échoppe.

Wasila se rendit auprès du lit et montra à Belina la partie de la robe où elle avait raccommodé la broderie. La tâche avait l'air parfaitement exécuté et Belina le lui dit en parlant lentement en gascon, en espérant que la jeune femme maure la comprendrait. Elle compta sur le fait que le ton de sa voix serait suffisant. Elle posa la main sur le bras de Wasila et lui dit qu'elle allait rapporter la robe à sa propriétaire. Elle ramassa la serviette pour placer la robe dedans mais Wasila la lui prit très délicatement et plia la robe avec soin avant de la mettre dans la serviette.

Belina sortit la chasuble de sa sacoche de tablettes et la posa sur le sol pour éviter de tacher le lit de Quiteira. Wasila s'agenouilla à côté et toucha le bord de la tache de sang. « Aïe ! » dit-elle. Elle traça un point d'interrogation en l'air, comme le faisait Sir John Keyham lorsqu'il posait une question.

Belina posa la pointe de son index contre son cou et la fit passer d'un côté à l'autre.

« Oh » s'exclama Wasila, avant de tracer deux sillons le long de ses joues avec ses doigts, pour indiquer des larmes.

« *Si* », confirma Belina, qui se rendit compte alors que de vraies larmes coulaient le long des siennes. Elle sortit son mouchoir et les essuya sans remarquer que Wasila étudiait la chasuble à la lumière de la fenêtre.

Belina entendit la jeune Maure marmonner quelque chose mais elle ne comprit pas ce qu'elle disait.

Wasila lui fit signe de s'approcher et lui montra une partie de la chasuble qui n'était pas tachée de sang. Elle indiqua la broderie à cet endroit puis la broderie à un autre endroit sur la chasuble.

Belina scruta ce qu'elle lui montrait mais n'arrivait pas à comprendre ce que disait Wasila, bien que cette dernière l'ait répété plusieurs fois. Néanmoins, Wasila persévéra et Belina finit par percevoir au bout d'un certain temps que la jeune femme lui signalait que cette partie de la broderie avait été cousue, puis décousue, puis cousue à nouveau et décousue. Wasila indiqua que l'on avait rebrodé treize fois en tout à cet endroit. Elle traça ensuite un point d'interrogation en l'air.

Belina secoua la tête et lui dit qu'elle ne savait pas.

Wasila passa son doigt d'un côté de son cou à l'autre et traça à nouveau un point d'interrogation.

« Oui, dit Belina. La jeune femme qui a été tuée brodait cette chasuble. »

Wasila compara l'endroit qui avait été recousu à maintes reprises avec la broderie à d'autres endroits sur la chasuble. Elle indiqua clairement à Belina que la qualité de l'ouvrage n'y était pas aussi bonne.

« Non », dit Belina.

Wasila resta silencieuse un long moment tandis qu'elle examinait différentes parties de la chasuble puis à nouveau l'endroit rebrodé. « Pénélope », dit-elle enfin.

Belina ne comprit pas ce qu'elle avait dit et la fixa du regard.

« *Si, si*, Pénélope. » Wasila mima le fait de coudre une partie de la chasuble, de la défaire, de la coudre à nouveau, puis de la défaire encore. « Pénélope. »

Belina ne comprenait toujours pas.

« *Griega*, dit Wasila.

—Grecque ?

— *Si, si, Criega.* »

Belina renonça. Elle plia la chasuble et la remit dans sa sacoche à tablettes en s'assurant que la partie tachée de sang n'était pas visible.

Elle étreignit Wasila et lui dit : « Merci beaucoup, Wasila. Tu es très douée. »

La jeune Maure sourit, un sourire radieux qui chassa la tristesse de ses traits et leur conféra une grande beauté. Belina comprit pour la première fois pourquoi Géraud s'était épris d'elle.

Elle retira la clé de la porte de Quiteira du verrou intérieur, passa la porte étroite avec difficulté à cause de la sacoche de tablettes et de la robe emballée dans la serviette, ferma à clé derrière elle et accrocha la clé à sa ceinture. Elle retourna à la place Saint-Pierre ; de là, elle se rendit rue des Argentiers, à la demeure de Messire Benasse. Transporter la robe et la sacoche dans la rue pleine de soldats n'était pas chose facile. Belina ne se rendait toujours pas compte que deux hommes la suivaient.

Belina posa la sacoche sur le pas de la porte et frappa le heurtoir en cuivre. Elle ne vit ni la tête qui apparut à la fenêtre au –dessus d'elle ni l'un des hommes qui la suivait depuis la demeure de Quiteira. Elle attendit patiemment que Messire Benasse descende les escaliers et ouvre la porte d'entrée.

« Ah, Belina, la salua-t-il. Quel plaisir de vous voir. Comment allez-vous ? Entrez donc. »

Il la fit passer à l'intérieur et refit glisser les verrous en place. « Cette serviette contient-elle la robe de mon épouse ? »

Belina opina du chef et la lui donna. « Elle a été raccommodée de fort belle manière, dit-elle à Messire Benasse. Du moins, est-ce l'impression que j'en ai.

—La jeune Maure a accompli la tâche très promptement.

—Oui, en effet. J'étais vraiment très surprise lorsque Quiteira m'a dit ce matin qu'elle avait presque terminé.

—Qu'avez-vous dans l'autre sacoche ?

—Je vous le montrerai à l'étage si vous le permettez, Messire. »

Ils montèrent l'escalier et passèrent dans la pièce principale, où Dame Benasse prit la serviette à son époux et la déplia. « Magnifique », commenta-t-elle en passant sa main sur la robe.

Dame Benj se leva et examina la broderie avant de poser une question.

Dame Benasse pointa du doigt la partie de la robe que Wasila avait raccommodée. « Elle est comme neuve, Belina. Nul ne devinerait que la broderie a été refaite. Cette jeune femme est très douée.

—Oui, je sais, répondit Belina. Je ne l'avais jusque-là vue raccommoder que des sacs de farine au moulin. Si Dame Benj ne m'y avait pas encouragée, je ne lui aurais pas confié votre belle robe à remettre en état. »

Les deux autres femmes passèrent la main sur la robe et échangèrent quelques mots dans une langue que Belina ne comprenait pas.

« Qu'avez-vous dans la sacoche, Belina ? » demanda Messire Benasse.

Belina en tira la chasuble. Elle supposa que les quatre Juifs ne sauraient pas qu'il s'agissait d'un habit de prêtre chrétien et elle ne les informa pas de sa portée religieuse.

Le docteur Benj posa son doigt sur une partie tachée de sang et leva les yeux vers Belina.

« C'est le sang de Viola Lussan, la jeune femme qui a été tuée lundi dernier. »

Messire Benasse traduisit la phrase et fit passer son doigt d'un côté à l'autre de son cou. Le docteur Benj déplia le vêtement et l'examina en fronçant les sourcils. Il dit ensuite quelque chose en espagnol que Belina ne comprit pas tout à fait.

« Belina, dit Messire Benasse. Le docteur Benj pense que l'on a dû s'approcher de Viola Lussan par-derrière et lui tenir la tête pendant qu'on lui tranchait la gorge. Son sang aurait coulé sur ses vêtements et aurait éclaboussé ce qui se trouvait devant elle.

—Mais Viola Lussan a forcément dû entendre le meurtrier s'approcher d'elle ? » fit remarquer Dame Benasse en gascon.

Belina expliqua que Viola était dure d'oreille.

« Cela signifie que le meurtrier savait qu'elle était à moitié sourde, dit Dame Benasse. Sinon, il n'aurait pas essayé de l'approcher ainsi. Le meurtrier connaissait sa victime.

Dame Benj se saisit de la chasuble et en inspecta la broderie puis dit quelque chose que Belina ne comprit pas. Messire Benasse traduisit : « Pourquoi Viola tenait-elle le vêtement ? »

Belina leur dit que la chasuble était rangée dans la sacristie de la chapelle etqu'un prêtre la portait pour dire la messe.

Il y eut un moment de silence tandis qu'ils tentaient de comprendre pour quelle raison Viola avait eu l'habit entre les mains.

« Wasila était d'avis que Viola était en train de broder cette partie du vêtement, dit Viola en indiquant la broderie sur le dos de la chasuble. Elle était certaine que Viola avait brodé ces coutures, ici, puis les avait défaites. » Elle pointa du doigt l'endroit. « Wasila a également précisé que Viola l'avait fait treize fois en tout. Elle n'arrêtait pas de répéter "Pénélope".

—Ah, oui. La reine Pénélope défaisant son ouvrage, dit Messire Benasse.

—Attendant Ulysse en éconduisant ses soupirants », ajouta son épouse. Elle traduisit les remarques en hébreu.

« Pénélope, dirent le docteur et Dame Benj de concert en souriant.

—Wasila m'a dit que Pénélope était grecque », dit Belina.

Messire Benasse relata à Belina cet épisode de la mythologie grecque. Elle réfléchit un moment afin de comprendre pourquoi Viola traverserait un long passage obscur et poussiéreux pour aller s'asseoir dans la sacristie humide d'une petite chapelle, à côté d'une léproserie, et y faire de la broderie sur une chasuble, puis défaire ses coutures et les broder à nouveau, par treize fois.

Messire Benasse ouvrit un coffret près de l'âtre et en sortit une bourse qu'il montra à Belina. « Ceci est pour votre nouvelle belle-sœur si perspicace. Je vais la donner à Géraud afin qu'il en fasse bonne garde pour elle.

—Ma belle-sœur ? demanda Belina. Vous ne voulez pas dire Catalina, tout de même ?

—Géraud souhaite épouser Wasila lorsqu'il sera remis de ses blessures. Il m'en a fait part. »

Belina demanda s'il lui serait possible de voir son frère. « Bien entendu, ma chère. Je vais vous mener à lui. »

Géraud était assis sur une chaise à côté de son lit, en train de lire un livre. Il gratifia Belina d'un sourire aussi radieux que celui que Wasila lui avait adressé. Ils s'étreignirent et il lui confia à quel point il se sentait mieux, que le docteur Benj s'occupait fort bien de lui et que les Benasse étaient très généreux.

Belina lui relata à son tour sa visite à la maison de Quiteira, où elle avait vu Wasila, et l'habileté avec laquelle cette dernière avait remis en état la broderie de la robe de Dame Benasse. « Ce n'est pas tout, Géraud. Messire Benasse m'a montré une bourse bien remplie et m'a dit qu'il allait te la donner.

—Il vaudrait mieux la donner à Wasila. Après tout, c'est elle qui la mérite pour son labeur », répondit-il.

Belina inspira profondément. « Messire Benasse a dit qu'elle était pour ma "belle-sœur". Il parlait de Wasila.. »

Géraud sourit.

« Tu vas l'épouser ?

—Bien entendu. C'est pour cela que je l'ai ramenée avec moi chez nous.

—A-t-elle dit oui ?

—Évidemment. Nous nous aimons passionnément. »

On frappa soudain à la porte – mais pas à celle de la chambre de Géraud : cela venait de la rue.

Belina se leva. « Ce tapage à la porte ne me dit rien qui vaille. Il vaut mieux que je retourne dans la pièce principale. » Elle embrassa Géraud sur la joue et quitta sa chambre en toute hâte.

Messire Benasse se tenait au centre de la pièce. Le docteur et Dame Benj le fixaient du regard. « Mon épouse est descendue voir qui frappe à la porte, Belina. Nous sommes quelque peu inquiets.

—Je suis moi aussi inquiète, répondit Belina.

—Tout se passera bien, ma chère. Nous veillerons sur vous. »

Ils attendirent et écoutèrent tandis que Dame Benasse remontait lentement les escaliers et regagnait la pièce principale. Ils furent soulagés d'entendre que personne ne l'accompagnait.

Dame Benasse ouvrit la porte. « Il y a trois gardes dehors, Belina. Ils ont pour ordre de vous mener auprès du sénéchal.

—Oh, non. »

Messire Benasse pria son épouse de plier la chasuble, de la placer dans la sacoche de tablettes de Belina et de la dissimuler. Il prit Belina par le bras et lui dit qu'il allait l'accompagner au Fort Cadéot. Elle descendit l'escalier à sa suite et ils sortirent dans la rue.

Un groupe de badauds observaient les gardes. L'un d'entre

eux demanda : « Que fait Dame Lansac dans la demeure de l'usurier ?

—J'étais autrefois l'employée de Messire Benasse, je façonnais pour lui des bracelets et des pendentifs, répondit Belina avec autant de fermeté qu'elle était capable d'afficher.

—Êtes-vous l'épouse de Guillaume Lansac ? » lui demanda le plus grand des gardes. Elle opina du chef. « Le sénéchal vous somme de vous rendre auprès de lui au fort et ce, immédiatement.

—A-t-il dit pourquoi il souhaitait s'entretenir avec elle ? voulut savoir Messire Benasse.

—Non.

—Avez-vous un document qui indique qu'il souhaite la voir ? »

Le garde lui tendit un papier qu'il scruta avant de le donner à Belina. « Lisez-le attentivement. J'ai laissé mes bésicles à l'étage et je ne suis pas certain de ce qui y est écrit. »

Belina lut à haute voix. « Lansac Belina doit être menée sur-le-champ au bureau du sénéchal. Signé par le clerc en chef.

Dans ce cas, Belina, nous allons accompagner ces gardes au fort. » Il la prit par le bras.

CHAPITRE TRENTE-ET-UN

Les gardes permirent à Messire Benasse d'escorter Belina jusqu'à la pièce qui jouxtait le bureau du sénéchal, où ils leur dirent d'attendre. Belina chercha un endroit où s'asseoir, mais le seul tabouret dans la pièce était occupé par un homme qui lui tournait le dos. Elle patienta et s'efforça de contenir ses tremblements, provoqués par un mélange d'appréhension et de doute. L'un des gardes se rendit dans le bureau du sénéchal et lui annonça que Belina était arrivée.

« Faites-les entrer. »

Belina espérait que Messire Benasse pourrait entrer avec elle. Le garde n'autorisa pas l'orfèvre à le faire. Il la fit passer dans le bureau avec ménagement.

« Chezelle », annonça le garde.

Surprise, Belina se retourna et se retrouva nez-à-nez avec l'arracheur de dents de Dame Édith. Que faisait-il donc là ?

Le sénéchal indiqua deux tabourets devant son bureau. « Asseyez-vous là. » Il continua à écrire et à étudier un document posé devant lui.

Chezelle se racla la gorge. « Je suis venu…–

—Vous ne parlerez que lorsque je vous inviterai à le faire. » Le sénéchal poursuivit son étude du document.

Belina cessa de trembler et faillit sourire. Elle attendit patiemment.

Le sénéchal finit par détacher son regard de la feuille de

papier sur laquelle il était en train d'écrire et posa sa plume sur le côté. Chezelle s'éclaircit à nouveau la voix.

« Dame Lansac, l'arracheur de dents m'affirme que vous faites secrètement héberger votre frère à la demeure de la veuve Nabias, rue Cadéot. Est-ce vrai ?

—Certainement pas, monseigneur sénéchal. Mon frère vit au moulin Moulié à Gauge, où il vit depuis sa naissance.

—Je parle de votre autre frère, intervint Chezelle, qui a déserté l'armée.

—C'est faux ! s'écria Belina.

—Dame Lansac, calmez-vous, je vous prie, dit le sénéchal. Chezelle affirme que votre frère loge chez la veuve Nabias. Je vous le demande à nouveau, est-ce vrai ?

—Non, monseigneur sénéchal, c'est un mensonge. Je vous jure que c'est faux. Je le jurerai sur la Bible, si vous le souhaitez. »

Chezelle commença à dire quelque chose au sujet d'une clé, mais le sénéchal l'interrompit. « La veuve Nabias vit-elle dans cette maison ?

—Oui.

—Est-ce que quelqu'un d'autre y vit ?

—Oui, la mère âgée d'une amie de la veuve Nabias, mentit Belina.

—Pourquoi ?

—Parce que la pauvre femme perd la raison dans ses vieux jours. Elle doit être enfermée dans la demeure pour éviter qu'elle n'ouvre la porte et ne sorte dans la rue, où elle s'égarerait. C'est un souci commun chez les personnes âgées. L'amie de Quiteira s'est vue forcée de laisser sa mère à un endroit sûr et paisible.

—Il ne faut pas la croire, monseigneur sénéchal, l'interrompit Chezelle. Je suis certain que le frère déserteur se trouve dans cette maison. Je l'ai vu.

—Vous ne pouvez pas l'avoir vu, rétorqua Belina. Mon frère n'est pas un déserteur. C'est un soldat blessé.

—Il est peut-être bien blessé, mais je maintiens qu'il s'agit d'un déserteur, d'un traître à la France et d'un criminel.

—C'est faux ! s'écria Belina en se levant.

—Dame Lansac, asseyez-vous et calmez-vous », la somma le sénéchal. Il se tourna vers Chezelle. « Qu'est-ce qui vous fait croire que le soldat Moulié est un déserteur ?

—Il a abandonné sa compagnie.

—Quelle compagnie ? voulut savoir le sénéchal.

—Celle au sein de laquelle il guerroyait.

—Comment s'appelle cette compagnie ? »

Chezelle garda le silence et scruta ses ongles.

« Qui vous a dit que le soldat Moulié était un déserteur ?

—Tout le monde le sait, ici à Condom.

—Je ne l'ai pas entendu dire, et j'estime être une personne bien informée.

Dame Senclar possède la preuve qu'il est un déserteur, déclara Chezelle.

—Où se trouve cette preuve ?

—Dans la chambre forte de Dame Senclar. Elle vous la montrera, à vous ou à votre envoyé.

—Laquelle des Dames Senclar ; la plus jeune, l'épouse du consul Senclar, ou la veuve ?

—Dame Édith Senclar, la mère du consul Senclar », répondit Chezelle.

Le sénéchal fronça les sourcils. « Il faudra dans ce cas que la vieille veuve vienne ici elle-même et m'apporte cette preuve.

—Ce n'est pas une vieille veuve, rectifia Chezelle.

—J'ai cru comprendre qu'elle est veuve et que son fils est consul, dit le sénéchal d'un ton très sec.

—C'est exact.

—C'est donc une vieille veuve.

—Elle a cinquante-et-un ans. Elle a eu son fils à quatorze ans.

—Vraiment ? Son époux devait être bien impatient de mettre la main sur sa dot, fit remarquer le sénéchal.

—Vous dénigrez un consul respecté, rétorqua Chezelle.

« Sa réputation n'inspire pas le respect ; ni celle de son fils, d'ailleurs. »

Chezelle prit un air renfrogné. Il sembla sur le point de répondre, puis se ravisa.

Le sénéchal poursuivit. « Si Dame Senclar n'a que cinquante-et-un ans, elle peut très bien se rendre de la rue Sainte-Luce à ce fort avec ce qu'elle estime être une preuve. En attendant, je ne suis pas disposé à perdre plus de mon temps à écouter vos déclarations. » Il prit en main un document et l'étudia.

Chezelle se frotta le cou et croisa les talons. Belina patienta, s'efforçant de ne pas sourire devant l'embarras de Chezelle.

Le sénéchal posa le document et toisa Chezelle. « Vous pouvez disposer. »

Belina se leva.

« Non, pas vous, Dame Lansac. Puisque vous êtes là, je souhaite m'entretenir avec vous de l'enquête de votre époux concernant le meurtre qui a eu lieu lundi dernier. Rasseyez-vous, je vous prie. »

Belina s'assit sur le tabouret et s'abstint de jeter un coup d'œil en direction de Chezelle, qui se tenait près d'elle.

« C'est moi qui ai découvert le meurtrier et qui ai sommé les vigiles de le mettre aux arrêts, protesta Chezelle. C'est avec moi que vous devriez vous entretenir.

—Je m'entretiendrai avec qui il me plaira. Maintenant, sortez. »

Chezelle n'avait pas le choix. Il tourna les talons et quitta la pièce.

« Merci, monseigneur sénéchal, dit Belina.

—Je vous en prie, Dame Lansac. » Le sénéchal mit de côté ses documents et lui adressa un sourire. « Je suis porté à croire que Chezelle pourrait être le meurtrier.

—Il est en effet l'un de mes principaux suspects.

—Pourquoi donc ?

—Je préférerais savoir d'abord quel raisonnement vous le fait penser, monseigneur », dit Belina avec une prudence qui lui était peu coutumière. Elle craignait le pouvoir du sénéchal plus encore que celui de Dame Édith.

« Non, exposez-moi d'abord le vôtre, je vous prie. »

Belina lui relata les confidences qu'Aralha lui avait faites, sans donner le nom de l'assistante de cuisine.

« Il n'est pas étonnant que Guillaume Lansac vous demande de l'aider dans ses enquêtes. Je ne connais personne qui arrive à faire la lumière sur les affaires privées avec autant d'efficacité ; vous y parvenez mieux que quiconque de ma connaissance.

—Merci. » Belina leva les yeux et vit que le sénéchal lui souriait.

« Je suis néanmoins d'avis qu'interroger Chezelle ne serait pas une tâche pour vous, Dame Lansac.

—Oh non, je ne me risquerais pas à faire chose pareille.

—Il me semble évident que ce meurtrier est très dangereux et pourrait frapper à nouveau. J'ai donc dépêché quatre de mes hommes à l'ouest afin qu'ils retrouvent votre époux et le ramènent ici.

—Je vous en remercie infiniment. »

Le sénéchal sourit à nouveau. « Je sais à quel point il est important pour votre époux de retrouver ce dangereux Flamand et de l'empêcher de rattraper les princes anglais. Mes hommes sont néanmoins capables de trouver le Flamand ils le trouveront et le ramèneront prisonnier à Condom, ligoté à un cheval. Votre époux doit reprendre sa tâche première d'enquêteur de l'évêque et résoudre ce meurtre qui a eu lieu dans la chapelle. »

Belina le remercia une fois de plus et commença à lui expliquer que son mari n'avait pas son cheval avec lui.

« Je le sais déjà. Mes hommes ont avec eux un destrier pour William.

—William ? répéta Belina.

—Je sais fort bien que votre époux se prénomme en vérité William et qu'il est anglais.

—Pour moitié anglais, le corrigea Belina.

—Oui, mais il est bordelais de son autre moitié, et les Bordelais sont à peu près anglais, eux aussi. »

Belina ne savait pas quoi dire. Peut-être le sénéchal était-il lui-même de Bordeaux. Ce n'était assurément pas le moment de lui dire ce qu'elle pensait des gens de Bordeaux. Elle attendit que le sénéchal relance la conversation.

« Comment va votre frère, Dame Lansac ? »

Belina fut prise au dépourvu. Ses pensées étaient entièrement occupées par Guillaume.

« Jordi et moi avons maille à partir avec Loupmont et le notaire Corloni. Nous devons comparaître demain devant le magistrat afin de satisfaire à ses questions. Mon cousin Christau doit également nous y accompagner.

—Je l'ignorais. Loupmont et Corloni sont tous deux sources de difficultés et trop avides d'argent. Je vous souhaite bonne fortune pour votre affaire de demain. Si les choses venaient à s'envenimer pour vous, faites-le-moi savoir, mais je doute que cela se produise. Ce magistrat est quelqu'un de bienveillant et juste. Il ne s'en laissera pas conter par ces deux hommes cupides. Ne vous inquiétez pas. » Il marqua une pause et réarrangea les papiers sur son bureau. « Mais je m'enquérais au sujet de votre autre frère, celui qui est revenu d'Espagne. Celui que Chezelle vous accusait de loger chez votre assistante, non loin d'ici.

—Il n'est pas chez Quiteira, déclara Belina.

—Je ne pense pas une seconde qu'il y soit. Un homme blessé requiert les services d'un médecin. Il serait inapproprié de le laisser seul toute la journée, enfermé entre quatre murs. »

Belina ne dit mot.

« Cependant, je ne crois pas votre histoire selon laquelle sa nouvelle logeuse est une vieille femme sénile. »

Belina se mit à lui répondre que la nouvelle logeuse de Quiteira était bien une vieille femme. Elle lui répéta qu'elle avait perdu la raison et que, depuis, elle avait fâcheuse tendance à errer dans les rues et à s'égarer.

Le sénéchal l'interrompit. « Dame Lansac, je pense que vous avez placé la jeune Maure de votre frère dans cette demeure, tandis que votre frère se trouve ailleurs. J'ai d'abord supposé qu'il se trouvait à l'hospice Pradau, mais le frère Pierre a affirmé que ce n'était pas le cas. Je ne pense pas que le frère Pierre mente.

—Oh, non, répondit Belina. Je suis certaine que jamais il ne mentirait. Mais il a refusé de me prêter de l'argent pour Jordi lorsque je le lui ai demandé. Je m'en suis trouvée très déçue.

—Voilà qui est dommage. Peut-être estimait-il ne pas pouvoir venir en aide à une hérétique ?

—C'est ce que Guillaume et moi nous sommes dits, commenta Belina.

—Qui vous a donné de l'argent, dans ce cas ? »

Belina leva les yeux vers le sénéchal. Son sourire avait disparu. Elle ne voulait pas lui avouer la vérité, mais n'osait pas non plus lui mentir.

« Était-ce Messire Benasse, l'orfèvre ? » Belina acquiesça de la tête. « Est-ce pour cette raison que l'on vous a trouvée chez lui tout à l'heure ?

—Non, monseigneur sénéchal. Je rapportais à Dame Benasse l'une de ses vieilles robes que Wasila avait raccommodée.

—L'argent dépendait-il donc de son ouvrage de couture ?

—Non. Messire Benasse nous avait déjà donné de l'argent. Une partie de la broderie sur la robe était endommagée et Dame Benasse m'a demandé de voir si Wasila pourrait la remettre en état.

—C'est la jeune Maure qui se nomme Wasila, je suppose ? » Belina opina du chef. « Son ouvrage était-il de bonne qualité ?

—Excellente. Elle est très douée. »

Le sénéchal se mit à décrire les qualités des jeunes femmes maures que des soldats français avaient ramenées avec eux de l'émirat de Grenade.

« J'ignorais qu'il s'en trouvait à Condom, fit remarquer Belina.

—Ce n'est pas encore le cas, mais il s'en trouve quelques-unes à Toulouse. La Wasila de votre frère sera la première à Condom. Votre frère et elle-même seront les bienvenus ici. »

Belina le dévisagea, stupéfaite.

« Lorsque votre frère sera suffisamment remis de ses blessures, je vais le prendre à mon service et je lui trouverai, ainsi qu'à Wasila, un logis confortable.

—Merci. Mille mercis, monseigneur sénéchal. C'est très généreux de votre part.

—Merci, Dame Lansac, mais je compte tirer profit de la présence de votre frère. »

Belina eut l'air très surprise. « Comment cela ? »

Il lui expliqua que les soldats qui étaient rentrés d'Espagne et qui logeaient actuellement à Toulouse avaient fourni des informations très utiles au sujet de la situation présente en Espagne. Si les Maures étaient d'excellents combattants, le roi Ferdinand était quant à lui un grand stratège militaire qui avait accumulé une expérience considérable. Avec son épouse, la reine Isabelle de Castille, ils avaient mis au point un projet tout à fait ingénieux. En menant la guerre contre les Maures, ils empêchaient la noblesse espagnole de comploter contre eux et renforçaient leur position fragile en tant que jeunes monarques fraîchement couronnés d'un pays qui manquait cruellement de richesse.

« Il n'y a point de culture en Castille, hormis l'élevage de moutons. L'Aragon et le littoral ne sont pas aussi pauvres, mais la Catalogne a souffert d'une guerre civile. Unir tous les royaumes d'Espagne contre les Maures est une excellente stratégie, même si elle présente un inconvénient pour l'avenir. »

Le sénéchal relata à Belina que les Maures disposaient de pratiques plus avancées en ce qui concernait l'agriculture et – à l'instar des Romains – l'approvisionnement en eau. « Il existe à Grenade une culture fort élégante. Il est très dommage que le roi et la reine d'Espagne soient résolus à la détruire. »

Tout cela, Belina l'apprenait. Elle avait toujours supposé que les Maures étaient des paysans malpropres.

« Non, bien au contraire. Il faudra beaucoup de temps pour les vaincre. Et beaucoup d'argent.

—Les impôts élevés sont-ils source d'amertume pour les Espagnols ? demanda Belina en pensant à la souffrance qu'avaient causée les impôts du roi Louis.

—La reine Isabelle et son époux ont trouvé un moyen astucieux mais malveillant d'éviter de soumettre leurs sujets à des impôts. Ils ont créé l'Inquisition afin que les richesses des Juifs, et des anciens Juifs en particulier, que l'on nomme *conversos*, servent à financer la guerre contre les Maures. La reine s'est appropriée ces richesses en attisant une haine féroce des Juifs et des Maures, faisant appel à des prétextes religieux inventés de toutes pièces.

—Comment les gens ont-ils pu se retourner contre quelqu'un comme Messire Benasse ? voulut savoir Belina.

—Fort aisément. Les gens qui ne sont pas instruits peuvent être menés à s'assembler contre un ennemi désigné. Il se trouve à Séville, en particulier, de nombreux travailleurs du port dont on a avivé la jalousie à l'égard des Juifs, et en particulier des Juifs génois.

—Peut-être leur devaient-ils de l'argent ? suggéra Belina.

—La plupart des Juifs ne prêtent d'ordinaire que de modestes sommes à des fermiers lorsque ces derniers ont besoin d'acheter des semences. » Le sénéchal poursuivit sa critique de la reine Isabelle et de l'Inquisition. La politique d'exil forcé des Juifs d'Espagne signifiait que tous les médecins de ce pays allaient devoir abandonner leurs patients. Belina s'abstint de faire mention du docteur Benj, qui avait déjà quitté Tolède et se trouvait à Condom, où il prenait soin de Géraud.

« Ici en France, nous allons tirer profit de la venue de tant de médecins compétents et chevronnés. Ce que je souhaite que votre frère m'apprenne, c'est son point de vue concernant la vie des gens dans la région de Grenade, le déroulement de la guerre, si les récoltes ont été détruites ou non et qui sont les soldats qui y combattent. Toutes sortes de questions auxquelles il me faut avoir des réponses.

—J'espère que Géraud pourra vous apporter ces réponses, lui dit Belina. Je suis certaine qu'il fera de son mieux pour vous aider. »

Le sénéchal se fendit d'un sourire et se leva. « Je vous remercie de votre aide dans l'enquête au sujet du meurtre, Dame Lansac. Poursuivez-la, je vous prie. J'escompte le retour de votre époux d'ici demain soir. Mais n'en dites mot à personne, je vous en conjure.

—Bien entendu, monseigneur. » Lorsqu'elle quitta la pièce, Belina se sentait bien plus confiante que lorsqu'elle y était entrée.

Messire Benasse la raccompagna une grande partie du chemin du retour jusqu'à l'échoppe, où elle trouva Quiteira très contrariée de sa longue absence.

« Où étais-tu passée ? Wasila est-elle toujours là ? J'étais très inquiète à ton sujet. J'ai eu le pressentiment qu'il t'était arrivé quelque chose de fâcheux. As-tu perdu ma clé ? Réponds-moi.

—Je le ferai dès que tu me laisseras placer un mot. » Belina lui tendit la clé de sa demeure, s'assit sur un tabouret et ôta ses chaussures. « Pourrais-tu m'apporter du baume pour les pieds, je te prie ? Les miens sont enflés.

—Tu es arrivée pleine d'entrain, presque en sautillant. » Quiteira prit un pot de baume sur le présentoir et l'ouvrit.

« C'est parce que j'ai trouvé Wasila toute fière et souriante et j'ai pu apporter à Dame Benasse sa robe. Elle était ravie. Wasila est vraiment très douée, n'est-ce pas ?

—Oui, et elle travaille avec grande diligence, répondit Quiteira en massant le pied gauche de Belina avec le baume. Je lui ai laissé une cotte à raccommoder. Je suppose qu'elle doit être en train de le faire. » Elle passa au pied droit de Belina. « Et toi, qu'as-tu donc fait toute la journée ?

—J'ai rapporté la robe à Dame Benasse et lorsque j'étais chez elle, des gardes ont frappé à la porte et m'ont arrêtée. J'étais sommée de me rendre sur-le-champ au Fort Cadéot pour y voir le sénéchal.

—Oh, non ! » Quiteira cessa de masser le pied de Belina. « C'est terrible ! T'ont-ils enfermée ?

—Non, répondit Belina en souriant. J'ai vu le sénéchal.

—Étais-tu apeurée ?

—Au début, j'avais si peur que je tremblais.

—Cela ne te ressemble pas, fit remarquer Quiteira en reprenant son massage. Rien ne t'effraie. »

Belina voulut démentir cette affirmation, mais se ravisa. Elle relata à Quiteira que Chezelle s'était trouvé là et qu'il avait accusé son frère d'être un déserteur.

« Pourquoi l'arracheur de dents s'intéresse-t-il à ton frère ? En quoi cela le regarde-t-il ? demanda Quiteira.

—Il semble qu'il agisse pour le compte de Dame Édith. Le sénéchal lui a dit que si la vieille sorcière le jugeait bon, elle pouvait marcher jusqu'au fort de son manoir et lui montrer la preuve qu'elle détient, selon Chezelle, qui indiquerait que Géraud est un déserteur.

—Elle ne s'abaisserait pas à faire cela. Il n'y a pas femme plus orgueilleuse à Condom. Je la déteste presque autant que toi. »

Belina rapporta à Quiteira ce que le sénéchal avait dit à Chezelle et imita la manière dont il l'avait congédié.

« Et tu es partie, toi aussi, avec l'arracheur de dents et ses dents bien couvertes ?

—Non. Le sénéchal m'a demandé de rester et de lui relater mes progrès dans l'enquête. C'est un homme bienveillant et intelligent. Il m'a posé des questions au sujet de Géraud, mais ne m'a pas demandé où il se trouvait. J'étais grandement soulagée.

—Je n'en doute pas. » Quiteira remit le couvercle sur le pot de baume pour les pieds et se leva lentement. « J'ai oublié de te dire qu'un message est arrivé pour toi de la geôle.

—Oh, non. J'espère qu'il ne s'agit pas de mauvaises nouvelles.

—J'ai dit la même chose, mais le messager m'a répondu qu'au contraire, elles étaient bonnes. Pour le *crestian*, du moins.

Le sénéchal leur a donné l'ordre de le placer dans une cellule plus propre.

—C'est une bonne nouvelle pour moi également, commenta Belina, car je dois aller le revoir et tenter de le faire parler.

—C'est le sénéchal qui t'a dit de le faire ?

—Oui et je dois lui obéir. » Belina remit ses chaussures, remercia Quiteira de lui avoir passé du baume aux pieds et lui dit qu'elle avait faim et qu'il lui fallait manger un morceau avant de se rendre à la geôle dans l'après-midi. Elle quitta l'échoppe avant que Quiteira ne puisse l'en empêcher et se plaindre de ses absences. Elle regrettait d'abandonner Quiteira à nouveau, d'autant plus qu'elle s'était montrée si amicale et aimable envers elle. Plutôt que de la réprimander, elle l'avait encouragée mais Belina savait que le sénéchal souhaiterait qu'elle poursuive l'enquête, à laquelle il semblait accorder plus d'importance qu'elle ne l'eut cru.

Dès qu'elle fut rentrée à son logis, Belina se prépara un repas frugal ; du pain et du fromage, suivis de deux poires. Elle relut ce qu'elle avait inscrit sur ses tablettes de cire, au sujet de ce qu'elle avait découvert au manoir Lussan le jour précédent.

Elle se demanda si Viola avait eu l'intention de quitter Condom en compagnie du *crestian*. Cela semblait peu probable. Elle était prête à croire que Viola n'avait pas souhaité épouser Charles Prelet, même si ses parents avaient décidé qu'elle devait le faire. Une seule des épouses de consuls parmi les six auxquelles elle avait parlé avait dit à Belina que Viola était éprise de Charles Prelet, ce qu'avait également affirmé l'une des domestiques de manoir Prelet. Le consul Volpato et son épouse semblaient être au fait de l'existence d'une maîtresse à Toulouse. Dame Courial savait également que Charles Prelet avait une maîtresse. Antoni avait appris que non seulement il avait une maîtresse, mais aussi deux enfants d'elle.

Belina supposait que Viola avait trouvé le courage de s'absenter du manoir le lundi précédent, mais qu'avait-il bien pu se passer ensuite ? Était-il possible qu'elle soit restée plus de quelques heures dans la chapelle, ou même toute la journée ? Elle n'aurait pas osé se dissimuler parmi les *crestias*, à la léproserie non loin.

Comment auraient-ils fui Condom ? À pied ? Cela impliquerait d'emmener très peu d'affaires avec eux. Ils auraient pu se déguiser en pèlerins, mais il leur aurait fallu tous deux se procurer une cape, un bâton et un couvre-chef de pèlerin. De bonnes chaussures, également, se dit Belina. Et une gourde pour se désaltérer. Marcher par ce temps donnait très soif.

Belina pensa qu'ils auraient pu monter un animal. Sans doute pas un cheval, mais peut-être une mule pour Viola, menée par la bride par le *crestian*, comme dans les tableaux de la Sainte Vierge, Saint-Joseph et l'enfant Jésus. Mais comment auraient-ils pu traverser le Pont Barlet sans être arrêtés ? Non, ils auraient voyagé en direction d'Auch ou d'Agen.

Elle ne comprenait pas pourquoi quelqu'un aurait pu vouloir tuer une douce jeune femme comme Viola. Peut-être n'était-elle pas si douce. Peut-être était-elle comme sa mère.

Elle termina la deuxième poire, se lava les mains et remit son fichu, prête à se rendre à la geôle.

CHAPITRE TRENTE-DEUX

Belina descendit la rue Jean-Baptiste jusqu'à la geôle, où elle reçut bon accueil dans la salle de garde. Ils lui indiquèrent qu'ils avaient placé le prisonnier dans une cellule réservée aux prisonniers renommés.

« En recevez-vous beaucoup ? demanda Belina.

—Plus que vous ne le pensez. »

L'un des gardes lui fit traverser une cour et déverrouilla une cellule dotée d'une fenêtre encombrée de barreaux. Si bien qu'elle voyait mieux la cellule de l'extérieur que la précédente de l'intérieur. Il n'y avait plus non plus d'odeur nauséabonde et humide.

Le garde lui fit signe d'entrer et de frapper à la porte lorsqu'elle aurait terminé de parler au *crestian*. « Je vous attendrai dehors. S'il vous cause le moindre désagrément, poussez un cri, mais je pense qu'il sera tranquille. Il semble assez docile. »

Belina pénétra dans la cellule et entendit la porte se refermer derrière elle, puis la clé tourner dans la serrure. Elle contempla le *crestian*. Il s'était levé lorsque la porte avait été ouverte et il la dévisageait d'un air triste.

« *Adischatz*, commença Belina. Je vois qu'ils vous ont sorti de cette horrible cellule au donjon.

—*Adischatz*, marmonna-t-il sans cesser de la fixer du regard.

—Il me faut vous poser d'autres questions. Répondez-y

cette fois, je vous prie, sans quoi ils vous remettront sûrement dans votre ancienne cellule, ou pire.

—Je doute qu'il y en ait de pire, répondit-il.

—Pourquoi étiez-vous à la chapelle Sainte-Eulalie samedi matin dernier ? »

Il hésita longtemps avant de répondre. Belina estima que son silence dura au moins deux *Paternoster*, mais elle attendit patiemment.

« J'y étais allé pour y retrouver Viola. Nous nous aimions et nous allions nous enfuir ensemble. »

Belina n'avait pas cru la nourrice de Viola, Mounette, lorsque cette dernière lui avait dit que Viola projetait de quitter Condom. Elle s'efforça de dissimuler sa surprise. « Vous enfuir ? répéta-t-elle.

—Oui, madame ; Viola et moi allions quitter Condom et débuter une vie nouvelle, loin de ses parents qui ne l'aimaient pas.

—Je vois, dit Belina, bien qu'elle ne comprenne pas. Comment comptiez-vous voyager ? »

Le *crestian* lui décrivit longuement la manière dont ils avaient projeté de s'enfuir ; il avait d'abord attaché une mule non loin, après la chapelle, près du petit pont sur la rivière Gèle. De là ils se seraient rendus au nord, en direction de Francescas, se cachant la nuit dans des granges jusqu'à ce qu'ils atteignent Brax, près de la Garonne. Ils auraient ensuite payé un batelier pour leur faire descendre le fleuve, jusqu'à ce qu'ils trouvent un lieu sûr où s'établir.

« Et comment auriez-vous trouvé à boire et à manger ? voulut savoir Belina.

—Nous l'aurions acheté.

—Mais le consul Lussan aurait assurément envoyé des hommes à votre recherche, qui vous auraient retrouvés.

—Il aurait hésité trop longtemps. Nous aurions pu prendre assez d'avance et nous en tirer sains et saufs. » Le *crestian* sourit pour la première fois.

« Dame Lussan serait peut-être passée à l'acte plus promptement, fit remarquer Belina.

—Non, pas elle. Elle n'aimait pas sa fille. Elle se comportait comme une belle-mère, alors qu'elle était bien la mère de Viola. »

La mâchoire de Belina se serra lorsqu'elle entendit le mot « belle-mère » et elle décida de l'interroger sur un autre sujet.

« Où étiez-vous avant d'aller à la chapelle le lundi matin ?

—J'étais rue Royale, où je réparais un coffret.

—Pourquoi ?

—Le samedi soir, on m'a ordonné de réparer un coffret à la première heure le lundi matin, parce que le notaire devait l'amener à un banquet ce matin-là.

—Quel notaire ?

—Le notaire qui vit au manoir. » Le *crestian* marqua une pause. « Enfin, il réside parfois au manoir.

—S'agit-il du notaire Corloni ? demanda Belina.

—J'ignore comment il s'appelle.

—Qui vous a ordonné de le faire ? Le notaire lui-même ?

—Non. Je n'ai jamais vu le notaire. La gouvernante a apporté le coffret à mon atelier et me l'a donné. »

Belina lui demanda ce qui n'allait pas avec le coffret et quand était-ce arrivé.

Le *crestian* répondit qu'un des côtés du coffret était endommagé. Il ignorait quand et comment cela s'était produit.

« Vous vous êtes donc rendu au manoir le lundi matin pour réparer le coffret, alors que vous projetiez de quitter Condom de la chapelle ? » demanda Belina.

Le *crestian* hocha la tête.

« Et l'avez-vous réparé ?

—Oui, mais cela m'a pris bien plus longtemps que je ne l'avais supposé.

—Pourquoi donc ? »

Le *crestian* lui expliqua qu'il avait quitté le manoir le samedi soir, à l'heure du couvre-feu, sans vérifier que tous ses outils se trouvaient bien dans sa sacoche. Il l'avait ramenée chez lui et ce fut seulement le lundi matin, au manoir, qu'il s'était rendu compte que l'outil dont il avait besoin pour réparer le coffret avait disparu.

« De quel outil s'agissait-il ?

—Ma vastringue. J'ai perdu beaucoup de temps à cause de cela. J'ai tout d'abord tenté de le retrouver. Ensuite, j'ai dû effectuer la tâche avec un rabot différent, qui ne convenait pas aussi bien à l'ouvrage que ma vastringue. »

Belina retint son souffle. « Pourriez-vous décrire votre vastringue ? »

Le crestian s'approcha du mur et traça d'un doigt relativement propre une forme dans la poussière.

« Êtes-vous tout à fait certain que la vastringue avait vraiment disparu ? voulut savoir Belina. Peut-être l'aviez-vous égaré quelque part dans la pièce et ne l'avez-vous pas remarqué. »

Le *crestian* la regarda droit dans les yeux et se redressa de tout son long. « J'en suis absolument certain. Cette vastringue m'a été dérobé. »

Le cœur de Belina se mit à battre plus fort, mais elle parvint à maintenir son calme en apparence. « Il se trouvait au sol dans la chapelle, à côté du cadavre, déclara-t-elle.

—Comment le savez-vous ? Je ne l'ai pas vu à cet endroit. Je n'ai pas tué Viola. Je l'aimais de tout mon cœur, de toute mon âme. » Il éclata en sanglots et lui tourna le dos.

Belina frappa à la porte afin qu'on la laisse sortir. Même une fois que le garde eut refermé la porte derrière elle, on entendait encore le *crestian* pleurer.

« L'avez-vous frappé, Dame Lansac ? lui demanda le garde.

—Non, bien sûr que non.

—Pourquoi pleure-t-il tout son soûl, alors ?

—Parce que son malheur est effroyablement grand. » Belina décida de ne pas en dire plus. Elle demanda à voir la sacoche du *crestian*.

Le chef des gardes déverrouilla un coffre et en sortit un grand sac, qu'il posa sur la table. Belina l'ouvrit et en tira les objets un à un. Il s'agissait d'outils d'excellente facture, qui étaient en outre en très bon état. Pourtant, ils appartenaient à un *crestian*.

L'un des gardes scruta les outils et en ramassa un.

« Posez cela, je vous prie, le somma Belina.

—Mes excuses. » Il le remit sur la table. « Il est de très bonne facture, Dame Lansac.

—Je le sais. Je trouve cela surprenant, commenta Belina.

—Peut-être les a-t-il volés ?

—C'est possible, reconnut-elle.

—Il manque un outil, fit remarquer le garde. J'ai souvent dû surveiller des menuisiers *crestians* à l'ouvrage et je connais tous leurs outils. »

Belina lui demanda quel outil n'était pas présent.

« Une vastringue. Cela ressemble à ça. » Il traça la forme sur la table. Elle était en tout point identique à celle que le *crestian* avait tracée sur son mur.

« Que font les menuisiers avec cet outil ? » demanda-t-elle.

Il fit des mouvements vers la droite et la gauche, puis en poussant devant lui. « Ou bien ils pourraient le retourner et couper la gorge d'un ennemi avec. »

Tout le monde était figé, n'osant dire mot ou faire le moindre geste.

« Vous ne croyez pas si bien dire, finit par souffler Belina. Une vastringue a été retrouvée à côté du corps, dans la chapelle. » Elle agrippa la table et ses mains tremblaient.

« Asseyez-vous, Dame Lansac, nous allons vous apporter à boire. »

Le chef des gardes remit très soigneusement les outils dans la sacoche, qu'il renferma dans le coffre. Il se tourna à nouveau vers Belina. « Il semble que vous ayez trouvé le meurtrier.

—Et pourtant, le *crestian* ne m'apparaît pas comme un meurtrier, commenta un autre garde.

—Pourquoi pas ? lui demanda Belina.

—Il n'en a ni l'orgueil, ni l'insolence. »

Un autre garde encore affirma que le *crestian* était souvent en larmes.

« Oui, dit Belina. Et il pleurait lorsque je l'ai quitté à l'instant. Tout semble indiquer qu'il a commis l'acte, mais il est difficile de l'imaginer coupable du meurtre de Dame Viola. »

Elle but le cidre dans le gobelet que le garde lui avait apporté, puis se leva. « Merci pour le cidre. J'en avais besoin. Veillez sur le prisonnier, je vous prie. Je parlerai de lui à mon époux et je n'oublierai pas de faire mention de votre aide. *Adiu.*

—*Adiu*, Dame Lansac. »

CHAPITRE TRENTE-TROIS

Mardi

Belina passa le restant de sa journée à écrire sur ses tablettes de cire. La nuit venue, elle fut incapable de trouver le sommeil ; son inquiétude au sujet de son assignation à comparaître à la cour de justice la rendait malade. Elle parvint, au bout de plusieurs heures, à sombrer dans un sommeil profond, duquel Minette la tira en miaulant pour réclamer à manger. La journée débutait mal.

Elle se lava le visage et les mains et se demanda de quelle façon se vêtir. Qu'est-ce qui ferait meilleure impression au magistrat ? Des vêtements élégants, ou des vêtements frustes qui suggéreraient une certaine pauvreté ? Après avoir passé trop de temps à essayer tous ses vêtements d'été, elle finit par choisir sa deuxième plus belle robe d'été, avec en dessous sa plus belle cotte.

Elle espérait qu'elle n'allait pas devoir passer toute la journée à la cour de justice. En prévision d'un long et rude moment, elle prit un déjeuner copieux ; la moitié d'une miche de pain, du fromage et deux œufs durs. Elle les dégustait en vérifiant de temps à autre la position du soleil afin de s'assurer qu'elle ne serait pas en retard pour retrouver Jordi et Christau devant la cour de justice.

Elle mit son plus beau fichu et adressa un sourire à son reflet dans le miroir. Le magistrat ferait-il preuve de bienveillance à son égard ? Le sénéchal l'avait fait, et après tout, il avait affirmé à Belina que le magistrat était un homme juste. Elle espérait qu'il en était bien ainsi. La grande question qui restait sans réponse était la raison pour laquelle Jordi, Christau et elle avaient été assignés à comparaître.

La réponse leur fut révélée dès qu'ils entrèrent à la cour de justice. Ils s'assirent sur un long banc, d'un côté de la salle. Sur l'autre banc se trouvaient le notaire Corloni, son épouse, ses enfants, sa cousine – la « belle-mère malfaisante » – et Loupmont.

« Qui est-ce ? » demanda Christau à Belina en pointant du doigt Loupmont.

Belina le lui dit à voix haute, en des termes si peu élogieux que la mâchoire de Loupmont se serra.

Tout le monde se leva lorsque le magistrat entra dans la salle. Ils attendirent la permission du magistrat avant de s'asseoir.

Le magistrat examina les papiers qu'il avait devant lui et dit : « Moulié Jordi. Lequel de vous deux est-ce ? »

Jordi se pointa du doigt. Le magistrat l'interrogea sur son enfance, son mariage et son commerce de meunier. Jordi s'efforça de répondre aussi clairement que possible à toutes les questions. Il souligna les difficultés financières auxquelles il avait été confronté à la mort de son père, car il avait été floué de son héritage par sa belle-mère. Jordi la montra du doigt, assise à côté du notaire.

« Merci, dit le magistrat. Moulié Christau, relatez-moi quel est votre rôle au moulin. Quelle partie du travail vous y effectuez, par exemple. »

La réponse de Christau fut presque identique à celle de Jordi. Il était évident qu'ils avaient répété ensemble leur déclaration. Cela ressemblait un peu à la récitation d'un poème.

Le magistrat tourna son regard vers Belina. « Dame Lansac,

vous ne viviez pas au moulin lorsque votre père est décédé. Est-ce exact ?

—Oui, maître. J'avais déjà quitté la demeure familiale car ma belle-mère était peu aimable à mon égard.

—C'est faux, intervint sa belle-mère. Tu sais bien que c'est faux, Belina.

—C'est la vérité. Vous n'avez témoigné d'aucune affection envers nous lorsque vous avez pris la place de notre mère. Vous nous avez traités de fort mauvaise manière, non seulement en nous privant de notre héritage, mais en ne vous occupant jamais de nous.

C'étaient là des paroles très fortes, venant de Belina. Jordi et Christau lui chuchotèrent de se calmer.

Loupmont se leva et se mit à parler, mais le magistrat lui ordonna de se rasseoir et d'attendre son tour. Loupmont fut si vexé qu'on l'ait fait taire qu'il faillit tomber du bord du banc.

Le magistrat écrivit quelque chose sur une feuille de papier devant lui et demeura immobile un long moment. Belina se souvint que Guillaume lui avait dit un jour que les magistrats de grande expérience le faisaient parfois. Parfaitement immobiles, tel un chat qui guette un oiseau.

Le magistrat se tourna ensuite vers la famille Corloni, rassemblée sur son banc. « Notaire Corloni, quel est le lien de parenté qui vous unit à la veuve Moulié ?

—Nous sommes cousins germains.

—Qui a rédigé le testament de Messire Moulié, le père des deux personnes ci-présentes ?

—C'est moi.

—Il n'est pas acceptable, à mon sens, qu'un avocat rédige un tel document qui concerne sa famille immédiate.

—Cela ne posait pas problème à l'époque, répondit le notaire sans hésiter.

—Cela posait problème pour nous, s'écria Christau en se levant, apparemment décidé à s'approcher de l'endroit où se tenait Corloni.

—Moulié, reprenez votre place sur le banc, je vous prie », ordonna le magistrat. Il remit ses bésicles et étudia ses documents.

« Notaire Corloni, pourquoi n'avez-vous pas fait établir le testament de Messire Moulié par un avocat impartial ?

—Je ne connaissais aucun avocat impartial. »

Le magistrat laissa échapper un reniflement dubitatif et dévisagea la famille Corloni alignée devant lui. Ces derniers gardèrent les yeux baissés et le notaire croisa les bras sur sa bedaine. Le magistrat murmura quelques mots à un clerc, qui se rendit à une étagère située derrière lui et revint avec une Bible. « Placez un tabouret entre les deux bancs et la Bible sur le tabouret, je vous prie. »

Le clerc alla chercher un tabouret dans un coin de la salle et le plaça à l'endroit qu'indiquait le magistrat. Il plaça la Bible dessus avec une profonde révérence.

« Bien, dit le magistrat en ôtant ses bésicles. Notaire Corloni, venez là et placez votre main sur la Bible, je vous prie. Jurez-moi de dire la vérité, toute la vérité, rien que la vérité. »

Le notaire se leva du banc et suivit les instructions du magistrat. Il s'apprêta ensuite à regagner sa place sur le banc.

« Restez où vous êtes et répondez à ma question. Pourquoi n'avez-vous pas fait établir le testament de Messire Moulié par un avocat impartial ?

—J'ai promis à Dame Moulié d'établir moi-même le testament et de le faire promptement, car son époux était mourant.

—Retournez à votre place, dit le magistrat en fronçant les sourcils. Dame Corloni, approchez ce tabouret, je vous prie, et placez votre main sur la Bible. »

L'épouse potelée du notaire Corloni s'exécuta et fit face au magistrat.

« La veuve Moulié est-elle votre cousine ou la cousine de votre époux ?

—La cousine de mon époux.

—Je vous remercie. Retournez vous asseoir. » Le juge

pointa du doigt le jeune homme assis à côté d'elle et lui dit de venir placer sa main sur la Bible. « Jurez-vous faire partie de la famille Corloni ?

—Je le jure.

—Quel est le lien de parenté qui vous unit à la veuve Moulié ?

—C'est la cousine germaine de mon père. »

Le magistrat demanda à chacun des membres de la famille Corloni de faire la même chose, tandis que les trois Moulié observaient la scène et que Jordi et Christau chuchotaient entre eux.

Lorsque vint le tour d'Ana Corloni, elle s'avança vers le tabouret, pleine d'assurance et plaça sa main gauche sur la Bible.

« Votre main droite, je vous prie, lui ordonna le magistrat.

—Pourquoi donc ?

—Parce que je vous somme de le faire. La main gauche est sinistre et malfaisante. Je n'accorde pas crédit aux serments prêtés avec la main gauche.

—Mais c'est idiot, répondit Ana Corloni.

—Faites ce que je vous demande. »

Ana Corloni haussa ses frêles épaules et plaça d'un geste quelque peu lourd sa main droite sur la Bible. Elle déclara que la veuve Moulié était la cousine de son père.

« Je ne vous crois pas, dit le magistrat et tout le monde dans la salle d'audience se redressa d'un coup. Je répète ma question : la veuve Moulié est-elle la cousine de votre père ? »

Ana Corloni répéta sa réponse tandis que le magistrat scrutait la famille Corloni devant lui. Il somma Ana Corloni de se tourner de profil et étudia son corps fluet.

« Retournez à votre place, finit-il par dire. Dame Corloni, tenez-vous à côté de la Bible, je vous prie, et tournez-vous de profil. »

Elle présenta son profil ballonné au magistrat, sans afficher la moindre expression.

Chacun de ses enfants fit de même après elle.

« Que se passe-t-il, Belina ? chuchota Jordi. Pourquoi veut-il contempler les formes rebondies des Corloni ?

—Je l'ignore. Mieux vaut patienter et ne rien dire. »

Une fois que Loupmont eut présenté son profil disgracieux au magistrat et qu'il soit retourné à sa place, le magistrat ordonna au notaire Corloni de revenir placer sa main sur la Bible.Il devait jurer qu'il était le père d'Ana Corloni. Le magistrat montra du doigt la jeune femme mince assise à côté du fils aîné.

« Je jure que je suis le père d'Ana Corloni. Elle est ma fille.

—En êtes-vous certain ? voulut savoir le magistrat.

—Bien entendu que j'en suis certain. »

Le magistrat demanda à Dame Corloni d'approcher la Bible. Elle semblait réticente et il dut répéter sa requête. Elle posa sa main sur son fichu, puis sur la Bible.

« Êtes-vous la mère d'Ana Corloni ?

—Oui, je le jure.

—Le notaire Corloni est-il le père d'Ana Corloni ?

—Je jure… je jure… » Dame Corloni s'étouffa et ne dit plus rien.

Le magistrat répéta sa question, mais Dame Corloni ne répondit pas. Le silence s'était abattu sur la cour de justice et tous les regards étaient braqués sur l'épouse du notaire.

« Dame Corloni, dit le magistrat, nous attendons que vous nous disiez qui est le père de votre fille, Ana. »

Dame Corloni baissa les yeux vers le sol et se mordilla la lèvre. Elle ôta la main de la Bible et se mit à parler.

« Remettez votre main sur la Bible, lui ordonna le juge. Votre main droite.

—Mais c'est ma main droite, couina-t-elle.

—Qui est le père de votre fille Ana ? insista le magistrat.

—Le consul Senclar, chuchota-t-elle.

—Répondez à voix haute afin que l'on puisse vous entendre. » Le magistrat était désormais sans merci.

« Le consul Senclar est le père de ma file Ana.

—Quel consul Senclar ? s'enquit le magistrat. Le consul présent, Henri, ou son père Arnaud ?

—Son père, chuchota Dame Corloni.

—À voix haute, je vous ai dit.

—Feu le consul Arnaud Senclar est le père de ma fille Ana. » Dame Corloni était consumée par l'humiliation.

Le magistrat la somma de regagner sa place auprès de son époux et attendit qu'elle ait niché son corps grassouillet sur le banc. Il rassembla ses papiers et tourna son regard vers Belina, Jordi et Christau. « Dame Lansac, Jordi et Christau Moulié, commença-t-il. Je ne suis pas disposé à perdre davantage de mon temps sur les plaintes formulées par la famille Corloni et Loupmont. Le grief est rejeté. » Il se leva et quitta la salle, ses papiers et ses bésicles à la main.

Dès qu'il fut parti, Jordi dit : « Sortons d'ici avant cette bande d'escrocs » en indiquant la famille Corloni, dont les membres avaient l'air quelque peu hébétés. Ils chuchotaient entre eux, dardant des regards en coin en direction d'Ana, qui s'avérait n'être que leur demi-sœur. Le regard du notaire Corloni était rivé sur le sol. Sa femme pleurait. Ana arborait quant à elle une expression de défiance. Belina se demanda si elle avait toujours connu l'identité de son véritable père.

Ce ne fut que sur le chemin de l'échoppe, après avoir dit au revoir à un Jordi d'humeur joyeuse et à un Christau satisfait, que Belina se souvint qu'Ana Corloni avait tenté de prêter serment en plaçant sa main gauche sur la Bible. Sa main sinistre, disait le magistrat.

CHAPITRE TRENTE-QUATRE

Belina passa devant l'échoppe sans s'arrêter. Elle espérait que Quiteira ne la verrait pas. Presque au pas de course, elle se rendit jusqu'à la petite étendue d'herbe où les pèlerins musiciens jouaient de leurs instruments et répétaient leurs chants. Ils étaient moins nombreux que lors du mercredi précédent, mais le public des *crestias* semblait plus fourni. Elle s'y joignit et tenta d'écouter les chants tout en songeant à la main gauche d'Ana.

Lorsque les chanteurs firent une pause pour se désaltérer, un jeune pèlerin prit un bol de petits gâteaux et en offrit à tout le monde. Belina en prit deux, qu'elle mangea lentement. L'un des musiciens ôta son chapeau de pèlerin et le tint à l'envers, invitant les badauds à y mettre une pièce.

Belina toucha la bourse dans sa pochette, dissimulée sous sa cotte. Elle prévoyait de donner plusieurs pièces, non pas en reconnaissance de leur musique, mais pour les renseignements qu'il lui fallait obtenir des pèlerins. Trois des *crestias* donnèrent une petite pièce, mais les autres ne firent que secouer la tête d'un air triste qui lui fit penser au *crestian* de la geôle.

Elle mit plusieurs pièces dans le chapeau et remercia l'homme pour la musique.

« Chantez-vous, madame ? lui demanda-t-il.

—Oh, non, répondit Belina en souriant. Mon chat chante mieux que moi.

—Mais vous souriez mieux que votre chat. Nul chat ne peut sourire, ni rire. »

La remarque fit rire Belina. « C'est vrai, même si mon époux tente de rendre notre chat joyeux.

—Plus joyeux, à n'en point douter, que les personnes qui se trouvaient hier matin dans votre échoppe.

—Le chat le plus revêche saurait être plus gai que ces quatre affreux-là », commenta Belina.

Le pèlerin la mena auprès des autres musiciens, leur rappelant qui elle était. Il évoqua avec ses compagnons le souvenir du lundi de la semaine passée, tôt le matin. Quelqu'un avait-il aperçu un pèlerin entrer dans la chapelle ou en sortir ?

Certains des pèlerins froncèrent les sourcils, deux d'entre eux déclarèrent qu'ils n'étaient arrivés à Condom que vendredi dernier, d'autres encore secouèrent la tête. Belina s'en trouva frustrée.

« Marie vit à Condom et elle était ici lundi de la semaine passée, dit l'un de ceux qui fronçaient les sourcils. La voici avec le cidre, demandez-lui. »

Une femme aux cheveux clairs rejoignit le groupe, une cruche de cidre entre les mains. Les pèlerins tendirent leurs gobelets et elle les remplit avec précaution, tout en écoutant la question au sujet de la chapelle.

Ils burent dans leur gobelet et attendirent sa réponse. Son front se plissa, elle se mordilla la lèvre et contempla le ciel. Plusieurs minutes s'écoulèrent et Belina éprouva de la difficulté à se montrer aussi patiente que les pèlerins.

« Allons, Marie, essaie donc de te souvenir, dit l'un d'entre eux.

—J'essaie. » Elle tira son gobelet de sa sacoche et le remplit à ras bord.

Belina était sur le point de dire quelque chose pour hâter son souvenir lorsqu'elle posa son gobelet sur une souche d'arbre et déclara, sûre d'elle, qu'elle avait vu un pèlerin passer la maison où ils résidaient, très tôt le matin.

« J'allais vider le pot de chambre par la fenêtre et j'ai crié *"Attention !"*. Le pèlerin a levé la tête et m'a répondu *"Ne vous avisez pas de le faire"*. Son chapeau est tombé et j'ai vu que sa chevelure était arrangée avec élégance. Il s'agissait d'une femme. Sa coiffure était élaborée, mais elle avait le visage blême et laid, marqué de verrues.

—Quel âge avait-elle, à votre avis ? lui demanda Belina.

—Vingt-cinq ans environ, peut-être. Maigre et sans poitrine. Je l'aurais prise pour un jeune homme si son chapeau n'était pas tombé.

—Où allait-elle ? s'enquit Belina.

—Dans cette direction, où nous nous trouvons présentement. Elle allait peut-être à la chapelle.

—L'avez vous vue revenir ?

—Non, mais je n'y ai pas non plus prêté attention. »

Deux des pèlerins conversaient entre eux, ce qui avait le don d'irriter Belina. Mais alors qu'elle était sur le point de leur demander d'être moins bruyants, l'un d'entre eux déclara d'une voix forte : « Nous avons aperçu cette pèlerine, nous aussi, qui revenait de la chapelle. Elle marchait en tenant son bâton de la main gauche.

—Sinistre, intervenait son compagnon. Les pèlerins chrétiens ont toujours leur bâton dans la main droite.

—Êtes-vous certains qu'elle marchait de cette manière ? demanda Belina, en espérant recevoir une réponse affirmative.

—Oui, madame. Lorsque j'affirme qu'une chose est vraie, elle l'est toujours. » Le pèlerin bomba le torse.

« Merci, répondit Belina. Il est d'une grande importance pour moi que vous ayez remarqué son usage de la main sinistre, car voyez-vous, nous savons maintenant que la personne qui a commis le meurtre dans la chapelle le lundi de la semaine passée est gauchère.

—Comment donc le savez-vous ? »

Belina leur expliqua l'angle de la blessure à la gorge et leur demanda pourquoi ils étaient certains qu'il s'agissait de la même pèlerine que celle dont le chapeau était tombé.

« La pèlerine que nous avons vue était laide de forme et de visage. Nous avons d'ailleurs cru comme Marie qu'il s'agissait d'un garçon.

—Elle marchait d'un pas très vif, en s'efforçant de ne pas trébucher sur son bâton, comme si elle n'avait jamais randonné avec un bâton en main et n'était pas une véritable pèlerine.

—Je me souviens, maintenant, intervint son compagnon, en proie à l'excitation. Il y avait un petiot dans un poirier qui a lancé une poire sur son chapeau, et il est tombé.

—C'est juste, et la femme était furieuse contre le gamin. Elle l'a injurié.

—Le garçon s'est excusé et a dit que la poire était tombée toute seule, qu'il ne l'avait pas jetée. Mais elle ne l'a pas cru. Elle l'a traité de sale *crestian.* »

Le musicien qui avait fait la collecte de pièces dans son chapeau se dirigea vers le groupe de *crestias*, non loin, qui attendaient que la musique reprenne, et leur demanda si l'un de leurs petits avait entendu la pèlerine l'injurier, le lundi matin de la semaine passée.

Un jeune garçon fut placé devant le musicien. « Oui, c'est Pechoun. »

Le musicien le prit par le bras et le mena auprès de Belina. « Voici le lanceur de poire, madame.

—Oh, c'est formidable », se réjouit Belina. Le garçon baissa les yeux en marmonnant.

Belina lui dit que peu lui importait qu'il s'agisse d'une poire pourrie qui était tombée, ou qu'il ait jeté la poire à la pèlerine ce lundi-là. Elle se moquait également du fait qu'il se trouvait dans un poirier. À dire vrai, elle était ravie de rencontrer quelqu'un qui pouvait l'aider et elle le pria de lui décrire la pèlerine dont le chapeau était tombé.

« C'était une femme, parce que ses cheveux étaient relevés

sur sa tête dans une natte, et elle portait une cotte de femme sous sa cape de pèlerin.

—De quelle couleur était sa cotte ?

—Verdâtre, mais il y avait dessus beaucoup de traces et de taches. Elle avait l'air bizarre.

—De quelle couleur étaient les traces et les taches ?

—Rouges. Rouges comme le sang. Et quand elle a remis son chapeau, j'ai vu que ses gants étaient aussi couverts de sang.

—Tu es certain qu'il s'agissait de sang ? insista Belina.

—Oui. On aurait dit quelqu'un qui s'était coupé avec une scie. Je sais à quoi ressemble le sang. À la léproserie, nous le savons tous. Les charpentiers se coupent tout le temps. »

Cela parut sensé à Belina et elle demanda au garçon ce que la pèlerine avait fait ensuite.

« Elle a ramassé son bâton d'une main et remis son chapeau de l'autre, elle m'a lancé un juron à nouveau et elle est partie.

—Dans quelle direction ?

—Vers la ville.

—Merci beaucoup, Pechoun, lui dit Belina. Je te dois une fière chandelle. » Elle se redressa et remercia tous les pèlerins musiciens, leur lança un « *Ultreia !* » et retourna en grande hâte à l'échoppe, si ce n'est au pas de course.

CHAPITRE TRENTE-CINQ

Tandis qu'elle descendait à vive allure la rue Jean-Baptiste, Belina réfléchissait à la hâte. La description de la fausse pèlerine correspondait à Ana Corloni, mais comment le prouver ? Elle se souvint de la pièce secrète, près de la porte de derrière du manoir de la veuve Créon. Ses serviteurs lui avaient dit qu'Ana s'en servait pour entreposer ses tenues de ville et ses chaussures. Elle n'était jamais fermée à clé. Et pourtant, elle avait été verrouillée lorsque Belina avait voulu y pénétrer.

Elle décida de demander au serrurier de la cathédrale, qui avait aidé Guillaume à pénétrer dans le logis de Rocca, s'il pouvait ouvrir la pièce secrète d'Ana Corloni. Comme elle ne connaissait pas son nom, elle demanda à l'un des gardes de la cathédrale de la mener à la trésorerie.

On lui fit gravir un escalier escarpé, puis traverser un passage étroit qui menait à une pièce emplie de coffres. Un vieux moine était assis à son bureau, en train de lire la Bible. Le garde lui présenta Belina et les quitta.

« Oui ?

—*Adischatz*, le salua Belina. Mon époux m'a chargée de vous demander si votre serrurier pouvait me venir en aide urgemment.

—Vous êtes-vous retrouvée enfermée à l'extérieur de votre logis, Dame Lansac ?

—Non, rien de si grave, répondit Belina, et mon époux s'y

trouve présentement pour travailler sur ses documents. » Elle espérait que le moine ne percevrait pas son mensonge.

« Que vous faut-il faire ouvrir, dans ce cas ?

—Il s'agit d'une pièce dans un manoir de la rue Royale, où je pense trouver des preuves concernant un meurtre au sujet duquel mon époux est en train d'enquêter.

—Et vous êtes certaine que cette pièce est verrouillée ?

—Elle l'était lorsque je m'y suis rendue dimanche dernier ; les serviteurs en étaient surpris, car elle n'est jamais fermée à clé d'ordinaire. »

Le moine appela le serrurier et lui demanda de venir. La tête d'un jeune homme apparut dans l'embrasure de la porte.

« Prenez vos outils et rendez-vous avec Dame Lansac à un manoir rue Royale, pour y ouvrir une pièce.

—En êtes-vous bien certain ? » Le serrurier n'avait pas l'air enthousiaste à l'idée d'accomplir une telle tâche.

Belina lui expliqua ce qu'elle souhaitait qu'il fasse et pour quelles raisons.

« Comment saurai-je à quel manoir me rendre, Dame Lansac ?

—Je vais vous y accompagner. N'ayez pas d'inquiétude. Mais venez avec moi sur-le-champ, je vous prie. L'affaire est très urgente. »

Le serrurier s'éclipsa brièvement et revint muni d'une sacoche. Il mena Belina le long du passage et de l'escalier raide, puis ils traversèrent ensemble la place Saint-Pierre. Il se dirigea vers la rue Royale, mais Belina lui dit qu'il serait plus facile de passer par la rue Déserte et entrer dans le manoir par la porte de derrière.

« Très bien. Les entrées principales sont gardées, et les gardes sont vigilants. Au fait, à qui appartient le manoir ? »

Belina lui expliqua que la propriétaire vivait à Bordeaux et que le plus clair du temps, seuls des serviteurs résidaient au manoir. Un notaire de Montréal et sa famille y logeaient parfois.

« Espérons qu'ils se trouvent à Montréal aujourd'hui, et non à Condom. » Belina omit de lui dire que la famille s'était trouvée à Condom le matin même.

Ils prirent la rue Déserte et passèrent les écuries des manoirs de la rue Royale, jusqu'à ce qu'ils arrivent à hauteur de celles qui jouxtaient les écuries des Prelet.

Belina ouvrit la voie et les mena sur le sentier qui longeait les écuries, puis traversa le jardin et gravit les marches à l'arrière du manoir. L'odeur de nourriture rance la fit grimacer. Elle trouva la porte qui menait à la pièce qu'utilisait Ana Corloni et elle en souleva le loquet. Elle était toujours verrouillée.

Elle fit signe au serrurier de s'approcher. Il n'y avait personne alentour et elle espérait qu'ils faisaient la sieste après le dîner. Il se mit au travail et la porte fut promptement ouverte.

Ils pénétrèrent dans une petite pièce sombre et sans air, refermant très doucement la porte derrière eux. Le serrurier plaça une vieille chaise devant, afin que personne ne puisse entrer et les prendre au dépourvu. Belina scruta la pièce du regard, notant un coffre et deux plateaux. Le serrurier saisit une chaussure posée sur l'un des plateaux et l'examina à la faible lumière qui filtrait à travers une petite fenêtre, placée haut sur le mur.

Il fit signe à Belina et montra du doigt des taches sur la chaussure.

« Du sang ? chuchota-t-elle.

—Je le crois. » Il remit la chaussure sur le plateau et étudia le verrou sur le coffre. Il se rendit ensuite dans un coin de la pièce, où il ramassa une lanterne et l'alluma avec son fer à briquet et son silex. Il tendit la lanterne à Belina et s'agenouilla près du coffre, tandis qu'elle éclairait le verrou.

Il ne lui fallut pas longtemps pour l'ouvrir et il fit très peu de bruit. Il prit la lanterne et la tint pour que Belina puisse sortir les vêtements du coffre.

Elle en tira une cape et une jupe d'hiver. Elle en fut déçue, mais se souvint du sang sur la chaussure. Elle trouva ensuite un chapeau de pèlerin, aplati par le poids de deux vêtements qui avaient été posés dessus. Sous le chapeau se trouvait une cape de pèlerin d'été qui arborait des écussons de coquilles Saint-Jacques. Sous cette trouvaille satisfaisante, Belina découvrit une cotte verte. Elle la tint à la lumière de la lanterne et examina les marques rouges sur l'ourlet, ainsi que les nombreuses traces et taches de sang sur le devant de la cotte.

« Du sang », chuchota-t-elle au serrurier.

Il scruta les vêtements. « Assez frais, je pense. Une semaine environ, sans doute.

—Lundi de la semaine dernière ? » chuchota Belina, tandis qu'elle contemplait la cotte souillée et imaginait Ana Corloni en train de trancher la gorge de Viola, le sang de cette pauvre Viola éclaboussant la cotte. Elle eut le sentiment que si elle gardait en main ces vêtements une seconde de plus, elle allait rendre gorge. Elle les laissa retomber dans le coffre sans les plier. Elle y ajouta la cape de pèlerin, le chapeau et les deux vêtements d'hiver. Ensuite, elle prit la lanterne des mains du serrurier afin qu'il puisse refermer le coffre. Elle espérait qu'il pourrait le faire en silence.

Il lui fallut quelques longues minutes pour refermer le couvercle sans bruit et remettre le verrou. Il replaça ses outils dans sa sacoche et darda des regards alentour afin de s'assurer qu'il n'avait rien oublié. Après cela, il éteignit la lanterne et la remit à sa place, dans le coin de la pièce. Il ôta la chaise de devant la porte, qu'il entrouvrit de quelques pouces.

Belina attendit, son cœur battant la chamade. Et si quelqu'un les voyait ? Et si cette personne était Ana Corloni ? Elle récita la moitié d'un *Ave Maria*, puis remarqua que le serrurier lui faisait signe. Ils sortirent de la pièce et il referma la porte aussi silencieusement que possible. Mais le cliquetis du loquet parut à Belina aussi bruyant qu'un coup de tonnerre.

Ils descendirent les marches et traversèrent le jardin en marchant d'un pas tranquille. Nul ne les héla et ils passèrent les écuries, puis sortirent dans la rue. Plusieurs personnes et chevaux y déambulaient mais personne ne sembla leur prêter attention. Belina termina son *Ave Maria* et en rajouta deux autres, au cas où Charles Prelet arriverait sur le cheval de son père et la reconnaisse.

Elle ne commença à se détendre qu'une fois qu'ils furent de retour à la trésorerie de la cathédrale, où elle remercia encore et encore le serrurier et le moine.

« Heureux d'avoir pu vous aider, Dame Lansac, dit le serrurier. La prochaine fois que vous voudrez pénétrer dans un manoir verrouillé, il vous suffira de venir me trouver. » Il esquissa un sourire et quitta la pièce.

« Avez-vous trouvé ce que vous cherchiez ? demanda le moine à Belina.

—Oui, mais ne le dites à personne, je vous en conjure. Et demandez à votre serrurier de faire de même, je vous prie.

—Nous sommes toujours discrets, Dame Lansac, cela ne posera pas de problème. Mais vous n'avez pas ramené de preuves avec vous.

—Non. Elles n'en seront que plus parlantes si je les laisse là où je les ai trouvées, répondit Belina.

—Vous êtes mieux placée pour le savoir. Il n'y a rien à laisser ici, alors ?

—Rien d'autres que ma reconnaissance et mon admiration pour votre serrurier, ainsi que pour vous pour avoir consenti à ce que je vous l'emprunte. » Belina lui adressa un sourire avant de quitter la pièce.

Elle emprunta à nouveau le passage exigu et les escaliers, puis rentra chez elle en courant, d'humeur joyeuse après sa découverte. Les vêtements appartenaient à Ana Corloni, les témoignages des pèlerins correspondaient à l'heure du crime et elle était gauchère. Une question très importante demeurait sans réponse : pourquoi aurait-elle voulu tuer Viola ? Belina était certaine qu'Ana avait trouvé le moyen d'assassiner Viola d'une manière qui faisait du *crestian* le principal suspect et avait mené à son arrestation. Un *crestian* que la veuve Créon avait engagé pour réparer du mobilier. Mais qu'avait donc fait le *crestian* pour être accusé de meurtre ? Quel profit tirait Ana de la mort de Viola ? Ou de la mort du *crestian* une fois ce dernier pendu, comme il le serait assurément si Belina n'arrivait pas à prouver son innocence ?

Elle n'avait trouvé de réponse à aucune de ces questions. Elle regagna la résidence des employés et gravit l'escalier menant à son logis. Il lui fallait tout écrire sur ses tablettes de cire pendant que les révélations du jour étaient encore fraîches dans son esprit.

Elle ouvrit la porte et une grande surprise l'attendait. Guillaume était déjà de retour. Sa sacoche était posée sur le lit et elle l'entendait chantonner dans l'autre pièce. Elle s'y précipita et l'enlaça. Ils s'embrassèrent pendant un long moment, jusqu'à ce que Minette se mette à miauler et tente de les faire trébucher.

« Maudite chatte ! A-t-elle faim ? demanda Guillaume.

—Non, elle est juste jalouse. »

Mais l'interruption de Minette ramena l'esprit de Belina à son enquête. Elle expliqua aussi brièvement que possible à Guillaume qu'Ana Corloni était la meurtrière, même si le mobile du crime n'était pas encore apparent.

« Où se trouve-t-elle en ce moment ? voulut savoir Guillaume.

—C'est là tout le problème. Elle était ce matin à la cour de justice à Condom avec toute sa famille. Mais il se peut qu'ils soient déjà retournés à Montréal.

—Si elle ne fait pas vraiment partie de la famille, ce qui est connu de tous désormais, elle est peut-être toujours à Condom, même si tous les autres sont retournés à Montréal.

—C'est vrai, reconnut Belina. J'espère que cela s'est passé ainsi.

—Je dois me rendre auprès du sénéchal au plus vite et lui dire de la faire arrêter. » Il mit ses chaussures et ajouta : « Je dois aussi le remercier d'avoir tramé mon retour. » Il boucla les chaussures. « Sur une superbe monture, de surcroît. Robuste et très véloce. Lorsque j'en aurai le temps, je te relaterai mon voyage et ce que j'ai découvert. » Il embrassa Belina à nouveau, rapidement cette fois, avant d'esquiver Minette et de sortir du logis.

Belina l'entendit courir dans le passage et descendre l'escalier. Elle s'assit sur le lit et réfléchit jusqu'à ce que Minette l'interrompe en miaulant pour qu'on la laisse sortir, elle aussi.

Belina retourna dans l'arrière-pièce et se mit à trier les tablettes qu'elle avait utilisées récemment de celles qu'elles avaient utilisées au début de son enquête. Elle effaça deux des tablettes, aiguisa un stylet et s'assit au bureau de Guillaume. Elle débuta par un bref paragraphe sur le fait qu'Ana Corloni était gauchère et une fille illégitime. Le reste de la tablette décrivait les témoignages des pèlerins musiciens et du garçon qui avait lancé la poire, Pechoun. Sur la deuxième tablette, elle commença par l'ouverture par le serrurier de la petite pièce au manoir de la veuve Créon et la découverte de vêtements et de chaussures tachés de sang. Elle fit un croquis de la cotte, ainsi que de la jupe et de la chaussure, en indiquant les endroits maculés de sang. Le labeur n'était pas de tout repos et sa main droite en fut endolorie.

Belina se demanda si Ana Corloni s'était liguée avec Charles Prelet – ainsi que sa sœur, peut-être – ; ces derniers avaient-ils souhaité que Viola soit tuée ? Mais cela semblait peu probable, car Charles Prelet avait une jolie maîtresse et deux enfants à Toulouse. Pourquoi les aurait-il abandonnés pour une femme laide et amère à Condom ? Sa sœur aurait cependant pu vouloir du mal à Viola, car elle serait devenue sa belle-sœur et aurait eu droit à une part de l'héritage conséquent des Prelet. Et quel était donc le rôle de Chezelle dans cette histoire ? Elle espérait que Guillaume analyserait la situation d'un regard neuf et le bénéfice d'une expérience considérable.

Elle ramassa son fichu de l'endroit où Guillaume l'avait jeté et le posa à son endroit habituel, sur l'étagère. Elle ôta les vêtements qu'elle avait choisis si soigneusement pour se rendre à la cour de justice. Elle les avait finalement portés sous les arbres, près de la léproserie, puis à la trésorerie de la cathédrale croulante, et enfin dans la petite pièce sombre à l'arrière du manoir de la veuve Créon.

Belina se lava de la tête aux pieds et s'enveloppa d'une serviette propre. Elle desserra ses tresses et se brossa les cheveux si énergiquement que la serviette tomba d'elle-même. Elle était en train de la remettre lorsque la porte s'ouvrit et Guillaume entra.

Il prit sa sacoche et la jeta du lit, tirant Belina à lui, puis, l'espace d'un moment, ils oublièrent tout à fait le meurtre et le voyage de Guillaume à la poursuite de Barvaux et firent l'amour.

CHAPITRE TRENTE-SIX

Le temps défilait dans le logis de Guillaume jusqu'à ce que l'on frappe si fort à la porte qu'elle trembla sur ses gonds. « Qui est là ? appela Guillaume.

—C'est Alain, Messire Guillaume. On vous demande d'urgence dans la cour. Un homme souhaite s'entretenir avec vous.

—Il attendra, gronda Guillaume en direction de la porte close. Ou il trouvera quelqu'un d'autre à qui parler.

—Il dit que c'est vous qu'il doit voir, Messire Guillaume.

—Qui est-ce ?

—Son nom ressemble à Desarrebessan. Je ne le connais pas. Je ne l'ai jamais vu.

—Est-il seul ou accompagné d'autres hommes ?

—Un garde de la geôle de la cathédrale est avec lui, Messire Guillaume.

—Pourquoi ne l'as-tu pas dit plus tôt, imbécile ? » Guillaume se leva du lit d'un bond.

« J'ignorais que c'était important. Mes excuses. »

Guillaume se rendit auprès de la porte mais ne l'ouvrit pas. « Dis à l'homme et au garde que je les rejoindrai dans la cour dans quelques minutes. Merci, Alain. »

Il chercha des vêtements propres et mit ses sandales tandis que Belina l'observait du lit.

« Que veut-il, à ton avis ? Son nom ne me dit rien.

—Moi non plus, répondit Guillaume. Mais Alain s'est

peut-être trompé. » Il se coiffa. « Peut-être est-il envoyé par le sénéchal. Auquel cas, mieux vaut ne pas le faire attendre trop longtemps. »

Alors qu'il dévalait l'escalier, il vit le garde et l'inconnu qui se tenaient à l'ombre, non loin de Sir John, étendu dans « sa » chaise. Un homme de grande taille qui portait un couvre-chef, un pourpoint brun et des bottes de marche. Cela voulait dire qu'il s'était rendu à Condom à pied plutôt qu'à cheval, bien qu'il ne soit pas vêtu comme un pèlerin. Il portait à l'épaule une grande sacoche de cuir.

S'il voulait en savoir plus, Guillaume allait devoir lui poser plusieurs questions. Il s'approcha de l'étranger et le salua. « *Adischatz*.

—*Adischatz* », répondit l'homme. Pas de « Messire ».

« Vous avez demandé à me voir, me dit-on. Pourriez-vous me dire qui vous êtes et ce que vous me voulez, je vous prie ?

—Je m'appelle Étienne de Sarbazan et je viens du manoir de Sarbazan, près de Roquefort.

—De quel Roquefort s'agit-il ? voulut savoir Guillaume.

—Celui sur la rivière Douze, non loin de Mont de Marsan.

—Et que souhaitiez-vous me demander ?

—On m'a dit que vous étiez l'enquêteur de l'évêque et que c'est vous qui avez enfermé mon fils Josep à la geôle. Je veux savoir pourquoi et je souhaite que vous le libériez et que vous me le confiez. Mon fils n'est pas un malfaiteur. »

Guillaume étudia l'étranger. Il était de très grande taille. Il portait une chevalière. Ses vêtements étaient habilement coupés dans une belle étoffe. Il aurait pu s'agir de Sir John Keyham lorsqu'il était plus jeune. Un chevalier sans cheval, affirmant que le *crestian* qui se trouvait à la geôle de la cathédrale était son fils. C'était à n'y rien comprendre.

« L'homme qui se trouve à la geôle est un *crestian*, lui dit Guillaume, et de toute évidence, vous n'en êtes pas un. Pourquoi donc devrais-je croire qu'il s'agit de votre fils ?

—Parce que je vous en donne ma parole.

—Au vu des circonstances, cela ne peut suffire. Le *crestian* est accusé de meurtre. L'arme du crime retrouvée sur le lieu même est un outil de charpenterie qui lui appartient, une vastringue. Et il a lui-même été trouvé à la scène du crime.

—Où était-ce ?

—À la chapelle Sainte-Eulalie, près de la léproserie où vivait le *crestian*.

—Mon fils a été élevé dans le respect du Seigneur. Ne pensez-vous pas que quelqu'un d'autre ait pu commettre ce meurtre et que mon fils soit arrivé à cet endroit au moment inopportun ?

—Nous avons bien entendu étudié cette possibilité, lui dit Guillaume.

—Et qu'en avez-vous conclu ? » Le ton de l'étranger demeurait calme mais s'était fait plus ferme.

« Nous avons conclu que le meurtre a été commis par une autre personne. » Guillaume nota l'expression de soulagement qui se fit jour sur le visage de l'homme. « Ce que nous ignorons encore, c'est la raison pour laquelle le meurtre a été commis.

—Pourquoi mon fils est-il toujours à la geôle si vous le savez innocent ? » Le ton se fit plus ferme encore et l'homme fit un pas en direction de Guillaume en le dévisageant.

« La preuve n'a été découverte que cet après-midi. J'en ai informé le sénéchal et la véritable meurtrière va être mise aux arrêts. À vrai dire, j'espère qu'elle a déjà été saisie.

—Elle ?

Guillaume lui décrivit de manière aussi succincte que possible la manière dont le meurtre s'était déroulé sans toutefois lui révéler le nom de la meurtrière.

« Mon fils peut donc être libéré ?

—Je le ferai dès que je recevrai confirmation de la mise aux arrêts et de la confession de la meurtrière.

—J'exige que l'on relâche mon fils.

—Et cela sera fait. » Guillaume lui dit que le *crestian* serait libéré dès que possible. Il ne pourrait cependant être confié à cet Étienne de Sarbazan car rien ne prouvait sa filiation.

L'homme fixa Guillaume du regard, puis lui dit : « Si vous le permettez, je vais poser ma sacoche sur cette table et vous montrer des documents qui prouvent que Josep est bien mon fils. » Il indiqua la table près de Sir John.

« Faites donc », répondit Guillaume.

Sir John leur signala la bienvenue dans sa partie de la cour. Alain s'affaira avec deux tabourets et offrit de leur apporter du cidre.

« Merci, ce serait fort appréciable.

—Avez-vous fait long voyage aujourd'hui ? s'enquit Guillaume.

—Non, je suis venu de l'hospice Cardinal Teste, sur l'autre rive, mais avant cela j'ai voyagé à pied et parfois à cheval ces quatre derniers mois. Ce fut souvent difficile car les cours d'eau sont engorgés. »

Il tira parmi les objets qu'il avait sortis de sa sacoche une grande bourse en cuir dont il ôta plusieurs documents. « Vous trouverez ici la preuve de mon identité, de celle de mon épouse ainsi que de celle de mon fils. Examinez-les donc. » Il tendit à Guillaume un premier document.

Il s'agissait d'un acte de propriété pour le manoir de Sarbazan et les terres annexes. De vastes terres, nota Guillaume. Le second document était le testament d'un certain Mathieu de Sarbazan, qui léguait l'ensemble de sa propriété et son titre à son fils Étienne (hormis quelques legs religieux). Le troisième était un certificat attestant du baptême de Josep à l'église paroissiale de Roquefort, stipulant que sa mère était Bertrande, *crestiane* de Roquefort, et son père Étienne de Sarbazan, du manoir de Sarbazan.

« Ainsi, Josep n'est qu'à demi *crestian* », commenta Guillaume. Il lut à nouveau le testament. « Viviez-vous au manoir tandis que Josep et sa mère vivaient à la léproserie de Roquefort ?

—Non. Mon épouse, Josep et moi vivions tous trois près des grottes de la léproserie de Roquefort. »

Guillaume haussa les sourcils. « Une vie ardue, assurément ?

—Je l'ai choisie par amour pour mon épouse. Je l'aime encore aujourd'hui. Mes parents la voyaient d'un très mauvais œil et ils m'ont obligé à quitter le manoir.

—Mais votre mariage a eu lieu dans une église, néanmoins ? s'enquit Guillaume.

—Oui mais sans mes parents. Nous nous sommes mariés le mardi 15 avril 1455. Voici le certificat de mariage. »

Guillaume consulta à nouveau le certificat de baptême de Josep. Il était daté du 9 octobre 1456, dix-huit mois après la date du mariage.

« Je sais ce que vous pensez. Mon épouse et moi ne nous sommes pas mariés à la hâte. C'était un mariage d'amour, pas de luxure. »

Guillaume ne répondit pas. Il était en train de se demander s'il lui fallait croire cet homme. Il n'avait jamais eu ouï-dire d'un fils de chevalier qui épousait une *crestiane* et choisissait de vivre avec elle près d'une léproserie. Les documents semblaient pourtant présenter les choses sans équivoque. Il étudia à nouveau le testament, à la recherche d'une date. Il avait été signé le 29 janvier 1483. « Ce testament a-t-il été rédigé alors que votre père était mourant ? »

Étienne de Sarbazan opina du chef.

« Mais rien ne fut légué à votre mère ?

—Son testament précédent léguait tout à ma mère mais elle est décédée avant lui. Elle est morte il y a un an de cela. »

Guillaume le contempla. Il ne témoignait pas de peine en mentionnant le décès de sa mère. Peut-être avait-elle ressemblé à la mère de Viola Lussan. « Avez-vous des frères et des sœurs ?

—J'en avais, oui. Mais ils sont morts de la peste il y a quatre ans. Beaucoup de *crestias* en sont morts également. Ce fut une période terrible. »

Guillaume lui demanda ce qu'il avait fait depuis la mort de son père et pourquoi il avait attendu si longtemps avant de se mettre à la recherche de son fils.

« Je souhaitais m'occuper de mes propriétés et prendre la mesure de ma nouvelle vie. Le domaine était assez bien régenté mais tout cela était une expérience nouvelle pour mon épouse et moi.

—Vos serviteurs vous ont-ils fait bon accueil ou se sont-ils opposés à vous ? »

Étienne de Sarbazan relata à Guillaume qu'après une période initiale d'incertitude, ils avaient tous deux reçu très bon accueil. L'hostilité à l'égard de son épouse avait été engendrée par sa mère la vie avait été plus facile pour tous après son décès. Josep manquait à sa mère et il lui avait promis de partir à sa recherche et de le ramener à la demeure familiale.

« Pourquoi était-il parti ?

—Je souhaitais qu'il ne soit plus enfermé dans une léproserie. Il avait fort bien appris le métier de charpentier et je lui ai acheté les meilleurs outils, je lui ai donné de l'argent et des vêtements. Je lui ai conseillé de se faire charpentier itinérant trois ans durant.

—Et ces trois années sont presque révolues ?

—Elles ont pris fin il y a deux mois de cela.

—S'il était revenu avec une épouse, l'aurait-on accueilli à bras ouverts ?

—Bien entendu. » Étienne de Sarbazan marqua une pause. « Est-il marié ? Je n'avais pas pensé à cela lorsque j'étais à sa recherche.

—Non, il n'est pas marié mais il était très épris d'une jeune femme et il avait l'intention de l'épouser.

—Aurai-je une bonne opinion d'elle, à votre avis ?

—Je suis certain que cela aurait été le cas mais elle est malheureusement morte. C'est de son meurtre qu'il était accusé.

—C'est impossible. »

Guillaume lui parla de Viola et des circonstances de sa mort. Il souligna le fait que la mère de Viola ne lui avait pas témoigné d'affection.

« Voilà qui me semble hélas bien familier. »

Guillaume se demanda si le récit de l'étranger était vrai. Les documents paraissaient authentiques et son comportement était convaincant. Il décida d'aller chercher le *crestian* à la geôle et d'observer la réaction des deux hommes lorsqu'ils se verraient.

Il se leva. « Je vais aborder la question de la remise en liberté du *crestian* avec les autorités et je vous tiendrai informé. En attendant, restez là avec le garde. Ne vous éloignez pas d'ici. Faites en sorte qu'il obéisse à cet ordre », dit Guillaume au garde avant de quitter la cour en verrouillant la porte derrière lui.

Il faisait encore chaud dans la rue qui menait à la geôle. Guillaume était perdu dans ses pensées et réfléchissait à ce qu'il venait d'apprendre au sujet de son prisonnier, Josep. Il décida de ne pas lui révéler que son père se trouvait ici, à Condom. Il voulait assister à leur rencontre dans la cour. Le père pourrait peut-être feindre d'être la personne qu'il prétendait être, le père d'un *crestian*. Mais il semblait moins probable, se dit Guillaume, que Josep soit capable de feindre d'être le fils d'une personne qu'il ne connaissait pas.

Guillaume pénétra dans la geôle et s'adressa au chef des gardes. « J'ai informé le sénéchal de l'identité de la personne qui a commis le meurtre, lundi de la semaine passée, à la chapelle Sainte-Eulalie. Il ne s'agit pas du *crestian* qui est emprisonné ici : je suis venu libérer. Je vais l'emmener à la résidence des employés de la cathédrale avant de le remettre en liberté. Ne lui donnez aucun détail.

—Qui est le véritable meurtrier, Messire Lansac ?

—Il est trop tôt pour vous le révéler. Mais nous en avons la preuve. »

Le chef des gardes ouvrit le registre et griffonna la date, le nom *Sarbazan, Josep, crestian*, ainsi que celui de Guillaume sur une page assez brouillonne. « Signez ici, je vous prie », dit-il à Guillaume en lui tendant une plume tordue.

Guillaume fit de son mieux. Ce n'était pas le moment de bavarder sur le matériel d'écriture défectueux.

Il suivit un garde le long d'un passage puis traversa une petite cour jusqu'à la cellule du *crestian.* Ce dernier était assis à même le sol et dévisagea Guillaume, qui se tenait dans l'embrasure de la porte ouverte.

« Je vais vous emmener ailleurs », déclara Guillaume.

Le *crestian* se leva avec raideur. Huit jours d'inactivité avaient mis à mal son corps, pourtant leste auparavant. Escorté par le garde et Guillaume jusqu'à la salle de garde, on attacha à son poignet une chaîne dont l'autre extrémité était reliée à une lanière de cuir qui ceignait le poignet d'un autre garde.

« Allons-nous loin ? demanda le *crestian.*

—Non, répondit Guillaume, mais ne tirez pas sur votre poignet. »

Ils marchèrent le long de la rue Jean-Baptiste jusqu'à la porte de la résidence des employés. Guillaume détacha la clé de sa ceinture et déverrouilla la porte. Il fit franchir avec ménagement le pas de la porte au *crestian*, toujours attaché au garde. Guillaume verrouilla à nouveau la porte et étudia la cour. Étienne de Sarbazan leur tournait le dos, en train de parler à Sir John. Guillaume demanda au garde de détacher la chaîne du *crestian.* Ils attendirent de voir ce qui allait se produire.

Le *crestian* regarda autour de lui dans la cour puis vit Sir John faire un geste de son bras gauche. Étienne de Sarbazan se retourna pour voir à qui Sir John faisait signe et se leva d'un bond, se précipitant vers le *crestian*, les bras grands ouverts. Ils s'étreignirent au milieu de la cour. « *Pair*, tu m'as tant manqué. » Le jeune homme plaqua sa tête contre la poitrine de son père.

Étienne de Sarbazan tourna son regard en direction de Guillaume. « Je vous remercie de tout cœur », dit-il.

CHAPITRE TRENTE-SEPT

Belina descendait l'escalier au même moment, l'absence de Guillaume lui ayant fait perdre patience. Elle fut stupéfaite de voir le *crestian* dans les bras d'un homme qu'elle n'avait jamais vu mais elle se garda de les interrompre. Guillaume ne l'avait pas vue arriver ; après avoir donné congé aux gardes, il demanda à Alain s'il pouvait faire en sorte que le logis de la résidence prévu pour les visiteurs puisse être préparé. Le père et le fils pourraienty rester quelques jours.

« Et qu'en est-il du voleur de chevaux ? voulut savoir Alain. Celui que j'ai aidé à attraper.

—Oh, lui. Je l'avais complètement oublié. Il peut rester là où il est quelques mois. Cela lui fera du bien et il ne pourra plus causer d'ennuis. J'ai encore beaucoup d'admiration pour la manière dont tu l'as capturé, Alain. »

Il se retourna et aperçut Belina s'approchant de Sir John, affichant un grand sourire. Il la prit dans ses bras et lui relata ce qui s'était passé. Sir John attira l'attention d'Alain, qui portait de la literie au logis d'appoint, et lui fit signe d'apporter de l'hypocras à tout le monde. Étienne de Sarbazan se joignit à eux, rangea ses précieux documents dans sa sacoche et la passa par-dessus son épaule. Alain apporta des tabourets et des verres, versa l'hypocras ; ils trinquaient dans la bonne humeur lorsqu'on tambourina à la porte de la cour.

« Ouvrez, au nom du sénéchal ! »

Grande fut leur surprise. Le sénéchal ne se rendait dans ce quartier de Condom qu'en cas de nécessité absolue car il était entendu qu'il s'agissait du fief de l'évêque.

Guillaume se rendit auprès de la porte et mit la clé dans la serrure. Il entrouvrit la porte, au cas où il s'agisse d'une plaisanterie et qu'il se retrouve face à une bande de soldats ivres. Mais c'était bien le sénéchal. Guillaume lui ouvrit la porte en grand et lui souhaita la bienvenue, se demandant s'il apportait de bonnes ou de mauvaises nouvelles.

Le sénéchal indiqua Étienne de Sarbazan et son fils, qui buvaient en compagnie de Sir John et Belina. « J'espérais vous trouver seul, Lansac, avec peut-être votre épouse et le vieux chevalier anglais qui réside ici. Est-il vrai qu'il ne peut ni parler ni écrire ?

—Oui, Monseigneur, mais il comprend tout ce qu'on lui dit.

—Qui sont donc les deux autres ? »

Guillaume expliqua au sénéchal qui étaient le chevalier et le *crestian.*

« Joignons-nous à eux, dit le sénéchal. Après le moment pénible que j'ai passé avec Ana Corloni, un remontant me fera le plus grand bien. » Il se dirigea vers la table et Belina se leva, imitée par les Sarbazan.

Guillaume les présenta au sénéchal qui leur sourit en retour et s'assit sur le tabouret qu'avait occupé Guillaume, tandis que ce dernier allait chercher la bouteille d'hypocras et un autre verre pour le sénéchal. « Ana Corloni a-t-elle avoué son crime ? demanda-t-il.

—Oui.Et elle m'a également réservé quelques surprises. Elle se trouvait heureusement toujours au manoir à Condom : nous avons dû la traîner jusqu'au fort parce qu'elle refusait de nous suivre. » Il but une gorgée d'hypocras. « Mais ce n'était que pour préserver les apparences, je crois, car une fois dans mon bureau, elle s'est montrée bien moins récalcitrante. Elle a avoué le meurtre mais elle a déclaré l'avoir commis sur l'ordre de Dame Édith Senclar. » Il but une autre gorgée d'hypocras. « Mon sentiment, c'est qu'elle a œuvré de concert avec Édith l'Empoisonneuse de son plein gré mais que le dessein du crime a été ourdi par Dame Édith. C'est Ana Corloni qui a dérobé la vastringue. »

Il s'interrompit, tourna son regard vers Josep et poursuivit : « Votre vastringue, pour être précis. » Josep opina du chef. « Elle a mis une cape et un chapeau de pèlerin, très tôt le lundi de la semaine dernière, s'est rendue à la chapelle, a ôté la cape et a assailli Dame Viola par-derrière, la tuant sur le coup – c'est du moins ce qu'elle m'a affirmé. J'espère qu'elle dit vrai. Elle a laissé la vastringue là où il a été trouvé afin que soit accusé le *crestian* charpentier. Elle a ensuite remis la cape de pèlerin pour dissimuler ses vêtements tachés de sang, est retournée à Condom à pied et a laissé les vêtements dans la pièce où elle gardait toujours ses tenues de ville. Puis elle a gagné sa chambre sans bruit par l'escalier et s'est changée, mettant une robe pour se rendre au banquet de fiançailles qui se tenait au manoir voisin. »

Le sénéchal se tourna vers Belina. « Si vous n'aviez pas trouvé la preuve de sa culpabilité dans le coffre decette pièce verrouillée, il nous aurait été bien plus difficile de mettre Ana Corloni aux arrêts.Justice n'aurait pu être rendue qu'en l'obligeant à avouer. »

Il poursuivit le récit d'Ana Corloni. « Elle supposait que lorsqu'elle verrait Dame Édith au banquet, elle serait ardemment remerciée. Mais, au lieu de cela, Dame Édith était d'humeur noire, furieuse contre elle. Elle avait apparemment fait en sorte que Chezelle, son arracheur de dents de Châtellerault, arrive à la chapelle avec deux vigiles à temps pour prendre Ana Corloni la main dans le sac – ou les mains rouges de sang, en l'occurrence. Chezelle l'aurait fait mettre aux arrêts. Mais Chezelle étant un homme indolent, il était arrivé bien trop tard et avait trouvé dans la chapelle un *crestian* en lieu et place d'Ana. »

Le sénéchal but encore un peu d'hypocras et s'adressa à Josep. « Je suis heureux de vous trouver libre. Très heureux.

—Pourquoi Ana Corloni voulait-elle tuer Viola ? voulut savoir Belina. Même après avoir découvert qu'elle était la meurtrière, je ne suis pas arrivée à comprendre ce qui l'avait poussée à commettre le crime. »

Le sénéchal lui relata que des années auparavant, alors qu'Ana Corloni n'avait que quinze ans et qu'elle logeait au manoir de sa tante, voisin de celui des Prelet, Charles Prelet, encore étudiant en droit à Toulouse, rendait visite à ses parents à Condom de temps à autre. Pour se divertir, il passait ses nuits en compagnie de la jeune Ana. Il en faisait sans doute peu de cas mais elle se mit à nourrir le désir d'épouser son amant. Les fiançailles de ce dernier à Viola Lussan mirent fin à son rêve d'être un jour l'épouse d'un avocat à Toulouse et elle en ressentit une vive jalousie à l'égard de Viola Lussan. La bâtardise d'Ana Corloni était soupçonnée depuis longtemps mais personne n'avait su qui était son vrai père jusqu'à ce matin, quand le magistrat avait obligé Dame Corloni à avouer que le père d'Ana était l'époux d'Édith Senclar. C'était vraisemblablement la raison pour laquelle Dame Édith souhaitait que la fille bâtarde de son époux soit pendue haut et court.

« Mais pourquoi Dame Édith a-t-elle choisi Viola Lussan ? demanda Guillaume.

—Édith l'Empoisonneuse est dévouée corps et âme à son déplorable fils Henri.Elle est fermement résolue à favoriser autant que faire se peut l'avancement de sa situation. Elle avait l'espoir qu'il serait nommé premier consul à Condom à la mort du consul Prelet – qui, de l'avis de tous, ne saurait trop tarder. Mais lorsqu'elle a eu vent du fait que le consul Prelet comptait faire revenir son fils Charles à Condom et lui faire épouser la fille du consul Lussan, elle s'est rendue compte que son précieux stratagème visant à devenir la mère du premier consul allait tomber à l'eau. Refusant de s'avouer vaincue, Édith l'Empoisonneuse a décidé de se servir d'Ana Corloni et de Chezelle. Elle s'est renseignée au sujet de Viola Lussan en faisant engager au manoir Lussan l'une de ses propres domestiques afin qu'elle épie Dame Viola. Dame Édith a ainsi pu découvrirles espoirs secrets que nourrissait Viola. »

Le sénéchal finit son verre et Alain le remplit à nouveau. « Je regrette de ne pas pouvoir mettre Dame Édith aux arrêts, ce qui signifie qu'elle a une fois de plus commis un meurtre impunément. » Il but une gorgée de son hypocras. « Mais Ana Corloni sera pendue au gibet et ce n'est rien de moins que ce qu'elle mérite. Nous serons débarrassés à bon compte de cette bâtarde amère et laide. »

Il posa son verre et se tourna vers Belina. « Lorsque votre frère Géraud sera remis sur pied, lui et Wasila –c'est bien ainsi qu'elle se nomme ?– pourront loger dans l'un des quartiers du Fort Cadéot.Comme je vous l'ai dit précédemment, Géraud pourra me porter conseil au sujet de la guerre à Grenade – que je désapprouve, soit dit en passant. Le médecin espagnol qui s'occupe de lui présentement –je sais qu'il se trouve à la demeure de Benasse, Dame Lansac– sera le bienvenu à Condom. Les Juifs espagnols font d'excellents médecins et sa présence ici est une aubaine pour nous. »

Étienne de Sarbazan haussa les sourcils en entendant cela mais il ne dit rien. Il avait déjà bien assez souffert de la superstition d'autrui lorsqu'il avait épousé une *crestiane.* Il n'avait nullement l'intention d'ajouter l'Inquisition espagnole à la liste de ses tracas. Il passa le bras autour de Josep et s'adressa au sénéchal. « Je vous remercie d'avoir sauvé mon fils, Monseigneur sénéchal. »

Le sénéchal prit son verre en main et se leva, et les autres l'imitèrent. « L'heure est venue de vous souhaiter, à votre fils et vous, un avenir heureux maintenant que vous vous êtes retrouvés et de remercier Belina et Guillaume –j'espère que vous permettrez que je m'adresse à vous ainsi– d'avoir résolu cette énigme. »

Ils trinquèrent tous et se donnèrent l'accolade.

Visitez mon site Web pour en savoir plus
sur la vie médiévale de Belina Lansac et des Condomois,
et pour redécouvrir la France,
l'Espagne et l'Angleterre au XVe siècle !

https://belinalansac.com

Imprimé en août 2021
par Feuille à Feuilles
46 rue Gambetta - 32100 Condom - France

N° ISBN : 979-10-97586-06-5
Dépôt légal : septembre 2021